25
सक्सेस
बिजनेस STORIES

अन्य बिजनेस पुस्तकें

25 सक्सेस बिजनेस STORIES

व्यापारियों से सीखें व्यापार करने की कला

प्रकाश अय्यर

प्रभात प्रकाशन

प्रकाशक

प्रभात प्रकाशन प्रा. लि.

4/19 आसफ अली रोड, नई दिल्ली–110002

फोन : 011–23289777 • हेल्पलाइन नं. : 7827007777

इ–मेल : prabhatbooks@gmail.com ❖ वेब ठिकाना : www.prabhatbooks.com

संस्करण

2025

अनुवाद

आनंद कुमार राय

पेपरबैक मूल्य

चार सौ पचास रुपए

मुद्रक

आर–टेक ऑफसेट प्रिंटर्स, दिल्ली

---★---

25 SUCCESS BUSINESS STORIES
by Prakash Iyer
(Hindi translation of YOU TOO CAN)

Published by **PRABHAT PRAKASHAN PVT. LTD.**
4/19 Asaf Ali Road, New Delhi-110002

ISBN 978-93-5322-760-9

₹ 450.00 (PB)

सुर
मेरे भाई, मेरे हीरो
को
समर्पित

प्रस्तावना

लोकतंत्र और उद्यमिता एक ही सिक्के के दो पहलू हैं। वे व्यक्तिगत स्वतंत्रता के दो आयाम हैं और प्रगतिशील, आत्मविश्वास से भरे समाजों की जीवन-शक्ति हैं। हमारा सौभाग्य है कि हमने एक ऐसे देश में जन्म लिया, जहाँ लोकतंत्र और उद्यमिता का एक समृद्ध इतिहास रहा है।

इस पर तर्क-वितर्क हो सकते हैं कि छठी शताब्दी ईसा पूर्व में वैशाली के आसपास रहनेवाले लोग लोकतंत्र का पालन सबसे पहले करनेवालों में शामिल थे। वैसे, महज आबादी के विस्तार, संदर्भ तथा भौगोलिक स्थान के लिहाज से देखें तो समकालीन भारत की लोकतंत्र के साथ पहले से तय मुलाकात का कोई मुकाबला नहीं है। इसी प्रकार, अनंत काल से ही भारतीय उपमहाद्वीप वैश्विक व्यापार और वाणिज्य का केंद्र रहा है। भारत के दक्षिणी तटों के किनारे रहनेवाले व्यापारियों और उद्यमियों ने दक्षिण-पूर्व एशिया, चीन एवं कोरिया तक दूर-दूर की यात्रा की और भारतीय उत्पादों समेत अपने साथ-साथ भारत के मूल्यवान् ज्ञान और समृद्ध संस्कृति को उन देशों तक ले गए। हाल के समय की बात करें तो दुनिया का शायद ही ऐसा कोई कोना है, जहाँ भारतीय उद्यमी वर्ग ने अपनी पहचान न बनाई हो। अन्य उभरते और विकसित होते देशों से जब तुलना होती है तो भारत के उद्यमी वर्ग की गिनती इसकी प्रमुख ताकतों में की जाती है।

उदारीकरण के पिछले पच्चीस वर्षों ने भारतीयों के एक बड़े वर्ग को उद्यमी बनने तथा रोजगार का सृजन करनेवालों के रूप में अपने कौशल, अपनी कल्पना तथा जोश की कसौटी पर खुद को परखने का ऐसा अवसर दिया है, जिसकी प्रतीक्षा लंबे समय से की जा रही थी। यही नहीं, उनमें एक उत्साह भी पैदा किया है। आज के जमाने के भारतीय उद्यमी ग्राहकों के लिए ज्यादा विकल्प, देशवासियों के लिए ज्यादा नौकरियाँ और कुल मिलाकर देश के लिए धन का सृजन करने के साथ ही

देश का विकास करने में महत्त्वपूर्ण भूमिका निभा रहे हैं। समाज को स्वरूप देने और देशों का निर्माण करने में उद्यमियों की भूमिका की प्रशंसा की जानी चाहिए।

इस पुस्तक के लेखक प्रकाश अय्यर भारत में मार्केटिंग, कार्यनीति और ब्रांड का निर्माण करनेवाले दिग्गजों में से एक हैं। मैं प्रकाश को कई वर्षों से जानता हूँ और उनके साथ काम भी किया है। कार्यनीति बनाने और उद्यमों को खड़ा करने का उन्हें अच्छा-खासा अनुभव है और उनमें पर्याप्त दक्षता भी है। यह देखकर काफी अच्छा लगा कि प्रकाश अय्यर जैसे जानकार ने एक ऐसी पुस्तक की रचना करने का निश्चय किया, जो भारत के नए उद्यमियों की प्रशंसा करती है।

उद्यमिता सीखने, भूलने और फिर से सीखने की एक यात्रा है। यह हैरान करने वाली असफलताओं और खूबसूरत सफलताओं की कहानी है। उद्यमिता के लिए धुन और कड़ी मेहनत जितनी जरूरी है, उतनी ही जरूरत सपने देखने, कल्पना करने और अपने दृढ़ निश्चय पर बने रहने की क्षमता की भी पड़ती है।

इस पुस्तक में वर्णित कहानियों में इनमें से एक-एक गुण शामिल है। वे भारत के कुछ बेहतरीन उभरते उद्यमियों और ब्रांड बनानेवालों की परीक्षा एवं पीड़ा, सफलता व सीख को दरशाती हैं।

भारत इस समय एक ऐसे मोड़ पर खड़ा है, जहाँ एक से दूसरी पीढ़ी के बीच बदलाव और मीडिया, प्रौद्योगिकी तथा उपभोक्तावाद के बढ़ते प्रभाव से उद्यमियों के लिए नए-नए अवसर सामने आ रहे हैं। इससे वे आनेवाले दिनों में कारोबार और व्यवहार को स्वरूप दे सकेंगे। यह पुस्तक निश्चित रूप से कई लोगों को सीखने की प्रेरणा देगी और वे उद्यम के रास्ते पर चलने के लिए प्रेरित होंगे।

इसे पढ़ने का आनंद लीजिए।

—किशोर बियानी

संस्थापक एवं ग्रुप सी.ई.ओ., फ्यूचर ग्रुप

आभार

यह पुस्तक उन सभी शानदार पुरुषों व स्त्रियों के सक्रिय समर्थन और सहयोग के बिना संभव नहीं हो पाती, जिनका चित्रण इस पुस्तक में किया गया है। अपनी व्यस्त दिनचर्या के बावजूद उन्होंने उद्यमिता के अपने सफर को साझा करने के लिए समय निकाला। मैं उनमें से हर एक को कहना चाहूँगा, "शुक्रिया, समय निकालने के लिए, उनकी कहानियों और कई मामलों में नई-नई दोस्ती के लिए भी। मुझे उम्मीद है, आपको इस पुस्तक को पढ़कर उतना ही आनंद आएगा, जितना मुझे आपको सुनते हुए और उन सारी बातों को लिखित रूप देते हुए आया।"

इन सारी बातों की शुरुआत द टाइम्स ग्रुप के रोहित खटुआ की ओर से आए एक फोन कॉल से हुई, जब उन्होंने ब्रांड कैपिटल की दसवीं सालगिरह को यादगार बनाने के लिए एक पुस्तक की योजना पर संक्षेप में बातचीत की। स्पष्ट रूप से, मेरे एक पूर्व सहकर्मी साजिथ पई (जो बाद में द टाइम्स ग्रुप से जुड़ गए थे) को जब पता चला कि वे इस पुस्तक को लिखने के लिए किसी लेखक को ढूँढ़ रहे हैं, तब उन्होंने मेरा नाम सुझाया था। शुक्रिया साजिथ, उस सुझाव के लिए और शुक्रिया रोहित, सिर्फ उस फोन के लिए ही नहीं, बल्कि इस पुस्तक की रचना के पूरे सफर के दौरान हृदय से उत्साहवर्धन के लिए भी।

ब्रांड कैपिटल के सी.ई.ओ. और द टाइम्स ग्रुप में राजस्व के प्रमुख शिव कुमार से हुई मुलाकात से इस पुस्तक को लिखने के क्रम में एक बड़ा मोड़ आया। उन्होंने महत्त्वहीन बातों को दरकिनार करने और पुस्तक के पीछे के मुख्य सोच को स्पष्ट रूप से सामने लाने में सहायता की। यह भी उतना ही महत्त्वपूर्ण था, जब इस पुस्तक में जिन किरदारों का उल्लेख किया जाना था, उनके चुनाव को अंतिम रूप देने में भी उनसे मदद मिली। शुक्रिया शिव, मार्गदर्शन और उत्साहवर्धन के लिए। (मुझे स्वीकार करना ही होगा कि मैं शिव के एकदम अनोखे 'बिना कुरसीवाली

खड़े होकर काम करनेवाली डेस्क' से काफी प्रभावित हुआ हूँ!)

द टाइम्स ग्रुप में ऐसे कई लोग हैं, जिनके योगदान के लिए मैं उनका आभार पूरे हृदय से प्रकट करना चाहूँगा। मैत्रेयी, सुदीप्त और ब्रांड कैपिटल की टीम का, जिन्होंने उद्यमियों से संपर्क साधने एवं मुलाकात तय करने में मेरी सहायता की और संजय व नीतू ने इस पुस्तक को तैयार करने और मार्केटिंग में बढ़-चढ़कर हिस्सा लिया। मेरी एडिटर नंदिता और उनके साथ ही शृण्वंती, मोनाली व शुभाशीष का भी आभार, जिन्होंने हाथ से लिखी पुस्तक को पूरे धैर्य से पढ़ा और उसका डिजाइन तैयार किया। इस पुस्तक को जब सुगठित रूप दिया जा रहा था, तब कई लोगों ने अनेक प्रकार की भूमिका अदा की और इस दौरान ही हितेश शर्मा का आगमन हुआ, जिन्होंने कमान सँभाली और सुनिश्चित किया कि हम मंजिल तक पहुँचें, वह भी बेहतरीन अंदाज में।

मैं अपने मित्र संजय बाधे को कहानियों के शुरुआती प्रारूप पर उनके सुझावों एवं टिप्पणियों के लिए धन्यवाद देना चाहूँगा और बातचीत की प्रतिलिपि तैयार करने तथा इस पुस्तक में जिन कारोबारों की चर्चा है, उन पर शोध के लिए मेरी सहयोगी भारती का भी धन्यवाद।

सर्वश्री किशोर बियाणी और कुणाल बहल का भी धन्यवाद, जिन्होंने इस पुस्तक की प्रस्तावना तथा उपसंहार लिखने पर अपनी कृपापूर्ण सहमति दी। वे भारत में उद्यमिता के माहौल के अगुआ और पोस्टर ब्वॉय रहे हैं और अपने ही तरीके से उन्होंने उद्यमियों की एक पूरी पीढ़ी को प्रेरित किया है।

आखिर में, मेरी पत्नी सविता तथा हमारे दोनों बच्चों अभिषेक और श्रुति को बहुत-बहुत धन्यवाद—प्रेरणा के लिए, सुझावों के लिए और मेरी दुनिया को खूबसूरत बनाने के लिए।

—प्रकाश अय्यर

अनुक्रम

सफलता कदमों के निशान छोड़ जाती है

ए. वेलुमणि ने मुंबई में अपनी पहली रात विक्टोरिया टर्मिनस रेलवे स्टेशन के प्लेटफॉर्म पर सोकर गुजारी थी। चौंतीस साल बाद उन्होंने 'थायरोकेयर' नाम की ऐसी कंपनी बनाई, जिसने बॉम्बे स्टॉक एक्सचेंज में एक यादगार शुरुआत की।

ध्रुव श्रृंगी को लंदन में नौकरी से निकाल दिया गया था और फिर उन्होंने पुराने साथियों के साथ मिलकर ट्रैवल पोर्टल 'यात्रा डॉट कॉम' को स्थापित किया।

और उषा साहू, जो एक गृहिणी थीं। एक दिन उन्होंने चीनी भाषा के अपने ज्ञान का उपयोग 'येह चाइना' लॉञ्च करने में किया, जो भाषा-प्रशिक्षण का एक अनोखा उद्यम है। इन लोगों ने आखिर ऐसा कैसे किया?

अगर आप में उद्यमी बनने की चाह है तो शायद आप भी यह सोचते होंगे कि आपको उन लोगों से थोड़ी सलाह, थोड़ी अंदर की जानकारी मिले, जो उद्यम के उस रास्ते पर आप से पहले चल चुके हैं। शायद आपके अंदर किसी ऐसी बातचीत को सुनने की ललक होगी, जो आपका ज्ञान बढ़ाए और आपको आगे के सफर पर ले जाने के लिए किसी टॉनिक का काम करे, या फिर जब लगे कि सबकुछ छिन गया है तो भी उस रास्ते पर आपको आगे बढ़ने की शक्ति दे। यह पुस्तक आपको भारत के कुछ उपक्रमों और उनके पीछे के उद्यमियों की अंदरूनी जानकारी देने का एक प्रयास है। इस पुस्तक के पीछे का सोच यही था कि इन उद्यमियों के अनुभवों पर नजर डाली जाए और जो कुछ वे कहना चाहते हैं, उन्हें सुना जाए, उनसे सीखे जानेवाले सबक लिये जाएँ। इसके बारे में आप इस तरह सोच सकते हैं, मानो आपको कुछ प्रसिद्ध पुरुषों व स्त्रियों से अनौपचारिक बातचीत का अवसर मिल रहा है और आप कुछ ऐसी युक्तियों एवं सलाहों को अपने साथ ले जा रहे हैं, जिनका इस्तेमाल उद्यम की अपनी योजनाओं में, यहाँ तक कि अपने जीवन में, भी कर सकते हैं।

जरा सोचिए, आप किसी विमान में बैठे हैं और आपको किसी उद्यमी की बगल की सीट मिल जाए और आप जब उस महिला या पुरुष उद्यमी से बातचीत कर रहे हैं, तब आपको उनकी कहानियाँ सुनने को मिलें, जिनमें सफलता और असफलता, जीत और हार की अनेक बातें शामिल हों। फिर तो कहना ही क्या, है कि नहीं? क्या आप ऐसा नहीं करना चाहेंगे?

उदाहरण के लिए, क्या आप यह नहीं जानना चाहेंगे कि लोढ़ा बिल्डर्स का एक ऑफिस ब्वॉय अपने काम के अलावा पर्यटकों को लुभाने में कैसे जुट जाता है? उसे इसकी प्रेरणा कैसे मिलती है? अभिषेक लोढ़ा ऐसा क्या करते हैं कि उनके सारे कर्मचारी अपने काम से कुछ ज्यादा करना चाहते हैं? एक के बाद एक कई उद्यमों को चलानेवाली मीना गणेश के जीवन का वह छोटा सा रहस्य क्या है, जिससे वे काम और जीवन के बीच संतुलन बिठा पाती हैं? 'कैफे कॉफी डे' के वी.जी. सिद्धार्थ ने भारत के एक जाने-माने स्टॉक ब्रोकर से जीवन का ऐसा कौन सा बड़ा सबक सीखा? कैडबरी इंडिया के पूर्व चेयरमैन सी.वाई. पाल का डायबिटीज क्लीनिक की चेन, लाइफस्पैन से क्या संबंध है और गणित के एक अध्यापक ने अपने उद्यमी बेटे चिराग आर्या को ऐसा क्या बताया, जो असल में सारे उद्यमियों के लिए एक जबरदस्त आइडिया है?

वास्तव में, ऐसी ही कहानियों के अंदर छिपी कई बातें हैं, जिनसे मुझे उम्मीद है कि आपको प्रेरणा मिलेगी और ऐसा ज्ञान मिलेगा, जिससे आप उद्यमिता का अपना सफर शुरू कर सकते हैं। मुझे उम्मीद है कि ऐसी छोटी-छोटी बातें आपके दिमाग में उतर जाएँगी और आपको प्रेरित करेंगी, दिशा देंगी या शायद यह भरोसा ही दे जाएँ कि आप भी ऐसा कर सकते हैं।

यह पुस्तक उद्यम की भावना की जितनी बड़ी प्रशंसा है, उतना ही उद्यमशीलता की कहानियों से सीखे गए सबक और प्राप्त अंतर्ज्ञान का भी एक संग्रह है। यह कुछ चुनिंदा उद्यमियों के जीवन और कार्यकाल का उल्लेख करती है, जो हमारे जैसे ही लोग थे, जिन्होंने वही चीजें देखीं, जिन्हें हम देख रहे थे; लेकिन उनका नजरिया एकदम नया था। ऐसे लोग, जिन्होंने मुश्किलों का सामना किया, असफलताओं के बावजूद आगे बढ़ते रहे, यथास्थिति को चुनौती दी और जब सारे संकेत कह रहे थे कि 'अब छोड़ दो!' तब भी उनके दिमाग में एक छोटी सी आवाज गूँज रही थी, 'शायद इसे किया जा सकता है।'

ऐसे अनेक लक्षण हैं, जो उद्यमियों को विशेष बनाते हैं—दृढ़ता, महत्त्वाकांक्षा,

कल्पना, धैर्य, आत्मविश्वास, आशावादिता, कुछ अलग करने की इच्छा, कुछ और करने की इच्छा। इस पुस्तक में जिन बीस व्यवसायों की चर्चा है, उन सभी में आपको इनके प्रमाण मिलेंगे।

लेकिन मैं जब इन असाधारण पुरुषों व स्त्रियों की कहानियों को जुटा रहा था और इन उद्यमियों के जीवन को थोड़ा और गहराई तक जाकर खँगाला तो मैं यह जानकर हैरान रह गया कि वे भी हमारी तरह ही चीजों को देखते हैं और इसके बावजूद उनके देखने का तरीका एकदम नया होता है। ऐसा नहीं कि वे सही समय पर सही स्थान पर मौजूद थे या उनके पास वैसे अनुभव और अवसर थे, जिनका सौभाग्य हमें नहीं मिलता। उन्होंने उन्हीं चीजों का अनुभव किया, उसी चीज को देखा, लेकिन उन सारी चीजों को बच्चों के जैसे आश्चर्य और आशंका के साथ देखा। उन्होंने पूछा, "क्यों और कभी-कभी क्यों नहीं?" और उन्होंने कहा, "यदि ऐसा हुआ तो।" और उसी ने सबकुछ बदल दिया।

इस दौरान मेरा परिचय एक दिलचस्प शब्द से हुआ, जो उद्यमी मानसिकता का बखूबी वर्णन करता है। यह है 'वुजा डे'। आप चाहें तो इसे 'डेजा वू' का विपरीत शब्द भी मान सकते हैं। हम सब जानते हैं कि 'डेजा वू' का मतलब क्या होता है, यानी ऐसा लगना कि आपने कुछ नया देखा है, लेकिन एक विचित्र एहसास होता है कि इसे तो पहले भी कहीं देखा है। यह उसी पुरानी व परिचित चीज को देखने और फिर 'वाओ! इसे पहले कहीं नहीं देखा!' कहने की क्षमता होती है। जॉर्ज कार्लिन, जो एक स्टैंड अप कॉमेडियन थे, कई साल पहले इस शब्द को लेकर आए थे। लेकिन ऐसा लगता है कि यह उन उद्यमियों के बीच पाए जानेवाले उस आम लक्षण को बिल्कुल सही तरीके से बताता है, जिनसे आपका परिचय इस पुस्तक में होने वाला है।

तो फिर मेरे साथ मिलकर उन बीस पुरुषों व स्त्रियों की कहानियों को सुनिए, जो व्यापार को खड़ा करने और कुछ कर दिखाने में जुटे हैं। उनमें से कुछ तो पहले ही अपने व्यवसाय को सार्वजनिक रूप दे चुके हैं, जबकि कुछ ने अभी-अभी शुरुआत की है। कुछ सफल हैं, कुछ अब भी संघर्ष कर रहे हैं। कुछ पहली पीढ़ी के हैं, कुछ पुश्तैनी। यह सुनकर एक आश्चर्य होता है कि कैसे उन्होंने शुरुआत की। उनकी चिंता और उनके डर तथा उनके अपने ही अनोखे सफर को जानना दिलचस्प है, जिसके बाद वे आज जहाँ हैं, वहाँ तक पहुँचे।

ये पूर्ण रूप से सफल उन उद्यमियों की कहानियाँ नहीं हैं, जो एक मंजिल

तक पहुँचे, कामयाबी का आनंद लिया और करोड़ों रुपए जुटा लिये। इससे कोसों दूर, ये ऐसे लोग हैं, जिनमें से कुछ तो एक नियमित नौकरी कर रहे थे, लेकिन नौकरी छोड़ी और अपना ही कुछ करने निकल पड़े। वे ऐसे लोग हैं, जो अपना सही व्यवसाय चुनने से पहले तक कुछ हद तक इधर-उधर भटकते रहे और ज्यादातर मामलों में आप उन लोगों की कहानी सुनेंगे, जो थोड़ा संघर्ष कर रहे हैं, थोड़ी तरक्की कर रहे हैं, सफर का आनंद ले रहे हैं और उम्मीद कर रहे हैं कि वे अपनी मंजिल तक जरूर पहुँचेंगे। बशर्ते ऐसी कोई मंजिल होती है और होती है तो वे जरूर पहुँचेंगे!

उनका सफर भले ही अलग है और उनकी कहानियाँ अनूठी, लेकिन उन सबके बीच आपको कई बातें एक जैसी लगेंगी और उम्मीद है कि उनमें से कोई एक बात आपके दिमाग में या दिल में घर कर जाए और आपके दिल के तार को इस प्रकार छू जाए, जिससे आपको ऐसी सीख मिले कि आपके अपने सपने साकार हो जाएँ—व्यापार में भी और आपके जीवन में भी। उम्मीद है, किसी कहानी से एक घंटी बजेगी, जो आपके कानों में उन तीन शब्दों को फुसफुसाकर कह जाएगी—आप कर सकते हैं!

इन सारी कहानियों में एक बात समान है, जिस पर शायद आप गौर नहीं करेंगे। इन सारे ही उद्यमियों को उनके शुरुआती दौर में ब्रांड कैपिटल ने धन मुहैया कराया था, जो 'द टाइम्स ग्रुप' का हिस्सा है। इसलिए, अगर अब तक आप यह सोचकर हैरान हो रहे थे कि ये सारे उद्यमी एक साथ इस पुस्तक में कैसे आए, तो आपको इसका जवाब मिल गया होगा। ब्रांड कैपिटल ने जब दस साल पूरे किए, तब उसकी इच्छा थी कि दसवीं सालगिरह को वह उन लोगों और उनके व्यवसायों की कहानियों के एक संग्रह के साथ मनाए, जो उनके साथ जुड़े थे, जिसका उद्देश्य न केवल अब तक के उनके सफर की प्रशंसा करना था, बल्कि यह कामना करना भी था कि आगे का सफर सफल रहे। यह उद्यमियों के एक समूह के प्रति सम्मान है, जो रास्ता दिखा रहे हैं। यह हममें से अन्य लोगों के भीतर उद्यमशीलता की भूख को जगाने का और हमें यह याद दिलाने का भी एक छोटा सा प्रयास है कि यदि वे कर सकते हैं तो हम भी कर सकते हैं। मैं उम्मीद करता हूँ कि इस पुस्तक में उन उद्यमियों की कहानियों को सुनकर शायद किसी युवा उद्यमी में सपने देखने का हौसला आ जाए। वह कुछ अलग सोचे और उद्यमिता की इस रोमांचक व जोश से भरी दुनिया में निकल पड़े।

इस पुस्तक का उद्देश्य उद्यमशीलता का स्तुतिगान नहीं है। यह आपको यह नहीं बताएगी कि पूँजी कैसे जुटाएँ या नकदी का प्रवाह कैसे बनाए रखें या बाजार को स्तरों में कैसे बाँटें और ग्राहकों एवं धनी निवेशकों को कैसे आकर्षित करें। यहाँ आपको इन उद्यमियों के जीवन से जुड़ी छोटी-छोटी जानकारियाँ मिलेंगी, असफलताओं व सफलताओं की कहानियाँ, उन्हें कैसे प्रेरणा मिली, वे कैसे आगे बढ़ते रहे और उद्यमियों की अगली पीढ़ी को वे किन बातों को बताना चाहते हैं। उम्मीद है, आपको कोई ऐसी कहानी जरूर मिल जाएगी, जो आपके मन में एक घंटी बजा दे, मन को छू जाए और आपको प्रेरित कर दे और इस पुस्तक की कहानियाँ एवं उनसे मिली सीख आपके काम आए, फिर चाहे आप एक उद्यमी हैं या कर्मचारी, एक गृहिणी या एक छात्र। यहाँ आपको व्यापार संबंधी सीख मिलेगी, लेकिन आप यह भी पाएँगे कि इनमें जीवन के कई सबक भी छिपे हैं।

जिस प्रकार एक देश दुनिया के नक्शे पर अपनी सही जगह की तलाश करता है, उसी प्रकार आपके लिए निकल पड़ने, अपने डर को निकालने, जोखिम उठाने और सपनों को सच कर दिखाने का इससे अच्छा समय नहीं हो सकता। सपने, जो आपके अपने हैं और सपने, जो इस देश के भी हैं।

तो आइए, इस बातचीत में शामिल हो जाएँ, प्रेरित हो जाएँ। उन लोगों की बातों को सुनें, जो उद्यम के पथ पर चल चुके हैं।

उन्होंने कर दिखाया है।

और आप भी कर सकते हैं!

❑

इडली, डोसा और उद्यम का साहस
आईडी फ्रेश फूड्स

क्या आप उन ग्राहकों में से एक थे, जो कई साल पहले वर्ष 2008 में बंगलौर (पहले बंगलौर) के बाहरी इलाके टिपासांद्रा के चॉइस स्टोर से इडली का घोल नियमित रूप से खरीदा करते थे और क्या आप उनमें से एक थीं, जो इडली के घोल की खराब, गाढ़ी-पतली क्वालिटी को लेकर शिकायत किया करती थीं? ऐसा है तो चिंता की बात नहीं है। आपने जीवन भर के लिए मुफ्त में इडली घोल की सप्लाई का इनाम जीत लिया है और आप अगर सोच रही हैं कि भला ऐसा कैसे हुआ, तो आगे पढ़िए।

चॉइस स्टोर किसी भी दूसरी स्थानीय राशन की दुकान जैसा ही बंगलौर का एक स्टोर था, जिसे केरल के वायनाड जिले के रहनेवाले कुछ भाई चलाया करते थे। उनकी पाँच लोगों की मंडली थी, जिनमें से चार—शम्सुद्दीन, नजीर, जफर और नौशाद टीए—स्टोर चलाते थे, जबकि पाँचवाँ पी.सी. मुस्तफा बाहर रहकर उनकी मदद किया करता था। एक रात वे पाँचों किसी नए व्यवसाय को लेकर दिमाग लड़ा रहे थे और जो सबसे स्वाभाविक विकल्प था, वह एक सुपर मार्केट खोलने का था!

"कमाल की बात है!" मुस्तफा ने उन दिनों को याद करते हुए कहा, "राशन की दुकान चलानेवाले किसी व्यक्ति को एक ही बड़ा आइडिया सूझ सकता है और वह है सुपर मार्केट खोलने का!" लेकिन पाँच चचेरे भाइयों ने, पाँच दोस्तों ने, जो भाईचारे की जबरदस्त भावना के बंधन से और पढ़ाई को लेकर एक जैसी नफरत से बँधे थे, उन्होंने इस सीधे और आसान सोच को लागू करने से परहेज किया।

"बड़ा सोचो, अलग सोचो।" उन्होंने खुद से कहा। "हम और क्या कर सकते

हैं!" वे यही सोच रहे थे और इसके बीच माथा-पच्ची का सिलसिला देर रात तक चलता रहा।

और स्टोर के कैश काउंटर पर बैठनेवाले शम्सु ने उस महिला के बारे में बताया, जो उस दिन सुबह आई थी और इडली घोल की शिकायत कर रही थी। "इडली घोल की हमारी बिक्री बढ़ रही है, लेकिन उसी हिसाब से शिकायतें भी आ रही हैं और इसकी सप्लाई का भी भरोसा नहीं रहता।" शम्सु ने कहा और फिर जैसे उसके दिमाग में अचानक एक आइडिया आया, उसने पूछा, "हम खुद अपना ही इडली का घोल बनाकर क्यों नहीं बेचना शुरू करते?"

बंगलौर की उस सर्द रात के सन्नाटे में सिक्के की खनक गूँज उठी थी। यह था वह अ-हा पल। उस एक पल में सारे भाई समझ गए या शायद उन्हें ऐसा लगा कि उन्हें नया बिजनेस आइडिया मिल गया है, जिसे आजमाना फायदेमंद रहेगा और इस तरह 'आईडी फ्रेश फूड्स' का जन्म हुआ—एक ऐसी कंपनी, जो आज भारत में सबसे ज्यादा इडली घोल का उत्पादन करनेवाली कंपनी बन गई है, जिसकी आमदनी हर साल 100 करोड़ रुपए से भी अधिक है और आप चाहे किसी भी नजरिए से देखें, इसका मतलब है—ढेर सारी इडली! सारे भाई अब उस वक्त को बहुत पीछे छोड़ चुके हैं, जब वे बंगलौर के एक तंग कमरे में अपनी-अपनी लुंगी में थोड़ी सी हवा के आर-पार होने की उम्मीद के साथ सोते थे। आज उनके पास उत्पादन के अत्याधुनिक साधन उपलब्ध हैं, जिनसे इडली का घोल, तुरंत खाने लायक चपाती और पराँठे तैयार होते हैं, साथ ही एक ऐसा कारोबार है, जिसकी ओर न केवल ग्राहक, बल्कि निवेशक भी आकर्षित हो रहे हैं।

आज 'आईडी फ्रेश फूड्स' की कमान उस भाई के हाथ में है, 'जो शुरुआत में इसे बाहर से अपना सहयोग दे रहा था'—पी.सी. मुस्तफा। उनके पास सुनाने के लिए एक बड़ी दिलचस्प कहानी है, लेकिन पहले ही वे साफ कर देते हैं, "यह मेरी कहानी नहीं है। यह आपकी कहानी है। आपस में गहराई से जुड़े पाँच बाहर से आकर बसे भाइयों की कहानी है!" और उनकी बात सुनते ही आप झट से समझ जाते हैं कि विनम्रता, करीब-करीब आत्म-निंदा अकसर सफल उद्यमियों का ट्रेड मार्क होती है। यह मेरी बात नहीं, हमारी बात है। हमेशा रहेगी।

मुस्तफा में लड़कों जैसी शरारत भरी है, आँखों में एक चमक और शरमीली-सी मुसकान, जो उन्हें उनकी 40 के करीब की वास्तविक उम्र से काफी जवान दिखाती है और वे जब आईडी फ्रेश की कहानी आपको सुनाते हैं, तब आपको

लगता है कि जोश और रोमांच की वह भावना आज भी जस-की-तस है, भले ही इस सफर की शुरुआत के लगभग आठ साल बीत चुके हैं।

अपने आइडिया को परखने तथा बिजनेस मॉडल को छोटे पैमाने पर आजमाने के लिए चचेरे भाइयों ने 20,000 रुपए के शुरुआती निवेश से अपना इडली घोल बनाने का व्यवसाय शुरू किया। उन्होंने 80 वर्गफीट का एक छोटा सा कमरा किराए पर लिया और एक गीला ग्राइंडर, एक वजन करनेवाली मशीन तथा एक सील करनेवाली मशीन लगाई। वे यह देखना चाहते थे कि क्या वे अच्छी क्वालिटी का घोल बना सकते हैं और क्या ग्राहक उसे स्वीकार करेंगे? योजना एकदम सीधी-सादी थी। घोल बनाओ और इसे 20 स्टोर्स को सप्लाई करो। छह महीने के भीतर हर दिन 100 पैकेट बेचने का लक्ष्य रखा गया।

इसलिए हर सुबह वे ताजा घोल बनाते, उसे पैक करते और उनमें से एक भाई नसीर उसे अपने स्कूटर पर लेकर 20 स्टोरों तक जाता और उन्हें बेचने की कोशिश करता था। इसमें कई चुनौतियाँ थीं और पैक किए गए इडली घोल का आइडिया तुरंत हिट नहीं हुआ, जैसा कि उन्होंने सोचा था। व्यवसायों के लिए अकसर यह बात सच होती है। ऐसी योजना, जो पहले बेहतरीन लगती है, बाजार में उतरने के बाद अकसर उतनी दमदार नहीं लगती!

लेकिन चचेरे भाइयों ने धैर्य रखा और उन्होंने एक-दो अच्छी चीजें तुरंत लागू कीं। उन्होंने अपने उत्पाद की ब्रांडिंग की, वह भी पहले ही दिन से। एक भाई ने नाम के तौर पर सुझाया 'बेस्ट' तो दूसरे ने कहा कि वे इसे 'आईडी' नाम दें और हर किसी को 'आईडी' नाम पसंद आया। यह छोटा था और 'आईडी' नाम अनोखा भी था। बंगलौर के निवासियों की तरह ही बाकी के सारे चचेरे भाइयों को तुरंत ही 'आईडी' शब्द को चुनने की बात समझ आ गई, जिन्हें अकसर उनके शहर में युवा नौकरी-पेशा लोग गले में लटकाए नजर आते हैं। उन्होंने 'आईडी' नाम को अपनाने का फैसला किया। बाद में और बहुत बाद में जिस भाई ने 'आईडी' नाम सुझाया था, उसने इस रहस्य से परदा उठाया कि उसके दिमाग में 'आइडेंटिटी या आइडेंटिटी कार्ड' जैसी कोई बात नहीं थी, बल्कि उसने आईडी को इडली-डोसा के शॉर्ट फॉर्म के तौर पर सुझाया था!

उन्होंने एक और अच्छी चीज शुरुआत से ही की। वे नकद भुगतान पर ही जोर देते थे। कोई उधार नहीं! इससे शुरुआत में बिक्री करने में मुश्किल आई, लेकिन खुदरा दुकानदारों को जब इसकी आदत पड़ने लगी तो किसी को भी इस

पर ऐतराज नहीं हुआ। बिक्री जहाँ बढ़ रही थी, वहीं 100 पैकेट का लक्ष्य अब भी मुश्किल लग रहा था। उनके पास बिक्री बढ़ाने, अपने उत्पादों की किस्म बढ़ाने तथा ग्राहकों के नेटवर्क को और बेहतर बनाने की कई योजनाएँ थीं; लेकिन उन्होंने अपने उसी काम पर ध्यान लगाए रखने का फैसला किया और किसी दूसरे उत्पाद से किस्मों को बढ़ाने के लोभ से बचते रहे। शुरुआत करने के नौ महीने बाद उन्होंने एक दिन में अपने नेटवर्क के 20 स्टोरों में 100 पैकेट बेचने के लक्ष्य को हासिल कर लिया। वे जान गए थे कि उनके धंधे की शुरुआत हो चुकी है।

आईडी के शुरुआती दिनों में कुछ अनमोल बातें सीखने को मिलीं, जिनसे पता चलता है कि किसी स्टार्ट-अप और व्यवसाय के छोटे रूप को शुरू करने के लिए क्या-क्या करना पड़ता है। अपने काम पर ध्यान केंद्रित करो। ऐसी नई-नई योजनाओं पर ध्यान मत भटकाओ, जो आपको अपने मूल उद्देश्य से दूर ले जाएँ। शुरुआत से ही सही वैल्यू (ब्रांडिंग, क्वालिटी, सर्विस, कोई उधार नहीं) का निर्माण करो और धैर्य रखो। आपने जितनी कल्पना की थी, सफलता मिलने में उससे कहीं ज्यादा वक्त लगता है।

क्वालिटी को लेकर अपनी जिद की बात मुस्तफा को आज भी याद है, "हम सबसे अच्छा कच्चा माल खरीदते थे, जो अच्छे में भी सबसे अच्छा होता था। अकसर कच्चे माल में ही 40 फीसदी पैसा लग जाता था। एक समय था, जब दाल की कीमत 90 रुपए से उछलकर 230 रुपए पर पहुँच गई। हमारे पास विकल्प था। हम चाहते तो सस्ता और खराब किस्म की दाल खरीद सकते थे या कीमत बढ़ा सकते थे। हमने तय किया कि क्वालिटी को लेकर समझौता नहीं करेंगे और हमने कीमत बढ़ा दी। हमें पता चल गया कि ग्राहक क्वालिटी के लिए ज्यादा पैसे चुकाते हैं और आपको अपने ब्रांड की साख को बनाए रखने का फायदा मिलता है।

"और हमने यह भी तय किया कि पहले ही दिन से कंपनी मुनाफे में रहे। हमने पहले महीने में 400 रुपए का मुनाफा कमाया।" जैसा कि कई उद्यमी और निवेशक आपको बताएँगे, यह बात महत्त्वपूर्ण है। यह सोचना कि आखिर में जाकर आपको मुनाफा हो जाएगा, व्यापार को बढ़ाने का गलत तरीका है। 'आखिर में' कल के जैसा होता है, जो कभी नहीं आता है।

"यह देखकर कि एक बाजार है, हमने उसकी तरफ कदम बढ़ा दिया। हम एक बड़े (600 वर्गफीट) किचन में चले आए और ढाई साल में हम हर दिन 2,000 किलो घोल तैयार करने लगे। यह उस 100 किलो के मुकाबले कई गुना

ज्यादा था, जितना हम शुरुआती नौ महीनों के पूरा होने पर तैयार किया करते थे।" और उसके बाद उन्होंने पीछे मुड़कर नहीं देखा।

फिर एक ऐतिहासिक क्षण आया। वर्ष 2012 तक आईडी फ्रेश इतनी बड़ी कंपनी बन चुकी थी कि उसका कारोबार 12 करोड़ रुपए तक पहुँच गया और वह एक जाना-माना ब्रांड बन चुकी थी। न जाने कहाँ से एक दिन उन्हें एक ऑफर आया। कोई था, जो उनकी कंपनी को खरीदना चाहता था। बंगलौर स्थित एक बड़ी इंस्टेंट मिक्स और पैकिंग फूड कंपनी आईडी फ्रेश बिजनेस को 50 करोड़ रुपए में खरीदने के लिए तैयार थी। सारे भाई खुश थे। उनकी मेहनत रंग लाई थी! 50 करोड़ उन पाँच चचेरे भाइयों के लिए बेशक एक जैकपॉट बोनांजा था, जो वायनाड में गरीबी के बीच पले-बढ़े थे। उनकी खुशी का ठिकाना नहीं था। खरीदार की शर्त थी कि कंपनी बेचने के एक साल बाद तक उन्हें कंपनी में ही बने रहना था और वे सभी इसके लिए तैयार भी थे।

मुस्तफा अपने गुरु प्रो. बी.वी.एस. शेषाद्रि से मिलने पहुँचे, जो आई.आई.एम. बंगलौर के प्रोफेसर थे। वह उन्हें इस अच्छी खबर को सुनाने और उनका आशीर्वाद लेने पहुँचे थे, साथ ही इस बारे में भी कुछ सलाह लेना चाहते कि उन्हें सौदे को लेकर होनेवाली बातचीत को किस तरह आगे बढ़ाना चाहिए। प्रो. शेषाद्रि ने उनकी बात सुनी और फिर दो सवाल पूछे।

उन्होंने मुस्तफा से पूछा, "इस पैसे से तुम क्या करोगे?" जवाब मिला, "कुछ सोचा नहीं है।" और फिर कुछ देर बाद उन्होंने पूछा, "क्या सच में यह एक छोटा कारोबार है? या तुम इसे 1,000 करोड़ का कारोबार बना सकते हो?"

और अब मुस्तफा और उसके चचेरे भाई सोचने लगे। क्या यह 1,000 करोड़ का कारोबार बन सकता है? तुरत-फुरत एक अंदाजे से किए गए हिसाब-पुस्तक से यह बात निकलकर आई कि अगर हर गृहिणी, जो घर में घोल बनाती है, वह आईडी फ्रेश इडली घोल खरीदने लग जाए तो उनका टर्नओवर 1,500 करोड़ रुपए का हो सकता है, वह भी केवल बंगलौर में। अचानक उन्हें एक बड़ी तसवीर दिखने लगी।

उन्होंने अपने कारोबार में बने रहने का फैसला किया और कंपनी बेचने के सौदे को रद्द कर दिया। अब उनके दिमाग में नई संभावनाएँ अँगड़ाई लेने लगीं। चार साल बाद उन्हें 50 करोड़ की रकम को ठुकराने का कोई अफसोस नहीं है। "हम अपने आप को विभिन्न उत्पादों के निर्माता के रूप में देखते हैं। अब कोई भी आटा के लिए चक्की पर नहीं जाता। देश भर में लोग रेडीमेड मसाला खरीदते हैं,

अब उन्हें घर में नहीं पीसते हैं। वे इडली घोल के साथ भी ऐसा ही क्यों नहीं कर सकते हैं? हमें लगा कि कुछ दिनों की ही बात है और हमने अब 10,000 करोड़ के कारोबार का सपना देखना शुरू कर दिया था।

"हमने इस ब्रांड को बनाने में कड़ी मेहनत की। हमने शानदार पैकेजिंग की। उस समय लोगों को लगता था कि हम डिजाइन और पैकेजिंग पर पैसे बरबाद कर रहे हैं। कई समझदार लोगों ने भी हमें रोका, लेकिन हम ब्रांड बनाने पर विश्वास करते थे और अपनी योजना पर चलते रहे। हमारा मानना था कि पैकेजिंग किसी भी सफल उत्पाद का अभिन्न हिस्सा होती है। उद्यमी यह जानते हैं कि फीडबैक लेना अच्छा होता है, लेकिन आप हमेशा सबकी बात नहीं मान सकते। आपको खुद तय करना होता है, यकीन करना होता है और फिर उसे लागू करना होता है। दूसरे लोगों की सलाह पर काम करने से बस, इतना ही पक्का हो सकता है कि जब गड़बड़ हो, तब आप किसी को दोषी ठहरा सकते हैं। लेकिन यह बेतुकी बात है, है ना।"

क्या आईडी फ्रेश के शुरुआती दिनों की कुछ कहानियाँ हैं, जो अब भी उनके दिमाग में ताजा हैं? "बेशक!" मुस्तफा ने कहा, "सच कहूँ तो कई कहानियाँ हैं।" और फिर, किसी बच्चे की तरह खुश होते हुए वे उस समय की बात बताते हैं, जब इस बिजनेस की पहली सर्दियों में उन्हें फोन आने लगे कि इडली घोल के पैकेट फूल रहे हैं और उनमें हवा भर जा रही है। उन्हें लगा कि यह इक्का-दुक्का घटना होगी और उस पर ज्यादा ध्यान नहीं दिया। फिर उन्हें एक दुकानदार का फोन आया कि एक छोटा विस्फोट हुआ है और आईडी घोल का एक पैकेट उनकी दुकान में फट गया, जिससे पूरी दुकान में गंदगी फैल गई। चारों तरफ इडली का घोल बिखरा पड़ा था।

"रिटेलर ने कहा कि हम आएँ और उसकी दुकान साफ करें!" मुस्तफा ने याद करते हुए कहा, "शम्सु वहाँ गया और देखा कि दुकान अस्त-व्यस्त हालत में है। दुकानदार आपा खो बैठा था। स्टोर में एक और भी फूला हुआ पैकेट पड़ा था, लेकिन शम्सु चूँकि इतना रोब गाँठनेवाला सेल्समैन था कि उसने कहा कि आईडी पैकेट फट ही नहीं सकता। उसने दावा किया कि यह ऐसा शानदार उत्पाद है, जिसकी पैकेजिंग बेहद उम्दा है। और तभी एक और विस्फोट हो गया। आईडी का दूसरा पैकेट फट गया था! घोल उसके चेहरे पर फैल गया और शम्सु स्टोर से जितनी तेज रफ्तार से भाग सकता था, भाग निकला!" अकसर इस तरह की कहानियाँ, जिनमें शुरुआती दौर की असफलता, मुश्किलों और बहादुरी के कारनामे

होते हैं, वे संगठनों को बढ़ने में मदद करते हैं और जिनमें गर्व एवं कामयाबी की भावना छिपी रहती है।

एक और भी कहानी है। यह उस समय की है, जब उनके पास दो टाटा एस गाड़ियाँ थीं, जिनसे सारे स्टोर तक सामान पहुँचाया जाता था। एक दिन उनमें से एक खराब हो गई और इसका मतलब था कि उस दिन की 50 फीसदी सप्लाई का ठप पड़ जाना। गाड़ी जहाँ खराब हुई, वहाँ से गैराज बहुत दूर था और कोई भी मेकैनिक आकर गाड़ी को ठीक करने के लिए तैयार नहीं हुआ। सप्लाई को खराब होने के लिए छोड़ देने का सवाल ही नहीं था। उनमें से एक भाई ने गजब की तरकीब ढूँढ़ निकाली। उसने अपनी लुंगी उतारी और दोनों गाड़ियों को उससे बाँध दिया और खराब पड़ी गाड़ी को गैराज तक ले गया और उसे किसी भी तरह अगली सुबह से पहले ठीक करवा लिया। लुंगी बहुत काम आई और इससे भी बड़ी बात यह कि सप्लाई जारी रही और खुदरा दुकानदारों को यकीन हो गया कि उनके पास एक ऐसा वेंडर है, जिस पर वे भरोसा कर सकते हैं। इस तरह की छोटी एवं महत्त्वहीन लगनेवाली घटनाओं की नींव पर ही महान् संस्कृतियाँ खड़ी होती हैं। विपरीत परिस्थितियों के आगे घुटने न टेकना, समस्याओं को सुलझाने के रास्ते तलाशना और जो करना पड़े, उसे करना—इन सारी बातों से ही चैंपियन तैयार होते हैं।

और आईडी फ्रेश तरक्की करने लगा। इसका मतलब यह नहीं कि उनके साथ सबकुछ ठीक हो रहा था। उन्होंने गलतियाँ कीं। सच कहूँ तो कई। "हम अति-आत्मविश्वासी हो गए। वर्ष 2009-10 तक हम ऊँची उड़ान भरने लगे। कारोबार अच्छा चल रहा था। निवेशक पैसे लगाने के लिए हमारे पीछे पड़े थे। हमारा उत्पाद सुपर हिट था। हमें लगा कि हम कोई गलती नहीं कर सकते। हम चेन्नई चले गए, वह भी बिना किसी तैयारी के और हम फेल हो गए। हमारा इडली घोल वहाँ नहीं चल सकता था। कम कीमतवाले अम्मा राइस से बना औसत दर्जे का घोल 10 रुपए प्रति किलो बिक रहा था, जबकि हमारी कीमत 40 रुपए थी। हमारा ब्रांड नहीं चल पाया। हमारे ब्रांड को वहाँ सब जानते भी नहीं थे, इसलिए उसकी कीमत बेतुकी लगी। हमें अपनी कार्यनीति पर फिर से काम करना पड़ा। हमने इडली घोल को वापस ले लिया और पहले पराँठा लॉन्च किया। हमने अपना ब्रांड बनाया और फिर इडली घोल के साथ वापस लौटे। हमने सबक सीख लिया था। हर बाजार की अपनी अनोखी चुनौतियाँ होती हैं। पहले अपना होमवर्क कर लें और सफलता को कभी निश्चित मानकर न चलें।"

उन्होंने कुछ और भी गलतियाँ कीं। यह मानकर कि उनका ब्रांड मजबूत है, उन्होंने अन्य कई उत्पाद लॉन्च करने का फैसला किया—आटा, सूजी और भी बहुत कुछ। इसने उन्हें आशीर्वाद (आई.टी.सी. का) और अन्नपूर्णा (हिंदुस्तान यूनिलीवर) जैसे धाक जमा चुके ब्रांड के साथ मुकाबले में ला खड़ा किया। आईडी के पास अलग से कोई बड़ी चीज देने के लिए नहीं थी। ऐसी भी कोई चीज नहीं थी, जिससे उनके मुकाबले अंतर दिखाई दे। नतीजा यह कि उसके उत्पाद धराशायी हो गए। सबक सीख लिया गया। सुनिश्चित कर लें कि आपके पास कुछ अलग, ज्यादा वैल्यूवाले उत्पाद हों और बड़े-बड़े मालदार खिलाड़ियों से टकराने से पहले दोबारा सोच लें!

उन्होंने अप्पम लॉन्च किया। वह भी फेल हो गया। उसमें घर में बने अप्पम जैसा स्वाद नहीं था। उन्होंने इडली घोल के साथ इस्तेमाल होनेवाली चटनी लॉन्च की। वह भी नहीं चली। एक तो यह कि देश भर में चटनी का स्वाद अलग-अलग है, इसलिए इसका सवाल ही नहीं है कि एक स्वाद हर बाजार में स्वीकार कर लिया जाएगा और दूसरी समस्या कीमत की थी। चटनी की लागत इडली से भी ज्यादा थी। हमें जिस तरह से यह आदत पड़ चुकी है कि किसी रेस्टोरेंट में हम जब इडली और डोसा ऑर्डर करते हैं तो चटनी मुफ्त में मिल जाती है, उसी तरह महँगी चटनी ग्राहकों को रास नहीं आई। इस तरह की गलतियाँ काफी उपयोगी साबित हुईं, क्योंकि उन्होंने आईडी को बेशकीमती सबक सिखाया कि क्या बिकता है और उससे भी कहीं ज्यादा कि क्या नहीं बिकता है।

मुस्तफा अपनी गलतियों, गलत फैसलों और गलत अनुमानों के बारे में बात करने से परहेज नहीं करते। एक कहानी है, जिसे वे सुनाना नहीं भूलते—एक ऐसी कहानी, जो उन्हें आज भी प्रेरित करती है और यह ऐसी कहानी है, जो हमेशा उनके हाथों में रहती है और जिसे सुनाने के लिए वे अपना सेलफोन निकाल लेते हैं।

एक बार एक पत्रकार ने किसी सफल सी.ई.ओ. से पूछा : आपकी सफलता का राज क्या है?

सी.ई.ओ. : दो शब्द।

पत्रकार : वे क्या हैं?

सी.ई.ओ. : सही फैसले।

पत्रकार : आप सही फैसले कैसे करते हैं?

सी.ई.ओ. : एक शब्द।

पत्रकार : क्या?

सी.ई.ओ. : अनुभव।

पत्रकार : आखिरी सवाल। आप अनुभव कैसे प्राप्त करते हैं?

सी.ई.ओ. : दो शब्द।

पत्रकार : क्या?

सी.ई.ओ. : गलत फैसले।

उन गलत फैसलों के साथ ही कई अच्छे फैसले भी हुए। जैसे अलग-अलग समय पर गुरुओं की तलाश, जिन्होंने उनकी मदद की और सही रास्ता दिखाया। पहले गुरु प्रोफेसर बी.वी.एस. शेषाद्रि थे, जिन्होंने उन्हें तुरंत अपना कारोबार बेचने से रोका। फिर कँवलजीत सिंह आए, जो हेलिऑन वेंचर्स के पूर्व एम.डी. थे, जिन्होंने आईडी में हेलिऑन का पैसा निवेश करवाया और अब वे आईडी के बोर्ड में एक निदेशक हैं। मुस्तफा कहते हैं कि "कँवलजीत गजब का सोचते हैं। वे एक शानदार मार्केटिंग दिमागवाले हैं।" और साफतौर पर आईडी को सफल ब्रांड बनाने में एक बेहतरीन सहयोगी। हेलिऑन ने आईडी में कैसे निवेश किया, इसकी भी एक रोचक कहानी है। आईडी को जब पैसों की जरूरत थी, तब कई वेंचर कैपिटल फंड ने अपनी दिलचस्पी दिखाई, जिनमें हेलिऑन भी शामिल था। हेलिऑन ने कारोबार की वैल्यू का जो आकलन किया था, वह दूसरों की तुलना में काफी था। इसके बावजूद मुस्तफा ने उनके साथ जाने का फैसला किया, क्योंकि उन्हें लगता था कि कँवलजीत अपने साथ जो लेकर आएँगे, उसका महत्त्व था। "मैंने दहेज के लिए लड़की से शादी नहीं की।" मुस्तफा ने मजाक में कँवलजीत से कहा और कँवलजीत भी उतने ही मिलनसार और हँसमुख हैं, जितने कि दूसरे सरदार अकसर होते हैं। "मैंने उससे शादी की, क्योंकि मुझे वह अच्छी लगी और इस मामले में उस लड़की की दाढ़ी थी!" और उस छोटी सी कहानी में भी उद्यमियों के लिए एक उपयोगी सीख है। निवेशकों का आकलन करते समय वे आपके कारोबार की जो कीमत लगा रहे हैं, उससे आगे जाकर सोचिए। वे किस तरह की वैल्यू लेकर आ रहे हैं, आप किसके साथ आराम से काम कर सकते हैं?

बार-बार आनेवाला एक और विषय कुछ बुनियादी मूल्यों का पालन है। मुस्तफा ने एक हॉट चिली स्नैक्स के बारे में बताया, जिसे उन्होंने वर्ष 2009 में लॉञ्च किया था। इसने अच्छा किया, भले ही पीछे मुड़कर देखने पर लगता है कि वह उनकी कार्यनीति का हिस्सा नहीं था। ताज ग्रुप के होटलवालों को उनका स्नैक्स पसंद आया और उन्होंने नियमित रूप से सप्लाई के लिए बहुत बड़ा ऑर्डर दे दिया। ऐसे समय में, जब आईडी फ्रेश की आमदनी लगभग 20-25 लाख थी, तब ताज

का वह ऑर्डर ही अकेले हर महीने 15 लाख का था। सौदा हो गया। मार्जिन अच्छा था। उत्सुकता से ही मुस्तफा ने ताज के उस खरीदार से पूछ लिया कि वे इतनी बड़ी मात्रा में इसे क्यों खरीदना चाहते हैं? खरीदार ने उसे बताया कि वे इसे मयखाने में एक नमकीन के तौर पर पेश करना चाहते हैं। मुस्तफा को कुछ गलत होता लगा। उन्होंने ऑर्डर कैंसिल करने का फैसला किया। वे ऐसा कुछ नहीं चाहते थे, जिससे शराब की खपत बढ़ जाए। "अगर मुझे इसकी जानकारी नहीं होती तो कोई दिक्कत नहीं थी; लेकिन यह जान लेने के बाद कि यह बार का नमकीन होगा, मैं इसे मंजूरी नहीं दे सकता था।" मुस्तफा ने कहा, जो पूरी तरह से एक धार्मिक व्यक्ति हैं और आज भी पाँच बार की नमाज पढ़ते हैं, चाहे कितने ही व्यस्त क्यों न हों।

आईडी की लगातार जारी सफलता के केंद्र में ग्राहकों के साथ जबरदस्त जुड़ाव और उस रोल की गहरी समझ है, जो आईडी ग्राहकों के जीवन में अदा करता है। "हमारे उत्पाद खरीदनेवाली गृहिणी महारानी की तरह है। हम चाहते हैं कि स्त्रियाँ इस घोल को अपने ही तरीके से बनाएँ। आईडी कभी उनके डाइनिंग टेबल तक सीधे नहीं पहुँचता। हम किचन में घुसते हैं और वहाँ से वह गृहिणी हमें उस टेबल तक ले जाती है। हम उसे कभी नजरअंदाज नहीं करेंगे। अगर इडली हलकी और फूली हुई है तो पूरा श्रेय उस गृहिणी को जाता है और अगर किसी कारण से वह अच्छी नहीं बन पाती है तो इसका दोष आईडी घोल को जाता है। हम इसे स्वीकार कर खुश हैं। वैसे भी, यह उसकी इडली है, हमारी नहीं!"

❑

इसी लीक पर चलते हुए देखें तो आईडी फ्रेश की कहानी मुस्तफा के व्यक्तिगत जीवन की कहानी है। एक अलग कहानी, लेकिन उतनी ही दिलचस्प और बेहद प्रेरणादायी।

मुस्तफा घोर गरीबी में पले-बढ़े। वे केरल के वायनाड जिले में कॉफी के बागान में काम करनेवाले एक कुली के इकलौते बेटे थे। उनकी तीन बहनें थीं। पढ़ाई में वे बेहद कमजोर थे और छठी क्लास में जब वे फेल कर गए, तब उन्होंने स्कूल छोड़ने का फैसला कर लिया।

उस समय स्कूल के एक शिक्षक मैथ्यू सर ने उनसे पूछा, "क्या तुम अपने पिता की तरह ही बागान में कुली बनना चाहते हो या मेरी तरह टीचर बनना चाहते हो?" मैथ्यू सर ही मुस्तफा को फिर से स्कूल लेकर आए, उनके संघर्ष में उनकी मदद की और प्रेरित किया कि वे जीवन में कुछ बन सकें। मुस्तफा अब एक बदला हुआ लड़का था, जिसने तय कर लिया था कि वह अपने पिता की तरह नहीं, मैथ्यू

सर जैसा बनेगा। उसने सातवीं कक्षा में अच्छा किया और उसके बाद अपनी क्लास में टॉप करने लगा। फिर वे कालीकट के रीजनल इंजीनियरिंग कॉलेज पहुँचे, जहाँ से पढ़ाई पूरी करने के बाद उन्हें मोटोरोला में नौकरी मिली। उस नौकरी के चलते ही वह आयरलैंड पहुँचे। जरा सोचिए, एक लड़का, जो 21 साल की उम्र तक कभी केरल से बाहर नहीं निकला था, वह अब विदेश जानेवाले विमान में बैठा था।

आयरलैंड का माहौल उन्हें बहुत रास नहीं आया और जैसे ही सिटीबैंक ने मुस्तफा को ऑफर दिया, उन्होंने उनके साथ दुबई में काम करने का ऑफर तुरंत स्वीकार कर लिया। वे याद करते हैं कि किस प्रकार अपने पहले वेतन से उन्होंने अपना स्टूडेंट लोन चुकाया और जरा सोचिए, उन्होंने अपने एक दोस्त के जरिए अपने पिता को एक लाख रुपए भिजवाए। उनके पिता ने अपने जीवन में कभी इतने पैसे नहीं देखे थे। उस दिन वे बेहद खुश थे और जैसा कि मुस्तफा को उनके दोस्त ने बाद में बताया, उनकी आँखों में आँसू भी थे। मध्य-पूर्व में कुछ दिन रहने के बाद उन्होंने भारत लौटने का फैसला किया, ताकि अपने माता-पिता के करीब रह सकें, आगे की पढ़ाई कर सकें और कुछ नया कर सकें।

उन्होंने आई.आई.एम., बंगलौर में एक्जीक्यूटिव एम.बी.ए. में दाखिला लिया। उसके साथ ही वे अपने दुकानदार चचेरे भाइयों के संपर्क में भी रहे, उनसे कहते रहे कि वे बिजनेस के नए-नए तौर-तरीकों की खोज करें और फिर मंथन की उस एक रात इडली का घोल बनाने का आइडिया आया और उसके बाद तो जिंदगी बदल गई। वे इस बात का श्रेय आई.आई.एम., बंगलौर को देते हैं, जिसने उन्हें कार्यनीति में दक्ष बनाने और एक ब्रांड बनाने के मूल्य को समझने में सहायता की। इसने उन्हें ऊँची कीमत वसूलने का साहस भी दिया!

"इसमें मुझे दो साल लग गए, लेकिन मैंने सीख लिया!" उस एम.बी.ए. ने उन्हें अपनी नौकरी छोड़ने और व्यापार में अपने चचेरे भाइयों के साथ जुड़ने का भी हौसला दिया और इससे उन्हें एक नेटवर्क से जुड़ने का भी मौका मिला—आई.आई.एम., बेंगलुरु नेटवर्क से। वे बताते हैं किस प्रकार जब वे रिलायंस के स्टोर्स में आईडी इडली घोल को प्रवेश दिलाना चाहते थे, तब वह दामोदर मल से मिले थे, जो रिलायंस फ्रेश के बॉस थे और आई.आई.एम., बेंगलुरु के छात्र भी रह चुके थे। उस मुलाकात में यह मामला चुटकियों में सुलझ गया था।

तो अब किसी बात का कोई पछतावा?

"काश, मैं बिजनेस में पहले आ गया होता। शायद मैंने अपने जीवन के पाँच साल बरबाद कर दिए!"

ऐसा लगता है, यह बात घुमा-फिराकर अधिकांश उद्यमियों के जीवन में आ ही जाती है। यह पछतावा उनके पहले के जीवन को पीछे छोड़ देने का नहीं होता, बल्कि इसका कि उन्होंने इसे और जल्दी नहीं छोड़ा। उद्यमियों को उनकी सलाह एकदम सरल है, "यदि आप कुछ करना चाहते हैं तो अभी कीजिए। कल का इंतजार मत कीजिए!"

तो फिर आपको कौन रोक रहा है?

❑

आज आईडी फ्रेश बिजनेस में 1,100 से भी ज्यादा लोग काम कर रहे हैं। इस व्यापार के रोजाना के काम-काज को चलाने की जिम्मेदारी पेशेवरों की एक टीम पर है। "हम एक टीम हैं। हम साथ-साथ इतना समय बिताते हैं कि हमें टीम में जुड़ाव पैदा करने के लिए तीन या चार दिनों के लिए कहीं बाहर जाने की जरूरत नहीं पड़ती! हम अच्छी तरह जुड़े हैं। आज भी मैं अकसर कर्मचारियों के साथ कैरम खेलता हूँ!" आज भी मुस्तफा और उनके चचेरे भाई तथा आईडी का नेतृत्व करनेवाली टीम अपने ग्राहकों के साथ जुड़े रहना नहीं भूलती। वे इस बात को निश्चित कर लेना चाहते हैं कि उनके ग्राहक जो कह रहे हैं, उसे वे सुन सकें और यह मत भूलिए, उनके अंदर सुनने की यही क्षमता थी, जिससे इस व्यवसाय की शुरुआत हुई। जबरदस्त कारोबार, अच्छी योजना की शुरुआत अकसर किसी वास्तविक ग्राहक के दर्द या अंतर्ज्ञान से होती है। यही कारण है कि अगर आप वह महिला थीं, जिन्होंने वर्ष 2008 में घोल की शिकायत की थी तो मुस्तफा और उनके चचेरे भाई उस फीडबैक के लिए आपको 'धन्यवाद' कहना चाहेंगे और जीवन भर मुफ्त घोल की सप्लाई भी करेंगे।

मुस्तफा धीरे-धीरे पहचाने जाने और चर्चा में रहने की आदत डाल रहे हैं। बंगलौर में पले-बढ़े उद्यमियों को सम्मानित करने के लिए हाल ही में आयोजित एक समारोह में मुस्तफा अकेले एक कोने में खड़े थे, जब कुछ महिलाएँ उनके पास आईं और अपना जीवन आसान बनाने के लिए उन्हें धन्यवाद दिया। "मेरे लिए वह गर्व करने का मौका था।" वे कहते हैं, "अगर मैं कल मर भी जाऊँ तो मैंने जो कुछ किया है, उसके लिए मुझे खुशी होगी। लोगों के जीवन को आसान बनाया और ऐसा कारोबार खड़ा किया, जो आनेवाली कई पीढ़ियों का भला करेगा।"

अगली बार जब आप कोई इडली खाएँ तो उसे खाने से पहले करीब से देखिएगा जरूर। हो सकता है, आपकी तरफ एक शरमीला, हमेशा जवान दिखने

वाला, छठी कक्षा फेल एम.बी.ए. पास चेहरा मुसकराता दिखे और उसके घोल को चुनने के लिए आपको धन्यवाद दे रहा हो!

और हाँ, मैथ्यू सर, जो कुछ साल पहले गुजर गए, वे भी वहाँ से मुसकरा रहे होंगे। शायद नाश्ते में अपने प्रिय छात्र की ओर से बनाए घोल से तैयार अपने हिस्से की इडली का इंतजार करते हुए।

सफलता के मंत्र

- विनम्रता अकसर सफल उद्यमियों की पहचान होती है। यह मेरे बारे में नहीं है। यह हमारे बारे में है। हमेशा रहेगी।
- वैसी योजना, जो पहले बेहतरीन लगती है, वही बाजार में उतरने के बाद अकसर कम आकर्षक लगने लगती है!
- शुरुआती दौर की असफलता, मुश्किल और बहादुरी के कारनामे—ये सब ऐसी बातें हैं, जो संगठनों को बढ़ने में मदद करती हैं और जिनमें सभी के गर्व करने और कामयाबी हासिल कर लेने की भावना छिपी रहती है!
- विफलताएँ और गलतियाँ उपयोगी होती हैं। उनमें महत्त्वपूर्ण सीख छिपी होती है कि क्या कारगर होता है और उससे भी कहीं महत्त्वपूर्ण कि क्या नहीं होता।
- निवेशकों का जब आकलन किया जाता है, तब इससे आगे जाकर सोचिए कि वे आपके कारोबार की क्या कीमत तय करते हैं।
- यह सोचना कि आखिर में आप मुनाफा कमा ही लेंगे, व्यापार को खड़ा करने का एक गलत तरीका है। 'आखिर में' कल की तरह होता है, जो कभी नहीं आता।
- अधिकांश उद्यमियों को इस बात का पछतावा नहीं होता कि वे अपनी पिछली जिंदगी को पीछे छोड़ आए, बल्कि इस बात का होता है कि उसे और जल्दी क्यों नहीं छोड़ा? अगर आप कुछ करना चाहते हैं तो अभी कीजिए, कल का इंतजार मत कीजिए।

❑

15 ग्राम की ग्रंथि से 2,000 करोड़ के ब्रांड का निर्माण

थायरोकेयर

क्या आपको याद है कि 18 अगस्त, 1982 को आप कहाँ थे ? हो सकता है कि आपका जन्म भी न हुआ हो, लेकिन डॉ. ए. वेलुमणि, जो थायरोकेयर के संस्थापक और सी.ई.ओ. हैं, उन्हें अच्छी तरह याद है कि उस दिन और उस रात को भी वे कहाँ थे।

वे मुंबई (जो तब बॉम्बे था) के वीटी स्टेशन पर थे, जहाँ वे कोयंबटूर से आनेवाली जयंती जनता एक्सप्रेस से उतरे थे। उन्होंने मुंबई में अगले पाँच दिन उसी प्लेटफॉर्म पर सोकर गुजारे। उन्होंने एक तरफ के टिकट के लिए 83 रुपए खर्च कर दिए थे और उनकी जेब में सिर्फ 400 रुपए बचे थे। किसी होटल में ठहरने की बात वे सोच भी नहीं सकते थे, खासतौर पर तब, जबकि उन्हें यह भी पता नहीं था कि नौकरी मिलने में कितना वक्त लगेगा।

वेलुमणि की कहानी काफी हद तक रजनीकांत की सुपर हिट फिल्मों के जैसी है, जो उन दिनों बना करती थीं। यह एक ऐसी कहानी है, जिस पर विश्वास करना कठिन है, वह भी तब, जबकि एक कमाल के व्यक्ति के सफर की शुरुआत तमिलनाडु के एक छोटे से गाँव में भयंकर गरीबी के बीच हुई और जिसका समापन मुंबई शहर की दौलत व समृद्धि के बीच हुआ। इतना कुछ बस, एक ही जीवन में हो गया।

युवा वेलुमणि को जल्दी ही सरकार की ओर से चलाए जानेवाले भाभा एटॉमिक रिसर्च सेंटर (बी.ए.आर.सी.) में एक नौकरी मिल गई। इसके बाद के वर्षों में बहुत कुछ हुआ। उन्होंने अपनी मास्टर डिग्री की और उसके बाद

थायरॉइड बायोकेमेस्ट्री में पी-एच.डी. की। इसी दौरान उनकी शादी हुई और दो बच्चे भी हुए। जीवन अच्छी तरह चल रहा था।

और अगर तीन दशक तक नौकरी करने के बाद वे केंद्र सरकार के एक उपक्रम में एक राजपत्रित अधिकारी के तौर पर नौकरी करने के बाद रिटायर हो जाते, तब आप कहते कि यह एक ऐसे व्यक्ति की काफी सफल कहानी थी, जिसने अपना जीवन मुंबई में किसी रेलवे प्लेटफॉर्म पर सोकर गुजारने से शुरू किया था। लेकिन किस्मत और डॉ. वेलुमणि के पास कुछ बड़ी योजनाएँ थीं।

बी.ए.आर.सी. के साथ 14 साल बिताने के बाद काम करने के तरीके को लेकर उनके बॉस के साथ उनकी छोटी सी असहमति हुई और बॉस ने कहा, "मैं बॉस हूँ और अच्छा होगा कि तुम वही करो, जो मैं कह रहा हूँ।" यह टिप्पणी शायद इतनी आपत्तिजनक नहीं थी, क्योंकि गरमागरम बहस के दौरान की गई थी; लेकिन वेलुमणि के मन में कुछ चलना शुरू हो गया और जैसा कि वेलुमणि याद करते हुए कहते हैं, उन्हें तय करने में 20 सेकंड से भी कम समय लगा, वहीं और उसी समय कि वे स्थिर व सुरक्षित सरकारी नौकरी को छोड़ देंगे। वे नहीं जानते थे कि वे आगे क्या करेंगे, लेकिन वे तय कर चुके थे कि वह नौकरी छोड़ देंगे।

एक ठेठ बचत करनेवाली दक्षिण भारतीय जीवन-शैली के कारण उन्होंने कुछ पैसे बचा लिये थे। सच कहें तो इतने कि चार साल तक पैसों की कमी नहीं पड़ती। उन्होंने तय किया कि वे एक उद्यमी बनेंगे और थायरॉइड की जाँच करनेवाली प्रयोगशाला खोलेंगे। अपनी पी-एच.डी. की डिग्री से उन्हें साइंस की जानकारी का फायदा मिला। उनके भविष्य निधि खाते में पड़े 2,00,000 रुपए ने पूँजी का काम किया। उन्हें अब यह हिसाब लगाना था कि इन सारी चीजों का व्यापार में इस्तेमाल कैसे करना है।

उन दिनों थायरॉइड की जाँच खर्चीला मामला हुआ करती थी और डॉ. वेलुमणि ने यह सोचा कि अगर वे कम कीमत का ऑफर दे सकें तो वे ग्राहकों को आकर्षित कर सकेंगे और ऐसा कारोबार खड़ा कर सकेंगे, जहाँ पैसों का अच्छा-खासा लेन-देन हो सकेगा और इस भारी लेन-देन के कारण कम कीमत के बावजूद वे पैसे कमा सकेंगे। यही उनका आधार था और इस तरह पहले थायरोकेयर लैब का जन्म 200 वर्ग फीट के किराए के एक गैराज में हुआ, जो मुंबई के व्यस्त भायखला इलाके में स्थित था। उनकी पत्नी सुमति (अफसोस, वे अब इस दुनिया में नहीं हैं) भी उनके सपने में साझीदार बन गईं और स्टेट

बैंक ऑफ इंडिया की अपनी नौकरी छोड़ दी तथा वेलुमणि की कर्मचारी नंबर वन बन गईं।

तो चलिए, झटपट वर्तमान में आ जाते हैं। थायरोकेयर अब तरक्की करते हुए भारत की सबसे बड़ी थायरॉइड जाँच लैबोरेटरी बन गई है, जिसके पास नवी मुंबई में एक अत्याधुनिक सेंट्रल लैब है, जो हर दिन 40,000 से भी अधिक सैंपल को प्रोसेस करती है और 2,00,000 से भी ज्यादा टेस्ट करती है।

थायरोकेयर ने एक दिलचस्प और कुछ हद तक अनोखा मॉडल बनाया है। 700 से भी अधिक शहरों में फैले थायरोकेयर पिक-अप सेंटर दिन भर सैंपल इकट्ठा करते हैं। सारे सैंपल में बार कोड होता है, जिन्हें हर दिन एक साथ इकट्ठा किया जाता है और फिर एयर कार्गो से मुंबई भेजा जाता है और फिर मुंबई एयरपोर्ट से वे रात को सड़क के रास्ते नवी मुंबई पहुँचते हैं। सैंपल को रात में प्रोसेस किया जाता है और रिपोर्ट्स तैयार की जाती हैं तथा अगली सुबह कामकाज की शुरुआत से पहले उन्हें प्रत्येक सेंटर को इ-मेल किया जाता है। इससे यह सुनिश्चित होता है कि महँगी मशीनरी का बखूबी इस्तेमाल किया जाए और काम पूरा होने में 24 घंटे से भी कम का वक्त लगता है। कमाल की बात है, है न? और यह भी रोचक है कि यह खयाल वेलुमणि के दिमाग में कैसे आया!

"मैं जब मुंबई आया तो नियमित रूप से 'द टाइम्स ऑफ इंडिया' पढ़ा करता था और मुझे समझ आया कि वे देश भर से खबरें जुटाते हैं, पूरे दिन जुटाते हैं—और रात में एक ही केंद्र से अखबार प्रिंट करते हैं। यहीं से दिमाग की बत्ती जल गई। मैंने फैसला किया कि मैं ऐसा ही ब्लड सैंपल के साथ करूँगा। दिन भर उन्हें देश भर से जुटाऊँगा और एक जगह पर रात को उन्हें प्रोसेस करूँगा।" वैसे यह उद्यमिता का एक जबरदस्त गुण है—समान दिखनेवाली बातों पर गौर करना और एकदम से अलग उद्योगों से प्रेरणा लेना तथा उन सिद्धांतों को लागू कर नए समाधान ढूँढ़ना। डॉक्टर का कहना है, "इसमें कुशलता नहीं कि सैंपल को प्रोसेस करने के लिए मशीनों को इंतजार करवाया जाए। मैं सैंपल्स को मशीन के चालू होने का इंतजार करवाता हूँ।" वुजा डे!

तो क्या है, जो थायरोकेयर को कामयाब बनाए रखता है? थायरोकेयर के दो प्रमुख सिद्धांतों को समझाने के लिए वेलुमणि दो बड़े सफल कारोबारों के बीच समानता की चर्चा करते हैं। "पहला है फोकस। हम मैकडोनॉल्ड्स जैसे हैं। फोकस करते हैं। वे बर्गर बनाते हैं, डोसा नहीं बनाते। थायरोकेयर भी केंद्रित

रहता है। हम थायरॉइड की जाँच करते हैं, बस और दूसरा, हम वॉलमार्ट की तरह हैं। हम ग्राहकों से नहीं, बल्कि सप्लायरों से मुनाफा कमाते हैं। हम सप्लायरों के मार्जिन में से मुनाफा निचोड़ते हैं, न कि ग्राहक की जेब से। भारी लेन-देन से हमें अपने वेंडरों से आश्चर्यजनक रूप से कम कीमतों पर बात करने में मदद मिलती है। उदाहरण के लिए, हम जिन रिएजेंट्स का इस्तेमाल करते हैं, उनमें हमें 70 प्रतिशत का डिस्काउंट मिलता है।

"शुरुआत में मुझे एक दिलचस्प समस्या से जूझना पड़ा था। लोग कहते थे कि अगर उन्होंने कीमत इतनी कम रखी है तो यह सुविधा अच्छी नहीं हो सकती और मैंने खुद से कहा, 'मैं कभी, किसी हाल में समझौता नहीं करूँगा। हम उत्कृष्टता की कोशिश करेंगे। उत्कृष्टता महँगी नहीं होती। उद्यमी अपने लिए जो सच्ची चुनौती तय करते हैं, वह होती है किसी चीज को परफेक्ट और सस्ता बनाना। यहाँ 'और' मायने रखता है, न कि 'या'।' कोई भी कारोबार, जो असफल हो गया है, वह इस कारण असफल नहीं हुआ होगा कि उन्होंने अपने उत्पादों की कीमत बहुत कम रखी थी, लेकिन इस कारण, क्योंकि उन्होंने अपनी लागत को नियंत्रित नहीं किया होगा।

"मैं लोगों से कहता हूँ कि हम डायग्नोस्टिक कंपनी नहीं हैं। हम असल में एक आई.टी. और लॉजिस्टिक्स कारोबार में हैं। मैं थायरॉइड को जानता था, क्योंकि यह मेरी पी-एच.डी. थीसिस का विषय था। मैं थायरॉइड की जाँच में कुशलता की कमी को देखता था। देश भर में तमाम लैबोरेटरी की मशीनें जितनी देर चलती नहीं थीं, उससे ज्यादा समय तक बेकार पड़ी रहती थीं। अलग-अलग स्थानों में उपयोगिता में कमी के कारण कीमतें बढ़ रही थीं। थायरोकेयर ने जो तब किया था, वही अब उबर ने किया है। पहले कैब 80 फीसदी समय इंतजार किया करती थीं और 20 फीसदी समय के दौरान यात्रियों को ले जाने का काम करती थीं। आप कह सकते हैं कि मैंने थायरॉइड की जाँच के व्यवसाय का उबरीकरण किया, वह भी उबर के आने से काफी समय पहले।" ऐसा लगता है, जैसे सफल उद्यमियों में चीजों को जैसी हैं, उनसे अलग तरीके से देखने की और फिर एक अलग भविष्य की कल्पना करने की चतुराई होती है। एक ऐसा भविष्य, जो किसी ग्राहक से अलग तरीके से व्यवहार करता है।

एक पक्की सरकारी नौकरी को 14 साल बाद छोड़ने का फैसला करना और उद्यमिता के संसार में कूदना कितना कठिन था! भले ही हममें से कई लोगों के

पास बेहतरीन लगनेवाले विचार होंगे, लेकिन किसी स्थिर नौकरी की सुरक्षा और सुविधा को छोड़ने तथा उद्यमिता के अनिश्चित संसार में छलाँग लगाने से हम सभी कतराते हैं। क्या उन्होंने इस बारे में फैसला करने से पहले अपनी पत्नी या दोस्तों या परिवार से बात की थी?

"मैं हमेशा कहता हूँ, अगर आप चर्चा करेंगे तो निर्णय नहीं ले सकेंगे। अगर आप फैसला करना चाहते हैं तो चर्चा मत कीजिए। मैंने अपने जीवन में चार या पाँच बड़े फैसले किए हैं और मैंने कभी उन पर चर्चा नहीं की। मैंने घर छोड़ा और मुंबई आ गया, वह भी अपने पिता से बात किए बगैर। अगर मैं करता तो कभी नहीं निकल सकता था। मैंने अपनी पसंद की लड़की से शादी की, माँ से बात किए बगैर। मैंने बी.ए.आर.सी. में अपनी नौकरी छोड़ी, अपनी पत्नी से चर्चा किए बगैर और मैंने उस समय थायरॉइड की जाँच 100 रुपए में करने का फैसला किया, जब सभी 500 रुपए ले रहे थे। तब उस पर भी किसी से चर्चा नहीं की! अगर आप बहुत ज्यादा बात करेंगे तो फैसला नहीं कर सकेंगे।" अपने मन की बात, अपने अंदर से उठती आवाज को सुनने के बारे में बात कीजिए और एनालिसिस पैरालिसिस से बचिए, जिससे कई लोग ग्रस्त रहते हैं।

निर्णय लेने की शैली के अलावा डॉ. वेलुमणि में साफतौर पर जोखिम उठाने का दमखम था। एक ऐसी खूबी, जो शायद सभी उद्यमियों में होती है। "मैं ऐसा व्यक्ति हूँ, जो रिस्क से रोमांस करता है। इस संसार में तीन तरह के लोग होते हैं—जो जोखिम को कम आँकते हैं, जो ज्यादा आँकते हैं और उद्यमी।"

अपने 'कुछ खोना नहीं, सबकुछ पाना' के दर्शन को समझाते हुए डॉक्टर कहते हैं कि जीवन में सफलता X2 माइनस X1 होती है। यह बीच की डेल्टा होती है, जिसमें आप जो हैं (X2) और आप जहाँ थे (X1)। यदि X1 शून्य है तो आप कभी असफल नहीं हो सकते! आपके पास खोने को कुछ नहीं होता! "पहले 20 वर्षों तक मेरे गाँव का घर X1 था और फिर अगले 25 वर्षों तक मेरा X1 वह रेलवे प्लेटफॉर्म था और फिर बी.ए.आर.सी. की वह लैब।" आप जब एकदम नीचे से शुरुआत करते हैं तो एक ही रास्ता होता है, जो ऊपर जाता है। डॉ. वेलुमणि जानते थे कि उनके पास खोने को कुछ भी नहीं है। "आया तो पहाड़। गया तो बाल।" यह कहते हुए वे अपनी पसंदीदा रजनी स्टाइल डायलॉगबाजी शुरू कर देते हैं, जिसमें मन को खुश कर देनेवाली मद्रासी-हिंदी का संगम होता है।

डॉ. वेलुमणि उस पुरानी कहावत के जीवंत उदाहरण हैं, 'लीडर्स आर

रीडर्स।' वे पढ़ते हैं, खूब पढ़ते हैं। अखबार, पुस्तकें और आजकल सोशल मीडिया पर बहुत कुछ। पहले यह तमिल अखबार—दिनामणि था। वे कहते हैं, "इसने मुझे ग्रेजुएट बनाया। फिर मैं मुंबई में 'द टाइम्स ऑफ इंडिया' पढ़ने लगा और इसने मुझे सिखाया कि बिजनेस नाम की कोई चीज भी होती है। मैं 'द इकोनॉमिक टाइम्स' पढ़ने लगा और इसने मुझे बिजनेस सिखाया। अब मैं 'द इकोनॉमिस्ट' पढ़ता हूँ। अब मैं एक वैश्विक सोच विकसित करना चाहता हूँ। जिस तरह मैक्डोनॉल्ड्स भारत में आया है, उसी तरह मैं थायरोकेयर को अटलांटा ले जाना चाहता हूँ और उससे भी आगे। मेरा सपना है कि मैं विश्व की 50 प्रतिशत आबादी की सेवा करूँ और वर्तमान खर्च के 50 प्रतिशत पर उनकी जाँच की 50 प्रतिशत जरूरत को पूरा कर सकूँ।" क्या बात है! यह सिर्फ एक व्यक्ति का साहस भरा सपना नहीं है। यह इस कंपनी का स्पष्ट किया जा चुका सपना है। गुरु जिम कॉलिंस निश्चित रूप से थायरोकेयर के लिए वेलुमणि के रोल (बड़ा, रोमांच पैदा करनेवाला, चुनौतीपूर्ण लक्ष्य) की प्रशंसा करेंगे।

और उस सपने को सच कर दिखाने के लिए वे आज भी कड़ी मेहनत करते हैं, वह भी दिन-रात। उन्हें इसकी जरूरत नहीं, फिर भी वे करते हैं। वे कहते हैं, "मैं हमेशा दिन का हिसाब काम के 15 घंटे के तौर पर लगाता हूँ, आठ या नौ घंटे के हिसाब से नहीं। ऐसा ही पिछले 50 वर्षों से चला आ रहा है। हमने जब शुरुआत की थी, तब मैं अपने 200 वर्ग फीट की लैब में सोता था। आज हमारे पास 2,00,000 वर्ग फीट की लैब है; लेकिन मैं अब भी इसी बिल्डिंग में सोता हूँ।" और इससे पहले कि आप यह सोचने लग जाएँ कि एक सफल उद्यमी हर दिन अपने घर क्यों नहीं जाता, तो वे झट से समझाते हैं, "मेरा घर इस बिल्डिंग के टॉप फ्लोर पर है।"

कई सफल उद्यमियों में दो गुण समान होते हैं। वे कड़ी मेहनत करते हैं और मितव्ययी होते हैं। "मितव्ययिता कारोबार में सफल होने का एकमात्र रास्ता है। मैं रचना करनेवाला हूँ, ग्राहक नहीं। अगर मैं अपना सारा समय खपत करने में ही लगा दूँगा तो मैं किसी चीज को बना नहीं पाऊँगा। मुझे बड़े घर का या अत्याधुनिक कार का या गोल्फ क्लब की मेंबरशिप का शौक नहीं है। मेरी जरूरतें बहुत साधारण हैं और शुरुआत से वैसी ही रही हैं। मेरे पिता ने मेरा नाम ठीक ही रखा था। ऐसा नहीं लगता कि वेलु-मणि 'वैल्यू मनी' का तमिल वर्जन है! शायद वे यही चाहते थे और शायद उन्हें खुशी होगी कि मैं आज भी 'पैसे का मोल' समझता हूँ!"

अगर आप थायरोकेयर लैब का चक्कर लगाएँगे तो आपको ऐसे कई कर्मचारी मिल जाएँगे, जिनके चेहरे पर एक मुसकान दिखती है और उन्हें अपने कर्मचारी बैज पर काफी नाज है। उनके रोल अलग-अलग हो सकते हैं, उनकी वरिष्ठता भी अलग-अलग हो सकती है; लेकिन उन सभी में दो बातें समान हैं— एक, संस्थापक के प्रति श्रद्धा की जबरदस्त भावना और दो, थायरोकेयर उनकी पहली नौकरी है।

किसी लैब टेक्नीशियन से बात करते हुए आपको पता चलेगा कि कैसे डॉ. वेलुमणि अकसर लैब में घूमते रहते हैं, किसी टेक्नीशियन को उसके नाम से पुकारते हैं, जो ध्यान नहीं देता, उसे डाँटते हैं या किसी सहयोगी से बातचीत करने के दौरान उसके कंधे पर हाथ रखते हैं। और आप 'फैमिली डे' के बारे में जानेंगे, जब कर्मचारियों से कहा जाता है कि वे अपने परिवारों को लैब में लेकर आएँ, जब उत्सव का माहौल होता है, जब अच्छे डॉक्टर बॉलीवुड के सबसे नए गाने पर अपनी टीम के साथ थिरकते हैं और किस प्रकार वे शादी के बाद आए कर्मचारियों को अपने जीवन-साथी के साथ अपने घर पर निमंत्रित करते हैं। एच.आर. की कोई उलझाऊ बातें नहीं होतीं, कंसल्टेंट की कोई सलाह नहीं होती, ऑफिस खोलने की जगह को लेकर कोई सर्वे भी नहीं होता। बस, सामान्य बुद्धिमानी और यह समझना कि लोग उनकी पूँजी हैं और उन्हें यह देखना है कि उन्हें अपने मूल्यवान् होने का एहसास हो। यह समझना मुश्किल नहीं कि क्यों कर्मचारी थायरोकेयर में जीवन भर काम करना चाहते हैं। अपने कर्मचारियों को उनकी तरफ से बार-बार दिया जानेवाला संदेश ऐसा सुनाई पड़ता है, जैसे वह तमिलनाडु के किसी राजनीतिक दल का नाम हो। वे कहते हैं, "एस.बी.ए.डी.एम.के.!" और फिर विस्तार से बताते हैं, "सीधा बैठो। अपना देखो। मेहनत करो।"

डॉ. वेलुमणि बड़े गर्व के साथ कहते हैं, "यहाँ काम करनेवाले लगभग सभी 700 लोगों के लिए मैं ही वह हूँ, जिसके साथ उन्होंने अपनी नौकरी की शुरुआत की। मैं अपने एच.आर. के लोगों से कहता हूँ कि हमें नौकरियाँ बढ़ानी हैं।" फ्रेशर्स को नौकरी देने की पॉलिसी का संबंध अपने नकारे जाने से है, जिसका सामना वेलुमणि को एक फ्रेश ग्रेजुएट के तौर पर कोयंबटूर में नौकरी ढूँढ़ने के दौरान करना पड़ा था। हर किसी को अनुभवी व्यक्ति चाहिए था। वे एक मुसकान के साथ कहते हैं, "उसके लिए भगवान् का लाख-लाख धन्यवाद! अगर मुझे वहाँ नौकरी मिल गई होती तो शायद मैं आज यहाँ नहीं होता!" कई साल पहले

ठुकराए जाने के कारण उन्होंने यह ठान लिया कि वे फ्रेशर्स को नौकरी देंगे और उन्हें आगे बढ़ाएँगे।

जीवन के शुरुआती दिन मुश्किलों से भरे थे; लेकिन वेलुमणि किसी विद्वेष या पछतावे के बिना बीते दिनों को याद करते हैं। तमिलनाडु के कोयंबटूर जिले में अप्पानइनकपटी पुदुर नाम के 500 लोगों के गाँव की शांत झोंपड़ी की चर्चा करते हुए वे कहते हैं, "बी.ए.आर.सी. मेरा इनक्यूबेटर था, लेकिन मेरा गाँव मेरा रचनाकार। मैंने लोगों को संसाधनों के बिना भी जीते देखा। मैंने गरीबी देखी। मैं एक हाथ में स्लेट और दूसरे हाथ में प्लेट लेकर स्कूल गया।" अपने हाथों को नाटकीय अंदाज में दिखाते हुए उन्होंने कहा। बेशक, जिस प्लेट का जिक्र वे कर रहे थे, उसका संबंध दोपहर के भोजन की योजना से था, जिसमें स्कूल जानेवाले बच्चों को एक समय का खाना मुफ्त मिलता है। "मेरे पिता ने अपने जीवन में कभी एक रुपया भी नहीं कमाया। वह न तो कर्मचारी थे, न ही नौकरी देनेवाले। जरा सोचिए कि चार लोगों का परिवार कैसे चलता होगा, जब परिवार का मुखिया कुछ भी नहीं कमाता था। इसने मुझे दस साल की उम्र में किसी पिता के जैसा बना दिया। अनुभव का आपकी उम्र से कोई लेना-देना नहीं होता। इससे मतलब होता है कि आपने कितनी समस्याएँ सुलझाई हैं। मैंने जब उन्नीस वर्ष की उम्र को पार किया, तब तक काफी अनुभवी हो चुका था! और मुझे कोई शक नहीं कि गाँव की पृष्ठभूमि, उस समय के संघर्ष, कुछ न हो, तब भी काम चला लेना—इन सारी बातों से मुझे इस बिजनेस को खड़ा करने में मदद मिली।"

और डॉ. वेलुमणि अपने जीवन को ही अपनी यूनिवर्सिटी मानते हैं। कठोर झटके देनेवाला स्कूल, जहाँ उन्होंने मूल्यवान् सबक सीखे। "जीवन ने मुझे बहुत कुछ सिखाया है। मैंने बस, अपने आसपास देखकर सीखा है और मैं गलती करता हूँ, तब भी सीखता रहता हूँ। दो तरह के लोग होते हैं। वे, जो अपनी गलतियों से नहीं सीखते और वे, जो दूसरों की गलतियों से भी सीख लेते हैं। उद्यमी सीखनेवाले होते हैं।"

वेलुमणि की कहानी सभी के लिए प्रेरणादायी होनी चाहिए। यह पुरानी कहावत की फिर से पुष्टि करती है—इससे फर्क नहीं पड़ता कि आप कहाँ के रहने वाले हैं। फर्क इससे पड़ता है कि आप कहाँ जा रहे हैं और एक प्रेरक के रूप में, एक व्यक्ति के रूप में वे कर्मचारियों और वेंडरों को रजनीकांत के डायलॉग और हिंदी के दोहे से प्रेरित करते रहते हैं। उनके पास नए उद्यमियों को देने के लिए कई सुझाव भी हैं।

पहला, अपने कंफर्ट जोन से बाहर निकलो। वेलुमणि कहते हैं, "कई युवा उद्यमी अपने कंफर्ट जोन में रहकर ही बिजनेस करना चाहते हैं। यह कारगर नहीं होगा। आपको सेफ्टी नेट उतार फेंकना ही होगा। आप अपने पिता के पैसों से नहीं खेल सकते और यह नहीं सोच सकते कि अगर फेल हो गया तो उनसे मदद माँग लूँगा। ऐसे तो बिल्कुल भी बात नहीं बनेगी। आप कंफर्ट जोन के केंद्र के जितना करीब रहेंगे, आपके कुछ हासिल करने की संभावना उतनी ही कम हो जाएगी। कुछ लोग सफल होते हैं और कंफर्ट जोन में चले जाते हैं। इससे आप कैसे बचें? यह मत सोचिए कि आप अमीर हैं। अपने पैसों की गिनती मत कीजिए।" इस तरह एक और उद्यमी उस सलाह पर अपनी मुहर लगा रहा है, जो स्टीव जॉब्स ने दी थी—भूखे रहिए, मूर्ख बने रहिए।

दूसरा, आपको स्टैमिना चाहिए। वे कहते हैं, "बिजनेस में सफल होने के लिए आपको स्टैमिना चाहिए। धैर्य, जिद, स्टैमिना—किसी भी नए उद्यमी में इनका होना बेहद जरूरी है। स्टैमिना का मतलब बस, यह नहीं कि टिके रहना है। इसका मतलब है—हार माने बिना दौड़ने की, पीछा करने की क्षमता। आपको एस्केलेटर पर खड़े रहने के लिए स्टैमिना की जरूरत नहीं होती। किसी पहाड़ पर चढ़ने के लिए स्टैमिना चाहिए होता है।"

और अंत में, सफलता साधारण होती है। वे कहते हैं, "सिर्फ चार शब्द और सफलता का अपना मंत्र बताते हैं—"फोकस करना, सीखना, बढ़ना, आनंद उठाना।" और एक नाटकीय चुप्पी के बाद उनकी पंच लाइन आती है, "इस ऑर्डर को उलटा मत कर देना!"

"जीवन में करने को बहुत कुछ होता है, लेकिन दर्जन भर चीजें ही होती हैं, जिन्हें नहीं करना है। उसे जान लीजिए और आप असफल नहीं होंगे। क्या करना है, यह सीखने के लिए यूनिवर्सिटी मत जाओ। यह सीखो कि क्या नहीं करना है।

"मिसाल के तौर पर—धोखा मत दो। अपने प्रति ईमानदार बनो।

"ध्यान मत भटकाओ। जैसा कि हाइवे पर लगे साइन आपको चेतावनी देते हैं, 'नजर हटी, दुर्घटना घटी।'

"अहंकारी मत बनो। तुम सही हो सकते हो, लेकिन इसका मतलब यह नहीं कि तुम अहंकारी बन जाओ।

"चीजों को मत उलझाओ।

"फैसलों में देरी मत करो। कोई भी फैसला सही या गलत नहीं होता। आप उसे ऐसा बनाते हैं।"

और यह सूची लंबी होती जाती है।

एक ऐसा व्यक्ति, जिसने ग्रेजुएट होने तक हिंदी का एक शब्द न बोला, न सुना, वे ही वेलुमणि अब हिंदी में धुआँधार सलाह देते हैं। यह रहा उसका नमूना—

जो जीतता है, वो कभी हार सकता है।
जो जिताता है, वो कभी हार नहीं सकता।
जो खाता है, वो कभी भूखा मर सकता है।
जो खिलाता है, वो कभी भूखा नहीं मर सकता।

या यह—

जो खोना चाहता है, वो खोता नहीं है।
जो खोने से डरता है, वह कुछ पाता नहीं है।
देना सीखो, बहुत कुछ मिलेगा।
लेना चाहोगे तो कुछ नहीं मिलेगा।

वर्ष 2016 की शुरुआत में थायरोकेयर सार्वजनिक कंपनी बन गई—एक आई.पी.ओ., जिसे जबरदस्त समर्थन मिला और उसके शेयर आसमान छूने लगे। आप जब इसके बारे में सोचेंगे तो यह देखकर हैरान रह जाएँगे कि अप्पानईकनपटी पुदुर का वह छोटा सा लड़का, जो गरीबी में पला-बढ़ा, छोटी सी उम्र से जिम्मेदारियाँ उठाने लगा, नौकरी की तलाश में मुंबई आया, रेलवे प्लेटफॉर्म पर सोया, बी.ए.आर.सी. में काम किया, पी-एच.डी. की और फिर एक कारोबार को शुरू करने के लिए अपने कंफर्ट जोन से बाहर आया और अब बहुत आगे बढ़ चुका है तथा उसका मूल्य 3,600 करोड़ रुपए से भी ज्यादा है। तो सुनकर बुरा नहीं लगा, क्यों, है ना?

"मैं अपनी माँ से पूछा करता था कि मैं मुंबई नहीं आता तो क्या करता? और वे कहती थीं—तुम ग्राम प्रधान होते और तुम्हारे पास कम-से-कम सौ भैंसें होतीं।"

माताएँ सबसे ज्यादा जानती हैं। उनका बेटा खास था। वह चाहे जो भी करता, उसके सपने बड़े होते और उसने बड़े सपने को सच भी कर दिखाया।

सफलता के मंत्र

- कारोबार इस कारण असफल नहीं होते कि उन्होंने अपने उत्पादों की कीमत बहुत कम रखी थी, बल्कि इस कारण, क्योंकि वे अपनी लागत को नियंत्रित नहीं करते।
- अनुभव का उम्र से लेना-देना नहीं होता। इसका संबंध इससे होता है कि आपने कितनी समस्याएँ सुलझाई हैं।
- मैंने हमेशा ही एक दिन का हिसाब 15 घंटे के काम से लगाया है—8 घंटे नहीं या 9 घंटे नहीं। ऐसा ही बीते 50 वर्षों से चला आ रहा है।
- दो तरह के लोग होते हैं—वे, जो अपनी गलतियों से नहीं सीखते और वे, जो दूसरों की गलतियों से भी सीखते हैं। उद्यमी सीखनेवाले होते हैं।
- आप अपने कंफर्ट जोन के केंद्र के जितना करीब रहेंगे, आपके कुछ हासिल करने की संभावना उतनी ही कम होगी।
- सफलता साधारण होती है। सिर्फ चार शब्द—फोकस करना, सीखना, बढ़ना, आनंद उठाना; लेकिन याद रहे—इस क्रम को उलटा मत करना।
- एस.बी.ए.डी.एम.के. : सीधा बैठो। अपना देखो। मेहनत करो।

❑

विश्व-स्तरीय कारोबार का निर्माण
लोढ़ा बिल्डर्स

मैं जब लोढ़ा बिल्डर्स के मैनेजिंग डायरेक्टर अभिषेक लोढ़ा से सेंट्रल मुंबई स्थित उनके ऑफिस में पहली बार मिलने पहुँचा तो एक दिलचस्प बात हुई। मिलने के समय से 5 मिनट पहले मैं सामने के बरामदे में पहुँचा और अपनी कार से बाहर निकला तो देखा कि एक व्यक्ति गिलास डोर से मेरी तरफ आ रहा है। वह मुसकराया और मुझसे हाथ मिलाते हुए बोला, "वेलकम, सर!"

वह सिक्यूरिटी से होता हुआ आगे बढ़ा और मुझे आईडी कार्ड न बनाना पड़े, इसके लिए मुझे सीधे एक लिफ्ट तक ले गया, जिससे मैं दसवीं मंजिल पर पहुँचा और उसने मुझे उस कमरे में बिठाया, जहाँ मेरी मुलाकात अभिषेक लोढ़ा से होनेवाली थी और मैंने मन-ही-मन कहा—वाह, क्या बात है! मुझे उम्मीद नहीं थी कि किसी बिल्डर के ऑफिस में इस तरह का स्वागत होगा! मैं यह सोच रहा था कि हम सभी जब दफ्तरों में जाते हैं, तब किस प्रकार अलग-अलग तरीके के स्वागत और सत्कार से हमारा परिचय होता है और मैं यह भी सोच रहा था कि कैसे किसी विचित्र तरीके से किसी ऑफिस बिल्डिंग में हमारा जैसा स्वागत होता है, उससे हमारे मन में उस कारोबार के बारे में पहली धारणा बनती है। यही नहीं, मैं यह भी सोच रहा था कि पता नहीं उस व्यक्ति को यह कैसे पता चला कि मैं ही वह व्यक्ति हूँ, जिसे दोपहर में अभिषेक लोढ़ा से मिलना था?

❑

हवा के झोंके की तरह अभिषेक जब कमरे में दाखिए हुए, तब अचानक आपका सामना अपनी जवानी को ध्यान रखकर तैयार हुए एक बाँके नौजवान से होता है। उनकी मुसकान शरारती है। दिखने में वे किसी लड़के की तरह हैं और उन लोगों की तरह जल्दी-जल्दी बोलते हैं, जिनकी जुबान उनके दिमाग से रेस

लगाती रहती है। साफतौर पर, अभिषेक लोढ़ा को बड़ी जल्दी है। बेशक, भारत की सबसे बड़ी रियल एस्टेट कंपनी लोढ़ा बिल्डर्स के 35 साल के सी.ई.ओ. एक ऐसी कंपनी बनाने की तैयारी में हैं, जिसे लोग सम्मान से देखें और वह विश्व-स्तरीय ख्याति के बिल्डर बनें और इस कोशिश में वे रियल एस्टेट के लोगों से जुड़े कुछ मिथकों को भी तोड़ना चाहते हैं। "हम लगातार पाँच वर्षों तक 'ग्रेट प्लेसेज टू वर्क' के टॉप 100 में रहे हैं।" और जब वे ऐसा कहते हैं, तब उनमें सिर्फ थोड़े-बहुत गर्व की भावना ही नहीं होती। "हमारा मापदंड केवल रियल एस्टेट इंडस्ट्री नहीं, बल्कि देश के सारे टॉप कॉरपोरेट हैं।"

आप जब उनकी बातों को सुन रहे होते हैं, तब अकसर यह सोचने पर मजबूर हो जाते हैं कि आप किसी बिल्डर से बात नहीं कर रहे, बल्कि आपकी बातचीत किसी हॉट-शॉट कंसल्टेंट से या किसी बड़ी बहुराष्ट्रीय कंपनी के चीफ एक्जीक्यूटिव ऑफिसर से हो रही है। प्रक्रिया, नैतिकता, बेंचमार्क, विश्वसनीयता, संस्कृति एवं सम्मान जैसे शब्द आपको अकसर सुनाई देंगे और वे उस एक व्यक्ति के दृढ़संकल्प की पुष्टि करते प्रतीत होते हैं, जो चाहता है कि उसका बिजनेस, नहीं उसका उद्योग, नई रोशनी में देखा जाए। तो अभिषेक लोढ़ा रियल एस्टेट बिजनेस में कैसे आए?

अमेरिका के जॉर्जिया टेक से अपनी बेचलर्स और मास्टर्स डिग्री करने के बाद अभिषेक ने वहीं एक नौकरी के लिए मैकिंजे में अर्जी दी। मैकिंजे जॉर्जिया टेक कैंपस से नियमित रूप से रिक्रूटमेंट नहीं करता; लेकिन वे युवा अभिषेक से काफी प्रभावित हुए और उन्हें ज्वॉइन करने का ऑफर दे दिया। पूरे कैंपस में एकमात्र व्यक्ति होना, जिसे मैकिंजे से ऑफर मिला था, अपने आप में ही कम रोमांचक नहीं था और अगले दो साल के समय का उन पर काफी गहरा प्रभाव पड़ा।

"मैकिंजे जैसे मुश्किल रिक्रूटर के हाथों चुना जानेवाला इकलौता व्यक्ति होना मेरे आत्मविश्वास के लिए बेहद अच्छा साबित हुआ।" अभिषेक उन दिनों को याद करते हुए कहते हैं, "और फिर, मुझे कुछ बेहद स्मार्ट लोगों और कुछ अव्वल कॉरपोरेट्स के साथ काम करने का मौका मिला। यह देखकर कि मेरे काम को सम्मान की नजर से देखा जा रहा है और उसे पहचान मिल रही है, मेरे अंदर ऐसा आत्मविश्वास पैदा हुआ, जिससे मुझे इस राह पर आगे बढ़ने में मदद मिली।"

इसलिए, जब उन्होंने वापस लौटने और फैमिली बिजनेस में शामिल होने

का फैसला किया, तब वे अपने साथ एक साधारण सा मंत्र लेकर आए, जो उन्हें मैकिंजे में मिला था—

स्मार्ट लोग + उचित वैल्यू = बड़ा असर।

उन्होंने एक मजबूत टीम तैयार करने पर ध्यान लगाया, जिसमें उनका ध्यान इस बात पर था कि मूल्यों का पालन किया जाए। आगे चलकर इस ग्रुप को मिली सफलता का श्रेय काफी हद तक इन दो बिल्डिंग ब्लॉक्स को जाता है—स्मार्ट लोग और उचित वैल्यू।

सही टैलेंट को नौकरी पर रखना कहने में आसान लगता है, लेकिन ऐसा करना काफी मुश्किल होता है। अभिषेक ने ऐसा कैसे किया? वे किसी संभावित उम्मीदवार में क्या देखते थे?

"तीन बातें," जवाब आया, "बुद्धि, कड़ी मेहनत करने की क्षमता और माहौल में फिट बैठनेवाला। मैं मूल रूप से स्मार्ट व बुद्धिमान लोगों की तलाश में रहता हूँ, जो बाँह चढ़ाकर कड़ी मेहनत करने के लिए तैयार रहते हैं और नैतिकता एवं मूल्यों को लेकर जिनकी समझ संगठन के साथ मेल खाती है।"

और उस समय, जब उन्होंने कंसल्टिंग से रियल एस्टेट का रुख किया, तब क्या उन्हें इस जबरदस्त तरक्की और सफलता का अंदाजा था? उनका कहना था, "आप जब शुरुआत करते हैं, तब आप जो चाहते हैं, उसे करते हैं और आप इसे अच्छी तरह करना चाहते हैं। आप बहुत दूर नहीं देखते।"

अभिषेक के काम करने की शैली में एक बात जो बार-बार आती है, वह है 'बैंडविड्थ का निर्माण'। वह बार-बार संगठनात्मक और व्यक्तिगत बैंडविड्थ को जोड़ने की बात करते हैं, जिससे कि वे और ज्यादा काम कर सकें। बुद्धिमान लोगों को बहाल करना इसकी कुंजी कैसे है? "बुद्धिमान लोग बेहतर समाधान निकालते हैं। वे बेहतर फैसले करने में मदद करते हैं।" आप जब उनके सहयोगियों से बात करेंगे, तब आपको पता चलेगा कि अभिषेक कितनी कड़ी मेहनत करते हैं, जी-जान लगा देते हैं, बैंडविड्थ का निर्माण करते हैं (यह बात फिर से आ गई!) और 'दिन में 48 घंटे काम करते हैं।' मैं यह जानना चाहता था कि वह ऐसा कैसे करते हैं और उनकी जबरदस्त उत्पादकता का राज क्या है? लेकिन अभिषेक खुद इसे बताने में थोड़ा संकोच करते हैं। वे कहते हैं, "मुझे अपने समय को अच्छी तरह से मैनेज करना पड़ता है। किसी भी उद्यमी के लिए सबसे बड़ी समस्या समय की ही होती है। मैं क्या-क्या करना है, इसकी एक सूची तैयार कर लेता हूँ और काम

पूरा होने पर उन्हें काटता जाता हूँ। मुझे जो भी करना है, उसे जल्द करने का प्रयास करता हूँ और कर भी लेता हूँ। अपनी 'क्या करना है', की सूची की जिम्मेदारी मैं खुद उठाता हूँ।"

आप भी उन लीडर्स की सूची में एक और नाम शामिल कर लीजिए, जो चेक सूची बनाते हैं। क्या आपके पास 'क्या करना है', की सूची है ? शायद आपके पास होनी चाहिए!

कुछ और भी है, जो वे करते हैं और मुझे लगता है कि वह उत्पादकता का एक शानदार साधन है। "मैं मानकर चलता हूँ कि एक ही सवाल मेरे सामने दोबारा न आए। हमारे सामने जब कोई सवाल या समस्या आती है तो मुझे उसे सुलझाने के लिए पूरा समय लगाने में खुशी होती है और वैसा करते समय मैं सुनिश्चित करता हूँ कि भविष्य में भी उस सवाल का जवाब देने के लिए एक ढाँचा तैयार हो जाए। इसलिए मैं निश्चित करता हूँ कि उसी सवाल का जवाब बार-बार देने में मुझे अपना वक्त बरबाद न करना पड़े।"

मुंबई के लोवर परेल में बना वर्ल्ड वन टावर एक ऐसी नामचीन लोढ़ा इमारत है, जिसे दुनिया की सबसे ऊँची रिहायशी इमारत कहा जाता है और इसकी खूब चर्चा होती है। इस टावर का अस्तित्व में आना उस धारणा का प्रतीक है, जिसे अभिषेक लोढ़ा पसंद करते हैं—प्रक्रिया का पालन करो, परिणाम अपने आप निकल आएगा।

इसलिए, ऐसा नहीं है कि अभिषेक दुनिया के सबसे ऊँचे रिहायशी टावर का निर्माण करने निकले थे। ऐसा कुछ भी नहीं है। उन्होंने शहर के बीचोबीच जमीन के एक बेशकीमती टुकड़े को ऐसी कीमत पर खरीदा, जिसे कई लोग पागलपन मान रहे थे। मुंबई की सबसे उम्दा रिहायश बनाने का संकल्प ले चुके अभिषेक ने उस पर काम करने के लिए सबसे अच्छे साझीदारों को चुना, जिसमें आर्किटेक्ट आई.एम. पई शामिल थे, जिन्होंने पेरिस में लूवर के बाहर पिरामिड का डिजाइन तैयार किया था। वे ऐसा ढाँचा खड़ा करने का मन बना चुके थे, जो मुंबई के साथ न्याय कर सके और एक लिहाज से इस शहर को कुछ वापस भी दे सके। इसलिए उन्होंने काफी खुली जगह छोड़ी—हरियाली के लिए, बगीचों के लिए। ताजगी व खुलेपन को महसूस करने के लिए। ये दोनों ही चीजें इस शहर में बड़ी मुश्किल से मिलती हैं। एक बार जब उन्होंने खुली जगहों को तय कर लिया, तब वे बची हुई जमीन पर बिल्डिंग का डिजाइन तैयार करने में जुट गए। जमीन के बचे हुए प्लॉट

पर निर्माण के लिए उपलब्ध एफ.एस.आई. (फ्लोर स्पेस इंडेक्स) इतना ज्यादा था कि उसका परिणाम खड़े और आसमान छूते वर्ल्ड वन टावर के तौर पर सामने आया और यह दुनिया का सबसे ऊँचा रिहायशी ढाँचा बन गया। इसने अभिषेक की इस धारणा को और पुख्ता किया कि अगर आप सही काम करेंगे और नतीजों को लेकर ज्यादा चिंतित नहीं होंगे तो परिणाम अपने आप ही मिल जाएँगे। सही काम कीजिए, इनाम मिल जाएँगे।

अभिषेक लोढ़ा अपने वंश और परिवार के नाम को रोशन करने के बारे में जिस गर्व से बात करते हैं, वह साफ दिखता है। उनके पिता और दादा दोनों ही वकील थे। उनके दादा जब राजस्थान हाई कोर्ट के मुख्य न्यायाधीश बने, तब उनके पिता ने वकालत बंद करने का फैसला किया, ताकि हितों का कोई टकराव न हो। उन्होंने कारोबार शुरू किया और इस तरह रियल एस्टेट बिजनेस में लोढ़ा की पारी शुरू हुई।

"मेरे दादाजी का बहुत गहरा प्रभाव था।" अभिषेक याद करते हुए कहते हैं। क्या कोई ऐसी सलाह उन्हें मिली थी, जो उनके दिमाग में बैठ गई थी? "वे कहा करते थे—ढंग के कपड़े पहनो, अच्छी तरह बात करो, सही तरीके से आगे बढ़ो।" तीन साधारण सी सलाहें, जो कहती थीं कि इस बात का खयाल रखो कि तुम अच्छे दिखो, अच्छी तरह बोलो, साफ बात करो एवं सम्मान के साथ करो और इस बात का ध्यान रखो कि जो कुछ करो, उन सभी में तात्कालिकता की भावना हो। स्पष्ट रूप से, युवा लोढ़ा ने अपने दादा की सलाह को ज्यादा ही गंभीरता से ले लिया था।

कुछ और भी है, जिसे अभिषेक काफी गंभीरता से लेते हैं और वह है लोढ़ा ब्रांड को आगे बढ़ाना। अभिषेक कहते हैं, "कोई भी ब्रांड वह नहीं होता, जिसके बारे में आप अपने विज्ञापन में बताते हैं। असल में ब्रांड वह होता है कि आप जब कमरे में न हों, तब लोग आपके बारे में क्या कहते हैं।" इसलिए विश्वसनीयता एवं भरोसे का निर्माण, उम्दा क्वालिटी के उत्पाद देना और लोगों को यह एहसास दिलाना कि लोढ़ा अलग है—ये सब लोढ़ा बिजनेस का मूल मंत्र बन गए। अलग होना उनके विज्ञापनों में भी सामने आया। ऐसे समय में, जब सारे बिल्डर्स अपने विज्ञापनों में इमारतों की तसवीरें डाल रहे थे, तब लोढ़ा ने फैसला किया कि वे बिल्डिंग नहीं दिखाएँगे और उनकी जगह उन्होंने उन लोगों की तसवीरें डालीं, जो अपने नए घर में अच्छा समय बिता रहे हैं। यह कारगर साबित हुआ और जल्दी

ही दूसरे बिल्डर्स ने भी लोढ़ा के तरीके को अपना लिया।

क्या उन्हें इस बात की चिंता सता रही थी कि लोढ़ा के विज्ञापनों का महँगा दिखना उन लोगों को दूर कर देगा, जिनका बजट कम है और जो बहुत महँगा घर नहीं चाहते? "बिल्कुल भी नहीं।" जवाब आया, "किसी घर को खरीदना ज्यादातर लोगों के लिए उनके जीवन का दूसरा सबसे महत्त्वपूर्ण फैसला होता है। और इससे फर्क नहीं पड़ता कि आप 4,000 रुपए प्रति वर्ग फीट अदा कर रहे हैं या 40,000 रुपए। आप एक बढ़िया क्वालिटी का उत्पाद चाहते हैं, एक ऐसा घर, जिस पर आपको गर्व हो। वह व्यक्ति, जो 4,000 रुपए खर्च कर रहा है, वह भी उसके जितना ही अच्छा और अपने घर को लेकर गर्व महसूस करना चाहता है, जितना कि वह व्यक्ति, जिसने उसका दस गुना खर्च किया होगा।" यह कीमत को मैनेज करने पर एक अच्छा सबक है—क्वालिटी एजुकेशन। सफल ब्रांड यह सुनिश्चित करते हैं कि कम कीमत घटिया क्वालिटी में न बदल जाए। आपका प्राइस प्वॉइंट चाहे कुछ भी हो, आप यह सुनिश्चित करना चाहते हैं कि आपका ग्राहक उस ब्रांड को खरीदने पर गर्व कर सके।

साहस और महत्त्वाकांक्षा के साथ ही आत्म-विश्वास के मिश्रण ने लोढ़ा की ओर से उठाए गए कई कदमों को परिभाषित किया है। उदाहरण के लिए, इस क्षेत्र में तुलनात्मक रूप से इस नए बच्चे में ऐसा क्या है कि अरमानी और ट्रंप जैसे दुनिया के बड़े-बड़े खिलाड़ी उन्हें अपना साझीदार बनाना चाहते हैं? "हमने जब पहली बार उनसे बात की तो हमें पता था कि वे कह सकते हैं कि ये जोकर कौन है? लेकिन हम उनके साथ साझेदारी का मोल समझते थे और हम दुनिया के नक्शे पर एक खिलाड़ी बनना चाहते थे, इसलिए हमने कहा—चलो, कोशिश करते हैं। कोशिश करने में हर्ज ही क्या है? और आश्चर्य, यह हो गया!"

कोशिश करने में हर्ज ही क्या है? आमतौर पर कुछ भी नहीं। हम बस, प्रयास करने से डरते हैं, असफलता से डरते हैं। सच्चाई यह है कि अगर आप कोशिश करते हैं तो आप जीत सकते हैं या हार सकते हैं; लेकिन आप कोशिश नहीं करेंगे; तो कभी नहीं जीत सकेंगे। इसलिए कोशिश करते रहिए। "कोशिश करने में हर्ज ही क्या है?" लोढ़ा ग्रुप का वह वाक्य है, जिसे उन्होंने अपने मन में बसा लिया है और शायद हम सभी को ऐसा करना चाहिए।

यही साहस तब भी दिखा था, जब उन्होंने वडाला में, जो मुंबई का कुछ हद तक मध्यम वर्गीय मध्य अर्ध-शहरी इलाका है, एक बड़ी जमीन खरीदी और

उस इलाके को 'न्यू कफ परेड' नाम देने का फैसला किया। इसका मकसद उस इलाके को लेकर दक्षिण मुंबई के स्टाइलिश और महँगे कफ परेड जैसी सोच पैदा करना था। अच्छा, उन्हें कैसे लगा कि उनकी यह कोशिश कामयाब हो जाएगी?

"जमीन के जिस टुकड़े पर हम निर्माण करना चाह रहे थे, वह कई मायने में कफ परेड जैसा था। वह लगभग 25 एकड़ के करीब था, जहाँ पानी के किनारे ज्यादातर रिहायशी इलाके थे। बिल्कुल कफ परेड की तरह! और मुझे याद आया कि कैसे कई साल पहले विज्ञापन एजेंसी ओगिल्वी ने सबसे पहले लोवर परेल की डाउन मार्केट समझे जानेवाले इलाके में प्रवेश किया और उन्होंने कहा था कि वे लोवर परेल में नहीं, बल्कि अपर वर्ली में आए हैं। इससे उस इलाके को लेकर लोगों की सोच बदल गई और हमने सोचा कि इस इलाके को 'न्यू कफ परेड' क्यों न कहा जाए! कोशिश करने में हर्ज ही क्या है?" अच्छा, फिर वही दमदार लाइन। हम सभी अपने जीवन में काफी कुछ हासिल कर सकते हैं, बशर्ते हम कोशिश करने के लिए तैयार रहें। असफलता का डर हमें रोक लेता है। शायद आप अपने आप को अभिषेक के शब्द याद दिलाएँ—कोशिश करने में हर्ज ही क्या है?

आप जब लोढ़ा संगठन के तमाम लोगों से बात करें तो देखेंगे कि उनमें गर्व और स्वामित्व की ऐसी भावना है, जो ऊपर से नीचे तक जाती है। लोढ़ा ग्रुप में इस संस्कृति को लाने में वह कैसे सफल हुए? "संस्कृति आपके कर्मों का, न कि सिर्फ शब्दों का परिणाम होती है। हमारे व्यवहार से उन मूल्यों को शक्ति मिलनी चाहिए, हर दिन। अगर मैं कहता हूँ कि यह मेहनत करनेवाली जगह है और फिर हर दिन गोल्फ खेलने चला जाऊँ तो इसका फायदा नहीं होगा। संस्कृति तब बढ़ती है, जब आप उन मूल्यों को दरशाते हैं, जिनकी बात करते हैं।"

मैंने अभिषेक को बताया कि उनके ऑफिस की बिल्डिंग में दाखिल होते ही मुझे कितनी अच्छी तरह रिसीव किया गया और कैसे मैं इस बात पर हैरान था कि मेरी पहचान, मेरा स्वागत और उनके ऑफिस तक लाने की बातें हुईं। आखिर कैसे वह संगठन के एक सामान्य व्यक्ति को भी ज्यादा मेहनत करने के लिए प्रेरित करते हैं?

"कोई भी व्यक्ति सामान्य नहीं होता। हर कोई सम्मान पाना चाहता है और हम लोगों का उनके प्रदर्शन के लिए हर दिन लोढ़ा ब्रांड के निर्माण को लेकर वे जो काम करते हैं, उनके लिए उनका सम्मान करते हैं। हमारे यहाँ आनेवाले मेहमानों के लिए एक प्रक्रिया है। मीटिंग कैलेंडर दिखाता है कि किस दिन कौन

आने वाला है और हमने तय किया है कि एक व्यक्ति नीचे जाएगा और उस मेहमान को रिसीव करेगा। चूँकि नीचे जानेवाला व्यक्ति सम्मानित महसूस करता है, इसलिए वह इसे खास बनाने के लिए अपनी तरफ से भी कोशिश करता है। इस मामले में शायद उसने आपके बारे में गूगल किया, आपकी तसवीर निकाली और उसकी मदद से आप जब आए, तब उसने आपको पहचाना। बस, यही है!"

आप साचते हैं, क्या बात है! लेकिन आप यह पूछने से खुद को रोक नहीं पाते—आप ऐसा क्या करते हैं कि कर्मचारी खुद को सम्मानित महसूस करे? "कुछ खास नहीं। ऐसी कोई ट्रिक नहीं है।" अभिषेक कहते हैं, "छोटी-छोटी बातें होती हैं, जो कुछ अलग कर सकती हैं। मान लीजिए, आपको कोई काम जल्दी करवाना है, लेकिन ऑफिस ब्वॉय लंच कर रहा है। आप क्या करेंगे? यह कि वह उठे और काम करे और फिर बाद में अपना खाना खत्म करे या आप उसे खा लेने देते हैं और कहते हैं कि खाते समय आप उसे डिस्टर्ब नहीं करना चाहते?"

और फिर, आप क्या करते हैं? आपकी प्रतिक्रिया में ही शायद यह जवाब छिपा है कि आपके कदम से लोग अपना मोल समझते हैं या नहीं समझते। संगठन के लोग जो काम करते हैं, उसे लेकर सम्मानित महसूस करते हैं या नहीं करते।

अभिषेक लोढ़ा ऐसे व्यक्ति हैं, जो एक मिशन पर हैं। न केवल एक विशाल वैश्विक रियल एस्टेट बिजनेस का निर्माण, बल्कि एक ऐसे संगठन का भी, जिसे सारे कॉरपोरेट समूह के बीच सम्मान से देखा जाए। वह लोढ़ा को एक ऐसी कंपनी बनाना चाहते हैं, जिसे लोग उस निगम की तरह देखें, जैसा वे बनना चाहते हैं। "जैसे टाटा ग्रुप।" मैकिंजे के पूर्व कंसल्टेंट ने कहा, जो पूरे लोढ़ा साम्राज्य को चलाते हैं, "एक कंपनी, जिसका लोग सम्मान करें।"

एक महान् कारोबार को खड़ा करने का फॉर्मूला आसान है—अपने लोगों का सम्मान करें और वे आपकी सहायता उस कारोबार को खड़ा करने में करेंगे, जिसका लोग सम्मान करें और उस गंतव्य तक का यह सफर बेहद मामूली, छोटे कदमों से भरा होता है। जैसा कि आपका अंदाजा होगा, अभिषेक उन लोगों में से हैं, जो ऑफिस ब्वॉय को लंच खत्म करने का मौका देते हैं, उसे परेशान नहीं करते, फिर चाहे कितना ही जरूरी काम क्यों न हो। सम्मान देने से ही सम्मान मिलता है।

इस तरह के छोटे कदमों से ही विशाल संगठनों का निर्माण होता है।

सफलता के मंत्र

- किसी भी उद्यमी के लिए सबसे बड़ी समस्या होती है—समय की कमी। क्या करना है कि एक सूची बनाएँ और क्या करना है कि सूची की जिम्मेदारी खुद उठाएँ।
- जब कोई सवाल या समस्या खड़ी हो, तब उसे सुलझाने में अपना पूरा समय दें और ऐसा करते समय ध्यान रखें कि ऐसा ढाँचा खड़ा हो जाए कि भविष्य में भी ऐसे सवाल के उठने पर उसका जवाब मिल जाए। बार-बार एक ही सवाल का जवाब देने पर समय बरबाद न करें।
- प्रक्रिया का पालन करें, नतीजा अपने आप निकल आएगा। सही काम करें, इनाम मिल जाएगा।
- ढंग के कपड़े पहनो, अच्छी तरह बात करो, जल्दी करो। ध्यान रहे कि तुम हमेशा अच्छे दिखो, अच्छा बोलो, सम्मान के साथ स्पष्ट बातचीत करो और ध्यान रहे कि तुम जो कुछ करो, उसमें तात्कालिकता हो।
- ब्रांड वह नहीं, जिसके बारे में आप अपने विज्ञापन में बताते हैं। ब्रांड असल में वह है कि जब आप कमरे में न हों, तब लोग आपके बारे में क्या कहते हैं।
- आपका प्राइस प्वॉइंट चाहे कुछ भी हो, ध्यान रहे कि आपका ग्राहक उस ब्रांड को खरीदकर गर्व करे।
- मान लीजिए, आपको कोई काम अभी करवाना है, लेकिन ऑफिस ब्वॉय लंच कर रहा है। आप क्या करेंगे? सुनिश्चित करेंगे कि वह उठे और उस काम को करे या आप उसे उसका खाना खत्म करने देते हैं? आपकी प्रतिक्रिया में ही शायद इस बात का जवाब छिपा है कि आपके कदम लोगों को उनके मोल का एहसास कराते हैं या नहीं।
- संस्कृति आपके कर्मों का परिणाम है, न कि सिर्फ शब्दों का।

❑

आपका जाना-पहचाना पड़ोस का ऑनलाइन राशनवाला
बिग बास्केट

एक कप कॉफी के साथ बहुत कुछ हो सकता है और ऐसा ही सितंबर 2011 में एक दिन बंगलौर में हुआ।

के. गणेश, जो कई प्रकार के उद्यम चला रहे थे और अभी-अभी ट्यूटरविस्टा का सौदा पियर्सन से किया था और वी.एस. सुधाकर, जो भारतीय इ-कॉमर्स के अग्रदूतों में से एक हैं, एक ही टेबल पर बैठकर कॉफी पी रहे थे। सुधाकर फेबमार्ट डॉट कॉम के संस्थापकों में से एक थे, जो भारत के पहले ऑनलाइन स्टोर्स में से एक है और उन्होंने 'ब्रिक-एंड-मोर्टार' नाम का भी एक स्टोर खोला था, जिसका विलय बाद में 'त्रिनेत्र' के साथ किया और उसे आदित्य बिरला ग्रुप को बेच दिया।

"यार, आप लोगों को ऑनलाइन ग्रॉसरी में आना चाहिए!" गणेश ने कहा, "आपने ऑनलाइन और ऑफलाइन किया है। मुझे लगता है, आप इसे कर लोगे।" साफतौर पर गणेश को ऑनलाइन राशन में संभावना दिख रही थी। यू.के. स्थित एक शुद्ध रूप से प्ले ऑनलाइन रिटेलर 'ओकाडो' ने हाल ही में सार्वजनिक कंपनी का रूप लिया था, यहाँ तक कि टेस्को डॉट कॉम ने भी यह ऐलान कर दुनिया को चौंका दिया था कि उनके ऑनलाइन राशन की बिक्री उस साल 3 अरब डॉलर को पार कर चुकी है। स्पष्ट रूप से गणेश के पास इस क्षेत्र में तेजी का अनुमान लगाने की वजह भी थी। एक सौदा हो गया। फैबमार्ट के मूल संस्थापक—विपुल पारेख, हरि मेनन, वी.एस. रमेश और खुद सुधाकर ऑनलाइन ग्रोसरी में अपनी दूसरी पारी के लिए साझीदारी का नवीनीकरण करेंगे और गणेश इस उद्यम के लिए धन मुहैया कराएँगे या इंतजाम करेंगे और इस तरह बिग बास्केट डॉट कॉम का जन्म हुआ।

लेकिन कुछ मुश्किलों को पार करना बाकी था। सुधाकर और विपुल शॉपएजयूलाइक डॉट कॉम नाम की एक ऑनलाइन ग्रोसरी में निवेशक भी थे और उसके मेंटर भी, जिसे आई.आई.एम., अहमदाबाद के एक पूर्व छात्र अभिनय चौधरी ने शुरू किया था। उन्हें लगा कि एक प्रतिद्वंद्वी ऑनलाइन ग्रोसरी चेन को खड़ा करना उनके लिए अनुचित होगा। क्या वे अभिनय को भी एक संस्थापक साझीदार के तौर पर साथ ला सकते हैं? अभिनय को इस आइडिया को बेचने और इस बात पर राजी करने की जिम्मेदारी गणेश ने सँभाली कि वे शॉपएजयूलाइक को नए उद्यम में मिला दें और अभिनय मान गए।

दूसरी मुश्किल यह थी कि सुधाकर और विपुल चाहते थे कि उनके पुराने साथी हरि मेनन को सी.ई.ओ. बनाया जाए। फैबमॉल की बिक्री बिरला ग्रुप को कर दिए जाने के बाद हरि इंडियास्किल्स के सी.ई.ओ. बन गए थे। क्या वे उसे छोड़कर नई स्टार्ट-अप टीम में शामिल होना स्वीकार करेंगे? सुधाकर ने हरि का पक्ष जानने के लिए उन्हें फोन किया। बस, एक ही कॉल काफी थी, वह भी एकदम छोटी सी! और ये चार बेहतरीन लोग फिर से धमाल मचाने के लिए तैयार थे।

संस्थापकों का अलग होना और अपने-अपने रास्ते चले जाने की बातें कोई अनोखी नहीं हैं। भाई और करीबी दोस्त तथा बचपन के दोस्त और कॉलेज के बैचमेट अकसर किसी बिजनेस की शुरुआत के लिए साथ आते हैं और फिर बीच में कहीं पर अलग हो जाते हैं। तो फिर फैबमार्ट के संस्थापकों के बीच ऐसा क्या है कि वे न केवल अपने पहले उद्यम के दौरान साथ रहे, बल्कि दूसरी पारी के लिए भी एकजुट हो गए? क्या कोई राज है? क्या उद्यमी बनने की चाह रखनेवाले इससे कुछ सबक ले सकते हैं?

"हम साथ आए, क्योंकि हमारे बीच बेहद मजबूत पेशेवर संबंध थे।" सुधाकर कहते हैं, "हम एक-दूसरे के काम करने के तरीके को पसंद करते थे और हमारी कार्य-संस्कृति तथा हमारी मूल्य-प्रणाली एक जैसी थी। अगर पेशेवर मूल्यों में बहुत अधिक समानता रहती है तो सफलता की संभावना भी अधिक होती है। भावनात्मक संबंध और उसी तरह की व्यक्तिगत मूल्य-प्रणालियाँ अच्छी हो सकती हैं; लेकिन किसी बिजनेस को खड़ा करने और चलाने की समान भावना उन सब में चार चाँद लगा देती है।"

इसलिए शायद टी.वी.एस. इलेक्ट्रॉनिक्स, जो टी.वी.एस. ग्रुप का कुछ हद तक कम मशहूर बिजनेस है, उसे भारत के सबसे बड़े ऑनलाइन ग्रोसरी बिजनेस के

अस्तित्व में आने का कुछ श्रेय मिलना चाहिए। वजह यह कि यहीं पर पहली बार तीन संस्थापक मिले थे। सुधाकर ने आई.आई.एम.-ए से ग्रेजुएट होने के ठीक बाद उनसे हाथ मिलाया था और विपुल तथा हरि दो साल बाद जुड़े थे।

अगर आप बंगलौर स्थित बिगबास्केट के हेडक्वार्टर में आएँगे तो आपको लगेगा ही नहीं कि आप किसी ऐसे बिजनेस को देख रहे हैं, जिसकी वैल्यू 50 करोड़ डॉलर है। यह अनजाना सा है और इंदिरा नगर की व्यस्त सड़क पर आप गाड़ी चलाते हुए गुजरें तो शायद इसे पीछे छोड़ते हुए आगे निकल जाएँगे। वे जहाँ से बिजनेस चलाते हैं, उस बिल्डिंग के सामने के हिस्से में एक बड़ा सा ब्यूटी सैलून है, जो खास कमाई नहीं करता और अगर आपने ध्यान से नहीं देखा तो आप उस पतली सी गली को नहीं देख पाएँगे, जो बिल्डिंग के पीछे तक जाती है, जहाँ से आपको बिगबास्केट ऑफिस तक के लिए सीढ़ियाँ चढ़नी पड़ती हैं! और एक बार आप वहाँ पहुँच गए तो आप वहाँ के सी.ई.ओ. या किसी एक संस्थापक से मिलना चाहेंगे। लेकिन आपको कोने में बने किसी भव्य ऑफिस तक नहीं ले जाया जाएगा। असल में, वहाँ एक रिसेप्शनिस्ट तक नहीं है। बस, काम करने की थोड़ी जगह है और संस्थापक खुशी-खुशी एक कमरे से दूसरे कमरे तक घूमते रहते हैं और यह देखते हैं कि किस खाली कमरे में आपसे बैठकर बातें की जा सकती हैं। और अगर आपको कॉफी चाहिए तो फिर कोई संस्थापक उठेगा और कॉफीवाले को आवाज लगाकर उससे कहेगा कि वह कॉफी पिला दे...प्लीज! मितव्ययिता निश्चित रूप से इस संगठन के डी.एन.ए. का एक हिस्सा है और अगर आप इसके बारे में सोचें तो यह बात लगभग सभी बड़े उपक्रमों पर भी लागू होती है।

साझा 'पेशेवर मूल्य-प्रणाली' की बात को समझाते हुए सुधाकर आपको बताते हैं कि कैसे वे सभी वाणिज्यिक रूप से कंजूस हैं। "हम सभी बिजनेस क्लास की बजाय इकॉनमी क्लास में सफर करते हैं। मुझे याद है कि कैसे फैबमार्ट के शुरुआती दिनों में एक ई एंडवाई कंसल्टेंट ने हमें बताया कि वह हैरान था कि जब अधिकांश इ-कॉमर्सवाले लोग घरेलू में बिजनेस और अंतरराष्ट्रीय उड़ानों में फर्स्ट क्लास में सफर कर रहे हैं, तब हम इकॉनमी में चल रहे थे। सच कहूँ तो हम कुछ भी स्पेशल या अलग नहीं कर रहे थे। अगर हममें से एक का भी सोच अलग होता तो जब हम पर दबाव बढ़ा तो सबकुछ बिखरने लग जाता। एक तरह की मानसिकता ने हमें तब भी साथ बनाए रखा, जब हमारा समय अच्छा नहीं था।" किसी बाहरी व्यक्ति की तरह बिगबास्केट बिजनेस को देखने पर मितव्ययिता की

उनकी मानसिकता आपको एकदम से हैरान कर देती है और इसे पसंद करना, इसकी प्रशंसा करना मुश्किल नहीं होता।

सुधाकर के बारे में एक और चीज आपको हैरान करती है और वह है अहंकार का दूर-दूर तक न होना। क्या यह भी सारे संस्थापकों में एक जैसा ही है? बिल्कुल। "हम इस बात के लिए लड़े कि हमें सी.ई.ओ. नहीं बनना! हममें से कोई भी मैगजीन कवर पर नहीं दिखना चाहता। हमें बस, साथ काम करने में आनंद आता है और इस बात को लेकर खुश होते हैं कि हमें एक बड़ा एवं मुनाफा कमानेवाला बिजनेस खड़ा करने का अवसर मिला। नाम से कोई फर्क नहीं पड़ता। हममें से किसी को भी ऑफिस के साइज से फर्क नहीं पड़ता। ताकत इससे मिलती है कि आप कौन हैं, न कि आपके पद या आपके कमरे के साइज से। क्या फर्क पड़ता है!" बेशक, इससे क्या फर्क पड़ता है!

इसलिए एक सफल उद्यमी बनने के लिए क्या करना पड़ता है? "आप में एक लगन होनी चाहिए और आप में ऊर्जा होनी चाहिए—सिर्फ जोश में रहने के लिए ही नहीं, बल्कि अपनी पूरी टीम को जोश में लाने के लिए। आपके अंदर जोखिम उठाने और जोखिम को कम करने की क्षमता भी होनी चाहिए।"

सुधाकर को लगता है कि फैबमार्ट का अनुभव अनमोल था। उन्होंने अगस्त 1999 में फैबमार्ट डॉट कॉम को शुरू किया और दिसंबर 2000 तक यह डॉट कॉम अचानक धराशायी हो गया। तीन महीने में सिलिकन वैली प्रेयसी से अछूत बन गई। "इससे हमें मदद मिली। एक साल पहले तक इ-कॉमर्स में सभी ने कहा कि बस, बढ़ते जाओ। लोगों ने हम से कहा, 'आप लोग बड़े रूढ़िवादी हो। तेईस साल के लोग अरब, डॉलर का बिजनेस खड़ा कर रहे हैं!' अगर आपने बुलंदी और तबाही के चक्र को, सफलता और असफलता को देखा है तो आपको आश्चर्य नहीं होता। हम बुलंदी में रहने पर ज्यादा गुमान नहीं करते और बुरे वक्त में बहुत चिंतित नहीं होते।"

और फिर, इस बात से मदद मिलती है कि बिगबास्केट की टीम पूरी दृढ़ता से अपने काम में जुटी है। वे इस बात को समझते हैं कि लागू करना बेहद अहम है और खराब तरीके से किया गया काम ग्राहकों को नाराज कर सकता है, जिसका अर्थ है कि हम एक ग्राहक को खो सकते हैं। "किसी चीज को जानना और किसी चीज को अमल में लाना पूरी तरह से दो अलग-अलग बातें हैं। एक जबरदस्त आइडिया होना अच्छी बात है; लेकिन आप उसे कैसे लागू करते हैं, यह ज्यादा महत्त्वपूर्ण होता है।"

सुधाकर कहते हैं। सबकुछ प्रक्रिया से चलता है। चेन का हर कदम स्पष्ट रूप से परिभाषित, दस्तावेज में दर्ज प्रक्रिया है। "स्कूल में हमें सोचने के लिए उत्साहित नहीं किया जाता। इसलिए हम जब काम करते हैं, तब हर किसी में सोचने की यह इच्छा होती है। बिजनेस में, एक बार कोई प्रक्रिया तय कर दी गई तो आप यही चाहते हैं कि लोग उसका पालन करें, जैसे सेना में होता है। हम इस बात को कैसे निश्चित करें कि आखिरी व्यक्ति भी इस प्रक्रिया का दिन-रात पालन करे? वह आखिरी व्यक्ति ही होता है, जिसे ग्राहक देखता है। वह आखिरी व्यक्ति असल में 'एक्जीक्यूशन' को नहीं समझता। हमारा काम उसकी मदद इसे जीवंत बनाने में करना है।"

एक दिलचस्प कहानी है, जो बिगबास्केट के एक्जीक्यूशन पर, ग्राहक को खुश करने के उसके जोर पर और छोटी-छोटी बात पर गौर करने की आदत पर रोशनी डालती है। उनके बिजनेस में सामान को क्रेट्स में रखकर डिलीवर किया जाता है, जिन पर गोदाम में टैग के साथ लॉक कर दिया जाता है और ग्राहक के घर पर खोला जाता है। वे टैग काफी हद तक वैसे ही होते हैं, जिनका इस्तेमाल आप किसी एयरपोर्ट पर अपने बैग को लॉक करने के लिए करते हैं। जैसा कि आपको लग रहा होगा, इसके संबंध में एक लिखित प्रक्रिया है और डिलीवर करनेवाले व्यक्ति से उम्मीद की जाती है कि वह अपने साथ पाउच में कटर रखे, जो उस टैग को काटे और ढक्कन को खोले। डिलीवर करनेवाले लड़कों को इस बात की ट्रेनिंग दी जाती है कि क्यों उनके लिए कटर रखना जरूरी है और उससे भी कहीं अधिक जरूरी उन्हें यह सिखाना है कि वे टैग को काटते समय फर्श पर गिरे-टूटे टुकड़ों को समेट लें। उन्हें उसे उठाना है और वापस क्रेट में डालना है। अगर वे उसे नहीं उठाते तो गलती से कोई गृहिणी उस पर चढ़ जाएगी और उसे अपने पैर के नीचे असहज महसूस होगा या फिर उसे झुकना होगा, उठाना और फेंकना होगा। डिलीवरी ब्वॉय की ओर से उन्हें उठाने पर लोग गौर करते हैं। यह दिखाता है कि उन्हें ग्राहकों की परवाह है। यह बारीकियों पर ध्यान दिए जाने को दिखाता है और ग्राहकों को खुश करने में मदद करता है।

शायद हर बिजनेस को अपने आप से पूछना चाहिए, 'हमारे पास उन प्लास्टिक टैग्स जैसा क्या है? ऐसे छोटे-छोटे अवसर कौन से हैं, जो फर्क लाते हैं और हमारे ग्राहकों को दिखाते हैं कि हमें उनकी परवाह है। यह भी कि छोटी-से-छोटी बात भी हमारे लिए छोटी नहीं है।' छोटी-छोटी बातों पर ध्यान देने के अपने ही फायदे होते हैं।

अपने काम को बेहतरीन ढंग से करने की बिगबास्केट की कोशिश का एक महत्त्वपूर्ण कदम डिलीवरी करनेवाले लड़कों को विशेष तौर पर यह बताना है कि वे जो कर रहे हैं, उसे 'क्यों' कर रहे हैं। इसलिए वे समझाते हैं कि फर्श पर गिरे टैग को उन्हें क्यों हर हाल में उठाना है और उसे बस, यह नहीं बताना है कि यह एक प्रक्रिया है, बल्कि इसे करना ही है और वह भी बिना किसी सवाल के। 'क्या' और 'कैसे' की बजाय 'क्यों' से शुरुआत करें तो ग्राहक को खुश करने में उस टीम का उत्साह बढ़ाया जा सकता है। सुधाकर कहते हैं, "सफलता हमारे लिए चीजों को अच्छी तरह और अलग ढंग से करने का एक मिला-जुला रूप है।" बिगबास्केट ने हाल ही में MAGIC नाम का एक आंतरिक प्रोग्राम शुरू किया है। यह 'मेकिंग ए गुड इंप्रेशन ऑन कस्टमर्स' का छोटा रूप है और वे हर बार मैजिक (MAGIC) करना चाहते हैं।

संस्थापकों को काम करते देख और उनकी बातों को सुनकर यह साफ हो जाता है कि उन्हें इसमें आनंद आ रहा है। "पैसा हमारी मुख्य प्रेरणा नहीं है। हम इसे कर रहे हैं, क्योंकि हमें लगता है कि यह एक शानदार मौका है। अगर पैसा आता है तो हमें उसकी भी खुशी होगी।"

एक ऐसे पेशेवर के रूप में, जिसने कॉरपोरेट जगत् में एक स्थिर नौकरी को छोड़कर उद्यमी बनने का फैसला किया, सुधाकर इस बात को दिलचस्प तरीके से बताते हैं कि सफलता कैसे मिलती है। वे कहते हैं कि तीन तरह के ही उद्यमी होते हैं, "पहले, जो जन्म से ही उद्यमी होते हैं। वैसा व्यक्ति, जो कुछ और करने की सोच ही नहीं सकता। कुछ भी हो जाए, वह उद्यमी ही बनेगा। वह अपनी इच्छा से बिजनेस में एक-एक रुपया लगा देगा और अपने परिवार को भी सड़क पर ले आएगा। 'बड़ा मुनाफा, बड़ा नुकसान', इस तरह के लोग ऐसा ही करते हैं। दूसरी श्रेणी अवसर के कारण उद्यमी बननेवालों की होती है। उन्हें कोई अवसर आकर्षक लगता है, जिससे उनका जोश बढ़ जाता है। वे उसे आजमाए बिना जाने नहीं दे सकते और तीसरी तरह के उद्यमी वे होते हैं, जो अवसरवादी होते हैं। इस तरह के उद्यमी जब किसी अवसर को देखते हैं तो बेहिसाब पैसा कमाने के लिए अच्छे वेतनवाली नौकरी भी छोड़ देते हैं। वे लगातार पीछे मुड़कर देखते हैं कि पीछे क्या छोड़ आए, बार-बार हाथ से निकले अवसर का हिसाब-पुस्तक करते हैं। चीजें जब उनकी योजना के मुताबिक नहीं होतीं, तब वे हताश हो जाते हैं और आमतौर पर उसे छोड़कर भाग जाते हैं। एक उद्यमी के तौर पर आपको कभी इस तरह के

'अवसर की लागत का हिसाब-पुस्तक' नहीं करना चाहिए और यह नहीं कहना चाहिए कि काश, मैं उससे बढ़िया नौकरी में होता तो इतने पैसे कमा लेता! आपको अभी से ऐसा करना बंद करना होगा।" हममें से हर किसी के पास एक अच्छा अवसर है कि हम भी थोड़ा-बहुत सोचें कि हम किस श्रेणी में हैं और अगर आप श्रेणी 2 के अवसर आने पर उद्यमी बननेवालों में नहीं हैं तो अच्छा होगा कि जहाँ हैं, वहीं रहें और उद्यमी बनने की कोशिश न करें।

आप जो करें, उसका आनंद लें। ऐसे उद्यमी के सफर का मूल मंत्र यही है। अगर आपको आनंद नहीं आ रहा तो शायद आपको वह काम नहीं करना चाहिए। "आपको अनासक्त होना चाहिए और उसके साथ ही अपने बिजनेस को लेकर पूरी तरह से भावुक भी होना चाहिए।" सुधाकर कहते हैं, "अगर आपकी अपनी कोई पहचान नहीं है और आपकी पहचान आपके बिजनेस से है तो इसके कारगर न होने पर भी आप उसमें बने रहने के लिए संघर्ष करेंगे। यह जरूरी है कि किसी बिजनेस से बाहर निकलने की क्षमता हो और उसके बारे में अफसोस न करें। हमारा बोर्ड कहता है कि हम इसमें शामिल हैं और अनासक्त हैं। हम इसकी छोटी-छोटी बातों को भी जानते हैं और हमें इस बिजनेस को चलाना अच्छा लगता है।"

एक और भी सलाह है, जो सुधाकर उद्यमी बनने की इच्छा रखनेवाले किसी भी व्यक्ति को देना चाहेंगे—अपने बिजनेस के प्रति अनासक्त रहें और उसके साथ ही उसे लेकर भावुक भी रहें। उसका आनंद उठाएँ। अगर कुछ साल बाद यह कारगर नहीं रह जाए, तब भी आप यह कह सकें कि तो क्या हुआ, मैंने इसका आनंद लिया और जब आपकी मानसिकता ऐसी होगी तो आज नहीं तो कल, चीजें कारगर होने लगेंगी। भले ही उस तरीके से नहीं, जैसा आप चाहते होंगे, शायद उस बिजनेस में नहीं, जिसे आपने शुरू किया होगा; लेकिन जब सफर का आनंद लेने की प्रवृत्ति होगी तो सफलता मिल जाएगी।

अब आप सोचेंगे, उन्हें दी गई सबसे अच्छी सलाह क्या थी? सुधाकर दो साधारण सी सलाहों को याद करते हैं, जिनसे सबकुछ बदल गया और दोनों बातें उनके दिमाग में बैठ गईं। पहली कुछ इस तरह की थी, जो माइक्रोलैंड के एक गुमनाम से व्यक्ति ने दी थी, जिसने कहा था, "आप जब दुःखी हों, तब सामान्य होने में जितना वक्त लगा, उसे लिख लें। धीरे-धीरे इस समय को कम करने का प्रयास करें और आपको लगने लगेगा कि आपने दुःखी होना बंद कर दिया। 'दुःखी होने' और 'सामान्य होने' के बीच का समय कम होने से आपकी खुशी का हिस्सा बढ़

जाता है।" वाह! ऐसा लगता है जैसे खुश रहने के लिए कमाल का आइडिया है।

एक और सलाह असल में कई साल पहले रीडर्स डाइजेस्ट के पन्नों से ली गई थी। वह एक पंक्ति थी, जिसमें लिखा था—"जिस क्षण आप अपनी ताकत को स्वीकार कर लेंगे, उस क्षण अपनी कमजोरियों को मान लेना आसान हो जाएगा।" सुधाकर को लगता है कि अकसर हमें अपनी ताकत पर भरोसा नहीं होता, इसलिए हम अपनी कमजोरियों का बचाव करने और उन्हें छिपाने लग जाते हैं। तो वक्त आ गया है, जब आप अपनी ताकत पर विश्वास करें!

ऐसे समय में, जब पैसे जुटाना अखबारों की हेडलाइन बन जाता है, सुधाकर उद्यमियों को पैसे जुटाने को लेकर कुछ ज्यादा ही उत्साह में आने से बचने की सलाह देते हैं। "अगर आप सही क्षेत्र में और आपके पास कुछ ऐसा है, जिसे आप दिखा सकें कि यह कारगर हो सकता है तो पैसा अपने आप आएगा।" उद्यमियों को उनकी सलाह है कि वे ऐसे निवेशकों की तलाश करें, जो उनकी तरह का सोचें और संस्थापकों के रूप में उस बिजनेस के प्रति लगाव रखें। बिगबास्केट में वे हर महीने बोर्ड की मीटिंग करते हैं, भले ही यह अनिवार्य नहीं है। वे ऐसा करते हैं, ताकि संस्थापक निवेशकों को बता सकें कि क्या चल रहा है, जिससे कि वे रणनीति और निर्णय-प्रक्रिया में अपना योगदान कर सकें। "वे जितना अच्छी तरह समझेंगे, उतने अच्छे फैसले लिये जाएँगे।" और वे मानते हैं कि यह सुनिश्चित करना भी जरूरी है कि निवेशक में उद्यमी के प्रति पेशेवर सम्मान हो। इससे कड़े फैसले करने में आसानी होती है। निवेशक इस कारण आपका साथ नहीं देगा कि वह आपको पसंद करता है, बल्कि इस कारण, क्योंकि वह आपके फैसले पर भरोसा करता है।

सुधाकर का तरीका जितना सीधा-सादा और बिना ताम-झाम का है, उसकी प्रशंसा करनी ही पड़ती है। आप समझ सकते हैं कि वह एक सफल कॉरपोरेट एक्जीक्यूटिव हो सकते थे, जिनके पास एक स्थिर और अच्छी नौकरी होती; लेकिन उन्होंने उस चुनौती को और उसके साथ आनेवाली तमाम मुश्किलों को चुना, जिनका सामना उद्यमी बनने पर करना पड़ता है और साफ दिखता है कि उन्हें कोई अफसोस नहीं है। उद्यमी की मानसिकता को समझाने के लिए सुधाकर ऑस्ट्रेलियाई क्रिकेटर कीथ मिलर की कहानी बड़े चाव से सुनाते हैं।

सन् 1948 के इंग्लैंड टूर पर ऑस्ट्रेलिया ने एसेक्स के खिलाफ एक मैच खेला था। ऑस्ट्रेलिया एसेक्स के कमजोर गेंदबाजों की बखिया उधेड़ रहा था और एक दिन के खेल में ही उन्होंने 700 रनों का पहाड़ जैसा स्कोर खड़ा कर दिया। एक रिकॉर्ड, जो आज तक बरकरार है, लेकिन उस दिन के खेल में एक रोचक

घटना घटी। कीथ मिलर जब बैटिंग करने आए, तब बोर्ड पर 2 विकेट के नुकसान पर 364 रन का स्कोर टँगा था। ब्रेडमैन और बिल ब्राउन ने दूसरे विकेट के लिए महज 90 मिनट में 219 रन जोड़ लिये थे। मिलर ने गार्ड लिया और जान-बूझकर ट्रेवर बेली की पहली गेंद को विकेट से टकराने दिया, ताकि वे शून्य पर आउट हो जाएँ और उनका कैप्टन नाराज हो जाए। यह एकतरफा मुकाबले का विरोध करने का मिलर का अपना ही तरीका था। साफतौर पर वे कड़ा मुकाबला चाहते थे—एक टक्कर। आसानी से रन बनाने में उनकी दिलचस्पी नहीं थी और वह चुनौती, वह अवसर बाद में चौथे टेस्ट मैच के दौरान मिली, जब इंग्लैंड के 496 रन के जवाब में ऑस्ट्रेलिया 3 विकेट पर 68 रन के स्कोर पर जूझ रहा था। मिलर ने फैसला किया कि ऑस्ट्रेलिया को इस अवसर का लाभ उठाना चाहिए। उन्होंने पहली ही गेंद पर छक्का जड़ दिया और हैरान कर देनेवाले पलटवार में उन्होंने तूफानी अर्ध-शतक लगाया, जिसने मैच का रुख ही पलट दिया। उस पारी को टेस्ट क्रिकेट के दुर्लभतम जवाहरातों में से एक बताया जाता है और कमेंटेटर जॉन एयलॉट ने इसका वर्णन अब तक देखी गई अपनी सबसे यादगार पारी के रूप में किया। ऑस्ट्रेलिया ने उस टेस्ट में जीत दर्ज की। सुधाकर का मानना है कि उद्यमी मिलर की तरह के साँचे में ढले होते हैं। अगर कोई चुनौती नहीं तो कोई आनंद भी नहीं होता। उद्यमियों को बने रहने और फलने-फूलने के लिए चुनौती एवं दबाव की जरूरत होती है।

आज बिगबास्केट के पास 18,000 से भी ज्यादा कर्मचारी हैं और उनकी मौजूदगी भारत के अठारह शहरों में है और यह बढ़ रही है। जैसे-जैसे ज्यादा-से-ज्यादा लोग राशन की खरीदारी का आनंद अपने घर के सुविधाजनक माहौल में बैठकर लेते जा रहे हैं, सुधाकर और उनकी टीम को भी न केवल इस सफर में आनंद आ रहा है, बल्कि उन्हें लग रहा है कि वे पूरी तरह से नियंत्रण में हैं।

ब्लूमबर्ग में सुधाकर का प्रोफाइल उन्हें एक ऐसे व्यक्ति के रूप में बताता है, जो आई.आई.एम.-अहमदाबाद कैंपस का टार्जन था। इसे पढ़ना रोचक है। यह बताता है—

सुधाकर हर किसी के लिए एक सेकंड लेफ्टिनेंट हैं, जो टीम को साथ लेकर चलता है, मुश्किलों का सामना डटकर करता है और अपनी टुकड़ी के पैरों को पूरी तरह से धरती पर जमाए रखता है।

यह काफी कुछ बता देता है, है न? इन पंक्तियों ने जितनी खूबसूरती के साथ उद्यमिता के मूल-मंत्र को तथा किसी प्रेरणादायी नेता की निस्स्वार्थ महानता को बताया है, वैसी सुंदरता विरले ही दिखने को मिलती है।

वैसे युवा उद्यमी, जो सफल कारोबारों के निर्माण के रहस्यों की तलाश में हैं, वे इन दो पंक्तियों को याद कर सकते हैं और फिर शायद, बस शायद, हम उद्यमशीलता के जंगल में ऐसे अनेक युवा टार्जनों को उभरते देख सकते हैं।

सफलता के मंत्र

- मितव्ययिता को अपने संगठन के डी.एन.ए. का एक हिस्सा बनाएँ और आप यदि इसके विषय में सोचें तो शायद यही बात कई महान् उद्यमों पर लागू होती है।
- सफल उद्यमी बनने के लिए क्या होना चाहिए? आपको भावुक होना चाहिए और आप में ऊर्जा होनी चाहिए—न सिर्फ जोश में रहने के लिए, बल्कि अपनी पूरी टीम को भी जोश में रखने के लिए।
- हर बिजनेस को खुद से पूछना चाहिए, 'हमारे पास उस छोटे से लॉक प्लास्टिक टैग जैसा क्या है? वे छोटे-छोटे अवसर क्या हैं, जो फर्क ला सकें और हमारे ग्राहकों को दिखा सकें कि हम उनकी परवाह करते हैं और छोटी-से-छोटी बात भी हमारे लिए बहुत छोटी नहीं है?'
- यदि आपकी अपनी कोई पहचान नहीं और आपकी पहचान उस बिजनेस से ही है तो यह कारगर होता नहीं भी दिखता, तब भी आप उसमें बने रहने के लिए संघर्ष करेंगे। यह जरूरी है कि आप किसी बिजनेस से बाहर निकल आएँ और उसके लिए अफसोस न करें।
- आप जब दुःखी होते हैं, तब सामान्य होने में जितना वक्त लगता है, उसे लिख लीजिए। धीरे-धीरे इस समय को कम करने का प्रयास कीजिए और आप देखेंगे कि अंत में आपने दुःखी होना बंद कर दिया। 'दुःखी होने' और 'सामान्य होने' के बीच के समय को कम करने से आपकी खुशी का हिस्सा बढ़ जाता है।
- याद रखने के लिए अच्छा सबक—निवेशक इस कारण आपका साथ नहीं देंगे कि वे आपको पसंद करते हैं, बल्कि इस कारण, क्योंकि उन्हें आपके फैसले पर भरोसा है।

❑

फ्रैंचाइजिंग का आर एंड डी मैन
फ्रैंचाइजिंग इंडिया

क्या आपको वर्ष 2001 की सर्दियों में भारत और इंग्लैंड के बीच मोहाली में खेला गया टेस्ट मैच याद है? भले ही आप जबरदस्त क्रिकेट-प्रेमी हों, फिर भी मुझे शक है कि आपको उस मैच के बारे में बहुत कुछ याद होगा। कुछ लोगों को हो भी सकता है।

दीप दासगुप्ता की तरह ही, जिन्होंने उस मैच में शतक बनाया था और इकबाल सिद्दीकी, टीनू योहानन तथा संजय बाँगड़ की तिकड़ी, जिन्होंने उस मैच में भारत की तरफ से अपना टेस्ट डेब्यू किया था और गौरव मार्या।

कौन गौरव?

नहीं, गौरव क्रिकेटर नहीं हैं। वे एक बिजनेसमैन हैं, जिन्हें अकसर भारत में अब फ्रैंचाइजिंग का 'बिग डैडी' कहा जाता है। लेकिन उस वक्त वे शुरुआत कर ही रहे थे और उन्हें वह टेस्ट मैच क्यों अच्छी तरह याद है, इसके पीछे एक छोटी सी कहानी है, जो अपने आप में ही दिलचस्प है। एक कहानी, जो कई बार दोहराई गई है।

सफल उद्यमी बनने का प्रयास कर रहे किसी नौजवान की तरह गौरव ऐसे कई महान् लोगों को याद करते हैं, जिनसे उन्हें प्रेरणा मिली। वे जिससे भी मिलते, उससे कुछ-न-कुछ सीखने की कोशिश करते थे। परिवर्तनकारी गुरु, जिस नाम से वे उन्हें पुकारते हैं, लेकिन एक व्यक्ति था, जिसने युवा गौरव पर गहरी छाप छोड़ी। वे थे वीडियोकॉन ग्रुप के प्रदीप धूत। प्रदीप धूत, जिन्हें उनके संक्षिप्त नाम पी.एन.डी. से ज्यादा जाना जाता है, उन्होंने वीडियोकॉन की किस्मत को जिस प्रकार चमकाया, उसने गौरव का मन मोह लिया। पी.एन.डी. ने जिस प्रकार एक ही श्रेणी में अनेक ब्रांड्स को लॉन्च किया, उसे गौरव ने हैरानी से देखा। वीडियोकॉन ग्रुप के

ब्रांड एक-दूसरे से ही होड़ लगा रहे थे, जिससे जोखिम कम हुआ और इसके साथ ही ग्रुप की कुल हिस्सेदारी भी बढ़ी और उन्होंने देखा कि पी.एन.डी. संगठन के भीतर कितने कठोर थे, जबकि बाहरी दुनिया के साथ उनके संबंध कितने शानदार थे। गौरव उस व्यक्ति के फैन थे।

और फिर कुछ ऐसा हुआ, जिसने युवा गौरव को एक कीमती सबक सिखाया। एक ऐसा सबक, जिसे हम सभी को भी सीख लेना चाहिए।

वह 2001 का साल था। गौरव एक अवॉर्ड फंक्शन की मेजबानी की तैयारी कर रहे थे। वह चीफ गेस्ट के लिए किसी की तलाश कर रहे थे, तभी उन्हें अपने हीरो प्रदीप धूत का खयाल आया। लेकिन गौरव की उनसे जान-पहचान नहीं थी और इस कारण, क्योंकि वे एक छोटे से कारोबारी थे, उन्हें उम्मीद नहीं थी कि प्रदीप धूत उनका निमंत्रण स्वीकार करेंगे। इसलिए गौरव ने वही किया, जो सारे सफल लोग करते हैं।

उन्होंने पूछ लिया!

और पी.एन.डी. मान गए, जिसके बाद गौरव की खुशी का ठिकाना नहीं था। सबकुछ तय हो गया। समारोह दिल्ली में 6 दिसंबर की शाम को होना था और प्रदीप धूत का ट्रैवल प्लान था कि वह दिल्ली में 6 तारीख को उस कार्यक्रम में शामिल होंगे और फिर अगले दिन चंडीगढ़ के लिए उड़ान भरेंगे, ताकि भारत और इंग्लैंड के बीच चल रहे टेस्ट मैच के आखिरी दिन का खेल देख सकें। एक ऐसा टेस्ट मैच, जिसका मुख्य प्रायोजक वीडियोकॉन था और उस मैच के आखिर में धूत को अवॉर्ड देना था।

लेकिन किस्मत को कुछ और ही मंजूर था। अनिल कुंबले और हरभजन की स्पिन के आगे इंग्लैंड ढेर हो गया और ऐसा लगने लगा कि मैच चौथे दिन ही खत्म हो जाएगा। उसी दिन, जिस दिन शाम को अवॉर्ड नाइट थी, इसलिए प्रदीप धूत को अब अपना प्लान बदलना था, ताकि वे 6 दिसंबर की शाम को मोहाली में रहें। जैसा कि गौरव बताते हैं, "वे चाहते तो एक मेसेज भेजकर माफी माँग लेते कि वे नहीं आ सकते, क्योंकि कुछ ऐसा हुआ, जिस पर उनका भी वश नहीं था और शायद अपनी टीम से किसी दूसरे व्यक्ति को अवॉर्ड फंक्शन में जाने के लिए कह देते; लेकिन उन्होंने ऐसा नहीं किया। उन्होंने दिल्ली से चंडीगढ़ जाने के लिए एक विमान को चार्टर किया और टेस्ट खत्म होने पर प्राइज दिया, ठीक शाम 4 बजे दिल्ली के लिए उड़ान भरी और अवॉर्ड समारोह में पहुँच गए।" पता नहीं प्रदीप धूत को यह

याद भी है या नहीं, लेकिन गौरव मार्या के लिए यह कभी न भूलनेवाली बात थी और कभी न भूलनेवाली रात।

"मैं था ही क्या, एक छोटा, संघर्ष कर रहा बिजनेसमैन। पर पी.एन.डी. को अपना वचन निभाने के लिए इस महानता तक जाते देखकर मैं दंग रह गया। यह बात मेरे दिल को छू गई।" एक बड़े व सफल कारोबारी ने एक छोटे, उभरते उद्यमी को किया गया वादा निभाने का, अपने वचन पर खरा उतरने का बहुत बड़ा सबक अनजाने में ही सिखा दिया। गौरव ने सीखा कि एक बार आप वचन दे दें तो आपको उस पर ज्यादा सोच-विचार की जरूरत नहीं। आप बस, उसे निभाएँ। बस। इससे फर्क नहीं पड़ता कि सामनेवाला व्यक्ति कितना छोटा या महत्त्वहीन है। इससे फर्क नहीं पड़ता कि उस वादे को निभाना कितना कठिन होगा। यदि प्रदीप धूत जितना बड़ा आदमी कर सकता है तो युवा गौरव मार्या ने प्रण किया कि वह भी ऐसा करेंगे।

गौरव ने किसी बिजनेस स्कूल में पढ़ाई नहीं की; लेकिन उस दिन उन्होंने ऐसा सबक सीखा, जिसने उन्हें बनाने में बहुत बड़ा योगदान दिया और अपने बिजनेस को खड़ा करने में उन्हें मदद मिली और आज, लगभग 15 वर्ष बाद, अगर 5,000 से भी ज्यादा छोटे व्यापारियों व उद्यमियों ने गौरव का आइडिया खरीदा है और उनसे व्यापारों का सौदा किया है तो शायद इसके लिए कुछ श्रेय श्री धूत को भी मिलना चाहिए। मोहाली टेस्ट भले ही एक दिन पहले समाप्त हो गया हो, लेकिन वह सबक कई वर्षों बाद भी जिंदा है!

गौरव मार्या आज भारत में फ्रैंचाइजिंग के बेताज बादशाह हैं। उनका साम्राज्य अब 40 शहरों के दफ्तरों में 700 लोगों तक फैला है, जिनकी पहुँच 300 से ज्यादा शहरों तक है। उनकी कंपनी हर साल 100 से ज्यादा फ्रैंचाइजिंग प्रदर्शनियाँ लगाती है, चार पत्रिकाओं का प्रकाशन करती है, एक जीवंत वेबसाइट है, 2,500 ब्रांड्स का प्रतिनिधित्व करती है और लगभग 2,50,000 उद्यमियों को छूती है। चाहे किसी भी नजरिए से आप देखें, यह बहुत बड़ी सफलता है।

लेकिन हमेशा से ही ऐसा नहीं था। शुरुआत साधारण थी और कुछ हद तक डगमगाई-सी।

गौरव जब तक 25 वर्ष के हुए, तब तक लगभग 25 अलग-अलग तरह के कारोबार कर चुके थे। वे एक कॉलेज ड्रॉपआउट हैं, जिन्होंने विभिन्न प्रकार के व्यापार में हाथ आजमाया, जिसके खट्टे-मीठे अनुभव रहे। उन्होंने कॉलेज में एक कॅरियर एडवाइजरी चलाई और बाहर एक नाइट क्लब, एक मनोरंजन का

व्यवसाय तथा गैस डिलीवरी तक का बिजनेस किया। "मैंने 1 डॉलर कमाया और 1 डॉलर गँवाया भी।" वे याद करते हुए कहते हैं, "मैं जब भी दोस्तों से मिलता, मेरे पास एक नया कारोबार होता था और एक नया बिजनेस कार्ड और जो मन में आता, मैं अपने आप को वही पद दे देता था। वी.पी., डायरेक्टर, सी.ई.ओ., प्रेसिडेंट—मैंने सबकुछ देख लिया था! और वे मुझ पर हँसते थे, लेकिन मुझे कभी फर्क नहीं पड़ा। शायद मैं मोटी चमड़ी का हो चुका था। लेकिन इससे भी बड़ी बात यह थी कि इसने एक व्यापार को खड़ा करने और अपना नाम कमाने की मेरी जिद को और मजबूत कर दिया।"

अगर आप भारत में एक युवा उद्यमी हैं, जिसके पास ऊर्जा, महत्त्वाकांक्षा और कुछ पैसे हैं तो सलाह के लिए किसके पास जाएँगे, कहाँ जाएँगे? "भारत में हम तीन F के पास जाते है—फ्रेंड्स, फैमिली और फूल्स!" गौरव कहते हैं, "और यह शुरुआती दिनों में मेरी कई गलतियों को बता देते हैं।" और मैं यह सोच रहा था कि इसने कई दूसरे लोगों की गलतियों को भी बता दिया!

उस समय वे एस्सार के साथ साझेदारी में एक मोबाइल बिजनेस भी चला रहे थे, जिसमें वे अच्छा कर रहे थे। लेकिन कंपनी ठीक नहीं चल रही थी, इसलिए वह धंधा भी ठप पड़ गया और इसके बाद उन्होंने पक्का इरादा कर लिया कि वे एक ऐसा व्यवसाय करेंगे, जिसमें अपनी किस्मत के मालिक वे खुद होंगे, न कि उनकी किस्मत किसी और के भरोसे होगी और यहीं से सही बिजनेस आइडिया की खोज शुरू हुई!

यह देखना दिलचस्प है कि कैसे उद्यमी विपरीत परिस्थितियों का सामना करते हैं और असफलता का भी। वे हार नहीं मानते। वे कुछ और आजमाते रहते हैं। उनके अंदर की बेचैनी, उनकी तलाश जारी रहती है।

और गौरव के लिए वह समय तब आया, जब वे अमेरिका के दौरे पर गए। उन्होंने वहाँ जो इकोसिस्टम देखा, उसे देखकर हैरान रह गए। "युवा उद्यमियों के पास वहाँ इतने संसाधन हैं और उन्हें भरपूर सहयोग भी मिलता है।" वे बताते हैं, "अमेरिका में कोई बैंकर आपसे यह नहीं पूछता कि आपको कितने पैसे चाहिए। वह पूछता है कि आप कौन सा बिजनेस करना चाहते हैं? और मैं मन-ही-मन सोच रहा था, भारत में इस तरह की व्यवस्था कायम करने में कितना वक्त लगेगा? अचानक ही मेरे मन में खयाल आया कि शायद मैं भारत में उभरते उद्यमियों की जरूरतों को पूरा कर सकता हूँ।"

इसलिए उन्होंने एक प्लेटफॉर्म बनाने का फैसला किया। मदद करनेवाला इकोसिस्टम 'द मैन इन बठिंडा'। "बठिंडा के बंदे के भी अपने ही सपने हैं। वह एक कार, एक घर, एक कारोबार, एक बेहतर जिंदगी चाहता है। वे ऐसे लोग हैं, जिन्हें मदद चाहिए और अकसर उन्हें मालूम नहीं होता कि मदद के लिए किससे बात करें। मैंने फैसला किया कि मैं इन लोगों को आसपास मौजूद उन अवसरों के साथ जोड़ूँगा, जो आसपास होकर भी उन्हें दिखाई नहीं पड़ते।"

चारों तरफ देखिए। आप गौर करेंगे कि सफल उद्यमियों के पास सिर्फ बिजनेस आइडिया नहीं होता। वे ग्राहकों की जरूरतों को पूरा करने के लिए उन्हें साफतौर पर देखते और उन्हें पूरा करते हैं। वे अपने ग्राहक को देख सकते हैं और वे जानते हैं कि जिस समस्या को वे सुलझाने का प्रयास कर रहे हैं, उसे जानते हैं। किसी भी बड़े उद्यम की शुरुआत यहीं से होती है।

गौरव अमेरिका से लौटे तो उनके बैगों में भरा जोश व उम्मीद बाहर झाँक रहे थे और उनके पास अमेरिका के 30 ब्रांडों की फ्रैंचाइज के अधिकार थे और इस तरह फ्रैंचाइजिंग इंडिया का सफर शुरू हुआ।

"मैं जैसे ही वापस लौटा, मैंने पंचकूला में अपने दोस्तों को फोन घुमाया। मैं पंचकूला का ही रहनेवाला हूँ। मैंने उन्हें बताया कि मेरे पास बिजनेस के ऐसे शानदार आइडियाज हैं, जो उन्हें अमीर बना सकते हैं और मैं चाहता था कि सबसे पहले मेरे पुराने दोस्त उन्हें आजमाएँ। किसी में दिलचस्पी नजर नहीं आई और मैंने सोचा कि शायद वे इसके काबिल नहीं!

"और तब मैंने अपना बड़ा कदम उठाया। मैंने 'द टाइम्स ऑफ इंडिया' में एक विज्ञापन दिया—240 वर्ग सें.मी. का। मुझे याद है, उसके लिए मैंने 2,80,000 रुपए अदा किए और जैसे ही सूरज निकला, अखबार भी निकल आया। मैं तैयार था और इंतजार कर रहा था। मेरा फोन मेरे पास था। मुंबई से फोन आए और कुछ अन्य जगहों से भी, लेकिन मैंने अगर यह सोचा था कि मेरा फोन बजना बंद नहीं होगा तो मैं गलत था। फ्रैंचाइजिंग कुछ हद तक एक नया आइडिया था और दिलचस्पी से ज्यादा उत्सुकता थी। मैं निकला और फोन करनेवालों से मिला, यहाँ तक कि गाजियाबाद तक की दूरी भी तय की, उन्हें कॉन्सेप्ट समझाया, सवालों के जवाब दिए; लेकिन हुआ कुछ नहीं। किसी ने कहा—तुम अपना समय बरबाद कर रहे हो। भारत में कोई भी ठंडे सैंडविच नहीं खरीदेगा!" बेशक, अंतिम लाइन सबवे के संदर्भ में कही गई थी, जो उन ब्रांडों में से एक था, जिसे गौरव बेचना चाहते थे।

"लेकिन मैंने हार नहीं मानी। मैं बस, चलता गया, कोशिश करता रहा। मैंने अपनी भूमिका सिर्फ एक फ्रैंचाइज बेचनेवाले के रूप में नहीं देखी, बल्कि ऐसे इकोसिस्टम बनानेवाले के तौर पर देखी, जो 'बठिंडा के बंदे' की मदद करेगा।"

किसी उद्यमी के लिए आगे बढ़ना, धैर्य रखना कितना कठिन होता है?

"मुझे लगता है, यह आपके डी.एन.ए. में होना चाहिए। अगर आपने तय कर लिया है कि आप बिजनेस ही करेंगे तो आपके अंदर से ही ताकत मिलती है। अगर आप किसी और के लिए ऐसा कर रहे हैं तो यह काम नहीं करेगा, जैसे आप इस कारण कर रहे हैं, क्योंकि आप पर परिवार का दबाव है। वह जबरदस्त चाह आपके अंदर होनी चाहिए, तभी आप किसी भी झटके को सह पाएँगे। जो कुछ काटा जाता है, वह बढ़ जाता है। प्रकृति का यही नियम है और यही बात उद्यमियों के लिए भी सच है। असफलता से आपका संकल्प और मजबूत होता है। जब आपको कोई जख्म होता है तो वह भर जाता है, अपने आप ही। मुझे लगता है, यही बात उद्यमियों पर भी लागू होती है। अंदर की इच्छा, वह महत्त्वाकांक्षा आपको आगे बढ़ाती रहती है, चाहे ऐसा लगे भी कि सबकुछ गँवा दिया है।"

वक्त ने करवट बदलना शुरू किया, भले ही धीमे-धीमे और जैसा कि गौरव याद करते हैं, उनके सफर में कुछ दिलचस्प छोटी-छोटी घटनाएँ हुईं और मील के पत्थर आए, जैसे एन.आई.आई.टी. के बॉस राजेंद्र पवार से उनकी मुलाकात। गौरव से ही सुनिए, "मैं इस कोशिश में लगा था कि मिस्टर पवार उस 'फ्रैंचाइजिंग' पत्रिका में विज्ञापन दें, जिसका प्रकाशन मैं कर रहा था और जैसा कि उन्होंने कहा था, एन.आई.आई.टी. के फ्रैंचाइज सेंटर ऐसी जगहों पर हैं, जहाँ प्रमुख अंग्रेजी अखबार तक नहीं पहुँचते तो तुम्हारी मैगजीन कैसे पहुँचेगी? और मैंने कहा था, इससे क्या हुआ कि मेरी मैगजीन नहीं पहुँचती! मैं जाऊँगा। मुझे याद है, वह कालका में एक फ्रैंचाइज खोलना चाहते थे और मैंने कहा था कि आप मुझे एक विज्ञापन दें और एक तरफ के ट्रेन का किराया दे दें, बाकी का काम मैं देख लूँगा। मिस्टर पवार को लगा कि यह अच्छा सौदा है। वैसे भी, एन.आई.आई.टी. के बिजनेस डेवलपमेंट के वाइस प्रेसिडेंट को भेजना बहुत महँगा पड़ेगा। इसलिए उन्होंने खुशी-खुशी एक तरफ का किराया दे दिया।

"मैं वहाँ गया और कई लोगों से मिला। मुझे कई तरह के बिजनेस में शामिल लोग मिले, जो उन ब्रांड्स में दिलचस्पी ले रहे थे, जिन्हें मैं बेचने की कोशिश कर रहा था। मैंने एन.आई.आई.टी. को उन लोगों के बारे में जानकारी दी, जो

उस कारोबार में आना चाहते थे और उनकी खुशी का ठिकाना नहीं था। अब मेरे पास दूसरे ब्रांड को खरीदने में दिलचस्पी रखनेवाले कई लोग थे—दो कालका में कारोबार करना चाहते थे। मेरी निकल पड़ी थी! फिर मुझे यह भी एहसास हुआ कि भारत में बड़े-बड़े अवसर महानगरों में नहीं हैं, बल्कि भारत के छोटे-छोटे शहरों में हैं। देश भर के 900 से भी ज्यादा बड़े-छोटे शहरों में, ग्राहकों और व्यवसायियों में ज्यादा की भूख है।" 'बठिंडा का बंदा' वाला आइडिया अब निकल पड़ा था।

"बठिंडा का बंदा एक प्रकार से महज मेरा ग्राहक नहीं है। वह मेरा हीरो है। मैं उसे समझता हूँ। मैं छोटे कारोबारी की मानसिकता को समझता हूँ और यह बड़े कारोबार की मानसिकता से एकदम अलग है।"

इसे समझाने के लिए गौरव बताते हैं कि कैसे उन्होंने आनंद महिंद्रा को इस बात के लिए राजी किया कि वह मुंबई में मॉम एंड मी (जिसे अब 'बेबीओये' नाम दिया गया है) चेन स्टोर्स की फ्रैंचाइजी खोलें। "महिंद्रा परिवार मूल्य के निर्माण और ब्रांड बनाने पर ध्यान केंद्रित कर रहे हैं; लेकिन उस छोटे से कारोबार में एक फ्रैंचाइज के तौर पर उन्हें पार्टनर बनाना एकदम अलग ही मामला था। मैं जानता हूँ कि यह अलग मामला है। छोटे कारोबारी एक्सेल शीट को नहीं समझते। वे बस, पैसों का नुकसान नहीं करना चाहते हैं। नुकसान से दर्द होता है। निवेश ठीक है। वे कहते हैं, मेरे किराए के पैसे दे दो और हमें कोई दिक्कत नहीं। बस, इतना ही। बड़ा कारोबार साइज और फैलाव, मार्केट शेयर और मूल्य-निर्माण से प्रेरित होता है। छोटे कारोबारी की आय की मानसिकता होती है। आमदनी की इस मानसिकता के मुकाबले मूल्य-निर्माण की मानसिकता होती है।"

दूसरा छोटा सा अंतर्ज्ञान उस मीटिंग से मिला, जिसका इंतजाम उन्होंने किशोर बियानी और बियानी के राशन कारोबार के एक संभावित फ्रैंचाइज के बीच किया था। "किशोरजी फ्रैंचाइजी की मानसिकता और वह किन बातों से प्रेरित होता है, उसे समझने में गहरी दिलचस्पी ले रहे थे। उन्हें समझ नहीं आ रहा था कि क्यों उन्हें अपने राशन के कारोबार के लिए फ्रैंचाइजी आसानी से मिल जा रहा था, लेकिन फैशन ब्रांडों के लिए फ्रैंचाइज के प्रति लोगों को आकर्षित करने में उन्हें दिक्कत हो रही थी। थोड़ी देर की बातचीत में ही बियानी को इसका जवाब मिल गया। उस कारोबारी ने यह बात किशोरजी को एकदम साधारण शब्दों में समझा दी, जितना उसने स्वयं समझा था। उसने कहा कि अगर राशन का कारोबार नहीं भी चला, तब भी वह राशन को थोड़ा डिस्काउंट देकर पड़ोस में बेच लेगा और

अपना पैसा वसूल कर लेगा; लेकिन फैशन का बिजनेस नहीं चला तो उन सारे विचित्र कपड़ों को कौन पहनेगा ?"

इस कहानी को सुनाते हुए गौरव खुद को मुसकराने से नहीं रोक पाए। एक ऐसी कहानी, जो फिर से इस बात की पुष्टि करती है कि कैसे एक विशाल उपक्रम को खड़ा करने के बावजूद वे छोटे भारतीय व्यापारियों की मानसिकता को समझते हैं। तो फिर वे अपनी सफलता का श्रेय किसे देना चाहेंगे ? उसे निर्धारित करनेवाले लक्षण कौन से रहे हैं ?

"मैं बेचैन था। सच कहूँ तो मैं अब भी हूँ।" उन्होंने 'कारोबारों के कारोबार' में रहने का लुत्फ उठाया है, जहाँ वे हमेशा अगले बिजनेस आइडिया की तलाश में रहते हैं। किसी नए व दिलचस्प कारोबारी प्रस्ताव की तलाश में। यह बेचैनी ही वह इंजन प्रतीत होती है, जिसने उन्हें लगातार आगे बढ़ाया है। इसलिए वे हमेशा अपने आसपास देखते रहते हैं, सवाल पूछते हैं, यात्रा करते हैं और नए विचारों की खोज करते हैं, नए सौदे करवाते रहते हैं। अगर आप अपने आसपास देखें तो आप पाएँगे कि ज्यादातर उद्यमी बेचैन आत्माएँ हैं। लगातार दिमाग लड़ाते हैं, आइडिया से खेलते हैं, नई-नई ट्रिक्स आजमाते हैं, अवसरों को सूँघते रहते हैं।

और आप यदि सफल उद्यमियों को देखें तो वे अपनी बेचैनी को उस दूसरे लक्षण से जोड़ देते हैं, जिसके बारे में गौरव बात करते हैं—अनुशासन। "इसमें मुझे समय लगा, लेकिन मैंने अपने आपको अनुशासित करना सीख लिया। मैं कभी सुबह में जल्दी नहीं उठ पाता था, लेकिन अब मैं उठ जाता हूँ। पहले, मैं शायद ही पलटकर फोन करता था; अब हमेशा ही करता हूँ। शायद ये छोटी-छोटी बातें हैं, लेकिन उन सभी से फर्क पड़ता है और मुझे लगता है कि अनुशासन की इस मामूली सी भावना का असर इस पर पड़ता है कि आप किस प्रकार अवसरों का पीछा करते हैं ? आप पैसे का प्रबंधन कैसे करते हैं और आप किस प्रकार अपने बिजनेस को चलाते हैं।"

यह सोच दिलचस्प है। सफल उद्यमियों में 'आर एंड डी' जीन होता है। वे 'रेस्टलेस और डिसिप्लिंड' होते हैं।

भारत में बिजनेस करने के बारे में उन्होंने और क्या सीखा है ? "यहाँ आपकी जिद और उस पर अमल करने का तरीका मायने रखता है। भारत में माँग को लेकर शायद ही कभी मुश्किल आती है और आइडियाज भी ढेरों हैं और अधिकांशतया मुफ्त। तो सफल होने के लिए जो चाहिए, वह है मजबूत इरादा और उस पर अमल

करना—ठोस, अटल इरादा और तेज, दुरुस्त कार्यान्वियन।"

कोई पछतावा? "मैं अब भी हर दिन 14 घंटे काम करता हूँ। अगर नहीं करूँ तो मुझे गलती का एहसास होता है। मुझे लगता है कि कुछ गलत हो जाएगा। यह वैसा ही है, जैसे मैं एक छात्र के तौर पर सोचता था कि अगर परीक्षा से पहले मैंने पूरी रात पढ़ाई नहीं की तो मैं फेल हो जाऊँगा!"

एक ऐसा छात्र, जो कॉलेज ड्रॉप-आउट है, उस लिहाज से गौरव का प्रदर्शन बुरा नहीं रहा है। वे फेल हुए। अकसर फेल हुए, जल्दी-जल्दी फेल हुए और फिर सफलता मिली। उन्होंने भारत में फ्रैंचाइजिंग इकोसिस्टम बनाया है और वे इसे खुद नहीं कहते, तब भी वे बेशक ऐसे व्यक्ति हैं, जिन्होंने फ्रैंचाइजिंग का भारत में प्रचार किया और लगभग 5,000 'कारोबारों' को बेचने के बाद शायद उन्होंने 'बठिंडा के बंदे' के सपने को सच करने में मदद की है। वास्तव में, उनमें से एक नहीं, कई सपने सच हुए हैं।

और आज भले ही उनके पास एक बड़ी व सक्षम टीम है, जो ज्यादातर काम कर लेती है, लेकिन आप अब भी उन्हें अकसर शाम को कारोबारियों से बातचीत करते, किसी फ्रैंचाइज को बेचने की कोशिश करते या किसी सौदे को करवाते अथवा फिर बिगड़े सौदे को बनाने की कोशिश करते देख सकते हैं। "मैं अब भी लगभग 40-50 कारोबार हर महीने बेच लेता हूँ।" वे जब ऐसा कहते हैं, तब आप उनमें गर्व से कहीं अधिक की झलक देख सकते हैं और वे अब भी ऐसा क्यों करते हैं? निश्चित रूप से उन्हें अब ऐसा करने की जरूरत नहीं।

"इससे मैं टच में रहता हूँ।" वे कहते हैं, "टीम भी अपने काम में जुटी रहती है।"

और फिर वे कहते हैं, थोड़े संकोच के साथ, बाद में आए विचार के रूप में—"शायद इससे मेरा जोश बढ़ जाता है।"

इसमें कोई शक नहीं कि फ्रैंचाइजिंग ने भारत में अच्छा किया है और अपने पैर जमा लिये हैं और महज रंगीन चश्मों व घड़ियों की बात नहीं है, जिन्हें हम पहनते हैं, बल्कि स्कूल और होटल तथा हमारा हेयरकट और कूरियर—सब भारत में फ्रैंचाइजिंग क्रांति के प्रमाण हैं, जिसने कई करोड़ डॉलर के उद्योग का निर्माण किया है।

बेशक, इसके लिए थोड़ा-बहुत उस व्यक्ति को धन्यवाद दिया जाना चाहिए, जिसमें आर एंड डी था—'रेस्टलेसनेस और डिसिप्लिन', जिसकी मदद से उसने

यह कर दिखाया और 'बठिंडा के बंदे' की मदद के लिए एक इकोसिस्टम बनाने में जुटा रहा।

और इसमें भी शक नहीं कि ऐसा करते हुए वह अब भी जोश से भर जाता है।

सफलता के मंत्र

- आपने एक बार वचन दे दिया तो उसके बारे में ज्यादा मत सोचिए। बस, उस वादे को निभाइए। इससे फर्क नहीं पड़ता कि सामनेवाला व्यक्ति कितना छोटा या महत्त्वहीन है। इससे फर्क नहीं पड़ता कि उस वादे को निभाना कितना कठिन हो सकता है।
- सफल उद्यमियों के पास सिर्फ बिजनेस आइडिया ही नहीं होते, वे ग्राहकों की जरूरतों को पूरा करने के लिए उन्हें साफ तौर पर देखते और पूरा करते हैं।
- सफल होने के लिए क्या चाहिए—मजबूत इरादा और उसे अमल में लाना, ठोस, अटल इरादा और तेज, दुरुस्त कार्यान्वयन।
- छोटे कारोबारी में एक आय मानसिकता होती है। यह आय मानसिकता बनाम मूल्य-सृजन की मानसिकता होती है।
- सफल कारोबारियों में 'आर एंड डी' जीन होती है। वे 'रेस्टलेस और डिसिप्लिंड' होते हैं।
- जो कुछ काटा जाता है, वह बढ़ जाता है। यही प्रकृति का नियम है और यह नियम उद्यमियों पर भी लागू होता है। असफलता आपके संकल्प को मजबूत करती है।

❑

मजबूत इरादेवाली महिला ने भय की विशाल दीवार को पार किया

येह चाइना

आप जब उपनगरीय मुंबई के येह चाइना के एकदम नए और यहाँ-वहाँ लगे फर्नीचरवाले दफ्तर में दाखिल होंगे, तब आपको बातचीत करती महिलाओं के एक समूह की आवाज सुनाई देगी, जिनके बीच-बीच में ठहाकों की गूँज भी सुनाई पड़ेगी। ध्यान से सुनिए और तब आपको समझ आएगा कि वे अंग्रेजी व मंदारिन को मिलाकर बात कर रही हैं और उनकी हँसी आपको बताती है कि भले ही वे सभी किसी ऑफिस में काम में जुटी हैं, लेकिन वे खूब मौज-मस्ती भी कर रही हैं।

खुले ऑफिस में एक डेस्क के पीछे एक महिला बैठी है, जिसके चेहरे पर चौड़ी मुसकान है, जो शायद उसके चेहरे से कभी नहीं हटती। उसके पीछे दीवार पर किसी मैराथन के धावक की निकर टँगी है, ड्रैगन की कुछ तसवीरें हैं और उस विशाल दीवार की तसवीर भी, जो आपको बताती है कि आप चीन से संबंधित किसी चीज को देख रहे हैं। साथ ही एक पोस्टर है, जो चीखकर कह रहा है, 'तब तक काम करो, जब तक महँगा सस्ता न बन जाए।' और काम की इस जगह पर, जहाँ किसी कॉर्नर ऑफिस का झंझट नहीं, न ही कोई सेक्रेटरी दरवाजे पर पहरेदार की तरह मौजूद है, तब आपके लिए यह अंदाजा लगाना मुश्किल नहीं रह जाता कि आपका आमना-सामना सीधे बॉस से हो रहा है।

उषा साहू से मिलिए, जो येह चाइना की संस्थापक-सी.ई.ओ. हैं, जो तुलनात्मक रूप से एक नया बिजनेस है, जो भारतीय बच्चों व वयस्कों को मंदारिन बोलना सिखाने के एक मिशन पर हैं और आप सोचने लग जाते हैं—भला यह

कैसे संभव हुआ कि एक साधारण सी, अधेड़ उम्र की गृहिणी ने, जो उड़ीसा (अब ओडिशा) के एक छोटे से शहर में पली-बढ़ी और कभी अंग्रेजी नहीं सीखा, मुंबई में अपनी शादी के बीस साल बाद एक कारोबार खड़ा कर लिया? उषा की कहानी बेहद दिलचस्प है। एक असाधारण उद्यमी की असाधारण कहानी। एक ऐसी कहानी, जिसे एकदम शुरुआत से सुनाना जरूरी है।

उषा का जन्म भुवनेश्वर में हुआ था, जिनके चार भाई-बहन थे। उनके पिता पुलिस सेवा में थे, जिसका मतलब था कि उनका तबादला समय-समय पर होता रहता था और उनके साथ-साथ उनका परिवार भी उड़ीसा (अब ओडिशा) के एक छोटे शहर से दूसरे छोटे शहर तक जाता रहता था। एक बड़ी बहन, जो 14 साल बड़ी थी, उसने शादी की और घर छोड़कर चली गई और उषा के बचपन के शुरुआती दिन अपने दो भाइयों के साथ खेलते-कूदते तथा बंकी, मारीबंज व बारीपदा जैसे दूर-दराज के इलाकों के स्थानीय स्कूलों में जाते हुए बीते। भले ही वे भारत के छोटे शहरों में पल-बढ़ रही थीं, उषा कहती हैं कि उन्हें हमेशा ऐसा लगता था कि वे कुछ बड़ा करेंगी। उनकी शब्दावली में कहीं भी 'उद्यमी' शब्द नहीं था; लेकिन एक चोटी करनेवाली वह छोटी सी लड़की, जो अपने भाइयों के साथ कंचे खेला करती थी, उसमें यह भावना थी कि वह कुछ बड़ा करेगी, सच में बड़ा।

वह जब ग्यारहवीं क्लास में पहुँची, तब अचानक उसकी दुनिया में एक भूचाल आ गया। घटनाओं का ऐसा जलजला आया कि उस पर यकीन नहीं किया जा सकता। एक के बाद एक त्रासदी उसके दरवाजे पर दस्तक देती चली गई—एक बार नहीं, कई बार। दो साल के भीतर उसके माता और पिता दोनों गुजर गए। यही नहीं, उसके दोनों भाइयों की भी मौत हो गई। सबकी मौत कैंसर से हुई। जरा सोचिए, उषा को कितना सदमा लगा होगा और वे किन-किन हालात से गुजरी होंगी।

"वह बड़ा भयंकर दौर था।" उषा याद करती हैं, "और मेरा अपने ऊपर भी कोई वश नहीं रहा। मैं बस, 17 साल की थी, लेकिन कैंसर का सदमा मुझे अपने चंगुल में ले चुका था। अगर मैं कैंसर के विषय में कुछ भी पढ़ती तो मेरे पसीने छूट जाते थे। अगर मेरे चेहरे पर छोटा सा मुँहासा भी होता तो मैं यह मान लेती थी कि यह कैंसर है। अगर मैं किसी को टोपी पहने देखती तो मान लेती थी कि उसे भी कैंसर है। मैं बेहद, बेहद विक्षिप्त थी।"

वह अपने एक चाचा के परिवार के साथ रहने भुवनेश्वर चली आईं और जहाँ उन्हें अपना खयाल रखनेवाले रिश्तेदार तथा सहारा देनेवाला परिवार मिला, वहीं वह अपने अंदर बैठे भूतों के बारे में उनसे बात करते हुए भी घबराती थीं। वे कहती हैं, "ऐसा लगता था, जैसे सब वहाँ हैं, लेकिन नहीं भी हैं।"

वह जब तक 20 की हुईं, तब तक उन्हें प्यार हो चुका था और उन्हें मनोरंजन साहू के तौर पर अपना जीवनसाथी मिला, जो भारतीय जीवन बीमा निगम के लिए काम करते थे। शादी के कुछ समय बाद ही वे दोनों अकोट में रहने चले गए, जो महाराष्ट्र का एक छोटा सा कस्बा है। उन्हें उम्मीद थी कि वे अतीत को भूलकर एक नई शुरुआत करेंगे। कोशिश करने और अपने पति की ओर से सहारा मिलने के बाद भी कैंसर का डर उषा के मन से नहीं निकला। उन्होंने जब अपने बेटे को जन्म दिया और उसकी देखभाल में लगी रहीं, तब भी वह डर बना रहा, जो अब भी उनके दिमाग के किसी कोने में घर बनाए बैठा था और जब-तब सामने आता रहता था। साल 2006 आया और उनका बेटा मिडिल स्कूल में पहुँच गया। अपने को व्यस्त रखने के लिए उषा तमाम क्लासेज (पेंटिंग, कुकिंग, अंग्रेजी सीखने) में दाखिला लेने के बावजूद डिप्रेशन में ही रहती थी।

और इसी दौरान किसी एयरपोर्ट पर अपने बॉस मलय घोष (तब रिलायंस इंश्योरेंस के सी.ई.ओ.) के साथ इंतजार करते हुए उषा के पति ने उन्हें बताया कि अपनी पत्नी को व्यस्त रखने के लिए वे किस तरह के प्रयास कर रहे हैं, ताकि उनके मन से कैंसर का खौफ दूर रहे। "तुम उन्हें चीनी भाषा सीखने के लिए क्यों नहीं कहते?" मलय दा ने सलाह दी, "अगले दस साल में चीन कहाँ-से-कहाँ पहुँच जाएगा। उससे कहो, चीनी भाषा सीखे!" मलय दा बॉस-दोस्त-शुभचिंतक और गाइड सबकुछ ही थे, इसलिए जब उन्होंने फोन उठाया और उषा से चीनी भाषा सीखने को लेकर बात की, तब उन्होंने भी इस पर अमल करने का मन बना लिया।

उषा ने एक इवनिंग क्लास में दाखिला लिया, जहाँ जे.एन.यू. के एक प्रोफेसर पढ़ाया करते थे। चीनी भाषा को सीखने के अपने पहले दिन उन्हें लगा कि यह भाषा कितनी कठिन है! उषा बताती हैं कि इतनी कठिन कि उस दिन ही उन्हें लगा मानो उनके मन से वह दूसरा डर निकल गया। वह डर, जो पंद्रह साल से उनका पीछा कर रहा था, एक दिन में ही भाग गया। एक 'सी' का स्थान दूसरे ने ले लिया, जब कैंसर के डर की जगह चीनी भाषा की खुशी ने उनके मन में

घर बना लिया। जीवन ऐसा ही होता है। अगर आप किसी चीज को भूलना चाहें तो आप खुद से बस, यह कहकर सफल नहीं हो सकते कि आपको उसे भूलने की जरूरत है। आपको उसे किसी दूसरी चीज से हटाना होगा। कुछ और ढूँढ़िए, जिस पर आपका दिमाग फोकस कर सके। यह अकसर काम कर जाता है।

क्लास में खूब आनंद आ रहा था। ऐसा लगा, जैसे चीनी भाषा उनके दिमाग की एक नई खिड़की को खोल रही है। उनके प्रोफेसर जिस तरह से उस भाषा को पढ़ा रहे थे, वह उन्हें पसंद आया और उन्होंने मन-ही-मन कहा कि वह उनकी तरह ही बोलने की कोशिश करेगी! इतना ही नहीं, उनके दिमाग में यह बात भी आई कि अगर कुछ दिनों के लिए चीनी शिक्षक किसी कारणवश नहीं आते तो क्लास कैंसिल कर दी जाएगी। इस पर उन्होंने सोचा, क्या वह चीनी भाषा पढ़ाने के लिए कोई मंच तैयार कर सकती हैं? एक ऐसा मंच, जिससे यह सुनिश्चित हो कि इस भाषा को पढ़ाने का काम किसी एक व्यक्ति पर निर्भर न रह जाए। उन्होंने पता लगाया कि कैसे मुंबई के एक स्कूल ने बच्चों के लिए चीनी भाषा की क्लास की शुरुआत की, लेकिन उसे रोकना पड़ा, क्योंकि शिक्षिका मातृत्व अवकाश पर चली गई। 'अगर मैं इस समस्या को दूर कर दूँ तो?' उषा ने सोचा, 'अगर एक टीचर किसी दिन नहीं आता तो क्या मैं ऐसा कर सकती हूँ कि कोई और उस दिन पढ़ा दे?' चीनी भाषा को सीखने के क्रम में न केवल उनके मन से वह डर निकल गया, बल्कि उषा ने उद्यमशीलता की उस लौ को भी फिर से जला दिया। इसने उन्हें अपने बचपन के सपने की याद दिलाई कि कैसे वह कुछ बड़ा करने के बारे में सोचती थीं, बहुत बड़ा।

और इस तरह 'येह चाइना' का जन्म हुआ। एक व्यापार—एक मंच, जो चीनी भाषा की शिक्षा को भारत के लोगों के लिए सुलभ बनाएगा। इसके पीछे का सोच साधारण था। मुंबई की गृहिणियों को चीनी भाषा सिखाई जाए। उन्हें सक्षम बनाओ, सशक्त बनाओ और फिर उन्हें 'येह चाइना' के पैनल में शिक्षक के तौर पर शामिल करो, ताकि वे दूसरे लोगों को पढ़ा सकें। महज तीन साल में येह चाइना एक ऐसे मंच के रूप में विकसित हुआ है, जिसके पास 30 शिक्षक हैं, जो मुंबई के 85 स्थानों पर बच्चों को चीनी पढ़ाती हैं और उनके छात्रों में कुछ बड़ी-बड़ी कॉरपोरेट कंपनियों के लीडर भी शामिल हैं। उड़िया बोलनेवाली छोटी सी लड़की के लिए बुरा नहीं है, जिसने हमेशा ही कुछ बड़ा करने का सपना देखा था और कैंसर का डर लिये बड़ी हुई थी!

उषा अपने शुरुआती दिनों की एक रोचक घटना को याद करती हैं। अंग्रेजी बोलने की अपनी सीमित क्षमता को लेकर वे कुछ ज्यादा ही सजग रहती थीं और उन्हें यह भी लगता था कि उनके उड़िया उच्चारणवाली अंग्रेजी सुनकर लोग उन्हें हेय दृष्टि से देखेंगे। जबकि अब वे हँसते हुए बताती हैं कि वह 'श' को 'स' बोला करती थीं! वे पूरे मन से चाहती थीं कि मुंबई के अमेरिकी इंटरनेशनल स्कूल में चीनी भाषा की क्लास की शुरुआत हो जाए और इसी सिलसिले में वे वहाँ के प्रिंसिपल से मिलने पहुँचीं। उन्हें याद है कि कैसे उन्हें बहुत ध्यान से प्रिंसिपल की सारी बातों को सुनना पड़ा, ताकि वे समझ सकें कि वे अपने अमेरिकी उच्चारण में क्या कह रही हैं; लेकिन ऐसा नहीं लगा कि प्रिंसिपल को उषा की बात समझने में कोई दिक्कत हुई! फिर वह उषा को अपने साथ अलग-अलग क्लासरूम में ले गईं, जहाँ उन्हें कुछ छात्रों से मिलवाया और उषा ने देखा कि किस प्रकार उस स्कूल में 56 देशों के बच्चे पढ़ रहे थे! वहाँ कोरियाई व जापानी, ऑस्ट्रेलियाई व अफ्रीकी बच्चे थे और वे सब अंग्रेजी बोल रहे थे, वह भी अपने-अपने व्यक्तिगत उच्चारण के साथ। लेकिन उनमें से किसी को भी अपने उच्चारण को लेकर फिक्र नहीं थी! व्याकरण गलत हो सकता था, लेकिन सब एक-दूसरे को अच्छी तरह समझ रहे थे। अचानक ही उन्हें एक नए आत्मविश्वास का एहसास हुआ। अब वह जब भी लोगों से बात करती हैं, तब उनका सोच होता है, 'क्या हुआ, अगर मेरी अंग्रेजी दुरुस्त नहीं है! मैं फर्राटेदार चीनी भाषा बोल सकती हूँ। क्या आप ऐसा कर सकते हैं?' आत्मविश्वास का मतलब यही है कि आप अपने किसी एक कौशल को इतना मजबूत बना लें कि आपको दूसरी कमजोरियों की फिक्र नहीं रह जाती। अकसर हम अपनी कमजोरियों और उन कामों में फँस जाते हैं, जिन्हें अच्छी तरह नहीं कर पाते, बजाय इसके कि हम अपने अनूठे कौशलों और ताकतों पर फोकस करें, उन चीजों पर, जिन्हें हम वाकई अच्छी तरह कर सकते हैं। उषा इस बात का प्रमाण देती हैं कि अगर आप अपनी अनोखी ताकतों के दम पर आगे बढ़ते हैं तो कमजोरियाँ अपनी फिक्र खुद कर लेती हैं।

जैसा कि उषा मानती हैं, 'येह चाइना' का मिशन दो चरणोंवाला है— भारतीयों को चीनी भाषा सिखाना, ताकि दुनिया के नक्शे पर उभरती एक महाशक्ति तक जाने के नए रास्ते खुल सकें और गृहिणियों को एक नए कौशल के साथ सशक्त करें, जिससे कि वे अपने बारे में अच्छा महसूस कर सकें, साथ ही उन्हें आय का एक स्रोत भी मिल जाए। अनेक उद्यमियों की तरह ही उषा को

न केवल कारोबार के एक अवसर से प्रेरणा मिलती है, बल्कि उनके पास एक बड़ा मकसद भी है। उनकी इच्छा इस दुनिया में परिवर्तन लाने की है। "भारत में 40 प्रतिशत गृहिणियाँ सुशिक्षित हैं, योग्य हैं; लेकिन किसी-न-किसी कारण से वे घर तक सीमित रह जाती हैं। मैं उनके लिए अवसर का निर्माण करना चाहती हूँ। गृहिणी बनना मैनेजमेंट की डिग्री हासिल करने जैसा होता है। वे बजट को संतुलित रखना सीखती हैं, एक साथ कई काम कर लेती हैं, समय पर काम पूरा करती हैं और श्रम का प्रबंधन भी करती हैं और चूँकि ज्यादातर गृहिणियाँ पहले से ही ऐसा कर रही होती हैं, इसलिए मैं चाहती हूँ कि वे जान लें कि काम में भी वे सफल हो सकती हैं। उन्हें बस, अपने भय और झिझक को दूर करने की जरूरत है और इसके लिए जब जागो, तभी सवेरा है।" यदि आप एक गृहिणी हैं और इसे पढ़ रही हैं तथा किसी प्रेरणा की तलाश में हैं तो आपको उषा के अलावा किसी और को देखने की जरूरत नहीं है। अपनी ताकत पर फोकस कीजिए। अपने सपनों को मत छोड़िए। खुद पर यकीन कीजिए और याद रखिए, आप जो बन सकती थीं, उसमें कभी देर नहीं होती।

इसलिए, क्या वे उन गृहिणियों को कोई संदेश देना चाहेंगी, जो कुछ करने में संकोच करती हैं, क्योंकि वे अच्छी अंग्रेजी नहीं बोल पातीं या उन्हें कंप्यूटर चलाना नहीं आता? "मैं बस, इतना कहूँगी कि आप हर दिन कुछ सीखती हैं। हर दिन इस सोच के साथ उठिए कि 'आज मैं यह सीखूँगी', न कि यह सोचते हुए कि 'मैं यह नहीं जानती हूँ।' यह एकदम आसान होता है। मत कहिए कि मैं नहीं जानती। कहिए, मैं इसे सीखूँगी। अगर आप प्रयास करेंगी तो वह प्रयास कौशल बन जाएगा।"

स्पष्ट रूप से, वह 'प्रयास' उषा के लिए कारगर साबित हुआ। वे रोजाना 14 घंटे काम करती हैं। एक समय था, जब उन्हें पावर प्वॉइंट प्रेजेंटेशन तैयार करने के लिए अपने बेटे की मदद लेनी पड़ती थी; लेकिन अब, जब उनका बेटा इंजीनियरिंग कॉलेज में जा चुका है, तब उन्होंने पावर प्वॉइंट सीख लिया है, बल्कि उसमें महारत हासिल कर ली है और फोटोशॉप एवं कोरलड्रॉ भी जानती हैं। "अगर कुछ ऐसा है, जो मुझे जानना चाहिए, पर नहीं जानती तो मैं असहज हो जाती हूँ। तब मैं सुबह के 3 बजे ही उठ जाती हूँ, क्योंकि मुझे उसे सीखना है! मैं इस पर भी यकीन करती हूँ कि अगर आप किसी काम को आउटसोर्स कर रहे हैं तो आप जिसे आउटसोर्स कर रहे हैं, वह आपको आना चाहिए।"

इसलिए, अब उन्होंने जहाँ वित्तीय लेन-देन का हिसाब रखने के लिए एक सी.ए. को काम पर रख लिया है, वहीं उन्होंने प्रयास किया है कि उन्हें बैलेंस शीट को पढ़ना और टैक्स से जुड़ी बातों के साथ ही सर्विस टैक्स को समझना आ जाए।

काफी दिलचस्प है कि येह चाइना उषा के लिए उद्यमशीलता का पहला प्रयोग नहीं है। बरसों पहले उनके मन में एक विचार आया, जिसका लाभ उनके एक और शौक से उन्हें मिला। वह शौक था कुकिंग का। इसके पीछे आइडिया यह था कि उन जोड़ियों को बिस्तर पर ही रोमांटिक नाश्ता दिया जाए, जो अपनी सालगिरह या जन्मदिन मना रहे हैं, यानी अगर पत्नी का जन्मदिन है तो पति उसे खास नाश्ते के साथ सरप्राइज दे सकता है, जिसे उनके घर तक डिलीवर किया जाएगा, साथ में फूलों का गुलदस्ता और हाथ से लिखा नोट भी होगा। वे कहती हैं, "मुझे ऐसा बिजनेस आइडिया अच्छा लगता है, जो असाधारण हो।" उस साल वैलेंटाइन डे पर उनके पास बिस्तर पर ब्रेकफास्ट के 23 ऑर्डर आए! "मेरी खुशी का ठिकाना नहीं था!" हालाँकि इस काम में कड़ी मेहनत करनी पड़ती थी। उषा को सुबह बहुत जल्दी उठना पड़ता था, ताकि नाश्ता तैयार हो और समय पर पहुँचाया जा सके। जल्दी ही वह बिरयानी, फिश फ्राइ, आलू दम और घुघनी तथा ओडिशा के कई विशेष व्यंजन बनाने लगीं। कुछ समय बाद उन्होंने फूड बिजनेस से निकलने का फैसला किया। नहीं, इस कारण नहीं कि उसमें कड़ी मेहनत करनी पड़ती थी, बल्कि उन्होंने देखा कि उनके पति व बेटे का वजन बढ़ रहा है और इसमें उन लजीज व्यंजनों का बहुत बड़ा हाथ था, जिन्हें वह हर दिन तैयार कर रही थीं! फूड बिजनेस पीछे रह गया और अब दूसरे असाधारण बिजनेस आइडिया की तलाश शुरू हो गई।

और इसकी शुरुआत उन 80,000 रुपयों से हुई, जिन्हें उषा ने पिछले बिजनेस से कमाया था। चीनी भाषा के साथ उनकी गाथा आगे बढ़ गई। चीनी शिक्षक के रूप में योग्यता प्राप्त कर लेने के बाद उन्होंने छोटे बच्चों के लिए आसान 'लर्न चाइनीज' पुस्तकें लिखीं। उन्होंने देखा था कि भारत में छोटे बच्चों के लिए चीनी भाषा सिखानेवाली पुस्तकें नहीं हैं, इसलिए उन्होंने अपनी लिखी पुस्तक की एक हजार प्रतियाँ छपवाईं। भारत में बड़ी मुश्किल से कुछ लोगों को चीनी भाषा आती है, तो फिर उन्हें कैसे लगा कि भारत में उन पुस्तकों के लिए बाजार है? उन्होंने जो जवाब दिया, वह आपको उस पुरानी कहानी की याद दिलाएगा, जिसमें जूते बेचनेवालों को अफ्रीका के दूर-दराज के गाँवों में भेजा

गया था। (याद आया? उनमें से एक ने हेड ऑफिस को टेलीग्राम भेजा कि वह वापस आ रहा है, क्योंकि वहाँ कोई जूते नहीं पहनता और जूतों के लिए वहाँ बाजार नहीं है। दूसरे सेल्समैन ने कंटेनर भरकर जूतों की डिमांड भेजी और कहा कि उन्हें तुरंत भिजवाया जाए, क्योंकि उसने वहाँ बहुत बड़ा बाजार देखा, वजह यह थी कि वहाँ कोई जूते नहीं पहनता!) उषा कहती हैं कि उन्होंने उन पुस्तकों के लिए एक बड़ा अवसर देखा, क्योंकि उनकी नजर 3 एवं 4 साल के बच्चों पर थी, जिनके माता-पिता 30 साल के करीब या उससे कुछ ज्यादा उम्र के थे और वे सभी जानते थे कि कैसे चीन उभरता सुपर पावर है। वे अपने बच्चों को चीनी भाषा सिखाना चाहेंगे, बशर्ते उनके लिए पुस्तकें उपलब्ध हों!

तो आपको क्या दिखता है, जब आप किसी गिलास में आधा पानी देखते हैं? क्या आपको आधा खाली गिलास दिखता है या आधा भरा हुआ? आप जो भी देखते हैं, वह इस बात का संकेत दे सकता है कि आपके अंदर वह सकारात्मकता है या नहीं, जो अधिकांश उद्यमियों के लिए खास होती है—खास भी और अनिवार्य भी।

उषा के लिए वह सकारात्मक दृष्टिकोण जैसे उनकी रगों में बहता है। वे जब भी नए लोगों से काम पर मिलती हैं और येह चाइना की सेवाओं को बेचने के लिए लोगों से बात करती हैं, तब वह अपने आसपास के लोगों में लगातार सकारात्मकता पर गौर करती हैं और वे उनसे सीखने की कोशिश करती हैं तथा उन बातों को अपने जीवन में लागू करने का भी प्रयास करती हैं। शुरुआत में झटके लगे थे, जैसे जिन लोगों पर उन्होंने यकीन किया, उन्होंने उन्हें धोखा दिया; लेकिन वे सबकुछ सहती गईं और उन झटकों व चुनौतियों को सीखने के अवसरों के रूप में देखा। उन्होंने यह भी सीखा कि बिजनेस रातोरात खड़ा नहीं होता। उनका आत्मविश्वास और उनकी निडरता ने उन्हें निवेश करने तथा दूर की सोचने की हिम्मत दी है। "अगर हम अखबारों में विज्ञापन देते हैं और इस पर ज्यादा प्रतिक्रिया नहीं आती तो मैं चिंतित नहीं होती। मैं जानती हूँ कि हम एक ब्रांड बना रहे हैं। एक ब्रांड, जो आगे चलकर अच्छा बनेगा।"

अपने बिजनेस में ताजा निवेश के साथ उषा अब येह चाइना को भारत से चीन जाने के एकमात्र गेटवे के तौर पर बनाने का सपना देख रही हैं। वे फिल्मफेयर अवॉर्ड नाइट के सपने देख रही हैं, जहाँ उस शाम की थीम चानी भाषा (बेशक उसे येह चाइना तैयार करेगा) है। वे उन भारतीय छात्रों की सहायता

करना चाहती हैं, जो चीन के कुछ सबसे बेहतरीन विश्वविद्यालयों में पढ़ाई के लिए जाते हैं और वे भारत में सच्चे आनंद की खोज में आनेवाले चीनी लोगों की मदद करना चाहती हैं। व्यापार, संस्कृति, भोजन, शिक्षा—उषा का सपना 'येह चाइना' को ऐसा पुल बनाने का है, जो दोनों देशों को करीब ला सके। "मैं चाहती हूँ कि येह चाइना चीनी भाषा के लिए वही करे, जो मैक्स मूलर ने जर्मन के लिए और अलाएंस फ्रैंचाइज ने फ्रेंच के लिए किया।"

ओडिशा की वह छोटी लड़की, जिसने हमेशा यही सोचा था कि वह कुछ बड़ा करेगी, लगातार बड़े-बड़े सपनों को आगे बढ़ा रही है और हम सब भले ही उषा के चीनी सबक की क्लास में दाखिला न लें, लेकिन हमें शायद उनसे जीवन के उस बड़े सबक को सीख लेना चाहिए। बड़े सपने देखो, खुद पर यकीन करो। परिस्थितियों को अपने सपनों को तोड़ने मत दो। अपनी क्षमताओं पर ध्यान लगाओ। जीवनपर्यंत सीखते रहो। मत कहो कि मुझे नहीं आता, बल्कि कहो कि मैं सीख लूँगी और हाँ, अपने अंग्रेजी उच्चारण के बारे में क्या फिक्र करना, जब तुम फर्राटेदार चीनी बोल सकती हो?

येह चाइना को लेकर उनका कोई सपना? "एक ऐसी कंपनी बनाना चाहती हूँ, जो एक दिन शेयर बाजार में लिस्टेड हो जाए। मैं एक बड़ा इन्फ्रास्ट्रक्चर बनाना चाहती हूँ, एक कैंपस, जिसमें बड़ी-बड़ी इमारतें, लाइब्रेरी, थिएटर हों, जहाँ आपको चीनी भाषा से जुड़ा सबकुछ मिले और यही सबकुछ नहीं है। मैं येह चाइना को भारत भर की हजारों गृहिणियों के लिए ऐसा मंच बनाने का सपना देखती हूँ, जिनमें अपने मोल को समझने की एक नई भावना पैदा हुई है, साथ ही आय का एक नया स्रोत दिखा है, जिसके अंतर्गत वे चीनी भाषा को कक्षाओं में, ऑनलाइन और काम की जगहों पर पढ़ाएँगी।"

याद है उनकी डेस्क के पीछे दीवार पर लगा वह पोस्टर, जो कहता है, 'तब तक काम करो, जब तक महँगा सस्ता न बन जाए'! तो फिर, आप देख सकते हैं कि वह दिन दूर नहीं, जब महँगा सस्ता हो जाएगा; लेकिन इसके साथ ही आप यह भी देख सकते हैं कि उषा लगातार काम करती रहेंगी, मेहनत करती रहेंगी, क्योंकि उनके लिए येह चाइना सिर्फ एक काम या एक कारोबार से कहीं ज्यादा है।

और उषा साहू साफ तौर पर एक ऐसी महिला हैं, जो अपने मिशन पर हैं।

सफलता के मंत्र

- यदि आप किसी चीज को भूलना चाहते हैं तो आप सिर्फ यह कहकर सफल नहीं होंगे कि आपको उसे भूलने की जरूरत है। आपको उसे किसी दूसरी चीज से बदलना होगा। कुछ ऐसा ढूँढ़िए, जिस पर आप अपना दिमाग लगा सकें।
- 'तो क्या हुआ, अगर मेरी अंग्रेजी परफेक्ट नहीं है। मैं फर्राटेदार चीनी बोल सकती हूँ। आप ऐसा कर सकती हैं?' आत्मविश्वास का मतलब असल में यह है कि अपने किसी एक कौशल को इतना मजबूत बना लें कि आपको दूसरी कमजोरियों की फिक्र न रह जाए।
- अपनी ताकत पर फोकस कीजिए। अपने सपनों को कभी मत छोड़िए। खुद पर यकीन कीजिए और याद रखिए, आप जो बन सकते थे, उसके लिए कभी देर नहीं होती।
- 'मत कहिए कि मुझे नहीं आता। कहिए कि मैं सीखूँगी। अगर आप प्रयास करेंगी तो उस प्रयास से एक कौशल का निर्माण होगा।'
- अपने आसपास के लोगों में सकारात्मक बातों पर गौर कीजिए, उनसे सीखिए। नाकामियों और चुनौतियों को सीखने के अवसरों के रूप में देखिए।

❑

हजारों मील की एक यात्रा...

यात्रा डॉट कॉम

'किस्मत को यही मंजूर था...' यह वाक्य आपको यात्रा डॉट कॉम के संस्थापक-सी.ई.ओ. ध्रुव शृंगी की जुबान से अकसर सुनने को मिलेगा। वे जब कॉलेज में पढ़ रहे थे, तभी एक मैन्युफैक्चरिंग बिजनेस शुरू किया था; लेकिन किस्मत को शायद यही मंजूर था और वह डूब गया। वह एम.बी.ए. करने के लिए इनसीड (INSEAD) पहुँचे, लेकिन किस्मत को शायद यही मंजूर था कि कैंपस प्लेसमेंट इंटरव्यू का पहला ही दिन 11 सितंबर, 2001 को था। इसलिए जॉब इंटरव्यू की बजाय रिक्रूटर और ग्रेजुएट होने जा रही पूरी क्लास टेलीविजन सेट से चिपक गई और ट्विन टावरों पर टकराते विमानों के रिप्ले देखती रही। उन्होंने सोचा कि वे एक छोटी सी शराब बनाने की फैक्टरी लगाएँगे, लेकिन किस्मत को शायद यही मंजूर था कि 9/11 के बाद फंडिंग की समस्या खड़ी हो गई। आप जब उनके उतार-चढ़ाव की चुनौतियों और कामयाबियों की कहानी को सुनते हैं, तब आप समझ जाते हैं कि सफल लोग असफलताओं और बदकिस्मती को झेल जाते हैं तथा सफलता के रास्ते पर अपनी किस्मत खुद बनाते हैं। अगर आप उद्यमशीलता के सफर में जीवन से जुड़े सबक ढूँढ़ रहे हैं तो ध्रुव की यात्रा से शुरुआत करना आपके लिए अच्छा रहेगा।

आज नहीं तो कल, हम सभी जीवन के सबक सीख ही लेते हैं; हालाँकि हममें से कुछ लोग जीवन के कड़वे सबक कुछ जल्दी ही सीख जाते हैं। ध्रुव उनमें से ही एक हैं। अपनी पीढ़ी के कई बच्चों की तरह स्कूली छात्र के रूप में उनका बस, एक ही सपना था और वह था भारत के लिए क्रिकेट खेलना। खाते क्रिकेट, खेलते क्रिकेट और सोते भी क्रिकेट ही थे। वे अपने स्कूल की तरफ से खेले, अच्छा किया और अंडर-15 टीम के लिए होनेवाले ट्रायल पर नजरें जमाए थे। चयन के

लिए होनेवाला ट्रायल उन्हें जगानेवाला, आँखें खोलनेवाला रिएलिटी चेक साबित हुआ। उन्हें पता लगा कि स्कूल के लिए जहाँ वह एक स्टार प्लेयर थे, वहीं बाहर की दुनिया बहुत बड़ी थी, जिसमें उनसे बेहतर कई खिलाड़ी थे। उन्हें समझ आया कि कैसे इस दुनिया का मतलब 'सिर्फ आप ही नहीं' हैं। यह विनम्र बना देनेवाला अनुभव था, जो हमेशा उनके साथ रहा।

वे जब कॉलेज में थे, तब उन्होंने भिवाड़ी में क्लोरीन-युक्त पैराफिन मोम बनाने की एक इकाई लगाई। उनकी माँ शिक्षिका थीं और पिता सेना से रिटायर हुए थे। ध्रुव, जो तब हिंदू कॉलेज से कॉमर्स की पढ़ाई कर रहे थे, उन्होंने अपने पिता की बचत को बिजनेस में लगा दिया। वह बिजनेस बुरी तरह से फेल हो गया, क्योंकि ध्रुव, जो तब युवा और कुछ हद तक भोले थे, उन्हें बिजनेस में एक बड़ा धोखा मिला और उन्होंने कई सबक सीखे। उन्होंने सीखा कि लोगों पर आँख मूँदकर विश्वास नहीं करना चाहिए; जो दिख रहा हो, उसे ही सच नहीं मानना चाहिए, बल्कि आँकड़ों को देखना चाहिए। उन्होंने गहराई तक उतरना सीखा और यह सीखा कि नंबर क्या कह रहे हैं, न कि लोग क्या कह रहे हैं।

बिजनेस की शुरुआत में ही मिली असफलता ने उन्हें बिजनेस की शिक्षा लेने के अवसरों की तलाश के लिए प्रेरित किया—वह भी किसी और के खर्च पर। इसलिए जब उन्हें आर्थर एंडरसन के लिए चुना गया, तब उनकी खुशी का ठिकाना नहीं था। परीक्षा में अच्छे ग्रेड न मिलने के बाद भी आर्थर एंडरसन के लोगों को इस बात में दम नजर आया कि उनके पास हकीकत की दुनिया का पक्का अनुभव था, जिसमें वे अपना ही उपक्रम (जो फेल हो गया) चला चुके थे। एक बड़े संगठन में सात शानदार साल बिताने के बाद, जिसमें लंदन में काम करना और चार्टर्ड एकाउंटेंसी की पढ़ाई पूरी करना शामिल था, ध्रुव ने एम.बी.ए. करने के लिए इनसीड (INSEAD) बिजनेस स्कूल में दाखिला लेने का फैसला किया। पीछे मुड़कर देखने पर उन्हें लगता है कि एम.बी.ए. की यह डिग्री 'अपने ऊपर किया गया एक बड़ा निवेश' था और वह वहाँ बने दोस्तों तथा अनुभव को मूल्यवान् समझते हैं।

इनसीड में पढ़ाई करते हुए उन्होंने भारत में माइक्रो-ब्रुअरी लगाने के लिए पूँजी जुटाना शुरू किया। माइक्रो-ब्रुअरी की अवधारणा को उस समय किसी ने सुना भी नहीं था। उन्हें लगा कि खाने-पीने के क्षेत्र में भारत में कुछ करने की संभावना है और इसके पीछे की सोच यह थी कि मनोरंजन के लिए तरस रहे शहरी युवाओं को थोड़ी मौज-मस्ती का मौका दिया जाए। इसमें उन्हें थोड़ी बीयर पीने और मस्ती

करने के लिए ऐसी जगह मुहैया कराना था, जो जेब पर भारी न पड़े। यह एकदम अलग और संभव आइडिया था। पूँजी मिलना मुश्किल था और यह देखते हुए कि उन्हें एजुकेशन लोन भी चुकाना था, ध्रुव ने कुछ हद तक अनिच्छा के साथ तय किया कि वे फिर से नौकरी करेंगे।

कभी-कभी कोई नंबर एक कहानी कह जाती है और ध्रुव के लिए यह नंबर था 178307। यह फोर्ड मोटर कंपनी में उनकी कर्मचारी संख्या थी—वह संगठन, जिसमें वे कैंपस से शामिल हुए। सीखने का अच्छा मौका मिला और वेतन भी अच्छा था। काम की जगह भी अच्छी थी और अवसर भी रोमांच पैदा करनेवाले, लेकिन ध्रुव की नजर जब भी कर्मचारी संख्या पर पड़ती, जो आज भी उन्हें याद है, तब उन्हें सही या गलत तौर पर लगता था कि इस विशाल समंदर में वह भी एक मामूली व्यक्ति हैं, जिसमें लोगों या इस कारोबार पर प्रभाव डालने की सीमित क्षमता है। उनके अंदर छिपे उद्यमी को यह मंजूर नहीं था। वह इससे कुछ बड़ा करना चाहते थे। वह पूरे एक्शन में आना चाहते थे।

और तभी उन्हें ऑनलाइट ट्रैवल के क्षेत्र में काम करने का मौका मिला ईबुकर के साथ। वह हेड ऑफ स्ट्रैटजी के तौर पर शामिल किए गए और जल्दी ही ऑपरेटिंग रोल में आ गए तथा ऑपरेशंस एंड टेक्नोलॉजी के हेड के रूप में 1,500 से भी ज्यादा लोगों की टीम का नेतृत्व कर रहे थे। इस भूमिका ने उन्हें अलग-अलग देशों में कारोबार को चलाने, इंजीनियरिंग के लोगों को मैनेज करने और कॉल सेंटर की फौज पर नियंत्रण का सीधा अनुभव दिया। किसी कारोबार को चलाने का यह पूरी तरह से नया नजरिया था। कारोबार बढ़ा और ध्रुव ने हर पल का आनंद लिया; लेकिन किस्मत को शायद यही मंजूर था (ओह, वही वाक्य फिर से!) कि वर्ष 2005 में ईबुकर का अधिग्रहण सेनडैंट ने कर लिया और सबसे पहले कुछ हुआ तो वह यह कि ध्रुव को फायर कर दिया गया। उन्हें नौकरी से निकाल दिया गया।

अपनी फेयरवेल पार्टी में, जिसे अंग्रेज 'लीविंग ड्रिंक्स' कहते हैं, नशे की बदौलत मिले साहस से ध्रुव और उनके कुछ अन्य सहयोगियों ने भारत लौटने और एक ऑनलाइन ट्रैवल बिजनेस शुरू करने का फैसला किया। उनकी किस्मत अच्छी थी। जब अगली सुबह हैंगओवर उतरा, तब भी उनमें से चार लोग उस आइडिया को लेकर उत्साह में थे और अपनी योजना को आगे बढ़ाने तथा पूँजी जुटाने का फैसला किया। एक आइडिया, किसी जगह पर काम करने के थोड़े अनुभव तथा 20 स्लाइड के पावरप्वॉइंट प्रेजेंटेशन से लैस ध्रुव और उनके नशे में झूमनेवाले

साथी उन पूँजीवालों को मनाने निकल पड़े, जो उनके आइडिया में निवेश कर सकें और जब कुछ दयालु वेंचर कैपिटसूची (वी.सी.) पहला चेक साइन करने को तैयार हुए, तब तक उन्हें एहसास हो गया था कि वे कारोबार में आ चुके हैं और इस तरह यात्रा डॉट कॉम का जन्म हुआ। शुरुआत आसान नहीं थी, लेकिन ऐसा विरले ही होता है।

किसी उद्यमी के मन में झाँकना बड़ा दिलचस्प होता है कि वह क्या-क्या सोचता है। जरा सोचिए, नौकरी से निकाला जाना, वह भी परदेस में। सोचिए, पैसे जुटाने की कोशिश और उसमें इनकार का सामना करना और सोचिए, अपनी पत्नी से कहना कि आप स्वदेश लौटने तथा बिजनेस शुरू करने की तैयारी कर रहे हैं और वह आप से कहती है कि वह अपने पहले बच्चे को जन्म देने वाली है। सोचिए।

ध्रुव कहते हैं, "चीजें शायद ही कभी उस तरह होती हैं, जैसी योजना आपने बनाई है; लेकिन आपको खुद पर यकीन होना चाहिए कि चाहे जो हो, आप इसे कर के रहेंगे। भले ही किसी समस्या का हल आपके पास न हो, लेकिन आपको यह भरोसा होना चाहिए कि आपको हल मिल जाएगा। उद्यमिता एक मनोदशा होती है, या तो आपके भीतर वह है या नहीं है। यह जानने के लिए कि आपके पास है या नहीं, आपको इसे आजमाना पड़ता है। मेरी किस्मत अच्छी थी। मैंने आजमाया और मैन्युफैक्चरिंग बिजनेस में फेल हो गया और फिर मुझे एंडरसन के सुरक्षित माहौल में फिर से आजमाने का मौका मिला। इन अनुभवों से मेरे अंदर एक विश्वास पैदा हुआ कि जरूरत पड़ी तो मैं किसी भी मुश्किल को पार कर लूँगा। एक उद्यमी के तौर पर आपको इसकी जरूरत पड़ती है।"

किसी उद्यमी के लिए, जो शुरुआत कर रहा है, सबसे पहली प्राथमिकता और प्रमुख चुनौती होती है एक टीम का निर्माण। पहले कुछ लोगों की नियुक्ति बेहद अहम होती है। इस बात का ध्यान रखते हुए कि इ-कॉमर्स और इंटरनेट इकॉनमी साल 2006 में इतनी लोकप्रिय नहीं थीं, जितना कि वे अब हैं, तो यात्रा ने अपनी जरूरत के मुताबिक हुनर को कैसे आकर्षित किया?

"पहले 30-40 लोग आपके साथ शुद्ध रूप से उस सपने के दम पर आपके साथ जुड़ते हैं, जिसे आप उन्हें बेचते हैं। सबसे बड़ी चुनौती उन्हें राजी करने और इस वेंचर को लेकर आपकी जो अपनी दृष्टि है, उससे उन्हें सहमत करने की थी। कोई निर्धारित रोडमैप नहीं था। इससे पहले किसी ने ऐसा नहीं किया था और आप चाहते हैं कि लोग आपके सपने को सच मान लें, उस पर यकीन कर लें।" तो किसी

संभावित कर्मचारी से ध्रुव ऐसा क्या कहते थे, जो किसी सुरक्षित, अच्छे वेतनवाली नौकरी में था और जो उसे छोड़ कर यात्रा के कारवाँ में शामिल हो जाएँ? "मैं संभावित कर्मचारियों से कहता था कि हम खुशकिस्मत हैं कि इस समय पर हम भारत में हैं। हमारे सामने ऐसा अवसर है, जो जीवन में एक ही बार मिलता है। हममें से हर एक के पास उस पर दूरगामी प्रभाव डालने का अवसर है, जो 10-20 साल बाद होने वाला है। पी. एंड जी. या यूनीलिवर में होने से आपको एक विरासत का निर्माण करने या इस माहौल को बदलने का मौका नहीं मिलेगा। आप हमारे साथ आएँ और ऐसा करें या फिर जहाँ हैं, वहीं रहें और इसे होता हुआ देखें।"

क्या बात है! इस तरह की लुभावनी बातों को कोई भी नजरअंदाज नहीं कर सकता; लेकिन यह भी सच है कि सफल उद्यमियों में अपने सपनों को देखने और लोगों को खुद पर तथा उनके सपनों पर यकीन दिलाने की अनोखी क्षमता होती है।

"हमने जो एक और अच्छी चीज की, वह थी कि अगर हमने गलत लोगों को चुन लिया है तो हम अपने नुकसान को कम करने के लिए तैयार थे। आप गलती कर सकते हैं, लेकिन आपको यह स्वीकार करने के लिए तैयार रहना होगा कि आपका फैसला गलत था और जितनी जल्दी संभव हो, उसे ठीक कर लें।"

संस्थापक टीम के लिए यात्रा ब्रांड का निर्माण करना एक और महत्त्वपूर्ण काम था। क्लियरट्रिप और मेकमाइट्रिप ग्राहकों के क्लिक के लिए झगड़ रहे थे और उनके वैलेट यात्रा को कुछ अलग देना था। यह देखते हुए कि कैसे दोनों प्रतिस्पर्धी अपमार्केट थे, अपने लुक और फील में करीब-करीब ज्यादा अंग्रेज, तब यात्रा को लगा कि भारतीय मध्यम वर्ग के बीच एक अवसर है। इस कारण यात्रा डॉट कॉम ने अपना ध्यान घरेलू यात्रा पर स्थिर किया। एक समय ऐसा आया, जब उनकी साइट पर 55,000 घरेलू होटल थे, जबकि सबसे करीबी प्रतिद्वंद्वी के पास महज 27,000 थे। यात्रा की ओर से ब्रांड बनाने के सारे प्रयासों के केंद्र में ग्राहकों को सुनने का एक अनुशासन था। ध्रुव शुरुआती दिनों की बात करते हैं, जब बोर्ड का टीम पर दबाव था कि वे एक साफ-सुधरा इंटरफेस बनाएँ; ठीक वैसा ही, जैसा कि यात्रा के प्रतिद्वंद्वियों का है। इस बदलाव की दिशा में आगे बढ़ने से पहले टीम ने इस पर रिसर्च करने और अपने ग्राहकों की सोच को समझने का प्रयास किया—वे यात्रा को क्यों पसंद करते थे तथा वे और कहाँ जाकर ऑनलाइन शॉपिंग करते थे। उन्होंने जब ग्राहकों को नया प्रस्तावित इंटरफेस दिखाया तो ग्राहकों को लगा कि यह साइट अंडर कंस्ट्रक्शन है, जिसमें न कोई डील है, न ऑफर। यात्रा टीम को

एहसास हुआ कि वे जिस ग्राहक वर्ग को टारगेट कर रहे हैं, उसे बेहतरीन डील और ऑफर चाहिए। अपने ग्राहकों की बातों को सुनना एक बेहतरीन कदम लगा और इससे यह तय हो गया कि वे कोई महँगी गलती नहीं करने वाले हैं। ध्रुव कहते हैं, "सीख एकदम आसान है। अपना कारोबार अपने ग्राहकों के आसपास बनाओ, न कि अपनी सोच के आधार पर कि आपको क्या अच्छा लगता है या क्या बुरा!"

ध्रुव का मानना है कि उनके कारोबार ने जो सफलता हासिल की है, उसका बहुत बड़ा श्रेय उनके बोर्ड को जाता है। एक अच्छा बोर्ड बस, एक बोर्ड नहीं होता है। यह लगना भी चाहिए कि वह अच्छा है और ध्रुव ने मार्गदर्शकों तथा उनके सुझावों एवं सलाह को काफी महत्त्व दिया है। नॉरवेस्ट के प्रमोद हक का प्रभाव स्थिरता देनेवाला साबित हुआ। वह एक ऐसे व्यक्ति हैं, जिन्होंने इस उद्यमी और उनकी टीम पर लगातार अपना भरोसा जताया है और कहा है कि धैर्य रखो! हरेश चावला, जो नेटवर्क 18 के पूर्व सी.ई.ओ. हैं, वह एक 'बेहतरीन मेंटर और दोस्त' थे। ध्रुव इंटरनेट पर ऐसे कई उद्यमियों के नाम गिनाते हैं, जो उनकी मित्र-मंडली में शामिल हैं। "आपके पास ऐसे दोस्त होने चाहिए, जो उद्यमी हैं; क्योंकि तब आप समझ पाते हैं कि आपकी समस्याएँ अनोखी नहीं हैं। दूसरे लोग भी उसी तरह की समस्याओं के बीच से रास्ता निकालने में जुटे हैं। इससे आत्मविश्वास और बढ़ता है। चाहे आप किसी ऐसी समस्या का सामना कर रहे हैं, जिससे निपटना असंभव दिख रहा है, फिर भी आपको एहसास होता है कि दुनिया खत्म होने वाली नहीं है। कल का दिन बेहतर होगा।" स्पष्ट रूप से, किसी भी उद्यमी के लिए साथियों का समूह और एक मेंटर का होना जरूरी है, क्योंकि यह सहारा देनेवाली एक मजबूत व्यवस्था होती है।

आज यात्रा के पास बड़ी टीम है, जिसमें 2,200 से भी ज्यादा लोग उनके साथ काम कर रहे हैं। वे जान-बूझकर ऐसी कोशिश करते हैं कि अपनी टीम के बीच रहें और सच्चाई से लगातार सामना होता रहे। वे चाहते हैं कि उनकी समस्याओं को समझें और उन समस्याओं का हल निकालने में उनकी मदद करें, न कि किसी ऐसे व्यक्ति की तरह व्यवहार करते हैं, जो बोर्ड रूम में बैठकर ज्ञान बघारता रहता है। "दिखते रहिए, आसानी से मिलिए और अपनी गलतियों को स्वीकार करने के लिए तैयार रहिए!" यात्रा ने जिन मुश्किलों का सामना किया, उनमें से एक वह भी था, जब किंगफिशर एयरलाइंस का बुलबुला फूट गया। पूरी ट्रैवेल इंडस्ट्री हिल गई। अचानक यात्रा का एक-तिहाई राजस्व जाता रहा। इस संकट से उबरने के लिए

उन्हें लगभग 600 लोगों को निकालना पड़ा। "बहुत तकलीफ हुई थी। उनमें से कई लोग ऐसे थे, जिनके अपने सपने थे और उन्हें जाने देना व्यक्तिगत रूप से बेहद, बेहद मुश्किल था। हालाँकि, हमने सीखा कि कभी-कभी शरीर को बचाने के लिए बाँह को काटना पड़ता है।" उन्हें इस बात पर भी गर्व है कि उनकी टीम ने हार नहीं मानी। वे लड़ते और अपने रास्ते पर आगे बढ़ते रहे। एक सैनिक के बेटा होने के नाते ध्रुव नेवी सील्स के सिद्धांतों के बहुत बड़े फैन हैं। ऐसे समय पर, जब आपको लगे कि आप हार मान रहे हैं, तब आप अपने सिर्फ 30-40 प्रतिशत संसाधनों की ही खपत कर चुके होते हैं। उन्हें लगता है कि कॉरपोरेट टीमों को सेना के अनुशासन से सीख लेनी चाहिए। "हमें इतना आत्म-केंद्रित नहीं होना चाहिए। हमें उस बड़े मकसद को ध्यान में रखना चाहिए, जिसके लिए हम सभी काम कर रहे हैं, न कि इस बात की चिंता करनी चाहिए कि इसका श्रेय किसे मिल रहा है। निस्स्वार्थता की भावना के साथ, जिसमें अपने बारे में सोचे बिना दूसरों के लिए काम करने की क्षमता होती है, आप किसी सामान्य टीम को असाधारण में बदल सकते हैं।"

खुशकिस्मती से, किंगफिशर के कारण पैदा हुआ संकट बीते समय की बात हो चुका है और एक बार फिर खुशहाली के दिन हैं। बिक्री जब बढ़ने लगी है, तब यात्रा ने कर्मचारियों की संख्या भी बढ़ाना शुरू कर दिया है। ऐसा करते समय उन्होंने खास तौर पर उन लोगों को ढूँढ़ा, जिन्हें दुर्भाग्य से उन्हें जाने देना पड़ा था। वह पुरानी कहावत आज भी सही है—लोग इस बात की परवाह नहीं करते कि एक लीडर कितना जानता है, जब तक कि वे यह नहीं जान लेते कि वह कितना फिक्र करता है।

ध्रुव अपनी भूमिका उस बड़े मकसद को देनेवाली मानते हैं, जिसके कारण लोग हर दिन काम करने आते हैं। एक लीडर के तौर पर वे जानते हैं कि यात्रा के लिए एक ऐसी दृष्टि का निर्माण करना उनकी जिम्मेदारी है, जो टीम में जोश पैदा करे और उन्हें आगे बढ़ाता रहे। "अगर हम बस, तिमाही के लक्ष्यों पर ही ध्यान लगाएँगे तो थकान होने लगेगी। अगर कर्मचारियों से होनेवाली बातचीत बड़ी तसवीर की बजाय यहाँ और अभी पर होने लगेगी तो थकान होने लगेगी। मुझे यह बताना है कि हमारे यहाँ होने का मतलब क्या है, हमारा अस्तित्व क्यों है ? आप जब 100 मीटर की रेस लगाते हैं, तब जैसे ही वह पूरा होती है, आपको थकान महसूस होने लगती है; जबकि मैराथन में कई किलोमीटर दौड़ने के बाद भी आप आरामदेह महसूस करते हैं, क्योंकि आप जानते हैं कि आपको अभी और दौड़ना है।"

यात्रा डॉट कॉम के गलियारों और कंप्यूटर स्क्रीनों के पीछे मुसकराते चेहरों

को आप जब देखते हैं, तब यह कहना मुश्किल नहीं होता कि आप उन लोगों के समूह को देख रहे हैं, जो साफतौर पर मैराथन में दौड़ रहे हैं। इंटरनेट की दुनिया भले ही 'प्यारी, काली और गहरी' हो सकती है, लेकिन ध्रुव को अपने वादे पूरे करने हैं और सोने से पहले मीलों तक चलना है।

सफलता के मंत्र

- आपके पास किसी समस्या का हल भले ही न हो, लेकिन आपको इस पर यकीन करना ही होगा कि आपको हल मिल जाएगा।
- अगर आपको लगता है कि आपने गलत लोगों को चुन लिया है तो अपना नुकसान कम करने के लिए तैयार रहिए। आप गलतियाँ करेंगे, लेकिन आपको यह स्वीकार करने के लिए तैयार रहना चाहिए कि आपका फैसला गलत था और उसे जितनी जल्दी संभव हो, सही कर लें।
- अपने ग्राहकों की बात सुनिए। अपने कारोबार को ग्राहकों के आसपास बनाइए, न कि अपनी धारणा पर कि आपको क्या अच्छा लगता है या क्या बुरा।
- नेवी सील्स के इस सिद्धांत को याद रखिए—ऐसे समय में, जब आपको लगता है कि आप हार मान रहे हैं, तब आपने अपने सिर्फ 30-40 प्रतिशत संसाधनों की ही खपत की है। आगे बढ़ते रहिए।
- किसी उद्यमी के लिए उसके साथ उसके साथियों का एक समूह और एक मार्गदर्शक का होना जरूरी है, जो सहारा देने की एक मजबूत प्रणाली का काम करता है।
- अपनी टीम को याद दिलाइए कि सफलता किसी फर्राटा दौड़ की तरह नहीं, बल्कि मैराथन की तरह होती है। आप जब 100 मीटर की रेस लगाते हैं, तब उसके पूरा होते ही थकान महसूस करते हैं; जबकि किसी मैराथन में कई किलोमीटर दौड़ने के बाद भी आप आरामदेह महसूस करते हैं, क्योंकि आप जानते हैं कि आपको अभी और दौड़ना है।

❑

कॉफी विद सिद्धार्थ
कैफे कॉफी डे

वी. जी. सिद्धार्थ एक व्यस्त व्यक्ति हैं। उनकी कंपनी 'कैफे कॉफी डे' हाल ही में ऐसा आई.पी.ओ. लेकर आई, जिसे कुछ हद तक चुनौतीपूर्ण कहा जा सकता है। मैं काफी समय से उनसे मिलने की कोशिश कर रहा था और आखिर में जब इस मुलाकात पर सहमति बनी तो उसका समय सुबह में थोड़ा जल्दी ही 8.30 बजे का था, वह भी उनके बंगलौर स्थित ऑफिस में। मैं हैरान रह गया। क्या सफल उद्यमी और फोर्ब्स अरबपति (वह फोर्ब्स की वर्ष 2015 की सूची में 1,507वें नंबर पर थे) सच में इतनी जल्दी ऑफिस आ जाते हैं, मुझे यकीन नहीं होता।

ग्राउंड फ्लोर पर बैठी रिसेप्शनिस्ट मेरा इंतजार कर रही थी। मैंने एलिवेटर लिया और आठवें फ्लोर के लिए बढ़ गया, जिस पर सी.एम.डी. का दफ्तर है। जैसे ही एलिवेटर का दरवाजा खुला, मैं यह देखकर हैरान रह गया कि सिद्धार्थ मेरा स्वागत करने के लिए खड़े थे। वह भले ही एक अरबपति हों, लेकिन उनके पैर साफ तौर पर जमीन पर हैं। उनके ऑफिस के बाकी सरकारी कर्मचारी अभी अपने काम पर ही जा रहे थे या बंगलौर के ट्रैफिक में फँसे थे। वे मुझे एक मीटिंग रूम तक ले आए और हम बातचीत के लिए बैठ गए, वह भी 'कैफे कॉफी डे' की गरमागरम कॉफी के साथ!

मैंने पूछा, "क्या आप प्रतिदिन इतनी जल्दी ऑफिस आ जाते हैं?" मैं सोच रहा था कि शायद कई दिनों से खिंचती आ रही इस बैठक को निपटाने के लिए उन्होंने आज के लिए ऐसा किया होगा और सिद्धार्थ कहते हैं कि वह हर दिन सुबह के ठीक 8.15 बजे अपने ऑफिस आ जाते हैं। "मैं सुबह बहुत जल्दी उठ जाता हूँ। मैं जब छोटा था, तब सुबह के 6 बजे उठता था और तब से वह आदत बनी हुई है। मेरी माँ उससे ज्यादा देर तक मुझे सोने नहीं देती थीं!" ऐसा कहते हुए वे मुसकराते

हैं और उनके हाव-भाव से लगता है, मानो कह रहे हों, 'क्या हम सब ऐसे ही बड़े नहीं हुए हैं।' वे कहते हैं, "मैंने जब जे.एम. फाइनेंशियल के साथ वर्ष 1983-84 में रिसर्च एनासूची के तौर पर अपना कॅरियर शुरू किया, तब मुंबई में नरीमन प्वॉइंट पर अपने ऑफिस के करीब ही रहता था और सुबह 7 बजे ही ऑफिस पहुँच जाता था, क्योंकि बाजार और कारोबार के बारे में सबकुछ जान लेने में मेरी गहरी दिलचस्पी थी। बाद में, जब मैंने सन् 1985 में अपनी ट्रेडिंग कंपनी शुरू की, तब भी यही आदत जारी रही। मैं सुबह 7.30 बजे ऑफिस पहुँच जाता था।" और फिर, स्कूल के किसी पुराने दोस्त की तरह वे आपकी ओर झुकते हैं। उनकी आवाज में साजिश करने जैसी खुसफुसाहट आती है। एक मुसकान तैरती है और वे कहते हैं, "इसका एक और कारण भी था। उन दिनों एस.टी.डी. कॉल पर सुबह 8 बजे तक 50 प्रतिशत डिस्काउंट मिलता था। इसलिए सुबह पहुँचकर आप ढेर सारी कॉल कर सकते थे, अपने दोस्तों और दिल्ली-मुंबई के ब्रोकर्स को फोन कर सकते थे और कुछ पैसों की भी बचत कर सकते थे।" साधारण आदतें, ठोस मूल्य ऐसी बातें हैं, जो कई बड़े लीडर्स में होती हैं। वे सभी सुबह जल्दी उठते हैं और अपने पैसे को लेकर सतर्क रहते हैं।

ये ऐसी आदतें नहीं, जिन्हें आप किसी ऐसे व्यक्ति में देखेंगे, जो एक धनी बागान मालिक का इकलौता बेटा है। उनके परिवार के पास 350 एकड़ का एस्टेट था और बागान का जीवन जहाँ काफी हद तक ऐशो-आराम का हो सकता था, वहीं सिद्धार्थ को उनके बीच रहने का ज्यादा समय नहीं मिला। वे जब छोटे थे, तभी उन्हें बोर्डिंग स्कूल में भेज दिया गया और जब तक वे 16 वर्ष के हुए, तब उनके मन में कुछ बनने की इच्छा हुई। वे सेना में जाना चाहते थे और देश की सेवा करना चाहते थे। उन्होंने एन.डी.ए. की प्रवेश परीक्षा दी और जब सफल नहीं हो सके तो उन्हें निराशा हुई। "मेरी बड़ी इच्छा थी कि मैं एन.डी.ए. में जाऊँ; लेकिन मैं जब पलटकर देखता हूँ तो मुझे नहीं लगता कि मैं उस असफलता से बहुत ज्यादा निराश था। स्वभाव से ही मैं शायद ऐसा व्यक्ति हूँ, जो किसी भी चीज से ज्यादा निराश नहीं होता!"

अच्छे उद्यमी, महान् नेता शायद ही कभी असफलता से घबराते हैं। अपने मनचाहे संस्थान में दाखिला न मिलना, परीक्षा पास न कर पाना, किसी चीज में असफल हो जाना—ये सबकुछ महत्त्वपूर्ण अनुभव होते हैं, जो आपके व्यक्तित्व को आकार देते हैं और आपको एक अच्छा लीडर, एक अच्छा इनसान बनाते हैं। मुझे

याद है, जब एक बड़े सी.ई.ओ. ने कहा था कि जब वे लीडर्स को भरती कर रहे होते हैं, तब सारी बातों से कहीं अधिक यह देखते हैं कि उसके पास असफलता का कितना अनुभव है। हम सभी के लिए यह अच्छा आइडिया है कि हम असफलताओं का मोल समझें, न कि उन्हें अपने बड़े सपने देखने की राह का रोड़ा बना लें।

हालात कैसे भी हों, जरा सोचकर देखिए, क्या होता, अगर वह एन.डी.ए. प्रवेश परीक्षा पास कर गए होते! सेना को जो नुकसान हुआ, उसका फायदा कॉफी की दुनिया को मिल गया।

सिद्धार्थ जब युवा थे, तब भी खूब पढ़ते थे। वह कार्ल मार्क्स और 'दास कैपिटल' से बहुत अधिक प्रभावित थे और आनेवाले वर्षों में जब उन्हें स्टालिन के कृत्यों का पता चला, तब साम्यवाद के प्रति उनका झुकाव थोड़ा कम हुआ। हालाँकि आज भी सिद्धार्थ दिल से एक साम्यवादी हैं। शायद इस साम्यवादी झुकाव के कारण ही समझा जा सकता है कि वे पढ़ाई के लिए अमेरिका क्यों नहीं गए या वहाँ काम क्यों नहीं किया। "मुझे यह देखकर अच्छा नहीं लगा कि भारतीयों को मुंबई में अमेरिकी कॉन्सुलेट के बाहर वीजा के लिए सड़क पर लाइन लगाकर खड़ा रहना पड़ता है। मुझे लगा, वे मनुष्यों के साथ पशुओं जैसा व्यवहार कर रहे हैं। मैं भले ही छोटा आदमी हूँ, लेकिन मुझे भी सम्मान चाहिए।"

उन्होंने जब कॉलेज की पढ़ाई पूरी की, तब उनके सामने एक स्वाभाविक-सा विकल्प था कि वे अपने पिता के बागान में काम करें। वे अच्छी कमाई कर रहे थे। वहाँ का जीवन अच्छा था। लेकिन जैसा कि सिद्धार्थ कहते हैं, वे 21 साल की उम्र में रिटायर नहीं होना चाहते थे! वे कुछ करना चाहते थे, कुछ हासिल करना चाहते थे, कुछ बनाना चाहते थे और शेयर बाजार को लेकर अपनी जिज्ञासा को देखते हुए उन्होंने महेंद्र कंपानी को एक चिट्ठी लिखी, जो भारत के शेयर बाजार में एक दिग्गज और जे.एम. फाइनेंशियल में पार्टनर हैं और उनसे कहा कि वे उनसे मिलना चाहते हैं। इसमें कोई आश्चर्य नहीं कि उन्हें कोई जवाब नहीं मिला। सिद्धार्थ आसानी से हार माननेवाले नहीं थे, इसलिए उन्होंने मुंबई जाकर उनसे मिलने और नौकरी माँगने का फैसला किया। यहाँ मंशा पैसा बनाने की नहीं थी, बल्कि बाजार के बारे में जानने और उससे जुड़ी सारी बातों को सीखने की थी।

जेब में 1,200 रुपए लेकर वे बस से चिकमगलूरु से मुंबई गए। एक लोकल टैक्सी ड्राइवर और ठेठ 'मुंबइकर' ने उन्हें दलाल स्ट्रीट तक पहुँचाया और एक सस्ता होटल भी दिलवाया। सिद्धार्थ ने फोर्ट स्थित एक होटल में एक कमरा

(जिसमें बाथरूम शेयर करना था!) लिया।

अगले दिन वे दलाल स्ट्रीट स्थित शेयर बाजार बिल्डिंग तक गए और उसकी दूसरी मंजिल पर पहुँचे, जहाँ जे.एम. फाइनेंशियल का एक ऑफिस था। उन्हें जब पता चला कि कंपानी इस ऑफिस में नहीं बैठते, तब निराशा हुई। उन्हें बताया गया कि वह नरीमन प्वॉइंट के तुलसियानी चैंबर्स से काम करते हैं। फिर सिद्धार्थ नरीमन प्वॉइंट ऑफिस के लिए निकले। इमारत में अच्छी-अच्छी पोशाकवाले लोगों को आते-जाते तथा अच्छी वरदी में स्मार्ट सिक्यूरिटीवालों को देख वह थोड़ा नर्वस हो गए। वह वहाँ किसी को नहीं जानते थे। उन्होंने महेंद्र कंपानी से मिलने का समय भी नहीं लिया था। लेकिन एक अद्भुत किस्म के कौशल के साथ, जो शायद इस एहसास से आता है कि खोने को कुछ भी नहीं है, वह उस नामी-गिरामी शख्स से मिलने के लिए आगे बढ़ गए। डरानेवाले, ऑटोमैटिक खुलते और बंद होते दरवाजोंवाले एलिवेटर तथा उसके लिए लाइन में खड़े लोगों को देखकर सिद्धार्थ ने लिफ्ट को छोड़ने का फैसला किया और छठी मंजिल तक सीढ़ियों से ही निकल गए! उन्हें यह डर था कि अगर वह लिफ्ट में दाखिल हुए तो कोई उनसे सवाल करने लगेगा और उन्हें जे.एम. ऑफिस तक जाने से पहले ही रोक देगा।

"मैं महेंद्र भाई के सेक्रेटरी से मिला और कहा कि मैं उनसे मिलना चाहता हूँ। सेक्रेटरी ने पूछा कि मेरे पास अपॉइंटमेंट है या नहीं और मैंने कहा, नहीं। उसने कहा कि महेंद्र भाई व्यस्त हैं और मुझसे नहीं मिल सकते। मैंने उसे बताया कि इतनी दूर से मैं सिर्फ उनसे मिलने आया हूँ। सेक्रेटरी ने मुझसे पूछा कि मैं कहाँ से आया हूँ और मैंने कहा कि मैं बंगलौर से आया हूँ। (मुझे लगा कि अगर मैं चिकमगलुरु कहूँगा तो उसे पता भी नहीं होगा कि वह कहाँ है!) पता चला कि सेक्रेटरी मोहन भी बंगलौर का ही था! मोहन का व्यवहार थोड़ा दयालु जैसा हो गया और उसने कहा कि वह मिस्टर कंपानी के कमरे में कुछ दस्तावेजों पर दस्तखत कराने जा रहा है और उसने मुझसे कहा कि वे जैसे ही बाहर आने लगें, वैसे ही मैं अचानक अंदर दाखिल हो जाऊँ!"

सिद्धार्थ ने वैसा ही किया, जैसा उनसे कहा गया था और महेंद्र भाई उस अचानक आए व्यक्ति को देखकर हैरान रह गए। सिद्धार्थ ने उन्हें बताया कि कैसे वे इतनी दूर से आए हैं और वे महेंद्र भाई के साथ काम करना चाहते हैं, कुछ सीखना चाहते हैं। यह देखते हुए कि वह किस तरह हाँफ रहे थे, खासतौर पर छह मंजिल तक सीढ़ियाँ चढ़ने के बाद, महेंद्र भाई ने पहले उनके लिए पानी का गिलास

मँगवाया और फिर उनसे कहा कि वह रिसर्च डिपार्टमेंट में थोड़ा समय बिताएँ और फिर उस दिन शाम को उनसे मिलें। दोनों फिर से मिले। कंपानी उस नौजवान की प्रतिबद्धता से काफी प्रभावित दिखे और जे.एम. फाइनेंशियल में एक इंटर्न के तौर पर नौकरी दे दी।

अकसर उद्यम के महान् सफर की शुरुआत एक साहसिक कदम से होती है। इस बात को बता पाना मुश्किल है कि सिद्धार्थ में वह साहस कहाँ से आया कि वह इतनी दूर से महेंद्र कंपानी से मिलने मुंबई चले आए। वे इस बात से नहीं घबराए कि वे कभी मुंबई नहीं आए थे। उन्हें इस बात की चिंता नहीं थी कि उन्होंने मिलने का समय नहीं लिया था। उन्होंने यह भी नहीं सोचा कि अगर उन्हें धक्के मारकर निकाल दिया जाएगा तो वे क्या करेंगे? वे बस, गए और जो करना था, कर दिया और यहीं से उन्हें रास्ता मिल गया। सामान्य लोग चुनौतियों और बाधाओं से घबराते हैं। वे डरते हैं कि 'मैं फेल हो गया तो? अगर इससे बात नहीं बनी तो?' उद्यमी जानते हैं कि अगर वे प्रयास नहीं करेंगे तो उनका असफल होना निश्चित है। वे बस, कर देते हैं।

सिद्धार्थ कहते हैं, "जे.एम. के ट्रेडिंग डेस्क पर काम करना और महेंद्र भाई के साथ काम करने का अवसर मिलना मेरे लिए हार्वर्ड जाने जैसा था।" उन्हें महेंद्र भाई से एक सलाह भी मिली, जिसे वह आज भी बेशकीमती मानते हैं। "उन्होंने मुझसे कहा कि शेयर बाजार एक ऐसी जगह है, जहाँ पिघला हुआ सोना बह रहा है, जिसका तापमान 110 डिग्री सेल्सियस है। अगर तुम लालची हो, अगर तुम सोना निकालने की जल्दी में हो तो तुम अपने हाथ जला बैठोगे। यह समझना जरूरी है कि थोड़े-थोड़े समय पर थोड़ा-थोड़ा कर के निकाला जाए।"

लंच टाइम के दौरान महेंद्र कंपानी के साथ होनेवाली बातचीत तथा ब्रिटेनिया को खरीदने में नुस्ली वाडिया की मदद करने और योग्य साथियों के साथ मुंबई की सड़कों पर पावभाजी के सेशन तथा ऑफिस से आखिर में निकलने के कारण कार तक कंपानी का डिब्बा लेकर जाने के दौरान सिद्धार्थ ने मुंबई में बिताए हर एक पल का आनंद लिया और शेयर बाजार के तौर-तरीकों को सीख लेने के बाद उन्होंने बंगलौर जाकर अपना ही शेयर बाजार का बिजनेस शुरू करने का फैसला किया। "मैं महेंद्र भाई के पास गया और उन्हें अपनी योजना बता दी। मैंने उनसे कहा कि मैं उनका कितना आभारी हूँ और उनका कितना ऋणी हूँ! और महेंद्र भाई ने कहा कि मुझ पर उनका कोई ऋण नहीं है, कुछ भी नहीं। उन्होंने कहा कि यह ब्रह्मांड ऐसे

संबंधों का एक जाल है, जो समय से परे है और उन्होंने तो बस, किसी पूर्व जन्म का ऋण चुकाया है।" क्या गजब के इनसान हैं! अपने जीवन में बहुत बड़े-बड़े लोगों के साथ काम करने का अनुभव और उनसे जीवन के सबक सीखना बेशक अनमोल होता है।

बंगलौर लौटने पर सिद्धार्थ के पिता ने देखा कि न तो सिद्धार्थ, न ही उनके चचेरे भाई (जो आगे चलकर पुरस्कृत वाइल्ड लाइफ फोटोग्राफर बने) बागान के कारोबार में जाना चाहते थे। इसलिए उन्होंने उनमें से हर एक को कारोबार में अपनी किस्मत आजमाने के लिए 7.5 लाख रुपए दिए। उन्होंने कहा कि अगर वे कामयाब नहीं हुए तो उनके पास वापस लौटने का विकल्प खुला है! और यह देखना दिलचस्प है कि सिद्धार्थ ने उस पैसे से क्या किया। वे हारना नहीं चाहते थे, इसलिए उन्होंने 5 लाख रुपए बंगलौर में प्रॉपर्टी में निवेश करने का फैसला किया (उनका अनुमान था कि कुछ वर्षों में उसकी कीमत बढ़कर 7.5 लाख रुपए हो जाएगी) और बाकी बचे 2.5 लाख रुपए का इस्तेमाल अपने कारोबार को शुरू करने में किया। इस तरीके से अगर उन्होंने अपना पैसा कारोबार में गँवा दिया, तब भी वे अपने पिता को दिखा सकते थे कि पूरी पूँजी सुरक्षित थी। "हम सभी में अहं होता है।" सिद्धार्थ कहते हैं, "और मैं हारना नहीं चाहता था!" मुझे नहीं पता कि आगे चलकर सिद्धार्थ के कारोबार में निवेश करनेवालों को यह कहानी मालूम है या नहीं, लेकिन यह इस बात का एक अच्छा शुरुआती संकेत था कि वे निवेशकों के पैसों को लेकर कितना सतर्क रहनेवाले हैं! शायद यह बात हम सब के लिए भी सच है—हमारे बचपन के दिनों की कहानियाँ और शुरुआती जीवन की घटनाएँ हमारे मूल्यों का संकेत देती हैं और उनसे हमारे व्यवहार का अनुमान लग जाता है। बस, आपको पूछना, करीब से देखना, गहराई में उतरना होता है।

सिद्धार्थ ने जो नेटवर्क बनाया था, उस पर भरोसा करते हुए और उस समय शेयर बाजार की जो कमियाँ थीं, उनसे परिचित होने के बाद इंटर-मार्केट ट्रेडिंग में प्रवेश कर गए। याद रखिए, उस समय कंप्यूटर नहीं थे और मार्जिन अच्छा-खासा 10 प्रतिशत का था तथा दिन ढलने तक कोई जान नहीं पाता था कि वास्तव में क्या कुछ हुआ है। उन्होंने खूब पैसा कमाया और अपने मार्गदर्शक की सलाह पर चलते हुए नियमित अंतरालों पर थोड़ा-थोड़ा निकालते रहे और उस पैसे का निवेश कॉफी के ज्यादा-से-ज्यादा बागानों को खरीदने पर लगाते रहे। जल्दी वह ट्रेडिंग, फाइनांस और बागानों की अपनी जानकारी का इस्तेमाल शेयर बाजार में पैसे कमाने के लिए

करने लगे और कॉफी के बागानों में अपनी होल्डिंग को बढ़ा लिया। उनके पिता ने '50 के दशक में 90,000 रुपए प्रति एकड़ की दर से 475 एकड़ का बागान खरीदा था। तीन दशक बाद सिद्धार्थ ने 30 लाख रुपए में 300 एकड़ खरीदा और एक साल बाद 2 करोड़ रुपए में और भी 1,000 एकड़ की खरीद की। भारत का कॉफी किंग बनने का उनका सफर शुरू हो चुका था।

अगला बड़ा मोड़ तब आया, जब तत्कालीन वित्त मंत्री मनमोहन सिंह ने बाजारों को खोल दिया। सिद्धार्थ को याद है, जब वे बागान मालिकों के एक प्रतिनिधिमंडल को लेकर वित्तमंत्री से मिले थे, उन्हें यह बताने के लिए कि कॉफी की कीमतों में कितनी विसंगति है—अंतरराष्ट्रीय बाजार में यह 1.30 डॉलर प्रति किलो थी, जबकि घरेलू बाजार में 35 सेंट। "अगर मनमोहन सिंह नहीं होते तो 'कैफे कॉफी डे' वजूद में आया ही नहीं होता!" सिद्धार्थ उनके योगदान को स्वीकार करते हैं, "वे एक बेहतरीन वित्त मंत्री थे। प्रधानमंत्री के रूप में उनके कार्यकाल पर हम सभी अपनी-अपनी राय रखने के लिए स्वतंत्र हैं और शायद 80 की उम्र में वे इतने प्रभावशाली नहीं थे, जितना कि पहले हो सकते थे। लेकिन वे ईमानदार थे और एक वित्त मंत्री के तौर पर वे जीनियस थे।" बाजार के खुल जाने के बाद सिद्धार्थ ने कॉफी में कारोबार के लिए सन् 1993 में 'कैफे कॉफी डे' की स्थापना की, जब उनके पास एक कर्मचारी था, 1 करोड़ रुपए की पूँजी थी, 5 करोड़ रुपए का बैंक ऋण था।

उस समय उनका एक बड़ा ग्राहक था जर्मन कॉफी जायंट—चीबो (Tchibo)। चीबो के एक डायरेक्टर सन् 1994 में भारत आने वाले थे और कॉफी डे के एक्सपोर्ट मैनेजर चाहते थे कि सिद्धार्थ उनसे मिलें, भले ही दस मिनट के लिए ही सही। सिद्धार्थ पहले हिचक रहे थे, लेकिन अपने एक्सपोर्ट मैनेजर की जिद के आगे हथियार डाल दिए और उनसे मिलने ताज वेस्ट एंड होटल पहुँचे। स्वाभाविक रूप से जिज्ञासु होने के कारण सिद्धार्थ ने चीबो की कहानी बड़े गौर से सुनी। उन्होंने रिटेल में उतरने पर बात की और सिद्धार्थ ने बताया कि किस प्रकार इसके लिए बहुत भारी निवेश की जरूरत पड़ेगी। उन्होंने जब चीबो के अधिकारी से यह सुना कि कैसे उन्होंने हैमबर्ग में 10'x10' के छोटे से स्टोर से सन् 1948 में 100 डॉलर के निवेश से शुरुआत की थी तो हैरान रह गए और कैसे, चालीस वर्षों में वे 25 अरब डॉलर की कंपनी बन गए थे। सिद्धार्थ मुग्ध हो गए। वह मीटिंग, जिसे पहले दस मिनट का मामला माना जा रहा था, वह दो घंटे तक चले डिनर में

बदल गई और सिद्धार्थ जब रात 10.45 बजे होटल से निकले, तब उन्हें याद है कि वे खुद से कह रहे थे—यदि चीबो ऐसा कर सकता है तो हम क्यों नहीं! और इस तरह एक रिटेल चेन स्थापित करने के विचार का जन्म हुआ था।

सिद्धार्थ की समझ में यह भी आया कि कारोबार के लिए एक दूर की सोच होनी चाहिए। यह सोचने की बजाय कि तीन-चार साल में उनका कारोबार कहाँ तक पहुँचेगा, वे सोचने लगे कि यह तीस-चालीस साल बाद कैसा होगा। चालीस वर्षों में 100 डॉलर से 25 अरब डॉलर तक पहुँचने की चीबो की कहानी ने उन्हें सोचने पर मजबूर कर दिया। "मैकडॉनल्ड्स को देखो। उन्होंने वर्ष 1952 में शुरुआत की और अब वे 100 अरब डॉलर की मार्केट कैपवाली कंपनी है। मेरी प्रतिस्पर्धी कंपनी को देखो," अपनी जुबान से वह स्टारबक्स का नाम नहीं लेते। "उन्होंने वर्ष 1970 में शुरुआत की और अब उनका 90 अरब डॉलर का मार्केट कैप है। मैं इससे उत्साहित हो जाता हूँ। मैं सच में मानता हूँ कि हमारे पास कुछ बड़ा करने का अवसर है।"

उन दिनों भारत का कॉफी बाजार उलटी दिशा में जा रहा था। सिद्धार्थ ने जब एक महिला सहकर्मी को कॉफी डे के कॉफी पाउडर की बिक्री के लिए एक आउटलेट खोलने की जगह देखने को भेजा तो सबने उससे कहा कि उसका दिमाग शायद ठिकाने नहीं है। सिद्धार्थ एक कैफे भी खोलना चाहते थे, लेकिन एक तेज दिमाग और अनुभवी एम.बी.ए. ने उन्हें यकीन दिलाया कि यह फेल हो जाएगा। उसने सिद्धार्थ से पूछा था कि वे एक कप की कीमत क्या रखना चाहते हैं? सिद्धार्थ ने जब कहा कि 25 रुपए, तब उस एम.बी.ए. ने उन्हें बताया कि वे जहाँ स्टोर खोलना चाहते हैं, उससे 100 फीट की दूरी पर फिल्टर कॉफी का कप 5 रुपए में मिलता है। सिद्धार्थ जानते थे कि वे कुछ अलग करना चाहते हैं। वह एक प्यारा सा वातानुकूलित माहौल बनाना चाहते थे, जो सड़क किनारे भिनभिनाती मक्खियों के बीच 5 रुपए में कॉफी बेचनेवाली दुकान से एकदम अलग होगा। लेकिन अपने सहयोगी के जबरदस्त विरोध को देखते हुए उन्होंने उस योजना को वहीं छोड़ने का फैसला किया।

अब यहाँ एक सवाल उठता है—आखिर कैसे एक उद्यमी पेशेवरों की सलाह और स्वयं अपनी उद्यमिता की इच्छा के बीच तालमेल बिठाता है? "पेशवर लोग आपको जानकारी देते हैं और आँकड़े भी। आपको यह समझना है कि उनका इस्तेमाल कैसे करें। वे आपसे कह सकते हैं कि यह फेल हो जाएगा; लेकिन

आपको पता लगाना है कि वह फेल क्यों होगा और उससे भी जरूरी यह कि उसे कामयाब बनाने के लिए क्या करना होगा।" हम सब जाने-माने ब्रांड और उत्पादों की सफलता की कहानियों को जानते हैं, जहाँ काबिल लोगों ने उनके बारे में सुनकर कहा कि वह फेल हो जाएगा। उद्यमियों को उन बातों को सुनने और पूछने की जरूरत है, 'मैं इसे सफल कैसे बनाऊँ?'

सिंगापुर के बोट क्वे के एक दौरे ने सबकुछ बदल दिया। सिद्धार्थ ने एक पब में लोगों की भीड़ को नेट सर्फ करते, बीयर बीते, संगीत सुनते और मस्ती करते देखा। उनके दिमाग की बत्ती जल उठी और उन्हें यह समझ आ गया कि वे कैसे बीयर की जगह कॉफी परोस सकते हैं और वे एक कैफे का आइडिया लेकर आएँगे, जो सफल होगा! और इस तरह 'कैफे कॉफी डे' आउटलेट के आइडिया का जन्म हुआ। निवेश—1.5 करोड़ रुपए। यू.एस.पी.—एक 64 के.वी.ए. की लीज्ड लाइन, ताकि ग्राहक नेट सर्फ कर सकें और हाँ, वे कॉफी भी पी सकें! वर्ष 2000 तक उनके पास 22 स्टोर थे और साल-दर-साल यह संख्या बढ़ती चली गई। आज 100 शहरों में 1,600 स्टोर हैं और 12,000 संस्थानों में 35,000 कॉफी वेंडिंग मशीनें हैं, जिनसे 'कैफे कॉफी डे' हर साल 1.2 अरब कप कॉफी परोसता है। "लेकिन यह बस, एक कप प्रति भारतीय प्रति वर्ष है!" सिद्धार्थ कहते हैं, "हमें अभी बहुत आगे जाना है। मैं अपनी टीम से कहता रहता हूँ कि हमने अभी मैराथन के लिए सिर्फ क्वालिफाई किया है। रेस तो अभी बाकी है।" आप जब किसी उद्यम का निर्माण करते हैं, तब आपको यह निश्चित करना होता है कि ढिलाई न आने लग जाए।

खुदरा कारोबार में स्थान के महत्त्व को देखते हुए 'कैफे कॉफी डे' किस प्रकार सुनिश्चित करता है कि उन्हें हर बार सही जगह मिले? "हमसे गलतियाँ होती हैं, लेकिन हम कोशिश करते हैं कि 90-95 प्रतिशत मामलों में हम सही साबित हों। हमारे पास छह लोगों की एक लोकेशन कमेटी है, जो महीने में दो बार बैठती है और उस स्थान पर मौजूद लोगों के साथ बातचीत के बाद जगह तथा किराया तय करती है।" और यहाँ एक दिलचस्प बात भी है। पिछले पंद्रह वर्षों में सिद्धार्थ एक भी मीटिंग से गैर-हाजिर नहीं रहे। इससे ही आपको खुदरा कारोबार में जगह के महत्त्व का आभास हो जाएगा।

'कैफे कॉफी डे' के सामने एक और बड़ी चुनौती यह है कि आपको कॉफी परोस रहा व्यक्ति सबसे अच्छा अनुभव कैसे कराए। "ऐसा करना बिल्कुल भी

आसान नहीं है।" सिद्धार्थ कहते हैं, "इस विषय में सोचिए। कैफे में काम करनेवाले व्यक्ति को महीने में 10,000 रुपए मिलते हैं। इतने पैसे में तो आपको मुंबई में घरेलू नौकर भी नहीं मिलते। हमारी जिम्मेदारी उस स्त्री या पुरुष को तरक्की के अवसर दिखाना है और सुनिश्चित करना है कि वे मूल्यवान् व सम्मानित महसूस करें। मैं एक बागान में पैदा हुआ था और वहाँ के मजदूरों तथा उनके बच्चों के बीच खेलता-कूदता बड़ा हुआ। समानता और सम्मान प्रत्येक मनुष्य के लिए महत्त्वपूर्ण है। मैं इस बात को पूरी तरह मानता हूँ कि वेटर या ड्राइवर का सम्मान किसी भी अन्य व्यक्ति की तरह किया जाना चाहिए। मुझे बागान के मजदूरों के कंधे पर हाथ रखने में कोई हिचक नहीं होती!"

अपनी टीम और ग्राहकों के साथ जुड़े रहना किसी भी सेवा के कारोबार में बेहद अहम होता है और सिद्धार्थ हर महीने 3 शहरों एवं 30 आउटलेट्स का दौरा करना नहीं भूलते। इस विषय में एक दिलचस्प कहानी है कि कैसे कुछ साल पहले सिद्धार्थ ने नए साल के अवसर पर अपना समय कोलकाता (जो पहले कलकत्ता था) के अपने आउटलेट्स में बिताया। पूरा देश जब उस रात पार्टी करने की तैयारी कर रहा था, तब वे जानते थे कि उनके स्टाफ को काम में जुटे रहना होगा, ग्राहकों की सेवा में लगे रहना होगा। इसलिए उन्होंने तय किया कि वे भी उनके साथ काम करेंगे और पार्क स्ट्रीट के 'कैफे कॉफी डे' के आउटलेट पर वेटर की भूमिका निभाएँगे। वे उन्हें अहसास दिलाना चाहते थे कि वे भी उनमें से एक हैं और उनके साथ हैं। ऐसे लीडर के साथ कौन काम नहीं करना चाहेगा! इसमें कोई आश्चर्य नहीं कि लोग 'कैफे कॉफी डे' के साथ जुड़े रहना चाहते हैं। उनकी लीडरशिप टीम के सदस्यों का कार्यकाल औसत रूप से 12 साल है। हेड ऑफ ऑपरेशंस ने 15 साल पहले उनके साथ काम शुरू किया था और उस समय 3 आउटलेट्स देखा करते थे। आज वे 1,600 आउटलेट्स की देखरेख करते हैं। इतनी तरक्की हुई है कंपनी की और कंपनी के कर्मचारी की। 'कैफे कॉफी डे' के चीफ ऑपरेटिंग ऑफिस वेणु माधव ने 18 साल पहले ज्वॉइन किया था और हाल ही में उन्हें एडवांस्ड मैनेजमेंट प्रोग्राम के लिए हार्वर्ड भेजा गया था। यदि सिद्धार्थ का 'कैफे कॉफी डे' के लिए एक सपना है तो उनके पास ऐसे लोग भी हैं, जो उनके सपने को साझा करते हैं और वे उनके साथ इस सफर में शामिल हैं और इस सपने को सच करने के लिए अपने कौशल को तराश रहे हैं। "मैंने सन फार्मा के सी.ई.ओ. दिलीप सांघवी को यह कहते सुना कि अकसर जब साधारण लोग लंबे समय तक

समान उद्देश्य के लिए साथ काम करते हैं तो वे असाधारण नतीजे देते हैं। मैं इस बात को पूरी तरह मानता हूँ!"

"बेहद स्मार्ट लोगों के साथ मुश्किल यह होती है कि वे मैदान छोड़ देते हैं।" वे उस बेहद चर्चित, लगभग मसीहा बना दिए गए विमान कंपनी के युवा सी.ई.ओ. का उदाहरण देते हैं, जिन्होंने जूझ रही एयरलाइंस को अचानक छोड़ दिया। "वे एक हीरो थे। युवा उनके साथ सेल्फी लेने को तरसते थे; लेकिन एक लीडर होने के नाते आप इस तरह छोड़कर नहीं जा सकते। मुश्किल समय में भी आपको अपने आगे बढ़ते रहने के रास्ते की तलाश के साथ ही अपनी टीम का हौसला बनाए रखना चाहिए!" यह एक अच्छा सबक है, जिसे याद रखना चाहिए। एक सच्चे लीडर के सामने छोड़कर भागने का विकल्प नहीं होता, कभी नहीं। याद रखिए, आप अपने जहाज के कप्तान हैं।

सिद्धार्थ दो मेड-इन-बंगलौर उद्यमियों के जबरदस्त फैन हैं—अजीम प्रेमजी और नंदन नीलेकनी। वे उनकी जितनी प्रशंसा कारोबारों के निर्माण में उनकी उपलब्धियों के लिए करते हैं, उतना ही उनके मूल्यों और समाज का ऋण चुकाने में उनकी भूमिका के लिए करते हैं। "वे शानदार रोल मॉडल हैं!" वे कहते हैं और उनकी आवाज में आप सच्ची सराहना को सुन सकते हैं। "एक बार मैं प्रेमजी के साथ उनकी कार में सफर कर रहा था और उन्होंने मुझसे पूछा कि कितने बजे हैं। मैंने कहा कि 4 बजकर 10 मिनट। उन्होंने मेरी कलाई की तरफ देखा और पूछा कि मैंने कौन सी घड़ी पहनी है? मैं कहा—गुक्सि। 'क्या तुम देशभक्त नहीं हो?' प्रेमजी ने पूछा। मैंने उसी समय फैसला किया कि मैं अपनी घड़ी छोड़ दूँगा और उस दिन के बाद से ही मैं सिर्फ टाइटन पहनता हूँ! उस बातचीत ने भी घुमा-फिराकर मुझे इस बात के लिए प्रेरित किया कि मैं एक भारतीय कॉफी ब्रांड का निर्माण करूँ, जो दुनिया भर में मशहूर हो और हम गर्व कर सकें। 'कैफे कॉफी डे' को लेकर मेरा सपना है कि यह उन 15 भारतीय ब्रांडों में से एक बन सके, जो दुनिया भर के नामी-गिरामी जगहों पर मिले और यह दुनिया के चार सबसे बड़े कॉफी ब्रांड में से एक बन जाए! मुझे इस ब्रांड की ताकत पर भरोसा है।" ऐसा कहते हुए वे अपने कमरे के कोने में रखे छोटे से रेफ्रिजरेटर से कॉफी डे कोल्ड कॉफी की कैन निकालने के लिए बढ़ जाते हैं। "कैफे कॉफी डे का मतलब सिर्फ कैफे नहीं है। हम दफ्तरों में बिक्री करते हैं और हम सुपर मार्केट व राशन की दुकानों में भी बेच सकते हैं। कहीं भी! हम एक ग्लोबल ब्रांड बनाना चाहते हैं। कुछ साल पहले मेरा

बेटा अपने कुछ दोस्तों के साथ सिंगापुर के ऑरचर्ड रोड पर टहल रहा था। उसके एक जापानी दोस्त ने उसे चैलेंज किया कि वह एक भारतीय ब्रांड दिखा दे। सड़क पर बढ़ते हुए उन्होंने नौ जापानी ब्रांड गिने, लेकिन उन्हें एक भी भारतीय ब्रांड नजर नहीं आया। मैं इसे बदलना चाहता हूँ!"

और एक बार फिर अपने रोल मॉडल्स का जिक्र करते हुए वे कहते हैं कि उन पर बंगलौर का बड़ा अच्छा प्रभाव पड़ा है, उन पर और इस शहर के उद्यमियों पर। "यहाँ हमारे पास प्राइवेट जेट या विशालकाय घर नहीं हैं। हमारी संस्कृति ऐसी नहीं है और अगर आपका सपना इन सारी चीजों को हासिल करना नहीं है तो आपको कारोबारों के निर्माण पर सोचने का, समाज को कुछ लौटाने का और अपने जीवन में कुछ अलग करने का समय मिल जाता है।"

वे जब कुछ हद तक संकोच के साथ उन कार्यों की चर्चा करते हैं, जिन्हें वे अपने दिल के करीब मानते हैं, तब यह स्पष्ट हो जाता है कि उन पर नीलेकनी और प्रेमजी का कितना प्रभाव है। जैसे कि वह अस्पताल, जिसे वे बागान के 7,000 मजदूरों के लिए अपने निजी पैसे से बना रहे हैं। यहाँ 200 बिस्तरों की सुविधा होगी, जहाँ कैंसर का इलाज, ट्रॉमा केयर, किडनी एवं दिल की बीमारियों का इलाज तो होगा, लेकिन कोई बिलिंग काउंटर नहीं होगा। यह बिल्कुल मुफ्त होगा और वोकेशनल ट्रेनिंग स्कूल भी है, जिसे उन्होंने 40 करोड़ रुपए की लागत से बनवाया, जिसमें लगा सारा पैसा उनका अपना है, जिसने सारे बागानों के युवाओं के जीवन को बदल दिया है। ऐसे बच्चे, जो स्कूल नहीं जा सके और अपना जीवन स्वीपर्स के तौर पर काम करते हुए शुरू किया, वे अब अंग्रेजी बोलते हैं। 'कैफे कॉफी डे' में उन्हें ट्रेनिंग दी जा रही है और वे बड़ी नौकरियों तथा बेहतर कल की दिशा में बढ़ रहे हैं। अगर जीवन में सफलता सच में हमारे आसपास की दुनिया में परिवर्तन लाने का नाम है तो सिद्धार्थ जान लें कि वे सफल हो चुके हैं।

और वे अपने बेटे को क्या सलाह देंगे, जो 22 साल की उम्र में अपने ही सफर पर निकल रहे हैं? "मैं उससे कहूँगा कि वह किस्मतवाला है। उसके दादा ने कॉफी बागान का कारोबार खड़ा किया। मैंने भी थोड़ा-बहुत योगदान दिया और अब उसे अपने ही सोच को सामने लाना है।" और फिर, थोड़ा रुककर वे कहते हैं, "मैं उससे कुछ और बातें भी कहना चाहूँगा। कड़ी मेहनत के सिवाय कोई रास्ता नहीं है। उतार-चढ़ाव जीवन का हिस्सा है। एक दूर की सोच पैदा करो कि तुम क्या हासिल करना चाहते हो! पैसे को अपना उद्देश्य मत बनाओ। एक बड़ा कारोबार

खड़ा करो, पैसा अपने आप आएगा। और अंत में, उत्साही रहो। उत्साह जरूरी है।"

और शायद वे अपने बेटे को उस डिनर के बारे में बताना चाहेंगे, जो उन्होंने सेकोइया कैपिटल के माइकल मोरिट्ज के साथ किया था। माइकल ने उन्हें बताया था कि कैसे वर्ष 1992 में पाँच लोग उनके पास आए और उनसे एक टेक्नोलॉजी बिजनेस को शुरू करने के लिए 50 लाख डॉलर माँगे। सबने उनसे कहा कि वे पैसे न दें, आई.बी.एम. उन्हें उड़ा देगा। वह कंपनी सिस्को बनी। वर्ष 1999 में तीन लोग उनके पास आए और 50 लाख डॉलर माँगे। एक बार फिर सबने कहा कि वे पैसे न दें। माइक्रोसॉफ्ट उन्हें पानी में बहा देगा। फिर भी उन्होंने 50 लाख डॉलर दे दिए। वह कंपनी गूगल बन गई।

"मैंने इन कहानियों का इस्तेमाल प्रेरणा के लिए किया और मैं चाहूँगा कि मेरा बेटा याद रखे कि अगर आज कोई बड़ा है तो इसका मतलब यह नहीं कि दस साल बाद कोई उससे बड़ा नहीं होगा। हमेशा बड़े सपने देखो, सूझ-बूझ का इस्तेमाल करो, कीमतों पर काबू रखो और अपना सर्वश्रेष्ठ दो।" उनके बेटे के लिए यह सलाह जबरदस्त लगती है और हम सभी के लिए भी।

सिद्धार्थ अपने फैसले कैसे करते हैं? "भगवान् ने मुझे एक शक्ति दी है। मैं बहुत जल्दी समझ जाता हूँ। मुझे लगता है कि मैं चीजों को तुरंत समझ जाता हूँ और मैं फैसले भी जल्दी करता हूँ। सच यह है कि आपको सफल होने के लिए कई सारी चीजें करने की जरूरत नहीं है।" वे कहते हैं। फिर वह आपको एक दोस्त के बारे में बताते हैं, जो हाल ही में चार्ली मुंगेर से मिला था, जो वारेन बफेट के पार्टनर और अमेरिका में बर्कशायर हैथवे के वाइस चेयरमैन हैं। मुंगेर ने बहुत पहले एक बात कही थी, जो मशहूर हो गई कि जीवन में सफल होने के लिए आपको सिर्फ पाँच सही फैसले करने होते हैं। उनके दोस्त ने चार्ली से पूछा कि क्या वह अब भी यही मानते हैं? "अरे नहीं, उसने जवाब दिया। मैं अब सोचता हूँ कि अपना जीवन बदलने के लिए आपको सिर्फ एक सही फैसला करना है!" और यही वह संदेश है, जो सिद्धार्थ युवा उद्यमियों को देना चाहते हैं। सफलता सरल है। ढेर सारी चीजें करने के लिए परेशान न हों। एक सही फैसला आपकी जिंदगी बदल सकता है।

मैं जब सिद्धार्थ के ऑफिस से निकलने की तैयारी कर रहा था, तब उन्होंने जोर दिया कि वे मुझे एलिवेटर तक और लॉबी तक छोड़कर आएँगे। मुझे ऐसा लगा जैसे मैं अभी-अभी बचपन के किसी दोस्त से उसके घर पर मिला था, न कि किसी जबरदस्त रूप से सफल हो चुके उद्यमी से उसके ऑफिस में, वह भी पहली

बार, जबकि सच यही था। जब फिट, पतले-दुबले और हमेशा मुसकराते रहनेवाले सिद्धार्थ मुझसे गर्मजोशी से हाथ मिलाते हैं और मुझे विदा करते हैं तो मुझे लगता है कि इसी तरह की विनम्रता और शिष्टाचार आप सुरक्षा बलों से जुड़े लोगों में देखते हैं।

और एक बार फिर मुझे यह सोचने पर मजबूर कर देता है। क्या होता, अगर 16 साल का सिद्धार्थ अपनी एन.डी.ए. प्रवेश परीक्षा में पास हो जाता?

अपने ही तरीके से, बिना किसी शक उन्होंने भारतीय ध्वज को एक ऊँची उड़ान दी है!

सफलता के मंत्र

- अच्छे उद्यमी, महान् लीडर असफलता से कभी नहीं घबराते। उद्यमी जानते हैं कि अगर वे कोशिश नहीं करेंगे तो असफलता निश्चित है। वे बस, प्रयास करते हैं।
- उद्यमिता के यादगार सफर अकसर सिर्फ एक साहसिक कदम से शुरू होते हैं। उस कदम को उठाइए।
- आप जब किसी उद्यम का निर्माण कर रहे हैं, तब आपको देखना चाहिए कि ढिलाई न आए।
- अपनी टीम और अपने ग्राहकों के साथ जुड़े रहना बेहद महत्त्वपूर्ण होता है।
- एक सच्चे लीडर के लिए मैदान छोड़कर भागने का विकल्प नहीं होता, कभी नहीं। याद रखिए, आप अपने जहाज के कप्तान हैं।
- बड़े सपने देखिए, सूझ-बूझ का इस्तेमाल कीजिए, लागत पर काबू रखिए और अपना सर्वश्रेष्ठ दीजिए!
- सफल होने के लिए आपको ढेर सारी चीजें करने की जरूरत नहीं पड़ती।

❑

कंपनी के भीतर से बाहर के उद्यमी बनने तक

लाइफस्पैन

वे अलग हैं, इसमें कोई शक नहीं। सच कहूँ तो जब भी वह 'डिफरेंट' शब्द लिखते हैं तो वे उसकी स्पेलिंग में तीन 'f' लिखते हैं। Diffferent. बिल्कुल इसी तरह।

'90 के दशक में वे भारतीय मार्केटिंग के पोस्टर ब्वॉय थे। दढ़ियल, चश्मिस, कुछ हद तक अनजाना-सा आदमी, मार्केटिंग जीनियस से कहीं ज्यादा, उस समय की कम बजटवाली फिल्मों में अमोल पालेकर के किसी दोस्त के जैसा लगता था। वह एक साधु था, जो सम्राटों से भिड़ रहा था और '90 के दशक में मैगजीन के कवर एवं मसालेदार अखबारों के पहले पन्ने पर दबदबा कायम करने के बाद वह सीन से गायब हो गया और फिर उसके बारे में कोई खबर नहीं आई। इसलिए मैं आपसे कहूँ कि उसका नाम 'अशोक जैन' है तो आप पूछ सकते हैं कि अशोक कौन? और ऐसा करने के लिए आपको माफ किया जा सकता है।

डॉलॉप्स आइसक्रीम याद है? वह मजेदार, सुंदर, बैंगनी व गुलाबी आइसक्रीम ब्रांड, जिसे कैडबरी ने लॉन्च किया था? यह वही ब्रांड था, जिसने क्वालिटी और वाडीलाल से मुकाबला किया। अपने लाजवाब फ्लेवर से बेहद मशहूर हुआ, जिसका प्रचार फिल्मों में किया गया और जिसके आइसक्रीम पार्लर आकर्षक थे? अशोक जैन ही वे शख्स थे, जो आइसक्रीम के क्षेत्र में कैडबरी को लेकर आए थे।

और कैडबरी का सॉफ्ट ड्रिंक श्वेप्पेज याद है? वह ऑरेंज ड्रिंक क्रश और कनाडा ड्राई तथा कम कीमतवाला स्पोर्ट्स कोला? जब सबको यह लग रहा था कि कोला वार दो विशाल कंपनियों के बीच की घुड़दौड़ बनकर रह जाएगा, तब

कैडबरी श्वेप्पेज ने अपनी अनोखी गुरिल्ला मार्केटिंग से सॉफ्ट ड्रिंक्स के बीच की लड़ाई को और भी दिलचस्प बना दिया था। क्या कैडबरी श्वेप्पेज का नेतृत्व करनेवाला वह शख्स कोई और नहीं, वही है? आपका अंदाजा बिल्कुल सही है। वे अशोक जैन ही थे। भारत में स्टार्ट-अप मैनिया ने जब हलचल मचाई, उससे बहुत पहले ही अशोक जैन कैडबरी साम्राज्य के भीतर यही काम काफी सफलता के साथ कर रहे थे। कैसे एन.आई.टी.आई.ई. (नेशनल इंस्टीट्यूट ऑफ इंडस्ट्रियल इंजीनियरिंग) का एक औद्योगिक इंजीनियर मार्केटिंग की दुनिया का होनहार बालक और एक सफल उद्यमी बना, इसकी कहानी बड़ी दिलचस्प है।

अशोक का बचपन कुछ हद तक असामान्य था। तीसरी क्लास तक उनकी शिक्षा-दीक्षा घर पर ही हुई। वे अपने माता-पिता की 12 संतानों में सबसे बड़े थे, इसलिए अपने साहूकार पिता के साथ बारह साल की उम्र से ही काम करने लगे। आगे चलकर ओस्मानिया से केमिकल इंजीनियरिंग की पढ़ाई पूरी करने के बाद स्नातकोत्तर की पढ़ाई के लिए एम.आई.टी. जाने के लिए तैयार थे; लेकिन उनके माता-पिता उन्हें विदेश नहीं भेजना चाहते थे। आई.आई.एम. में उनका दाखिला नहीं हो सका और आज तक उन्हें इस बात का अफसोस है। हालाँकि अपनी मास्टर डिग्री के लिए उन्हें एक साथ आई.आई.टी. और इंडियन इंस्टीट्यूट ऑफ साइंस तथा एन.आई.टी.आई.ई. में भी दाखिले का ऑफर मिला और उनमें से एक विकल्प को जिस प्रकार उन्होंने चुना, उससे उनके बारे में बहुत कुछ पता चल जाता है। उन्होंने अधिक प्रतिष्ठित आई.आई.टी. और आई.आई.एस.सी. की बजाय एन.आई.टी.आई.ई. को चुना, क्योंकि सिर्फ एन.आई.टी.आई.ई. ही उन्हें हॉस्टल रूम में एक अटैच बाथरूम दे रहा था।

इसलिए इसमें आश्चर्य की बात नहीं कि जब रैलीज इंडिया ने उन्हें मोटे वेतनवाली नौकरी का ऑफर दिया, तब उन्होंने उसे इस कारण ठुकराया कि वे सूट-बूट पहनकर काम पर नहीं जाना चाहते थे। आज भी वे चप्पल पहनकर ऑफिस जाते हैं! डिफरेंट, है न? इस नौकरी की बजाय उन्होंने कैडबरी के साथ कम वेतनवाली मैनेजमेंट ट्रेनी की नौकरी को चुना, क्योंकि उन्होंने वहाँ कुछ करने और बदलाव लाने का अवसर देखा।

इंडस्ट्रियल इंजीनियरिंग इंटर्न के रूप में कैडबरी के प्लांट में काम करते हुए अपने दूसरे हफ्ते में उन्होंने फैक्टरी में एक कॉकरोच देखा और तुरंत फैक्टरी को बंद करने का आदेश दिया। फैक्टरी का जनरल मैनेजर गुस्से से पागल हो गया। इस

कदम से 500 मजदूरों की नौकरी खतरे में पड़ सकती थी, सप्लाई भी प्रभावित हो सकती थी; लेकिन युवा इंटर्न अपनी बात पर अड़ा रहा। उसकी दलील थी कि एक फूड फैक्टरी में स्वास्थ्य सर्वोपरि होता है। कैडबरी के मैनेजिंग डायरेक्टर सी.वाई. पाल को इस घटना की जानकारी मिली और प्लांट बंद करना जहाँ कष्टदायी एवं महँगा फैसला था, वहीं उन्होंने उस इंटर्न के फैसले को स्वीकार करने का मन बनाया। उस समय सी.वाई. पाल जान चुके थे कि उन्हें एक योग्य युवा मैनेजर मिला है, जिस पर भरोसा किया जा सकता था कि वह अपनी बात रखेगा और उससे भी कहीं अधिक महत्त्वपूर्ण यह कि अशोक को उनमें अपना गुरु मिल गया था।

एम.डी. ने कई बार अशोक की मदद समस्याओं को सुलझाने में ली और कई मौकों पर वे अपने सहकर्मियों के बीच अलोकप्रिय हुए; लेकिन अशोक जानते थे कि वे लोकप्रियता की रेस में शामिल नहीं हैं। उन्हें अपना काम करना था और वे उसे अच्छी तरह करने के लिए प्रतिबद्ध थे। कैडबरी जब अपना आई.टी. डिपार्टमेंट शुरू करने की तैयारी में था, तब पाल ने अशोक को इस काम के लिए खासतौर पर चुना। अशोक अपने गुरु सी.वाई. पाल के सदैव शुक्रगुजार हैं कि उन्हें कई अवसर दिए गए और कैडबरी के भीतर ही उद्यमी बनने की आजादी मिली।

कई महान् लीडर्स ने अपनी सफलता का श्रेय काफी हद तक अपने कॅरियर की शुरुआत में किसी गुरु के होने को दिया है। यदि आप किसी उद्यमी के रूप में या लीडर के रूप में ही अपनी छाप छोड़ना चाहते हैं तो किसी गुरु की तलाश करना अच्छा होगा। कुछ लोग खुशकिस्मत होते हैं कि उन्हें एक गुरु मिल जाता है। आखिर कैसे कोई किसी गुरु को आकर्षित करे? गुरु ढूँढ़ने के विषय में अशोक कुछ उपयोगी सुझाव देते हैं।

"आपको किसी ऐसे व्यक्ति के साथ जुड़ना होगा, जिसे आप पसंद करते हैं। वह आपके बॉस हो सकते हैं या आपके बॉस के बॉस। अगर बॉस आपके सामने कोई चुनौती पेश करता है या कोई काम सौंपता है तो उसे स्वीकार कीजिए। जो मिलता है, उस पर सवाल मत कीजिए। इस बात की चिंता मत कीजिए कि उससे आपका कॅरियर धीमा पड़ जाएगा या नहीं। उस पर विश्वास कीजिए। उस पर भरोसा रखिए।" विश्वास और भरोसे के पहलू पर बात करते हुए अशोक एक पुरानी घटना बताते हैं, जो उनके कॅरियर के शुरुआती दिनों की है। कैडबरी में स्वैच्छिक सेवानिवृत्ति की स्कीम (वी.आर.एस.) ऑफर की जा रही थी। अशोक ने इसे पैसे जुटा लेने के अवसर के तौर पर देखा। उन्हें पता चला कि उन्हें वी.आर.

एस. की एवज में 10 लाख रुपए मिलेंगे और उन्हें एक प्रतिद्वंद्वी कंपनी में उतने ही वेतनवाली नौकरी मिल जाएगी। वह जब पाल के पास अपना इस्तीफा लेकर गए, तब उन्होंने उसे स्वीकार नहीं किया। उन्होंने उसे फाड़ दिया और अशोक कहते हैं कि उन्होंने पाल से न तो बहस की, न ही उनका विरोध किया। उन्होंने बस, अपने गुरु पर भरोसा किया।

अशोक युवा मैनेजरों को जो दूसरी सलाह देते हैं, वह है अपने लक्ष्यों को अपने गुरु के लक्ष्यों के साथ मिलाना। "अपनी चिंता मत करो। यह देखो कि तुम उनके लक्ष्यों को हासिल करने में उनकी मदद कैसे कर सकते हो। उनके कष्ट और चिंता की वजहों को समझो और उन समस्याओं को अपना समझो। साहिर लुधियानवी का लिखा एक पुराना गीत है, जो शिष्य के गान को अच्छी तरह बताता है—तुम अपना रंजो-गम, अपनी परेशानी मुझे दे दो।"

किसी समुद्र के किनारे पर छुट्टी मनाने के दौरान एक दिन अशोक ने देखा कि एक बच्चा आइसक्रीम वेंडर से 'कैडबरी आइसक्रीम' माँग रहा है। उसने बच्चे को एक चोको-बार थमा दिया और बच्चा खुशी-खुशी चला गया। अशोक के दिमाग की बत्ती जल गई। उन्हें लगा कि आइसक्रीम के क्षेत्र में जाना कैडबरी के लिए बहुत बड़ा आइडिया हो सकता है। अशोक, जिनमें पढ़ने की जबरदस्त भूख रहती है, वे आइसक्रीम के कारोबार के बारे में जो कुछ मिला, सब पढ़ गए। यहाँ तक कि उन्होंने एक मजदूर के तौर पर क्वालिटी आइसक्रीम के एक प्लांट में सात दिन गुजारे, ताकि अपनी आँखों से देख सकें कि वह कैसे चलता है। इसके बाद उन्होंने कैडबरी के सामने एक प्रस्ताव रखा कि उसे आइसक्रीम के कारोबार में जाना चाहिए। यह प्रस्ताव स्वीकार कर लिया गया और अशोक को उसका नेतृत्व करने की जिम्मेदारी सौंपी गई और इस तरह डॉलॉप्स का जन्म हुआ। आप सोच रहे होंगे कि कैडबरी आइसक्रीम जैसा स्पष्ट सा नाम क्यों नहीं रखा गया? "हम इससे पहले कैडबरी बिस्किट के बिजनेस में थे, जिसे हाल ही में बंद किया गया था। हम ग्लूकोज बिस्किट बेच रहे थे, लेकिन उसका नाम कैडबरी बिस्किट था और ग्राहकों को लगता था कि वे चोको बिस्किट खरीद रहे हैं। हम नाकाम हो गए। इसलिए जब आइसक्रीम के ब्रांडिंग की बात आई तो मुझे पता था कि इसे कोई दूसरा नाम देना होगा, न कि कैडबरी।"

डॉलॉप्स के लॉन्च से अशोक को बिक्री और मार्केटिंग की बारीकियों को सीखने का एक सुनहरा अवसर मिला। आई.आई.एम. में पढ़ने का अवसर न मिल

पाने का मलाल जहाँ उनके मन में बना हुआ था (जैसा आई.आई.एम.-ए में अपने चाचा और विख्यात प्रो. दिवंगत लब्धि भंडारी से मार्केटिंग की शिक्षा न ले पाने का अफसोस था), वहीं वे इससे परेशान नहीं हुए। उन्होंने काम करते हुए सीखने, सवाल पूछने और पढ़ने का फैसला किया। वे स्वयं मानते हैं कि उन्होंने मार्केटिंग पर 400 से ज्यादा पुस्तकों को पढ़ा, नहीं¨नहीं, उनका अध्ययन किया है। यह विचार करनेवाली रोचक बात है। जब आपको अपने कंफर्ट जोन से बाहर धकेल दिया जाता है, तब आप क्या कर सकते हैं? भागते और फिर से कंफर्ट जोन में लौट आते हैं? या नए कौशल को सीखने तथा सिद्ध करने के लिए ज्यादा कोशिश करते हैं? सफलता अकसर इससे नहीं मिलती कि आप कितना जानते हैं, बल्कि इससे मिलती है कि आप कितना सीखना चाहते हैं।

उत्पाद के अंतर और बेहतरीन क्वालिटी के दोहरे दम पर सवार डॉलॉप्स को तुरंत ही सफलता मिल गई। अशोक इस बात को लेकर सावधान थे कि वे जिसे 'वनीला सिंड्रोम' या 'ग्लूकोज ट्रैप' कहते हैं, उससे बचें, जिसमें पूरे बाजार पर या प्रतिद्वंद्वी के सबसे ज्यादा बिकनेवाले उत्पाद पर हावी होने का लालच होता है। डॉलॉप्स के विज्ञापन में ब्लैक करेंट तथा अन्य आकर्षक फ्लेवर्स को दिखाया जाता था। लॉन्च के दिन मुंबई में हाजी अली स्थित उनके आउटलेट के बाहर एक मील लंबी लाइन लगी थी। विज्ञापन पर खर्च करने के लिए उनके पास ज्यादा डॉलर नहीं थे, इसलिए डॉलॉप्स ने आगे निकलने के लिए मूवी स्पॉन्सरशिप और फिल्म के बीच प्लेसमेंट का नया रास्ता चुना। अनिल कपूर-श्रीदेवी अभिनीत 'रूप की रानी, चोरों का राजा' भले ही लोगों की यादों में ज्यादा दिनों तक नहीं रह सकी, लेकिन यह बॉलीवुड की पहली फिल्म थी, जिसे किसी ब्रांड के साथ को-प्रमोट किया गया था। डॉलॉप्स इतिहास रच रहा था।

इसके बावजूद कि बहुत थोड़े समय में शेयर की कीमतें दोहरे अंक में पहुँच गईं, कैडबरी ने अपने आइसक्रीम बिजनेस को हिंदुस्तान लिवर को बेचने का फैसला किया। उस साल कोको की कीमतें बढ़ गई थीं और कैडबरी के चॉकलेट्स के मुख्य कारोबार में मुनाफा कम हो गया था तथा आइसक्रीम के बिजनेस के कारण कंपनी अच्छे नतीजे दिखा रही थी। इसके अलावा, यूनीलिवर वॉल्स ब्रांड को भारत में लेकर आ रही थी और वे नहीं चाहते थे कि वे चॉकलेट के दुनिया भर में अपने सबसे बड़े सप्लायर से भारत में होड़ में शामिल हों! उस कारोबार के साथ अशोक भी हिंदुस्तान लिवर में चले गए; लेकिन वहाँ महज छह महीने बिताने के

बाद ही वे फिर से कैडबरी में वापस लौट आए।

भारत में कैडबरी श्वेप्पेज के मुखिया के रूप में अपनी भूमिका में अशोक पर बेहद सीमित बजट में इस ब्रांड को खड़ा करने की चुनौती थी और उन्होंने इसके लिए जो अनोखा कदम उठाया, उस पर उन्हें काफी गर्व है। उस ऑरेंज ड्रिंक के लॉन्च पर ग्राहकों को न्योता दिया गया कि वे एक नारंगी लेकर आएँ और बदले में एक क्रश ले जाएँ। एक दिन में उन्होंने 3,30,000 से भी ज्यादा नारंगी इकट्ठा कीं, जिसने साफ तौर पर ग्राहकों के दिमाग में क्रश-फ्रेश नारंगी का कनेक्शन बिठा दिया और मुंबई जैसे शहर में, जहाँ आउटडोर विज्ञापन डराने की हद तक महँगा है, अशोक ने खजाने की एक खोज के तहत 700 से भी ज्यादा कारों को कनाडा ड्राई के रंग में रँगकर उसे पूरे शहर की नजरों में चढ़ा दिया। छोटे बजट से कोई समस्या नहीं थी। वे ऐसी चुनौतियाँ थीं, जिन्होंने अशोक और उनकी टीम को मजबूर किया कि वे उद्यमियों की तरह सोचें! चुनौतियाँ, रुकावटें और मुश्किलें ऐसी बाधाएँ होती हैं, जो उद्यमियों को ऊँची छलाँग लगाने का मौका देती हैं—ऊँची और ऊँची। जब आपको लगता है कि आपके पास काफी नहीं है और जीना मुश्किल हो रहा है, तब आप ऐसे संसाधन ढूँढ़ निकालते हैं, जिन्हें आप पहले जानते तक नहीं थे।

कैडबरी ने जब श्वेप्पेज बिजनेस को कोका कोला के हाथों बेचा तो अशोक भी साथ-साथ 'अटलांटा के जायंट' के पास चले गए। लेकिन वे दुविधा में थे। क्या उन्हें कोई दूसरी नौकरी करनी चाहिए? शायद कुछ अलग करना चाहिए? सलाह के लिए वे अपने गुरु, सी.वाई. पाल के पास गए और पाल ही थे, जिन्होंने उनके उद्यमी बनने के फैसले पर मुहर लगाई और भरोसा जताने के तौर पर उन्हें 50 लाख रुपए का एक चेक भी दिया, जो शुरुआती निवेश के लिए था। अगले 48 घंटे में दूसरे दोस्तों और शुभचिंतकों ने भी पैसे लगाने का ऑफर दिया, जिनमें रमा बीजापुरकर और अशोक वाधवा तथा डॉ. बिश अग्रवाल शामिल थे। अब अशोक के पास स्टार्ट-अप की पूँजी के तौर पर 20 करोड़ रुपए आ चुके थे। उन्होंने 12 करोड़ रुपए लौटा दिए और उस पैसे को लगाया, जो उन्हें कोक से अलग होने की एवज में मिले थे और फिर एक उद्यमी के तौर पर अपनी पारी शुरू करने का फैसला किया। वह साल 2000 था, जब हर तरफ डॉट कॉम को लेकर पागलपन था। इसलिए इसमें कोई हैरत नहीं हुई कि अशोक ने स्वास्थ्य, क्रिकेट, मूवी जैसे विषयों पर कई पोर्टल लॉन्च किए।

एक ऊँची उड़ान भरनेवाले कॉरपोरेट एक्जीक्यूटिव (जो 'सिर्फ जेट एयरवेज के बिजनेस क्लास में उड़ान भरते हैं!') के लिए उद्यमी बनना कितना कठिन था? "मुझे लगता है, उद्यमी बनने का कीड़ा छोटी उम्र से ही था। मुझे कारोबार शुरू करने में आनंद आता था और मेरे कॅरियर की बड़ी बातों में नए वेंचर की शुरुआत करना ही जैसे सबकुछ था और जब मेरे गुरु ने अपना चेक काटकर दिया और कुछ पुराने सहकर्मियों ने मेरे साथ काम करने का इरादा जताया तो मैं जान गया कि मेरे लिए मैदान में उतरने का समय आ गया है।"

हालाँकि, कुछ महीने बाद डॉट कॉम का बुलबुला फूट गया। शेयरधारकों ने हाथ खींच लिये। पार्टी खत्म हो गई, लेकिन मैदान में उतर जाने के बाद वे जानते थे कि उन्हें यहाँ बने रहने का कोई रास्ता तलाशना होगा। उनकी एक वेबसाइट थी—ग्लोबलहेल्थएनयू डॉट कॉम, जो बहुत अच्छी चल रही थी। उन्होंने व्यापार हासिल करने के लिए दवा बनानेवाली कंपनियों से संपर्क किया और उसी दौरान एक कंपनी ने उनसे कहा कि वे मार्केटिंग कोलेट्रल बनाएँ। उन्हें लीफलेट और विजुअल एड तथा अपने ब्रांड का प्रचार करने के लिए कुछ नए विचार और साधन की जरूरत थी। वैसे यह बात स्पष्ट थी कि वे यह सब करने नहीं निकले थे, लेकिन अशोक याद करते हुए कहते हैं, "मरता क्या न करता!"

जल्दी ही अन्य कई बड़ी दवा कंपनियों ने उनकी सेवाएँ लेनी शुरू कर दीं। अशोक और उनकी टीम ने दिन-रात एक कर दिया, 'दिन में 36 घंटे और हफ्ते में 7 दिन काम-ही-काम' और यह कारोबार धीरे-धीरे बढ़ने लगा। टर्निंग प्वॉइंट तब आया, जब हिंदुस्तान लिवर ने एक दिलचस्प मार्केटिंग चैलेंज के साथ संपर्क किया। वे 'प्यूरिट' नाम का वाटर प्यूरिफायर लॉञ्च करने वाले थे और गैर-पारंपरिक तरीकों से इस ब्रांड का प्रचार करना चाहते थे और तब अशोक एवं उनकी टीम ने एक आइडिया दिया। उन्होंने सुझाव दिया कि प्यूरिट को डॉक्टरों के वेटिंग रूम में रखा जाए, वह भी फ्री में। लिवर के लोगों को लगा कि यह दिलचस्प आइडिया है और उन्होंने 2,000 मुफ्त प्यूरिफायर्स के साथ इसे आजमाया तथा डॉक्टरों के वेटिंग रूम में उन्हें रखवाने की जिम्मेदारी अशोक को सौंपी गई। उसे जबरदस्त कामयाबी मिली और तीन साल के अंत तक 40,000 से भी अधिक प्यूरिट वाटर प्यूरिफायर्स देश भर में डॉक्टरों के वेटिंग रूम में रखे जा चुके थे और एक ब्रांड का निर्माण हो चुका था!

इस प्यूरिट अनुभव ने अशोक की आँखें उन संभावनाओं के लिए खोलीं,

जो डॉक्टरों के वेटिंग रूम में उपलब्ध थीं। उन्होंने टेलीविजन सेट लगाना शुरू किया, जिन पर काम की बातों (सात चैनलों के मेन्यू से लिये गए अलग-अलग तरीके के कंटेंट) के साथ लक्षित विज्ञापन दिखाए जाने लगे। देखते-ही-देखते वे 6,500 से ज्यादा टी.वी. सेट लगा चुके थे और अपने क्लाइंट्स में कई बड़े-बड़े नाम गिना रहे थे।

इस पर जरा सोचिए। कभी-न-कभी हम सभी किसी डॉक्टर के कमरे के बाहर इंतजार करते हुए और शायद 'स्टारडस्ट' या 'इंडिया टुडे' की पुरानी पत्रिकाओं के पन्ने पलटते हुए समय बिताते हैं। हम वहाँ जा चुके हैं। हम बोर हो चुके हैं। यह भी हैरान करनेवाली बात है कि कैसे सभी डॉक्टरों के वेटिंग रूम में कुछ बातें एकदम एक जैसी होती हैं। नर्वस व बेचैन मरीज, सीट से ज्यादा लोग, अजीब सी खामोशी, पुरानी पत्रिकाएँ और सबके चेहरे पर एक बोरियत। हम सब यही देखते हैं। लेकिन अशोक ने क्या देखा? उन्होंने एक बंदी बना दर्शक देखा, जिज्ञासु नजरें देखीं और मार्केटिंग का एक शानदार प्लेटफॉर्म देखा।

वे जिस समय श्वेप्पेज के साथ थे, लगभग उसी दौरान उन्हें जाँच के बाद पता चला कि उन्हें डायबिटीज है। आप कहेंगे, इसमें कौन सी बड़ी बात है! वैसे भी, यह समस्या आम हो चली है। उन्होंने भी इस बारे में ज्यादा नहीं सोचा था, तब तक नहीं, जब तक कि एक बार डॉक्टर ने उनसे कहा कि वह इंसुलिन का इंजेक्शन ले लें, लेकिन यह नहीं बताया कि कैसे। इसलिए उन्होंने इसके बारे में पढ़ना शुरू किया और ज्यादा जानने की कोशिश की। उन्हें पता चला कि कैसे डायबिटीज से पीड़ित 50 फीसदी लोगों को अपनी स्थिति की जानकारी ही नहीं होती। यह जान कर वह बुरी तरह डर गए कि कैसे डायबिटीज से पीड़ित शरीर पर बीमारियों का हमला सबसे ज्यादा होता है और कैसे यह आपको आज ज्यादा नुकसान नहीं पहुँचाएगा, लेकिन आपके शरीर के हर अंग को प्रभावित करता है और भविष्य में उन्हें बरबाद कर सकता है। एक डायबिटिक के तौर पर अपने लंबे और कष्टदायी सफर में उन्होंने कई बीमारियों का सामना किया। डॉक्टर के क्लीनिक के बाहर कई घंटे तक इंतजार किया। खाने-पीने की सलाह देनेवाला कोई नहीं था। कोई बतानेवाला नहीं था कि क्या करें, क्या नहीं और उन्होंने देखा कि लगभग नियमित रूप से मरीजों को इंसुलिन लेने की सलाह दी जाती थी, लेकिन यह नहीं बताया जाता था कि कैसे! उन्हें लगा कि इस स्थिति का वर्णन संयम रखकर भी कहा जाए तो इसे 'तबाही' कहा जा सकता है।

डायबिटीज का इलाज करनेवाले डॉक्टर के क्लीनिक के बाहर इंतजार करते हुए ही एक दिन अशोक को 'द टाइम्स ऑफ इंडिया' में काम करनेवाले अपने एक पुराने दोस्त का फोन आया। अखबार ने नए वर्गों और बड़े ब्रांडों के निर्माण में उद्यमियों की मदद करने के लिए 'स्प्रिंगबोर्ड' नाम के एक निवेश संगठन की शुरुआत की थी। उनके दोस्त ने पूछा, "तुम कुछ और क्यों नहीं शुरू करते?" और तुरंत ही कहा, "हम तुम्हारे साथ पार्टनरशिप करना चाहेंगे!" वह जब उस क्लीनिक में लगभग एक घंटे तक अपनी बारी के आने का इंतजार करते हुए बैठे थे, तब उनके दिमाग में एक आइडिया आया। डायबिटीज क्लीनिक की चेन शुरू करना कैसा रहेगा? यह आइडिया सीधा सा था। डायबिटीज क्लीनिक की चेन शुरू करनी थी, जिनमें उनका फोकस ग्राहक, यानी मरीज पर होगा। जहाँ मरीजों को 15 मिनट से ज्यादा (वे इंतजार कर-करके थक चुके थे) इंतजार नहीं करना होगा और एक ऐसी जगह, जहाँ मरीजों को देखभाल, सलाह तथा खान-पान से जुड़े सुझाव भी मिलेंगे।

मूल विचार यह था कि इस तरह के क्लीनिक को खोलने के लिए जाने-माने डायबिटीज विशेषज्ञों के साथ गठबंधन किया जाएगा, लेकिन अशोक को जब पता चला कि उनके साथ काम करना कितना मुश्किल है (आपका अंदाजा सही है, उनसे मिलने के लिए ही एक घंटे से ज्यादा का इंतजार करना पड़ता है), तब उन्होंने उन डॉक्टरों के साथ साझेदारी की बजाय अपना ही ब्रांड शुरू करने का फैसला किया और 'लाइफस्पैन' का जन्म हुआ।

आज देश के 12 शहरों में लाइफस्पैन के पास 35 क्लीनिक, 100 से ज्यादा डॉक्टरों का पैनल एवं 50 से ज्यादा डायटीशियन हैं और लगभग 60,000 मरीजों का इलाज हो रहा है। लक्ष्य है—इस नेटवर्क को 2,000 से ज्यादा क्लीनिक तक ले जाना। इस बात को सुनिश्चित करने के अलावा कि किसी भी मरीज को 15 मिनट से ज्यादा इंतजार न करना पड़े, लाइफस्पैन ने इस बात का भी ध्यान रखा है कि हर कंसल्टेशन 30 मिनट का हो। कस्टमर-केयर एक्जीक्यूटिव की एक टीम हर मरीज से फीडबैक के लिए फोन पर बात करती है। सारे प्रेसक्रिप्शन कंप्यूटर से निकाले जाते हैं और उनमें मॉलेक्यूल का नाम शामिल रहता है, ताकि मरीज अपनी मरजी का ब्रांड चुन सकें। सारी पर्चियों की निगरानी एक जगह से होती है, यहाँ तक कि डायग्नोस्टिक मशीनें भी क्लाउड से जुड़ी हैं। जैसा कि अशोक ने सीखा है, कोई भी कारोबार तभी चल सकता है, जब आपने दो महत्त्वपूर्ण प्रक्रियाओं को

लागू कर रखा है—एक ग्राहकों के फीडबैक का तंत्र और दूसरा ऑटोमेशन, जो आपको सूचना की शक्ति देता है।

देश भर में डायबिटीज के मरीजों की संख्या को देखते हुए, जिसकी शुरुआत एक अच्छे बिजनेस आइडिया के रूप में हुई थी, वह अब एक अनुराग का रूप ले चुका है। आज अशोक एक समाज-सुधारक की भूमिका में हैं। एक ऐसे व्यक्ति, जो डायबिटीज के मरीजों की मदद करने के मिशन पर हैं और प्री-डायबिटिक लोगों को डायबिटिक बनने से रोकने में जुटे हैं। "लाइफस्पैन पहले एक बिजनेस प्लान था। अब यह एक पैशन है। मैं किसी डायबिटिक को देखता हूँ और कहता हूँ, मैं आपकी मदद करना चाहता हूँ!" यह गौर करना दिलचस्प है कि ऐसा उद्यमी विरले ही मिलता है, जो कहता है कि उसके पास हमेशा से एक बड़ा आइडिया था और उसने इसी का सपना देखा था और फिर यह पूरा हो गया। ऐसा काल्पनिक कहानियों में होता है। अधिकांशतया आप सामने आए अवसरों का पूरा लाभ उठाना चाहते हैं, मुश्किलों का सामना करते हैं, असफलताओं से उबरते हैं, अपना सर्वश्रेष्ठ देते हैं, सीखते हैं और अपनी इच्छा को पूरा कर पाते हैं।

मैजिक अशोक की एक हॉबी है और एक तरफ जहाँ वे हाथ की सफाई से चीजों को गायब करने की ट्रिक में माहिर हैं, वहीं दूसरी तरफ डायबिटीज को गायब नहीं कर सके हैं; लेकिन यह सफर काफी दिलचस्प रहा है, जिसकी शुरुआत एक बड़े कॉरपोरेट के भीतर उद्यम करने से हुई और फिर आगे चलकर वह उद्यमी बने और अपने ही कारोबार खड़े किए। कुछ चीजें बदल गई हैं। वे अब जेट एयरवेज के बिजनेस क्लास में सफर नहीं करते हैं और किसी फाइव स्टार होटल में 400 रुपए वाली कॉफी का कप पैसों की बरबादी लगता है, जिसे टाला जा सकता है। लेकिन हाँ, कुछ चीजें हैं, जो अब तक नहीं बदली हैं। वे आज भी अपनी चप्पलों में ही ऑफिस आते हैं।

वे जब अपने ऑफिस के कमरे में अपने पीछे खड़ी पुस्तकों की दीवार के सामने बैठते हैं तो उन्हें देखकर आप कह नहीं सकते कि उन्होंने जिंदगी को अच्छे से जिया है। उनके पास 5,000 से भी अधिक अपनी पुस्तकें हैं। वे बहुत तेजी से पढ़ते हैं और फिक्शन पढ़ रहे हैं तो घंटे भर में 150-200 पेज तक पढ़ जाते हैं और जब भी वे कुछ सीखना चाहते हैं, तब मदद के लिए पुस्तकों की तरफ ही मुड़ते हैं।

उनसे पूछिए कि अगर कोई अशोक जैन के बारे में चार पंक्तियाँ लिखना चाहे, तो वे पंक्तियाँ क्या होंगी? जवाब तुरंत ही आता है।

"चार पंक्तियाँ नहीं, सिर्फ एक।" फिर एक विराम। "वह डिफरेंट था, जिसमें तीन f थे।"

सफलता के मंत्र

- यदि आप एक उद्यमी के रूप में अपनी छाप छोड़ना चाहते हैं तो किसी गुरु या मार्गदर्शक को ढूँढ़िए, उन्हें आकर्षित कीजिए। अनेक महान् लीडर अपनी सफलता का श्रेय काफी हद तक अपने कॅरियर की शुरुआत में किसी गुरु या मार्गदर्शक के होने को देते हैं।
- आपको जब अपने कंफर्ट जोन से बाहर धकेल दिया जाता है, तब आप क्या करेंगे? भागेंगे और अपने कंफर्ट जोन में फिर से चले जाएँगे? या आप नए कौशल को सीखने एवं सिद्ध करने के लिए और मेहनत करेंगे? सफलता अकसर इस बात पर निर्भर नहीं करती कि आप कितना जानते हैं, बल्कि इस पर कि आप कितना सीखना चाहते हैं।
- चुनौतियाँ, रुकावटें और मुश्किलें ऐसी बाधाएँ हैं, जो उद्यमी को ऊँची छलाँग लगाने में मदद करती हैं—ऊँची और ऊँची। आपको जब लगता है कि आपके पास काफी नहीं है और जीना मुश्किल है, तब आप ऐसे संसाधनों को ढूँढ़ निकालते हैं, जिनके अस्तित्व की आपको जानकारी भी नहीं थी।
- कोई भी कारोबार तभी चल सकता है, जब आपने दो महत्त्वपूर्ण प्रक्रियाओं को लागू कर रखा है—एक ग्राहकों के फीडबैक का तंत्र और दूसरा ऑटोमेशन, जो आपको सूचना की शक्ति देता है।
- ऐसा उद्यमी विरले ही मिलता है, जो कहता है कि उसके पास हमेशा से एक बड़ा आइडिया था और उसने इसी का सपना देखा था और फिर यह पूरा हो गया। ऐसा काल्पनिक कहानियों में होता है। अधिकांशतया, आप सामने आए अवसरों का पूरा लाभ उठाना चाहते हैं, मुश्किलों का सामना करते हैं, असफलताओं से उबरते हैं, अपना सर्वश्रेष्ठ देते हैं, सीखते हैं और अपनी इच्छा को पूरा कर पाते हैं।

❑

दूध की बालटी में दुबला-पतला मेढक

नेचुरल्स

मैंने जब अपना सेलफोन निकाला और सी.के. कुमारवेल को फोन मिलाया, जो भारत में नेचुरल्स सैलूनों की चेन के संस्थापक हैं, तो उस तरफ से किसी महिला की आवाज सुनकर मैं हैरान रह गया।

"हाय! मैं करीना कपूर खान बोल रही हूँ।" बॉलीवुड की एक्ट्रेस ने मीठी आवाज में कहा। और फिर, मानो जैसे उसने भाँप लिया हो कि मैं अवाक् रह गया हूँ, उसने कहा, "मेरे फेवरिट सैलूनों की चेन 'नेचुरल्स' को फोन मिलाने के लिए आपका शुक्रिया।" और इससे पहले कि कुमारवेल आनन-फानन में लाइन पर आते, मैंने मन-ही-मन कहा कि जरूर यह इस कारोबार की ओर से अपनी ब्रांड एंबेसडर के इस्तेमाल का एक अनोखा तरीका होगा!

आज नेचुरल्स देश के सर्वश्रेष्ठ तीन सैलूनों की चेन में से एक है, जिसके 500 से भी अधिक सैलून हैं। हालाँकि, कुमारवेल की कहानी महज भारत के सबसे बड़े ब्यूटी सैलून की चेन के बनने की कहानी भर नहीं है। यह विपरीत परिस्थितियों, असफलता और बरबादी पर एक व्यक्ति की विजय की कहानी है। एक ऐसे आदमी की कहानी, जिसने खुद पर यकीन किया और कभी हार नहीं मानी। यह ऐसी कहानी है, जिसमें बिजनेस में अपना एक स्थान बनाने की उम्मीद कर रहे किसी भी व्यक्ति के लिए कई महत्त्वपूर्ण सबक हैं।

□

आप जब भारत में एफ.एम.सी.जी. कारोबार में 'पहले परिवार' के बारे में सोचते हैं, तब आपको किसकी याद आती है—मारवाड़ियों की या गोदरेज की, या वह डाबर है? मुझे शक है कि कोई भी तमिलनाडु के सी.के. ब्रदर्स के बारे में सोचता होगा। वे एक छोटे से शांत तटीय शहर कुड्डालोर के सहोदर भाई हैं, जिन्होंने

इस देश में एफ.एम.सी.जी. के क्षेत्र को अपने ही तरीके से परिभाषित किया है। वे ऐसे व्यक्ति हैं, जिन्होंने भारत में उस सैशे क्रांति की शुरुआत की, जिनकी खूब चर्चा होती है। हाँ, हम सी.के. रंगनाथन की, जिन्होंने चिक शैंपू (और अब केविनकेयर के बॉस हैं) को लॉन्च किया और उनके बड़े भाई राजकुमार की बात कर रहे हैं, जिन्होंने वेलवेट शैंपू को लॉन्च किया। यह उनके सैशे शैंपू ही थे, जिन्होंने फिर से परिभाषित किया कि भारतीय ग्राहक के लिए मूल्यवान् भेंट कैसी होनी चाहिए और कई बहुराष्ट्रीय कंपनियों को भारत में बढ़ती खपत और नए उत्पाद की श्रेणी की कला सिखाई। इसने उस लोकप्रिय भ्रम को भी तोड़ा और कंपनियों को यह एहसास कराया कि कम-इकाई कीमत का मतलब असल में ऊँचा सकल मार्जिन होता है! सी.के. कुमारवेल, नेचुरल्स के संस्थापक, इस तिकड़ी में सबसे छोटे भाई हैं, जिनमें सी.के. राजकुमार और सी.के. रंगनाथन शामिल हैं। इसलिए इसमें कोई आश्चर्य नहीं कि जैसे ही युवा कुमारवेल ने कॉलेज की पढ़ाई पूरी की, वे वेलवेट बिजनेस में अपने भाई राजकुमार का हाथ बँटाने लगे।

वेलवेट उन दिनों बुलंदियों को छू रहा था। तमिलनाडु में अपनी मौजूदगी दर्ज कराने के बाद उन्होंने गोदरेज के साथ डिस्ट्रीब्यूशन का करार किया। इससे उनकी पहुँच देश भर के 4,00,000 स्टोर्स तक हो गई। एक ही झटके में और देखते-ही-देखते वेलवेट शैंपू तथा निवारण कफ सिरप की बिक्री बढ़ गई, शेयरों में उछाल आ गया और बिजनेस ने रफ्तार पकड़ ली। युवा कुमारवेल इस तरक्की से बेहद खुश थे और उन्हें लगा कि गोदरेज के साथ साझेदारी सीखने का एक अच्छा मंच है, छोटे शहर के स्थानीय उद्यमशील उमंग और बड़े शहर के पेशेवर तरीके से चलाए जानेवाले कारोबार का आदर्श संगम। आप उनकी निराशा को समझ सकते हैं, जब इस समझौते के महज तीन वर्षों के भीतर उनके भाई ने इस साझेदारी को तोड़ने का फैसला किया। कुमार ने अपने भाई को इसमें बने रहने के लिए मनाने की कोशिश की, लेकिन राजकुमार नहीं माने। उन्हें लगा, वे हमारा शोषण कर रहे थे। समझौता टूटने के ठीक बाद 'इंडिया टुडे' को दिए एक इंटरव्यू में राजकुमार ने बताया कि कैसे वह गोदरेज को 'भारी-भरकम 7 प्रतिशत का डिस्ट्रीब्यूशन कमीशन' न देकर 7 प्रतिशत तक पैसा बचा सकते थे। उन्होंने रास्ते अलग कर लिये, लेकिन दुर्भाग्य से वेलवेट उसके बाद पतन की ओर जाने लगा।

कुमारवेल ने फिर रंगनाथन और चिक की टीम के साथ काम किया। उन्हें याद है कि कैसे उन्हें छोटे बच्चे की तरह देखा जाता था और गंभीरता से नहीं लिया

जाता था। उनके आइडियाज एवं सुझावों का मजाक उड़ाया जाता था और तुरंत खारिज कर दिया जाता था; लेकिन जब उन्होंने देखा कि उन्हीं सुझावों को फेर-बदलकर लागू किया जा रहा है और बाद में किसी और का सोच बताया जा रहा है, तब वे समझ गए कि उनके पास एक अच्छी कारोबारी समझ आ रही है।

कुछ हद तक घुटन महसूस करने के बाद कुमारवेल ने उसे छोड़कर अपना ही कारोबार शुरू करने का फैसला किया और सोचिए, उन्होंने सबसे पहले क्या किया होगा ? उन्होंने एक सादा कागज निकाला और उस पर उन्होंने मोटे अक्षरों में लिखा—'5 करोड़'।

और आप अब भी यह सोच रहे हैं कि इसका मतलब क्या था तो बता दूँ कि यह उनका रेवेन्यू टारगेट था। उनके भाई जो कारोबार कर रहे थे, वह 5-10 करोड़ की रेंज में था और युवा कुमारवेल ने खुद से कहा कि वह भी उस लीग में शामिल होंगे। उन्होंने वेलवेट को बढ़ते देखा था। उन्हें गोदरेज के तरीके का अनुभव था और जब वे अपने 5 करोड़ के सपने को सच करने निकले, तब उनमें एक आत्मविश्वास था।

उनकी वेलवेट के कई सप्लायर्स और पार्टनर्स से बड़ी अच्छी दोस्ती हो गई थी, जिनमें से सभी ने उनकी मदद की और उनका साथ दिया, जब वह रागा—एक हर्बल शिकाकाई पाउडर—लेकर आए। उसने अच्छा किया और तीन साल के भीतर वे 5 करोड़ के टर्नओवर के लक्ष्य को पार कर गए। उन्होंने कर दिखाया था!

या जैसे उन्हें लग रहा था। तमिलनाडु और आंध्र प्रदेश में रागा की सफलता से उत्साहित होकर उन्होंने वही करने का फैसला किया, जैसा कि वेलवेट ने जबरदस्त सफलता के साथ किया था—देश भर में अपनी पहुँच बनाना। लेकिन गोदरेज जैसे मजबूत पार्टनर के बिना यह आसान नहीं था। दक्षिणी राज्यों के बाहर रागा चल नहीं सका।

चूँकि भौगोलिक विस्तार रंग नहीं ला सका, इसलिए उन्होंने अपने उत्पाद की किस्म को बढ़ाने का फैसला किया। उन्होंने एक हेयर ऑयल लॉन्च किया; वह फेल हो गया। उन्होंने एक माउथफ्रेशनर बाजार में उतारा; वह भी औंधे मुँह गिरा। और फिर आई इनमें से सबसे बड़ी तबाही।

यह देखकर कि कैसे आधुनिक ग्राहक शिकाकाई पाउडर खरीदने और फिर उसमें पानी मिलाकर पेस्ट बनाने के झंझट में नहीं फँसना चाहता था, कुमारवेल ने एल्युमीनियम की नई ट्यूब में रागा का एक रेडी-टू-यूज पेस्ट वर्जन लॉन्च किया।

यह जबरदस्त तरीके से कामयाब रहा। ग्राहकों और व्यापारियों दोनों को यह पसंद आया और कुमारवेल खुश हुए। छह महीने बाद जब कुमारवेल उस नए रागा पेस्ट को देश भर में उतारने की तैयारी में थे, तभी एक सुबह फोन की घंटी बजी। वह फोन त्रिची के एक डिस्ट्रीब्यूटर का था। सुबह-सुबह फोन की घंटी बजना कोई नई बात नहीं थी, क्योंकि डिस्ट्रीब्यूटर अकसर यह बताने के लिए फोन किया करते थे कि उन्हें और भी स्टॉक चाहिए और यह कि माल उनकी शेल्फ से हाथोंहाथ बिकता जा रहा है। लेकिन उस सुबह आया फोन अलग ही था।

स्टॉकिस्ट के पास ग्राहक की शिकायत आई थी। ट्यूब के अंदर का शिकाकाई पेस्ट काला पड़ गया था—हरे से काला। कुछ घंटे बाद एक और फोन आया, दूसरे डिस्ट्रीब्यूटर का। वही समस्या—पेस्ट काला पड़ गया था। फिर तीसरी कॉल और कुछ और भी। सिर्फ पेस्ट का ही रंग नहीं बिगड़ा था, एक सपना बिखरने लगा था, बहुत बुरी तरह से।

यह ऐसी असफलता थी, जिससे यह ब्रांड कभी उबर नहीं सका। कुमारवेल बुरी तरह घबरा गए। उन्हें अपनी संपत्ति बेचनी पड़ी और फिर उस ब्रांड को भी; साथ ही वे गुस्साए कर्जदाताओं को दूर रखने का प्रयास भी कर रहे थे। जल्दी ही धंधा ठप पड़ गया। न ब्रांड बचा था, न पैसा। उनकी सास ने उनके बच्चों की स्कूल की फीस भरी। कुमारवेल धराशायी हो चुके थे, लगभग कारोबार से बाहर। हाँ, लेकिन लगभग।

इसी समय कुमारवेल घूमते-घूमते चेन्नई के मशहूर लैंडमार्क बुक स्टोर में दाखिल हुए। उन्होंने डेनिस वेटली की लिखी एक पुस्तक देखी—'इनोवेटिव सीक्रेट्स ऑफ सक्सेस—हाऊ टू टर्न योर विजन्स इनटू रिएलिटी' (सफलता के अनोखे रहस्य—अपनी सोच को हकीकत में कैसे बदलें)। उन्होंने जब उसे खोला तो पाया कि वह पुस्तक नहीं, एक ऑडियो कैसेट था और जैसा कि कुमारवेल बताते हैं, उसी क्षण उनका जीवन बदल गया। "उस टेप ने मुझे संघर्ष करना सिखाया। उसने मुझे प्रेरणा दी। उसने मुझे उम्मीद दी। उसने मुझे डटे रहने का साहस दिया!"

जल्दी ही उन्हें ऑडियो टेप और ऑडियो बुक सुनने की आदत पड़ गई। उन्होंने रॉबर्ट कायासाकी की वार्त्ता सुनी 'रिच डैड पुअर डैड' और उन्होंने बड़े गौर से स्टीफन कोवी को भी '7 हैबिट्स' के बारे में बात करते सुना। आज उनके पास 1,000 ऑडियो बुक्स का संग्रह है और वे रोजाना दो-तीन घंटे उनकी ज्ञान

बढ़ानेवाली बातें सुनते हैं। कुमारवेल कहते हैं, "इतने साल बाद मुझे अब भी अपने कानों में रॉबर्ट शुलर की आवाज सुनाई देती है, जो कह रहे हैं, 'कठिन समय नहीं टिकता, कठिन लोग टिक जाते हैं।' मैंने अपने मन से कहा कि मैं असफल नहीं हुआ हूँ, केवल मेरे प्रयास असफल हुए हैं। मैंने उन टेप्स को बार-बार सुना। मैं तमिल-माध्यम का छात्र हूँ, इसलिए अकसर पहली बार में समझ नहीं पाता हूँ!" उनकी बातों में खुद झेंपनेवाली विनम्रता और अपना मजाक उड़ानेवाला व्यंग्य है।

"मैंने दूध की बालटी में खुद को कमजोर मेढक के तौर पर देखना शुरू किया।" कुमारवेल उस कहानी की याद दिलाते हुए कहते हैं, जिसे उन्होंने सुना था और जो उनके दिमाग में बैठ गई थी और फिर वे आपको दो मेढकों की कहानी सुनाते हैं, जो खाने की तलाश करते-करते अचानक दूध की बालटी में गिर गए थे। उनमें से एक मेढक मोटा-ताजा था, दूसरा पतला-दुबला। बालटी की दीवार चिकनी थी और वे कितनी ही कोशिश करते, लेकिन बालटी से बाहर नहीं निकल पा रहे थे। पतला मेढक जहाँ तैरता रहा, बाहर निकलने के लिए अपने पैर मारता रहा, वहीं उसके मोटे साथी ने कहा कि इसका कोई फायदा नहीं और हम डूबने वाले हैं। इस बीच पतले मेढक ने भरोसा रखा, इस उम्मीद में पैर मारता रहा कि कोई चमत्कार हो जाए और जल्दी ही उसे अपने पैरों के नीचे कुछ ठोस-सा महसूस हुआ। लगातार पैर मारते रहने और तैरने से दूध मक्खन बन गया था और धीरे से वह मेढक उस मक्खन पर सवार हुआ और बालटी से बाहर निकल गया।

इसलिए, विपरीत परिस्थितियों और असफलता के बीच जहाँ कुमारवेल ने खुद को डूबता पाया, वहीं वह पैर मारते रहे, बिल्कुल उस पतले मेढक की तरह। उन्होंने हार नहीं मानी और जल्दी ही जीवन की रक्षा करनेवाला मक्खन का पहाड़ किसी चमत्कार की तरह सामने आया।

कुमारवेल पर एक ऑडियो बुक ने खासतौर पर अपनी गहरी छाप छोड़ी थी और वह थी अनीता रॉडिक की लिखी 'बॉडी एंड सोल'। अनीता 'द बॉडी शॉप' की संस्थापक भी थीं।

और उन्होंने रॉडिक को 'द बॉडी शॉप' की सफलता की अद्भुत कहानियों को कहते सुना। एक ऐसा कारोबार, जिसकी शुरुआत उन्होंने उधार लिये गए 8,000 डॉलर से की थी और जिसे दुनिया भर में फैले लगभग 2,000 आउटलेट्स के साथ एक वैश्विक साम्राज्य में बदल दिया था, जो 7.7 करोड़ ग्राहकों की सेवा कर रहा था। उनकी कहानी से प्रेरित होकर कुमारवेल ने तय किया कि वे उनसे

मिलेंगे और सच कहूँ तो वर्ष 1997 में वे और उनकी पत्नी अमेरिका गए और उनसे मुलाकात की! वे 'द बॉडी शॉप' को भारत लाना चाहते थे, लेकिन रॉडिक ने उन्हें अपना नजरिया समझाया। "भारत अभी तैयार नहीं है और आप भी तैयार नहीं हैं।" इस निराशा के बावजूद वे अनीता रॉडिक तथा कारोबार करने के लिए उनके गैर-परंपरागत तौर-तरीकों एवं फ्रैंचाइजी चुनने में उनके अनौपचारिक तरीके से और भी उत्साहित होकर लौटे। अनीता ने उन्हें ज्ञान के कई मोती दिए, ढेर सारे व्यावहारिक सुझाव, जिन सभी में कहानियों का तड़का लगा था, जिनमें से अकसर सुनाई जानेवाली कहानी भी शामिल थी कि कैसे उन्होंने पहली कनाडाई फ्रैंचाइज एक महिला को 'सिर्फ इस वजह से दे दी, क्यों उसने ब्रा नहीं पहनी थी।' जरा सोचिए!

तीन साल बाद अनीता रॉडिक जरूर उनके दिमाग में होंगी, जब उनकी पत्नी ने उनसे कहा कि वे कुछ करना चाहती हैं। दोनों बच्चे स्कूल जा रहे थे, इसलिए वे अब सिर्फ गृहिणी बनकर रहना नहीं चाहती थीं। उन्होंने बिजनेस के तीन आइडियाज की पहचान की और मूल्यांकन किया—एक प्री-स्कूल, एक कपड़ों का बुटीक और एक ब्यूटी सैलून। उन्होंने ब्यूटी सैलून को तुरंत चुन लिया। "हमने कोई विस्तृत आकलन नहीं किया, न ही वित्तीय अनुमान लगाया।" कुमारवेल याद करते हुए कहते हैं, "सैलून की तलाश करनेवाले ग्राहकों को या तो बेहद महँगे, भय पैदा करनेवाले फाइव-स्टार होटल सैलून या फिर स्थानीय नाई की दुकान में से किसी एक को चुनना पड़ता है। हमने इनके बीच की खाली जगह को देखा और तय किया कि अच्छी क्वालिटी का सस्ता सैलून शुरू किया जाए।"

वे जानते थे कि शुरुआत करने के लिए इससे अच्छा कुछ और नहीं हो सकता कि 'द ताज सैलून' में काम करनेवाली लड़की के जैसा कोई उनके पार्लर में काम करे। 'उसके जैसा क्यों? वही क्यों नहीं?' उन्होंने सोचा। इसलिए वह हेयरकट के लिए ताज गए और वहाँ की लड़की को सैलूनों की चेन शुरू करने की अपनी योजना बताई और यह भी बताया कि वे चाहते थे कि वह उनके साथ काम करे। जब तक उनका हेयरकट हुआ, तब तक उसे वह आइडिया भी पसंद आ चुका था। उसने उनके साथ काम करने का फैसला भी कर लिया था!

उद्यमियों के बारे में कुछ ऐसा होता है कि वे किसी आइडिया को एक्शन की स्थिति में ले आते हैं; जबकि हम जैसे दूसरे लोग ऐसा नहीं कर पाते। हममें से ऐसे कई लोग यह सोचते कि अगर सबसे अच्छी हेयर ड्रेसर हमारे सैलून में काम करती तो कितना अच्छा होता! हम सोचते हैं और वहीं तक रह जाते हैं। फिर हम यह तर्क

ढूँढ़ने लगते हैं कि कोई भी होशो-हवास वाला ताज जैसी एक स्थिर, जानी-मानी जगह को छोड़कर एक खिसके से उद्यमी के स्टार्ट-अप में काम करने क्यों चला आएगा? कुमारवेल जैसे उद्यमी अलग होते हैं। वे इसके बारे में सोचते हैं और फिर कदम उठाते हैं और कुछ कर जाते हैं। इसलिए कुमारवेल ने ताज में काम करनेवाली लड़की से कहा कि वह उनके साथ काम करे। इसका खयाल ही नहीं आया कि 'अगर वह 'न' कह देगी तो!' एक पल के लिए भी नहीं।

एक फाइव स्टार हेयर ड्रेसर, चेन्नई के महँगे उपनगरीय इलाके की एक अच्छी जगह, इटालियन मार्बल, डिजाइनर इंटीरियर जैसे काम के साथ 'नेचुरल्स' ने एक शानदार शुरुआत की। ग्राहकों को वह जगह पसंद आई। बिक्री बढ़ने लगी। पहले साल में 20 लाख रुपए से दूसरे साल 30 लाख एवं तीसरे साल 40 लाख रुपए का कारोबार और घाटा एक साल में 10 लाख से कम होकर दूसरे साल 2 लाख पर आ गया, लेकिन मुनाफा नहीं हो रहा था। इसलिए तीन साल तक कारोबार चलाने और लगातार नुकसान उठाने के बाद एक बार दबाव बढ़ गया था। दोस्तों और शुभचिंतकों ने उन्हें दुकान बंद कर देने की सलाह दी। उन्होंने उनसे कहा कि बाजार अभी ठीक नहीं है। सब जब कह रहे थे कि तुम्हें घाटा हो रहा है, तब कुमारवेल देख रहे थे कि नुकसान असल में कम हो रहा था। वे डटे रहने पर अड़े हुए थे। कहीं-न-कहीं दिमाग के किसी कोने में यह विचार भी था कि वे अगर उस समय भयभीत नहीं हुए होते और रागा के कारोबार को उस समय नहीं बेचा होता तो अब तक वह बड़ा मुनाफा कमा रहे होते। उससे सबक लेते हुए उन्होंने जमे रहने और उसमें ज्यादा मेहनत करने का फैसला किया।

और मेहनत रंग लाई। चौथे साल—हर महीने उन्होंने जो तय किया था, उसके अनुसार 50,000 रुपए का मुनाफा होने लगा। उन्होंने अब दूसरा सैलून शुरू करने का फैसला किया। नई दुकान के लिए पैसे नहीं थे, इसलिए उन्होंने अपने घर को छोड़ एक फ्लैट में रहने का फैसला किया और अपने घर का इस्तेमाल दूसरे सैलून के लिए करने लगे। इसने जब पहले ही साल से मुनाफा कमाना शुरू किया तो कुमारवेल समझ गए कि वे सही रास्ते पर जा रहे हैं।

कारोबार को फैलाने के लिए उन्होंने धन की तलाश शुरू कर दी; लेकिन बैंक उनकी बातों पर भरोसा नहीं कर रहे थे। उन्होंने प्रयास जारी रखा। सफलता नहीं मिली। लोग उनकी कहानी सुनते, हाँ में हाँ मिलाते, लेकिन पैसे देने को तैयार नहीं होते। आखिर में, 53 इनकार के बाद जिस 54वें बैंकर से उन्होंने बात की, वह लोन

पर पैसे देने के लिए तैयार हो गया। इसे ही धैर्य कहते हैं। सोचिए, 53 बार इनकार और फिर अंत में सफलता। हममें से कितने लोगों को धैर्य है कि इतने समय तक टिके रहें? आप में है?

कुमारवेल कहते हैं, "फ्रेंचाइजर ऐसा होना चाहिए, जो कामयाब होने के लिए जोखिम उठा सके!" फ्रेंचाइज से जुड़े दो और भी सुझाव वे देना चाहते हैं, "आपको लगातार ब्रांड बनाते रहना चाहिए। हमने 'नेचुरल्स' का विज्ञापन लगातार किया है और ब्रांड बनाने में ज्यादा ही निवेश किया है। जब हमारे पास सिर्फ आठ स्टोर थे, तब हमने दीपिका पल्लिकल को अपने साथ जोड़ा, जो स्क्वाश खिलाड़ी हैं कि वे हमारी ब्रांड एंबेसडर बनें। जब हमने 70 स्टोर के आँकड़े को छुआ तो अपने ब्रांड का विज्ञापन करने के लिए जेनेलिया डिसूजा को चुना और अब हमारे 500 स्टोर्स हैं तथा देशव्यापी आकांक्षा है तो हमारे साथ करीना कपूर खान हैं। ब्रांड में निवेश कीजिए, विज्ञापन दीजिए, इक्विटी बनाइए। यह सफल फ्रैंचाइजी बिजनेस का मंत्र है।"

फ्रैंचाइजी में तीसरा सबक ऐसा है, जिसे उन्होंने बड़ी तकलीफ के बाद सीखा। वे दो बाजारों—ओडिशा (पहले उड़ीसा) और लखनऊ में नेचुरल्स की कहानी सुनाते हैं। एक फ्रैंचाइजी ने उन्हें चिट्ठी लिखी कि वह ओडिशा में एक स्टोर खोलना चाहता है और वे सहर्ष तैयार हो गए। एक साल बाद एक और खुल गया। लेकिन दोनों ही जूझ रहे थे। उसी समय उन्होंने लखनऊ में छह सैलून खोले, वे भी एक साथ और वे सभी ठीक-ठाक चल रहे हैं। सबक? बाजार में अपनी मौजूदगी को मजबूत बनाओ। अपने आपको दूर-दूर मत फैलाओ। इससे आपको मार्केटिंग और ट्रेनिंग के संसाधन तैनात करने में मदद मिलेगी। बाजार में सिर्फ इस वजह से मत उतरो, क्योंकि किसी ने थोड़ी दिलचस्पी दिखाई है। "मैं इसे बर्गर किंग का तरीका कहता हूँ। किसी बाजार को खोलो, उसे हजम करो, फिर दूसरे को खोलो!"

अब उस व्यक्ति का अगला प्लान क्या है, जिसने अपना नेटवर्क चेन्नई की इकलौती जगह से देश भर के 500 से ज्यादा जगहों तक पूरे देश में फैलाया? "मैं सपने देखता हूँ।" वे कहते हैं, "और अब मेरा सपना भारत से 'हाउसवाइफ' नाम के शब्द को मिटाना है। मैं महिलाओं को सशक्त करना चाहता हूँ और उन्हें आत्मनिर्भर बनाना चाहता हूँ। लगभग सारे 'नेचुरल्स' सैलून महिलाएँ ही चलाती हैं और मुझे लगता है कि यह हमारी सफलता की एक बड़ी वजह है।"

और फिर, वे आपको तमिलनाडु के छोटे से शहर करूर की एक महिला की

कहानी सुनाते हैं, जिसने उन्हें उनके सही मकसद की तलाश और उसे आकार देने में सहायता दी। वह महिला करूर में नेचुरल्स का एक फ्रैंचाइज शुरू करना चाहती थी। उन्होंने उससे कहा, "करूर तैयार नहीं है। तुम भी तैयार नहीं हो।" (अनीता रॉडिक ने मुझसे यही कहा था, इसलिए मुझे उस लाइन का इस्तेमाल करना पड़ा!) उसने धैर्य रखा, उनके पीछे पड़ी रही, उनसे कोयंबटूर में मिली और वे अंत में उसकी बात मान गए और करूर आकर उनसे मिलने का वादा किया। वे जब उसके घर पहुँचे तो यह देखकर हैरान रह गए कि वह एक महलनुमा घर में रहती थी और उसके घर पर एक बी.एम.डब्ल्यू. खड़ी थी। वे एक जाने-माने कपड़ा व्यापारी के परिवार से संबंध रखती थीं। वे तुरंत समझ गए कि वे एक अच्छी फ्रैंचाइजी पार्टनर साबित हो सकती हैं, क्योंकि सैलून का कारोबार अगर घाटे में भी गया तो इससे उसे ज्यादा फर्क नहीं पड़ेगा! इसलिए उन्होंने उस महिला को फ्रैंचाइजी दे दी। एक साल बाद उस महिला ने कुमारवेल को फोन किया और कहा, "थैंक यू!" उन्होंने जब पूछा कि वह किस बात के लिए उनका शुक्रिया अदा कर रही है, तो वह बोली कि उसे उस महीने 50,000 रुपए का मुनाफा हुआ है। और फिर उसने कुछ ऐसा कहा कि कुमारवेल सोच में पड़ गए। उसने बताया कि कैसे घर में किसी भी समय लाखों रुपए नकद के तौर पर पड़े रहते हैं, लेकिन उन्हें खर्च करने के लिए उसे अपने पति या अपने बेटे से पूछना पड़ता था। उसे अपने खर्च का हिसाब देना पड़ता था। फिर उसने कहा, "ये जो 50,000 रुपए हैं, ये मेरे कमाए हुए पैसे हैं।" और कुमारवेल समझ गए कि कैसे एक महिला, जिसके पास लगता था कि सबकुछ है, उसके पास आजादी नहीं थी। "मुझे एहसास हुआ कि नेचुरल्स का उद्द्देश्य यही है—महिलाओं का सशक्तीकरण। उन्हें वित्तीय स्वतंत्रता देना और एक मकसद की भावना। यहाँ तक कि बच्चे भी अपनी माँ को अलग नजरिए से देखने लगते हैं।" वे कहते हैं। यह कहना कि 'मेरी माँ बिजी हैं', बच्चों को गर्व का एहसास कराता है। अनजाने में ही भारत में परिवार की संस्कृति हाउसवाइफ को महत्त्वहीन बना देती है। वह चाहे कुछ भी कर ले, उसे अपने काम का श्रेय नहीं मिलता।"

तो अब उनका अगला लक्ष्य, अगला मील का पत्थर क्या है? 'कुछ साल पहले मैंने 'नेचुरल्स' के लिए एक विजन तय किया था—1,000 महिला उद्यमी, 3,000 सैलून, 50,000 नौकरियाँ। मुझे लगता था कि यह सच में महत्त्वाकांक्षी है। लेकिन एक दिन मेरी मुलाकात बी.एस. नागेश से हुई, जो 'शॉपर्स स्टॉप' के संस्थापक हैं। मैंने उन्हें अपने जबरदस्त प्लान के बारे में बताया और उन्होंने

पलटकर कहा, "भारत में अगर आपके पास 10,000 से कम सैलून हैं तो आपने जमीन की परत को खुरचा तक नहीं है!"

एक ऐसा व्यक्ति, जो सच में बेहद मुश्किल भरे वक्त से गुजरकर आगे बढ़ा है, वह विपरीत परिस्थितियों में भी डटे रहने के लिए दूसरे लोगों को क्या सलाह देना चाहेगा? वे कहते हैं, "दो सरल संदेश—कभी उम्मीद मत छोड़ो और सीखना जारी रखो।"

एक ऐसे युग में, जब भाई-भाई पारिवारिक संपत्ति को लेकर झगड़ते हैं, यह सुनकर अच्छा लगता है कि कुमारवेल अपने अधिक प्रसिद्ध, अधिक सफल बड़े भाई सी.के. रंगनाथन के बारे में क्या सोचते हैं, जो 'केविनकेयर' के सी.ई.ओ. हैं। "रंगा सच में बहुत अच्छे व्यक्ति हैं। उनसे हमें बड़ी ताकत मिलती है। वे अपनी सफलता पर नहीं इतराते। वे अनुशासित हैं, शांत और लगातार सीखते रहते हैं।" यह तारीफों के पुल बाँधने जैसा है। सीधे दिल से निकली बात। कोई कटुता नहीं, कोई ईर्ष्या नहीं। सिर्फ सम्मान।

कुड्डालोर में तमिल मीडियम स्कूल का नन्हा बालक अब बहुत दूर चला आया है। यह सफर चुनौतियों से भरा था; लेकिन तमिलनाडु के पतले-दुबले मेढक ने पैर चलाना जारी रखा, कोशिश करता रहा, अपना आत्मविश्वास नहीं खोया।

और इन बातों ने ही सबकुछ बदल दिया!

कुमारवेल की प्लेसूची

उद्यमियों की अवश्य सुनी जानेवाली 10 ऑडियोबुक्स—

1. द मैजिक ऑफ थिंकिंग बिग
2. टफ टाइम्स डोंट लास्ट। टफ पीपुल डू।
3. बॉडी एंड सोल
4. रिच डैड, पुअर डैड
5. द साइकोलॉजी ऑफ विनिंग
6. द 7 हैबिट्स ऑफ हाइली इफेक्टिव पीपुल
7. गोल्स (जिग जिगलर लिखित)
8. हाउ टू मेक योर ड्रीम्स कम टू
9. बिलीफ (महात्रेय लिखित)
10. एन्नांगल (तमिल में)

सफलता के मंत्र

- सोचिए, 53 इनकार और अंत में सफलता। हममें से कितनों को धैर्य है कि इतने लंबे समय तक लगे रहें ? आपको है ?
- ब्रांड में निवेश करो। विज्ञापन दो। इक्विटी का निर्माण करो। सफल फ्रैंचाइजी कारोबार की सफलता का मंत्र यही है।
- बाजार में अपनी मौजूदगी को मजबूती दो। ज्यादा दूर तक मत फैलो। इससे मार्केटिंग और ट्रेनिंग के संसाधनों को तैनात करने में तुम्हें मदद मिलेगी। सिर्फ इस कारण बाजार में मत उतरो कि किसी ने थोड़ी दिलचस्पी दिखाई है।
- कठिन समय नहीं रहता, कठिन लोग रह जाते हैं। मैंने अपने मन से कहा कि मैं असफल नहीं हुआ हूँ, सिर्फ मेरे प्रयास असफल रहे हैं।
- कभी उम्मीद मत छोड़ो। आप जब मुश्किल में हों, तब पैर मारते रहें, कोशिश करते रहें।
- 'शॉपर्स स्टॉप' के संस्थापक बी. नागेश के शब्दों को याद रखिए— "भारत में यदि आपके पास 10,000 से कम सैलून हैं तो आपने जमीन को ढंग से खुरचा तक नहीं है!"

❑

हर दीवार रुकावट नहीं होती, अवसर भी हो सकती है

मार्शल्स वॉल कवरिंग

सही या गलत? दुनिया के ज्यादातर घरों में पेंट से कहीं ज्यादा वॉल पेपर चढ़े हैं। चलिए, तुक्का ही लगाइए—सही या गलत?

अगर आपका जवाब सही है तो आप बिल्कुल ठीक हैं और अगर आप भारत के उन करोड़ों घरों में से एक में रहते हैं, जिन पर वॉल पेपर चढ़ा है तो शायद आपने मार्शल्स का नाम सुना होगा। यह मुंबई स्थित कंपनी है, जिसे बलदेव शर्मा ने सन् 1975 में शुरू किया था। उन्होंने इस बिजनेस की शुरुआत कैसे की, इसके पीछे की कहानी बड़ी दिलचस्प है।

वे जब किसी कारोबार को शुरू करने के लिए अलग-अलग विकल्पों पर विचार कर रहे थे, तब उनकी एक शर्त थी। यह कारोबार ऐसा होना चाहिए, जिसे शुरू करने के लिए ज्यादा पूँजी की जरूरत न हो। सीधी सी बात है, क्या इसी तरह कई उद्यम शुरू नहीं होते? कई लोग, जो उद्यमी बनना चाहते हैं, वे इसे भूल जाते हैं और कहते हैं, वे भी कारोबार करना चाहते हैं—बशर्ते उनके पास पूँजी हो! बिजनेस शुरू करने के लिए एक आइडिया जरूरी होता है, एक सपना और साहस। अकसर पूँजी का इंतजाम खुद-ब-खुद हो जाता है।

'पूँजी नहीं चाहिए' की पूर्व शर्त ने उन्हें दो संभावनाओं तक ले जाने में मदद की—पेस्ट कंट्रोल और वॉल पेपर। दोनों ही नवजात उद्योग थे, जिनमें संभावना थी और अन्य बातों के अलावा, शुरू करने के लिए नकदी की जरूरत नहीं थी। तो उन्होंने दूसरे को कैसे चुना?

"अरे, वह एकदम आसान था!" जवाब मिला, "इसके लिए मुझे किसी के अरमानों का कत्ल नहीं करना पड़ा।"

इसलिए एक 28 साल का व्यक्ति, जिसके दिमाग में एक आइडिया था (और पत्नी के साथ अपनी गोद में एक साल की बच्ची!), उसने शुरुआत करने का फैसला किया। स्पष्ट रूप से शुरुआत करने का कोई सही समय नहीं होता। लोगों ने कहा कि वह पागल है। जिसकी एक साल की बच्ची है, वह बिजनेस करने चला है। क्या वह रुक नहीं सकता? हाँ, वह रुक सकता था। बच्ची के बड़ा होने तक और फिर उसके भाई के बड़ा होने तक और फिर उनकी पढ़ाई खत्म करने तक और फिर उनके शादी करने और फिर ¨हाँ, वह हमेशा के लिए रुक सकता था; लेकिन सच्चे उद्यमी जानते हैं कि टाइमिंग का निजी हालात से कोई लेना-देना नहीं होता। इसका मतलब बाजार के अवसर से होता है।

और आपको क्या लगता है, उसका पहला ऑफिस कहाँ होगा? उनके पिता के बेडरूम में! "वे खुद एक नौकरी-पेशावाले व्यक्ति थे और सोचिए, जब बिजनेस करने के मेरे खयाल के बारे में मेरे डैड ने सुना होगा, तब उनके मन में क्या आया होगा? 'तुम इस घर का और फोन का भी इस्तेमाल कर सकते हो।' उन्होंने कहा और फिर तुरंत अपनी बात में जोड़ दिया, 'लेकिन मुझसे पैसे मत माँगना'।''

चलिए, झटपट आगे बढ़ते हैं और देखते हैं कि 40 साल बाद क्या हुआ। आज मार्शल्स ने भारत में वॉल कवरिंग्स के लीडर के तौर पर अपना सिक्का जमा लिया है। 21 शहरों में 45 शोरूम। ऑनलाइन मौजूदगी और सबसे अहम—40 साल का भरोसा।

"डैड हमेशा से जानते थे कि यह कारोबार एक-दूसरे से सुनकर आगे बढ़ता है।" मोना मेनन कहती हैं, जो डायरेक्टर सेल्स एंड मार्केटिंग तथा संस्थापक की बेटी हैं, "और उन्होंने यह भी समझ लिया था कि एक-दूसरे से सुनकर आप यहीं तक जा सकते हैं, ज्यादा दूर तक नहीं। इसलिए जैसे ही उनके लिए संभव हुआ, उन्होंने विज्ञापन देना शुरू कर दिया। लोग जानते तक नहीं थे कि वॉलपेपर होता क्या है! इसको लेकर कई भ्रांतियाँ थीं, इसलिए हमने जबरदस्त तरीके से विज्ञापन दिया, ताकि दुनिया इसके बारे में सबकुछ जान ले। यह कारगर साबित हुआ। अब भी होता है। हम विज्ञापन की ताकत पर विश्वास करते हैं। कुछ लोग कहते हैं, अगर हमें फलाँ संख्या तक रेस्पॉन्स नहीं मिलते तो हम विज्ञापन करना बंद कर देंगे। डैड कहा करते थे, अगर हमें फलाँ संख्या तक रेस्पॉन्स नहीं मिलता तो इसका मतलब है, यह विज्ञापन हमारे ब्रांड को बना रहा है। इसलिए अगली बार हमें वैसा रेस्पॉन्स मिलेगा, जैसा हम चाहते हैं। डैड का विज्ञापन में विश्वास था और बिना शक इसने

हमें वहाँ पहुँचाया, जहाँ हम आज हैं। जैसा कि डैड कहा करते थे, 'जंगल में मोर नाचा, किसने देखा'।''

"एक ग्राहक को खुश करो और तुम्हें दूसरा मिलेगा। एक को नाखुश करो और तुम उन सभी से हाथ धो बैठोगे!" मोना कहती हैं। वे भले ही बॉस की बेटी हैं, लेकिन आप अगर स्टोर में उन्हें हैरान-परेशान ग्राहकों से बात करते देखेंगे या उस ग्राहक को सैंपल का दूसरा सेट दिखाते पाएँगे, जो साफ तौर पर 'और दिखाओ' वाली पीढ़ी का है तो आप उन्हें पहचान नहीं पाएँगे कि वह असल में कौन हैं। एक नन्ही लड़की की तरह, जो सच में इस कारोबार के साथ बड़ी हुई और जिसे अपने हाथ गंदे करने में कोई दिक्कत नहीं, मोना 'मार्शल्स' की तरक्की के बारे में गर्व और विनम्रता के साथ बात करती हैं।

वे अपने बचपन की दो घटनाओं को याद करती हैं, जो हमें उस उद्यमी के पीछे के व्यक्ति की झलक दिखाती हैं। एक शाम स्कूल से घर लौटने पर मोना से ज्योमेट्री का एक सवाल हल नहीं हो रहा था। उन्हें वह समझ नहीं आ रहा था और चूँकि उन्होंने अपने पिता को यह कहते सुना था, 'अगर तुम्हें कोई समस्या हो तो मेरे पास आना।' वे उनके पास चली गईं।

उनके पिता ने उस सवाल पर एक नजर डाली और फिर दूसरी बार उसे देखा और अपना सिर खुजाने लगे। उनके पास उसका हल नहीं था। चूँकि वह आसानी से हार नहीं मानते थे, इसलिए उन्होंने मोना से उनकी ज्योमेट्री की टेक्स्ट बुक माँगी। वे जो काम कर रहे थे, उसे वहीं छोड़कर हल की तलाश में पुस्तक को खँगालने में जुट गए। चार घंटे बाद वे विजयी होकर निकले और कहा, 'मैं हल नहीं ढूँढ़ सका। तुम्हें अपने टीचर की मदद लेनी चाहिए!'

"मैं जब पीछे मुड़कर देखती हूँ तो इस छोटी सी घटना ने संक्षेप में बता दिया कि मेरे डैड अगर सुपरमैन नहीं थे तो क्या थे!" मोना कहती हैं, "वे हमेशा मदद करने के लिए तैयार रहते थे। अपनी क्षमताओं पर उन्हें गर्व था, सीखने की ललक थी, कड़ी मेहनत करने की इच्छा, कभी हार न मानने का दृष्टिकोण और फिर यह कहने में भी डर नहीं कि 'मैं नहीं जानता' और मदद माँगने से भी हिचकते नहीं थे।" क्या बात है, अगर आप कहीं चूक गए? तो ये सात शानदार गुण हैं, जिन्हें पाकर कोई भी उद्यमी धन्य हो जाएगा!

और फिर, एक बार उन्हें एक पूरे अध्याय को संक्षेप में लिखकर अपनी क्लास को उसे बताना था। वे जब उसका संक्षेप लिख रही थीं, तब उनके पिता ने

उन्हें ऐसा करते देखा और उन्होंने सुझाव दिया कि वह उसे थोड़ा ट्विस्ट करें और मजाकिया बनाएँ, ताकि उसे याद रखा जा सके। वह ऐसा नहीं करना चाहती थीं। उन्हें डर था कि कहीं सब उन पर हँसने न लगें। उनके डैड ने कहा, 'उसकी चिंता मत करो।' उन्होंने वैसा ही किया, जैसा उनसे कहा गया और हर किसी को उनकी मजाकिया कहानी सुनने में खूब आनंद आया। उस दिन स्कूल में हर तरफ उन्हीं की चर्चा थी। दरअसल, हाल ही में उनकी एक स्कूल टीचर इतने साल बाद अचानक उनसे टकरा गईं और सोचिए कि उस टीचर को उनकी कौन सी बात याद थी? हाँ, बिल्कुल ठीक। उन्होंने उस मजाकिया कहानी के बारे में याद दिलाया!

"इसी तरह हमने कारोबार में और जीवन में भी शुरुआती सबक सीखे।" मोना कहती हैं, "मेरे लिए यही सेफ होता कि मैं कोई घिसी-पिटी समरी तैयार कर लेती। डैड ने हमें सिखाया कि कुछ अलग करने की हिम्मत रखो। वे कहते थे कि अगर कुछ लोग तुम पर हँसते हैं तो तुम्हें उसके बारे में ज्यादा सोचना नहीं चाहिए और उन्होंने हमें सिखाया कि ऐसे काम को करने से कितनी संतुष्टि मिलती है, जिसे भुलाया न जा सके और जिससे लोग खुश हो सकें।"

तो फिर '80 के दशक में लौटते हैं। उनका कारोबार जब धीरे-धीरे जम रहा था, तब अर्थव्यवस्था मुश्किल वक्त से गुजर रही थी। एक दिन बलदेव शर्मा एक ज्वेलर के साथ बैठे थे और उसके शोरूम के लिए वॉल कवरिंग बेचने की कोशिश कर रहे थे। बिक्री की इस बातचीत के बीच एक फोन कॉल ने खलल डाल दिया और बलदेव जब वहीं बैठे थे, तब उन्होंने उस ज्वेलर को अपने दूसरे ज्वेलर से बात करते सुना कि कैसे इन्कम टैक्स के छापे अब आएदिन की बात हो गई है। ज्वेलर बता रहा था कि कैसे वे ऐसे कदम उठा रहे हैं कि उनका रहन-सहन सादा दिखे और फिर उसने उस मार्बल को लेकर अपनी नाराजगी जाहिर की, जिसे उसने अपने घर को आलीशन बनाने के लिए दीवारों पर लगवाया था। वह पछता रहा था कि अब उसका कुछ नहीं हो सकता!

और बलदेव शर्मा मौका मिलते ही बीच में कूद पड़े। उन्होंने कहा कि वह दीवार पर लगे उस मार्बल को ढकने के लिए वॉलपेपर दे सकते हैं और एक या दो साल बाद जब हालात सुधर जाएँ, तब वह उन्हें आसानी से हटा सकते हैं। ज्वेलर को आइडिया पसंद आया और उन्होंने 'मार्शल्स' को महँगे मार्बल और ग्रेनाइटवाली दीवार को सस्ती वॉल कवरिंग से ढकने का काम सौंप दिया! और जैसे-जैसे एक के बाद एक कई ज्वेलर्स ने इसके बारे में सुना, मार्शल्स के फोन की घंटियाँ ज्यादा-

से-ज्यादा बजने लगीं। वैसे ही, जैसे उनके कैश का रजिस्टर भर रहा था। इसलिए जब ज्यादातर कारोबार मंदा और ठंडा था, तब मार्शल्स सुपर बिजी था!

ज्वेलर की यह कहानी सभी महान् उद्यमियों के एक मुख्य गुण को दरशाती है—विपरीत परिस्थिति में अवसर को ढूँढ़ने की क्षमता। यह बड़ा आसान होता कि अर्थव्यवस्था को दोषी ठहराते और हताशा में अपने हाथ खड़े कर देते, अर्थव्यवस्था के सुधरने तक कारोबार में फिर से उछाल का इंतजार करते; लेकिन बलदेव शर्मा ने एक अवसर को देखा और फिर उसे हाथोंहाथ लिया! सभी को विशाल काले बादल दिखाई देते हैं। उद्यमी उनके बीच चमकती बिजली की लकीर को देखता है।

"सभी कहते हैं, ग्राहक सही होता है। हम इसे हर दिन जीते हैं।" मोना कहती हैं, "एक ग्राहक ने अपनी दीवारों पर थोड़ी महँगी ज्योमेट्रिक डिजाइन लगवाई। हमने जब काम खत्म किया, तब उसने कहा, 'यह अच्छा लग रहा है; लेकिन मुझे लगता है, आपके लोगों ने इसे उलटा चिपका दिया है।' हमने जाँच की और पाया कि ऐसा कुछ भी नहीं है। शीट्स पर निशान लगाए गए थे, जिससे गलती की कहीं कोई गुंजाइश नहीं थी—इसलिए यह देखा जा सकता था कि इसे सही तरीके से चिपकाया गया है। लेकिन ग्राहक मानने को तैयार ही नहीं था। उसने बार-बार कहा कि यह उलटा लगा है और उसने कहा कि उसे कैटलॉग दिखाया जाए, जिससे उसने उस डिजाइन को चुना था। हमने उसे देखा और पाया कि ग्राहक की याददाश्त बिल्कुल ठीक थी। उस कैटलॉग और दीवार को पूरी तरह से बदला गया। इस मामले की सच्चाई यह थी कि गलती कैटलॉग में थी, दीवार पर नहीं! दीवार पर वॉलपेपर वैसे ही लगा था जैसा लगना चाहिए था; लेकिन ग्राहक इस बात को मानने के लिए तैयार नहीं था। हमें उसे फिर से करना पड़ा। यह हमें काफी महँगा पड़ा; लेकिन इसने हमें जो सबक सिखाया, वह अनमोल था। याद रखिए, ग्राहक हमेशा सही होता है।

"हमने पहले से ही समस्याओं का अनुमान लगाना सीख लिया है और ग्राहक को उसकी जानकारी दे देते हैं। एक ग्राहक ने फोन करके बताया कि उसका वॉलपेपर खराब हो गया है। जाँच करने पर पाया गया कि इसका कारण दीवारों से होनेवाला लीकेज था और फिर हमने जब उसे बताया कि समस्या दीवार के साथ है तो वह हम पर पलटकर चीखा और कहा कि हमने उसे बताया क्यों नहीं कि लीकेज की स्थिति में यह खराब हो जाएगा? इसलिए अब वॉल कवरिंग बेचने से पहले हम पहले दीवार का निरीक्षण करते हैं। अगर आप दीवार को ठीक नहीं समझते तो वॉलपेपर नहीं बेच सकते हैं।"

इसी तरह के और भी कई सबक ('अगर आप वॉलपेपर बेचना चाहते हैं तो

पहले दीवार को समझिए') के बारे में मोना और उसके भाई करण ने अपने पिता से तीन महीने के बेहद मुश्किल दौर में सुना। बलदेव शर्मा को दिल का दौरा पड़ा और उन्हें सर्जरी करानी थी और उन्होंने उससे पहले के समय का इस्तेमाल 'मार्शल्स स्कूल ऑफ बिजनेस' को शुरू करने में किया। हर शाम दोनों बच्चे शाम 6 से 9 बजे तक अपने पिता से कारोबार, नैतिकता तथा जीवन के सबक सीखा करते थे। बच्चे बिजनेस स्कूल तो नहीं गए, लेकिन एक लिहाज से बिजनेस स्कूल उनके घर आया! तो फिर उद्यमिता के बारे में जो सबक उन्होंने सीखे थे, उनमें से कौन-कौन से सबक याद हैं?

"पहला, यह तैरने या साइकिल चलाने जैसा है। किसी पुस्तक को पढ़कर आप उद्यम को नहीं सीख सकते!"

और दूसरा क्या? "हमने यह भी सीखा कि उद्यमिता का संबंध जोखिम उठाने, असफल होने के लिए तैयार रहने से भी है। लोग अकसर मेरे पिता से पूछा करते थे कि वे इतने विनम्र कैसे बने रहते हैं? वे कहते थे कि मैं हर दिन इतनी बार असफल होता हूँ कि मेरे पास विनम्र बने रहने के सिवाय कोई चारा ही नहीं है।''

कुछ लोग सेफ खेलना चाहते हैं, कुछ लोग जोखिम उठाने के लिए तैयार रहते हैं। अगर आप जानते हैं कि इनमें से किस तरफ हैं तो आपको यह तय करने में मदद मिल सकती है कि आप में उद्यमिता का कीड़ा है या नहीं।

इसलिए वह एक बड़ी चीज क्या है, जो मार्शल्स को इतना सफल बनाती है? उस सफलता का राज क्या है?

"बिना किसी शक हमारे लोग, मार्शल्स परिवार। हमारे पास ऐसे कारीगर हैं, जो हमारे साथ तीस से पैंतीस वर्षों से हैं और हम उनमें से किसी को भी कारीगर नहीं मानते हैं। वे गुप्ताजी हैं या गोपालजी या रमेश भाई। हम जब वॉल कवरिंग बेचते हैं, तब हम एक उत्पाद नहीं बेचते। हम एक सेवा बेच रहे हैं और इन लोगों के कारण ही यह सब संभव होता है। परिवार में किसी की शादी हो या बच्चे का जन्म—हम हमेशा उनके साथ होते हैं। वह सिर्फ उनका ही परिवार नहीं है, हमारा भी है।" शर्मा हमेशा से अपने बिजनेस की तुलना एक एग्जॉस्ट फैन से करते हैं। "आप जितना देंगे, उतना पाएँगे।" और यह एक ऐसा सिद्धांत है, जो हर बार कारगर साबित हुआ, चाहे ग्राहकों के साथ या फिर कर्मचारियों के साथ।

और जब भाई-बहन की यह जोड़ी भविष्य की ओर देख रही है, तब क्या है, जो उन्हें सबसे अधिक उत्साहित करता है—1 अरब डॉलर का उपक्रम बनाने का

अवसर, एक ग्लोबल ब्रांड बनाने की इच्छा? नहीं, बिल्कुल नहीं। यह हो जाए तो अच्छी बात है; लेकिन जिस बात से उनमें सबसे ज्यादा उत्साह पैदा होता है, वह है उन सभी लोगों के जीवन में एक बदलाव लाने का अवसर, जो उनके साथ काम करते हैं और इसके बदले एक के बाद एक घरों में खुशियाँ लाने में सहायक बनना।

इस प्रकार के मिशन के साथ यह समझ पाना मुश्किल नहीं कि क्यों जहाँ किसी दीवार से टकराने पर हर किसी को एक बाधा दिखाई पड़ती है, वहीं लोगों का एक समूह ऐसा भी है, जो जब भी किसी दीवार को देखता है, उन्हें एक अवसर दिखाई पड़ता है!

सफलता के मंत्र

- सच्चे उद्यमी जानते हैं कि टाइमिंग का निजी हालात से कोई लेना-देना नहीं होता। इसका मतलब बाजार के अवसर से होता है।
- एक ग्राहक को खुश करो और तुम्हें दूसरा मिल जाएगा। एक को नाराज करो और तुम उन सभी को खो सकते हो!
- उद्यमी यह कहने से नहीं डरते कि 'मैं नहीं जानता।'
- कुछ अलग करने की हिम्मत दिखाओ। ठीक है कि कुछ लोग तुम पर हँसेंगे। याद रखे जानेवाले काम करो, लोगों को खुश करो।
- जितना दोगे, उतना पाओगे।
- उद्यमिता का अर्थ है—जोखिम उठाने के लिए तैयार रहना, असफल होने के लिए तैयार रहना।

❑

सर्व एंड वॉली और जीत

नितेश एस्टेट्स

बंगलौर (जो तब बंगलौर था) में 13 साल के बढ़ते किशोर के रूप में नितेश शेट्टी अपने स्कूल क्रिकेट टीम के ओपनिंग बल्लेबाज थे। वह टीम, जिसका नेतृत्व एक द्रविड़ (नहीं-नहीं, राहुल नहीं, बल्कि उनका छोटा भाई विजय) कर रहा था।

15 वर्ष की उम्र आते-आते जूनियर आयु वर्ग में वे राष्ट्रीय स्तर पर टेनिस खेल रहे थे, जिसमें नेट के दूसरी तरफ अकसर बंगलौर का दूसरा बच्चा रहता था, जिसका नाम महेश था—महेश भूपति।

17 वर्ष की उम्र तक वह परिवार के स्वामित्ववाले पेट्रोल पंप पर पेट्रोल भरा करता था और जब वह उस पंप के आधुनिकीकरण की योजना बनाने में व्यस्त नहीं रहता, तब ग्राहकों से गप लड़ाया करता था।

और 19 वर्ष की उम्र में उसके अंदर टेनिस को लेकर जोश और प्रेम बरकरार था। उसे समझ आ गया कि एक पेशेवर टेनिस खिलाड़ी बनने का उसका सपना एक सपना ही रह जाएगा और इसलिए वह उद्यमी बना और अपना पहला कारोबार शुरू किया।

आप हैरान हो रहे होंगे, है न! एक किशोर के रूप में आप क्या कर रहे थे? आप जब 19 वर्ष के थे, तब आपकी सीवी कैसी दिखती थी?

मलेशिया में एक टेनिस टूर्नामेंट में खेलने का मौका मिला तो नितेश कुआलालंपुर पहुँचे। शहर में ड्राइव करते हुए वे टेनिस से अलग एक भविष्य की कल्पना करने लगे। उनकी आँखें जब बिजनेस आइडिया की तलाश में चारों तरफ घूम रही थीं, तब उन्हें केवल बड़े-बड़े होर्डिंग्स और इलेक्ट्रॉनिक साइनेज दिख रहे थे, जो सोनी व पैनासोनिक जैसे ब्रांड के थे और शहर भर में सड़क के दोनों ओर

थोड़ी-थोड़ी दूरी पर लगे थे। उन्हें लगा कि बंगलौर लौटकर इसी तरह का होर्डिंग का बिजनेस शुरू करना अच्छा आइडिया हो सकता है।

उनकी माँ ने इस बिजनेस को शुरू करने के लिए उन्हें 12,000 रुपए दिए और इस तरह आउटडोर विज्ञापन का बिजनेस शुरू हुआ, जिसका 'सर्व एंड वॉली' नाम काफी हद तक सटीक था। कभी-कभी आप जब यह जान लेते हैं कि आपकी माँ आप पर पैसे लगाने को तैयार हैं तो आपको वह सारी शक्ति मिल जाती है, जिससे आप अपने उद्यमी बनने का सफर शुरू करना चाहते हैं।

"मैं अपने जीवन में कुछ करना चाहता था।" नितेश कहते हैं, "पढ़ने का शौक था और मुझे पहली पीढ़ी के उद्यमियों की जीवनी पढ़ना खासतौर पर अच्छा लगता था।" रिचर्ड ब्रैनसन, लक्ष्मी मित्तल और धीरूभाई अंबानी से शुरुआती जीवन में प्रेरणा मिली। यह युवक सिर्फ यह सोचकर ही अभिभूत था कि कैसे साधारण पृष्ठभूमिवाले लोगों ने बड़े और सफल कारोबारों का निर्माण किया। वे कल्पना करने लगे, सपने देखने लगे। वे 19 वर्ष के थे और जल्दबाजी में थे।

कारोबार शुरू करने की शुरुआती मंशा एकदम साफ थी—इतना पैसा कमाना कि हर साल यू.एस. ओपन देखने के लिए अमेरिका जा सकें। बस, इतना ही। अगर आप ऐसे उद्यमी हैं, जो शुरुआत करना चाहते हैं तो यह आपके सपनों को सच करने में मदद कर सकता है, उसे हकीकत में बदल सकता है और आप में जोश भर सकता है। एक ऐसा लक्ष्य, जो आपको रोमांचित करता है। उसकी मदद से आपको वह ईंधन मिलता है, जिससे आप आगे बढ़ते रहते हैं, फिर चाहे आगे बढ़ना कितना ही मुश्किल क्यों न हो!

उन्हें बंगलौर में व्यस्त एम.जी. रोड पर होर्डिंग के लिए एक अच्छी जगह मिली और जब वे वहाँ की मकान मालकिन को इस बात के लिए राजी करने में सफल रहे कि उन्हें वहाँ होर्डिंग लगाने दें तो सर्व एंड वॉली का धंधा शुरू हो गया। 12,000 रुपए किसी बिजनेस को शुरू करने के लिए पर्याप्त हो सकते थे, लेकिन तेल की टंकी ने उसके तुरंत बाद रिजर्व का इंडिकेटर देना शुरू कर दिया। उन्हें नकदी की जरूरत थी, सख्त जरूरत और फिर उसके बाद शुरू हुई कई महीने तक की भाग-दौड़, संघर्ष, उधारी, बैंक मैनेजरों व साहूकारों से मुलाकात तथा व्यापार में बने रहने के लिए जंग। कारोबार जब स्थिर होने लगा, तब यह संघर्ष सार्थक लगने लगा और जब भी उन्हें लगता कि वे कुछ हद तक सँभली हुई स्थिति में हैं, कोई-न-कोई खबर आ जाती या कोई अटकल कि शहर को साफ रखने की

अपनी मुहिम के तहत सरकार आउटडोर होर्डिंग्स बैन करने पर विचार कर रही है। दिल्ली व पंजाब में ऐसा ही हुआ और बंगलौर में भी ऐसा होने का खतरा मँडरा रहा था। बिजनेस बढ़ रहा था, मार्जिन अच्छा था; लेकिन इन सबके खत्म हो जाने की आशंका नितेश को डराए रखती थी।

वे परेशान थे कि कोई दूसरा कारोबार मिल जाए, ऐसा, जिससे यू.एस. ओपन के उनके सालाना ट्रिप का खर्च निकलता रहे। उन्हें लगा कि बुनियादी ढाँचे से जुड़ा कारोबार अच्छा हो सकता है—पानी, बिजली, सड़क; लेकिन उन्हें रास्ता नहीं मिल रहा था, जहाँ से शुरुआत की जा सके। एक दोस्त इस वक्त काम आया, जिसे केबल डालने का काम मिला था। एक ठेका, जो 3 लाख रुपए का था। उस समय यह बहुत बड़ी रकम थी! और जब उन्होंने रिकॉर्ड समय में काम पूरा किया, तब उनकी खुशी का ठिकाना नहीं रहा। किंतु वह खुशी जल्दी ही गम में बदल गई, जब उनकी पेमेंट लटक गई। काम पूरा होने के कई महीने बाद भी पैसा नहीं मिला। उन केबल्स की तरह ही, जिन्हें उन्होंने बिछाया था, इस कारोबार की योजना भी दफन करनी पड़ी।

और फिर, एक और आइडिया आया। एम.जी. रोड पर, जहाँ उन्होंने अपना पहला होर्डिंग लगाया था, वह एक पुराना, जर्जर और खाली किया जा चुका घर था। अगर वे उस प्रॉपर्टी को उम्दा किस्म की कमर्शियल बिल्डिंग में विकसित कर दें तो? अपने इस आइडिया से उत्साहित होकर उन्होंने हांगकांग की एक आर्किटेक्ट फर्म से इसका डिजाइन तैयार करवाया। उन्होंने जब उसे जमीन के मालिकों को दिखाया तो वे कुरसी से लगभग गिर पड़े। दुर्भाग्य से, उन्होंने उस प्लॉट पर फिर से निर्माण के लिए किसी दूसरे बिल्डर से करार कर लिया था। लगभग 18 महीने तक मान-मनुहार के बाद और दूसरे ज्यादा स्थापित बिल्डर के साथ लंबी कानूनी लड़ाई के बाद मामला सुलझा और नितेश को अपनी पहली बिल्डिंग बनाने की इजाजत मिल गई।

स्वीकृति उनके कब्जे में थी, लेकिन जरूरी पूँजी का अता-पता नहीं था। उन्होंने कॉरपोरेट एवं बैंकरों से मदद के लिए संपर्क किया और उन सभी को उनका आइडिया पसंद आया। वहीं पैसा मिलना अब भी मुश्किल था। 23 साल की उम्र में नितेश कारोबार की सच्ची दुनिया को जितना देख चुके थे, उतना ज्यादातर लोग पूरे जीवन में नहीं देख पाते हैं!

और तब धनलक्ष्मी बैंक ने उन्हें 8 करोड़ रुपए का कर्ज एक शर्त के साथ देने का फैसला किया। उन्हें उस बिल्डिंग का ग्राउंड फ्लोर 25 साल के लिए लीज पर देना पड़ेगा। वे एम.जी. रोड पर एक ब्रांच खोलना चाहते थे और उन्हें लगा

कि अगर कर अदायगी फँसी तो वे किराए से उसकी भरपाई कर लेंगे। एक ऐसा बिल्डर, जिसके पास न अनुभव था, न कोई ट्रैक रिकॉर्ड, बैंक ने जोखिम लेने की इच्छा जाहिर की और आज तक नितेश धनलक्ष्मी बैंक के लोगों के आभारी हैं, जिन्होंने उन पर भरोसा किया था! नौ महीने में बिल्डिंग तैयार हो गई, जिसने न केवल एम.जी. रोड पर एक नया लैंडमार्क खड़ा किया, बल्कि रियल एस्टेट की भीड़ भरी दुनिया में एक नया बिल्डर भी अपने पैर जमा चुका था।

एक के बाद दूसरी बिल्डिंग और फिर तीसरी-चौथी बिल्डिंग बनती चली गई। इसमें चुनौतियाँ थीं और संकट भी तथा भरोसे की छलाँग, बहादुरी के कारनामे एवं किस्मत का थोड़ा साथ भी था।

उनकी पहली बिल्डिंग के ठीक पीछे सजे-सँवरे विजिटर रूम की दीवारों पर आप नितेश शेट्टी के जीवन और उनके समय की घटनाओं का एक ट्रेलर देख सकते हैं। दीवार पर अपनी जगह के लिए जद्दोजहद करती नितेश की तसवीरें हैं, जिनमें अपने सफर के दौरान वे अलग-अलग समय पर भिन्न-भिन्न लोगों के साथ नजर आते हैं। ऐसे लोग, जिन्होंने नितेश की कहानी को सच करने में अपना योगदान दिया। इनमें आई.टी.सी. के योगी देवेश्वर और आनंद नायक हैं, जिन्होंने उन्हें पहला बड़ा ब्रेक दिया। एच.डी.एफ.सी. के दीपक पारेख और बैंक ऑफ बड़ौदा के एम.डी. माल्या, जिनके संस्थानों ने ऐसे ऋण दिए, जिनकी सहायता से उनका साम्राज्य खड़ा हुआ और मैरियट होटल के बिल मैरियट भी हैं तथा रिट्ज कार्लटन के प्रेसिडेंट व सी.ओ.ओ., हर्व हमलर और...यह सूची अंतहीन है। कमरे में जहाँ ज्यादा-से-ज्यादा मेहमानों के लिए जगह की कमी नहीं है, वहीं आप सोचने पर मजबूर हो जाएँगे कि कमरे की दीवारों पर जगह कम पड़ने वाली है।

उन तसवीरों से एक ऐसे आदमी की कहानी भी बयाँ होती है, जो किसी से बात करने में देरी नहीं करता, संबंध बनाने और मदद माँगने से डरता नहीं। कोई ऐसा, जो आसानी से दोस्त बना लेता है और दूसरों से तुरंत सीख लेता है। जिम रॉन, जो विख्यात मोटिवेशनल गुरु हैं, वे कहा करते थे कि अगर हम किसी अरबपति को लंच पर ले जा सके तो कमाल हो जाएगा। "उसमें आपका खर्चा 30 डॉलर का आएगा, लेकिन जो ज्ञान और अंतर्ज्ञान आपको मिलेगा, वह अनमोल होगा।" उन्होंने कहा था। अगर आप नितेश को उन लोगों के नाम गिनाते सुनेंगे, जिनके साथ उन्होंने डिनर किया है तो आप समझ जाएँगे कि उन्होंने जिम की सलाह को कुछ ज्यादा ही गंभीरता से लिया है।

उन्होंने जिन लोगों के साथ खाना खाया, उनमें से एक बिल मैरियट भी हैं, जिन्होंने अपना कॅरियर यू.एस. नेवी एयरक्राफ्ट कॅरियर पर एक अधिकारी के रूप में शुरू किया था और फिर आगे चलकर मैरियट होटल्स के चेयरमैन बने। एक बार फुरसत के पलों में किए गए लंच पर उन्होंने जीवन और कारोबार, होटलों और मेहमाननवाजी के बारे में बात की और नितेश के मन में साम्राज्य-निर्माता बिल से यह जानने की इच्छा थी कि 'उन्होंने यह किया कैसे?' बिल के बारे में कहा जाता है कि उन्होंने अपने जीवन के शुरुआती दिनों में राष्ट्रपति ड्वाइट डी. आइजनहॉवर से मैज़नमेंट का ऐसा सबक सीखा, जो पूरे जीवन उनके काम आया। राष्ट्रपति और उनकी पत्नी मेमी मैरियट के पिता के घर मेहमान बनकर आए थे। आइजनहॉवर को जब यह विकल्प दिया गया कि वे चाहें तो बाहर जाकर सर्दी में बटेरों का शिकार करें या मैरियट के घर पर आग के किनारे खड़े होकर हाथ सेंकें तो वे 22 साल के बिल मैरियट की तरफ मुड़े और उनसे बस, इतना पूछा, "तुम क्या कहते हो, हमें क्या करना चाहिए?" राष्ट्रपति की उस बरबस की गई टिप्पणी ने उन पर बहुत गहरी छाप छोड़ी और बिल ने कहा कि जब वह अपने जीवन और कॅरियर में आगे बढ़े, तब उन्होंने मैनेजमेंट की उसी शैली को अपनाने का प्रयास किया, जिसमें वे अकसर लोगों से पूछा करते थे, 'तुम्हें क्या लगता है?' आज भी बिल यह मानते हैं कि अंग्रेजी भाषा के चार शब्द सबसे महत्त्वपूर्ण हैं—'व्हाट डू यू थिंक?'

और नितेश के मेहमानों के कमरे की दीवारों पर लगी तसवीरें उन लोगों की हैं, जिनसे नितेश ने कभी-न-कभी बात की और चार जादुई शब्दों को पूछा था—'तुम्हें क्या लगता है?'

आई.टी.सी. जब किसी नई जगह की तलाश में था, जहाँ वह अपने मैनेजरों को शहर के बीचोबीच स्थित उनके हाउसिंग कॉम्प्लेक्स से निकालकर शिफ्ट कर सके, तब उन्होंने उस प्रोजेक्ट के लिए मँगाए टेंडर में 70 बिल्डरों को न्योता दिया। लेकिन नितेश, जो उनकी तुलना में नए थे, उनका नाम उस सूची में नहीं था। किस्मत से आई.टी.सी. का एक वरिष्ठ अधिकारी एम.जी. रोड पर ट्रैफिक जाम में फँसा था। तब उसकी नजर वहाँ की नई व आकर्षित करती इमारत पर पड़ी—वही, जिसे नितेश ने बनाया था। इसलिए उसने उस प्रोजेक्ट के लिए उन्हें भी बुलाने का फैसला किया और यहीं से उस आदमी की ओर से अपने सपनों को सच करने के अवसर की सरगर्म तलाश शुरू हुई। नितेश ने वहाँ के बड़े लोगों से मिलने के लिए कलकत्ता के कई चक्कर लगाए। उनकी उम्र और अनुभव की कमी उसका काम

खराब कर रही थी, लेकिन आई.टी.सी. के दिग्गजों को उसकी ऊर्जा व उसका जोश आकर्षित करने में कामयाब रहा और उन्होंने उन्हें वह प्रोजेक्ट दे दिया और दीपक पारेख, जिन्हें नितेश अपने भगवान् की तरह मानता है, उन्होंने एच.डी.एफ.सी. की ओर से फंड दिलाने पर सहमति जता दी। उसके बाद पीछे मुड़कर देखने का सवाल ही नहीं था। कभी-कभी एक ट्रैफिक जाम जिंदगी बदल देता है।

गोल्डमैन सैश जब रियल एस्टेट बिजनेस में 30 करोड़ डॉलर का निवेश करने की तैयारी में था, तब उन्होंने एक साल तक पार्टनर की तलाश की और फिर नितेश एस्टेट्स के साथ हाथ मिलाने का फैसला किया। नितेश जब बंगलौर में रिट्ज कार्लटन होटल का निर्माण कर रहे थे, तब उन्हें याद है कि वे हर सुबह 8.30 बजे अपना काम शुरू किया करते थे। यहाँ-वहाँ घूमते, मदद करते, देखभाल करते वे ध्यान रखते थे कि छोटी-से-छोटी बात भी सही तरीके से हो और जब वह यादगार रात आई, जब होटल के दरवाजों को सबके लिए खोला जाना था, तब नितेश के मन में उस व्यक्ति की तसवीर साफ थी, जिसे उद्घाटन करने का सम्मान मिलना चाहिए—उनके 'भगवान्'—दीपक पारेख!

आप जब नितेश एस्टेट्स की तरक्की पर नजर डालेंगे, तब आपको एहसास होगा कि सर्व एंड वॉली महज उनके आउटडोर विज्ञापन कारोबार का नाम नहीं था, बल्कि यह उनके कारोबार का सिद्धांत था। अगर आप टेनिस को समझते हैं तो शायद जानते होंगे कि सर्व एंड वॉली टेनिस का आक्रामक रूप होता है, जहाँ आप प्रतिद्वंद्वी पर दबाव बनाते हैं और मौके का फायदा उठाने की कोशिश करते हैं। इसमें रिस्क होता है और इस स्टाइल में आपको जबरदस्त फुरतीला तथा आत्मविश्वास से भरपूर होना पड़ता है। यह ऐसा स्टाइल है, जिसमें आप चीजों के होने का इंतजार नहीं करते, बल्कि आगे बढ़कर उन्हें करते हैं। बिजनेस को लेकर नितेश की सोच इसी से साफ हो जाती है और जीवन को लेकर भी।

अपने आपको नामी-गिरामी बिल्डर के रूप में स्थापित कर लेने के बाद नितेश एस्टेट्स की नजर अब और भी व्यापक मिड-मार्केट हाउसिंग सेगमेंट पर है। क्या इससे उस प्रीमियम ब्रांड की प्रतिष्ठा कम नहीं होगी, जिसे उन्होंने इतनी कड़ी मेहनत से बनाया है? जवाब मिलता है—बिल्कुल नहीं। "मैं सिंगापुर एयरलाइंस की तरह खेलना चाहता हूँ। टॉप क्वालिटी, फर्स्ट क्लास पैसेंजर, जो प्रतिष्ठा बनाने में हमारी मदद करते हैं और इकोनॉमी क्लास पैसेंजर, जो विमान को भरने में हमारी मदद करते हैं। निवेशक तभी पैसा लगाते हैं, जब विमान का पिछली हिस्सा भर

जाता है!" आज नितेश ग्रुप एक विविधता भरा समूह है, जो रियल एस्टेट से पानी से जुड़े कारोबार में आया, यहाँ तक कि कंज्यूमर इंटरनेट के क्षेत्र में भी है।

उन्होंने बड़ी जल्दी यह सीख लिया कि उन्हें खुद से बेहतर लोगों को बहाल करना होगा। अकसर ऐसा देखा जाता है कि संस्थापक की ओर से चलाए जानेवाले कारोबार से परिवार के सदस्य भी जुड़े रहते हैं; लेकिन यह कारोबार इस मायने में एकदम अलग था। इसमें उनके परिवार का कोई दूसरा सदस्य शामिल नहीं है। इसमें पेशेवर हैं—आई.आई.टी. और आई.आई.एम. से, जो एजेंडा को आगे बढ़ाते हैं और नितेश को उनकी बड़ी योजनाओं को लागू करने में मदद करते हैं। क्या उन्हें बी-स्कूल न जाने की कमी खलती है? नितेश उन लोगों में से एक हैं, जिन्होंने कारोबार के गुर कड़ी धूप की पाठशाला में सीखे। "मैंने जमीन पर रहकर सीखा, जब सरकारी दफ्तरों में धक्के खाए, वहीं बैंकों के पीछे बड़ी शिद्दत से पड़ा रहता था और यह निश्चित करने के लिए कई घंटे तक वहीं रहता था कि चेक क्लियर हो जाए।" और वे कहते हैं कि आज भी सीख रहे हैं, यहाँ तक कि एक आई.पी.ओ. से 500 करोड़ रुपए जुटाने और खुद को इस तरह स्थापित करने के बाद भी कि उनकी तूती बोलती है।

तो फिर वे क्या सबक हैं, जिन्हें उन्होंने अपने सफर में सीखा? "खुद से अच्छे लोगों को अपने साथ रखो। अपनी पेमेंट समय पर करो और अच्छा ट्रैक रिकॉर्ड तथा क्रेडिट रेटिंग बनाओ। जब मौका मिले, तब उसे हाथोंहाथ लो और पहले-पहल करनेवाला फायदे में रहता है, यह अतिशयोक्ति है। सफल होने के लिए आपका सबसे पहले आनेवाला व्यक्ति होना जरूरी नहीं है। और हाँ, बड़े सपने देखो और अपने सपनों पर यकीन करो।"

और तेजी से की गई ऐसी सारी तरक्की तथा बड़े अवसरों के बीच क्या असफलता का डर कभी नितेश के मन में आता है? "यह हमेशा ही रहता है।" वे कहते हैं, "और मुझे लगता है कि इससे मैं और भी कड़ी मेहनत करता हूँ, सफलता को सुनिश्चित करने के लिए थोड़ी और ताकत लगाता हूँ।" फिर वे एक कहानी सुनाते हैं, जिसे उन्होंने कहीं पढ़ा था कि बास्केटबॉल में क्या होता है। "बास्केट में गेंद डालते समय एक खिलाड़ी अपनी आँखें बंद कर लेता है। एक खिलाड़ी सोचता है कि 'अगर मैं इसे डाल देता हूँ तो मेरी टीम जीत जाएगी।' और दूसरा खिलाड़ी सोचता है, 'अगर मैं इसे मिस कर गया तो मेरी टीम हार जाएगी।' दोनों के बीच बहुत थोड़ा सा अंतर है।" अपने मन को सकारात्मक सोच के लिए तैयार करना

और नकारात्मकता को बाहर करना ही अकसर हिट और मिस के बीच का अंतर तय कर देता है।

अधिकांश सफल उद्यमियों की तरह ही नितेश दिन-रात मेहनत करते हैं। हर दिन वे सबसे पहले सुबह ऑफिस पहुँचते हैं और अकसर सबके बाद घर जाते हैं। लेकिन उनके लिए परिवार भी जरूरी है और वे हर दिन सुबह में थोड़ा वक्त अपने दोनों बच्चों के साथ गुजारना नहीं भूलते और परिवार के साथ छुट्टियाँ जरूर मनाते हैं और अकसर उसके साथ दुनिया के किसी कोने में टेनिस के किसी बड़े टूर्नामेंट के फाइनल को देखना शामिल रहता है।

कहते हैं कि 'लीडर्स आर रीडर्स'। नितेश में पढ़ने की जबरदस्त भूख है। उन्हें ऐसे उद्यमियों के बारे में पढ़ना खासतौर पर अच्छा लगता है, जिनके पास शुरुआत करते समय कुछ भी नहीं था और फिर उन्होंने एक सफल कारोबार खड़ा कर लिया। उनकी आवाज में जबरदस्त जोश व ऊर्जा रहती है और वे जब भी साधारण लोगों की बात करते हैं, जिन्होंने आगे चलकर जीत हासिल की तो आवाज में जो तेजी आती है, उसे आप नजरअंदाज नहीं कर सकते। वह इस्सी शार्प के बारे में बात करते हैं, जिनके माता-पिता टोरंटो में रहनेवाले पोलिश यहूदी आप्रवासी थे और जिन्होंने फोर सीजंस होटल चेन की स्थापना की। वे फटाफट वारेन बफेट की कहानी भी सुना डालते हैं कि कैसे उन्होंने एक नाई की दुकान पर पिनबॉल मशीन लगाकर शुरुआत की थी और अब उनकी दौलत 60 अरब डॉलर को पार कर चुकी है और वे आपको बताते हैं कि कैसे उनके एक दोस्त के पिता ने अपना जीवन शिक्षक के रूप में 5,000 रुपए के वेतन से शुरू किया था, फिर बिट्स (BITS) पिलानी के प्रोफेसर बने और आगे चलकर लुपिन लैबोरेटरीज की स्थापना की, जो भारत की दूसरी सबसे बड़ी फार्मा कंपनी है। इस तरह की कहानियाँ उन्हें रोमांचित करती हैं और जैसा आप सोच रहे होंगे, उन्हें भी प्रेरित करती हैं।

अगर आप कभी नितेश एस्टेट्स के विजिटर रूम में जाएँगे तो आपको अपने सामने की कॉफी टेबल पर तरह-तरह की दिलचस्प पुस्तकें मिलेंगी। मैं जब गया था, तब मुझे भी देखने को मिली थीं। मेरे सामने चार प्रकाशनों को वैसे ही रख दिया गया और उनमें उनकी कहानी दर्ज थी। आप समझिए कि वह ऐसे होता है, जैसे टेबल पर वही चार पुस्तकें रखी होती हैं और आप सोचने लगते हैं कि इसके पीछे कोई छिपी साजिश तो नहीं है। वहाँ 'फेथ एंड टॉइल' रखी होती है, जो उनकी मातृ संस्था (सेंट जोसेफ) के इतिहास का वर्णन करती है; लेकिन वह उनका

मार्गदर्शक आदर्श भी हो सकती है। उसके साथ जॉन मोनाहन की लिखी पुस्तक 'दे कॉल्ड मी मैड' रखी होती है। एक कॉफी टेबल बुक, जिसका नाम है 'बेस्ट ऑफ बंगलौर' और आखिर में रिट्ज-कार्लटन की मासिक पत्रिका रहती है, जो बंगलौर में मेहमाननवाजी के क्षेत्र में नितेश की सबसे नई देन है।

आप जब नितेश शेट्टी से मिलने का इंतजार करते हैं और जब आपका दिमाग चीजों को आपस में जोड़ने लग जाता है, तब वह अचानक दाखिल होते हैं, वह भी नियत समय से एक मिनट पहले, आपसे हाथ मिलाते हैं और कहते हैं कि क्या वे पाँच मिनट और ले लें तो कोई दिक्कत तो नहीं होगी? वे जब पलटकर जाते हैं तो आपको लगता है कि आप खुशी-खुशी पाँच मिनट और गुजार लेंगे। आप समझ सकते हैं कि उन्हें आने, आपका हाल-चाल पूछने और देरी के लिए माफी माँगने की जरूरत नहीं थी। उनकी सेक्रेटरी भी इस काम को कर सकती थी। लेकिन वे दूसरे सफल कारोबारी नहीं हैं। वे नितेश शेट्टी हैं—एक ऐसा इनसान, जिसकी कामयाबी उसके दिमाग तक नहीं गई है। वे जल्दबाजी में रहते हैं और साफ तौर पर एक ऐसे इनसान हैं, जो चीजों को होने देने की बजाय मौके को दोनों हाथों से अपने कब्जे में कर लेने पर यकीन करते हैं।

बेसलाइन पर इंतजार क्यों करना, जब आप सर्व एंड वॉली के बाद जीत सकते हैं?

सफलता के मंत्र

- अपने सपनों में जान फूँक दें। उन्हें अपनी खातिर सच्चा और रोमांचक बनाएँ। ऐसा लक्ष्य होना, जो आप में रोमांच भर दे, आपको वह ईंधन देता है, जिसकी जरूरत आपको आगे बढ़ते रहने के लिए पड़ती है—जब आपका आगे बढ़ना मुश्किल हो, तब भी।
- उद्यमियों की शब्दावली के चार सबसे महत्त्वपूर्ण शब्द—'आप क्या सोचते हैं?' सलाह लीजिए, सुझाव लीजिए। मदद करीब ही है। आपको बस, माँगना है।
- बॉस्केट में गेंद डालते समय एक खिलाड़ी अपनी आँखें बंद कर लेता है।...एक खिलाड़ी सोचता है कि 'अगर मैं इसे डाल देता हूँ तो मेरी टीम जीत जाएगी।' और दूसरा खिलाड़ी सोचता है, 'अगर मैं इसे मिस कर गया तो मेरी टीम हार जाएगी।' दोनों के बीच बहुत थोड़ा सा

अंतर है। अपने मन को सकारात्मक सोचने और नकारात्मकता को बाहर करने के लिए तैयार कीजिए।

- पहले-पहल करने के फायदे को बढ़ा-चढ़ाकर बताया जाता है। सफल होने के लिए जरूरी नहीं कि आप सबसे पहले व्यक्ति हों।
- विफल होने का भय बुरी चीज नहीं है। यह आपसे कठिन परिश्रम करवाता है, सफल होने के लिए थोड़ी और मेहनत करने के लिए प्रेरित करता है।
- सर्व एंड वॉली। चीजों को कीजिए। चीजों के होने के इंतजार में बैठे मत रहिए।

❑

होम रन जड़ दिया
पोर्टिया मेडिकल

जरा कल्पना कीजिए! किसी दोपहर आप एक बहुत बड़े और सफल कारोबार की महिला सी.ई.ओ. के साथ मीटिंग कर रहे हैं। वे अपनी शर्तों को बड़ी सख्ती से रखती हैं और चर्चा बेहद गरमा-गरम है और आपके पास बातचीत के कई मुद्दे हैं। अचानक उस सी.ई.ओ. के फोन का अलार्म बजने लगता है और वह सी.ई.ओ. आप से इजाजत लेकर फोन करने के लिए बाहर चली जाती हैं। वे कहती हैं, "मुझे अपनी बेटी से बात करनी है।" और बाहर चली जाती हैं। "दोपहर 3.30 बजे उससे बात करने का समय निर्धारित है।" और थोड़ा रुककर वे कहती हैं, "हर दिन!"

मीना गणेश की दुनिया में आपका स्वागत है। शेरिल सैंडबर्ग और इंद्रा नूई ने जहाँ महिलाओं को सलाह दी है कि उन्हें अपने काम और जीवन के बीच संतुलन बिठाना है, वहीं मीना गणेश, जो फिलहाल पोर्टिया मेडिकल की सी.ई.ओ. हैं, वे आपको अपना ही सख्त, लेकिन विनम्र तरीका बताती हैं कि वे कैसे करती हैं—और आप भी कर सकती हैं।

"मैं जब घर पर रहती हूँ तो ऑफिस से जुड़े काम के फोन उठाती रहती हूँ। इसलिए मुझे नहीं लगता कि जब मैं ऑफिस में हूँ, तब घर से आए फोन को नहीं उठा सकती!" ऐसा लगता है जैसे यह विचित्र, लेकिन जानी-पहचानी-सी पहेली है। है न? हम जब घर पर होते हैं तो ऑफिस से आए फोन को उठाने में दोबारा नहीं सोचते; लेकिन जब ऑफिस में होते हैं, तब निजी कॉल करने को लेकर भयंकर अपराध-बोध महसूस करते हैं। शायद हम सभी को मीना गणेश के सोच से कुछ सीखना चाहिए! काम और जीवन के बीच संतुलन बिठाने के लिए आपको एक सुपरवूमेन बनने की जरूरत नहीं है। बस, अपराध-बोध को महसूस करना बंद कर दीजिए।

वे आपको यह भी बताती हैं कि वे कितनी खुशकिस्मत थीं, जब अपने जीवन के शुरुआती दिनों में वे अपने काम और दो बच्चों की परवरिश के बीच बाजीगरी कर रही थीं। "मेरी माँ और मेरी सास मेरी मदद के लिए आगे आईं। मुझे परिवार का साथ मिला और मुझे दिन-रात बुनियादी समस्याओं के बारे में सोचना नहीं पड़ता था कि कौन मेरे बच्चों को घर लेकर आएगा या लंच में बच्चे क्या खाएँगे? मेरी बड़ी चिंता यही हुआ करती थी कि जब मेरे बच्चों को मेरी जरूरत हो, तब मैं उनके साथ रहूँ और मैंने एक व्यवस्था बनाने की कोशिश की, ताकि मैं उनके संपर्क में रहूँ और जान सकूँ कि उनके जीवन में क्या चल रहा है। इस कारण ही हर दिन दोपहर 3.30 बजे उनसे 10 मिनट की बातचीत का यह रुटीन है, चाहे मैं दुनिया के किसी भी कोने में क्यों न रहूँ। मुझे अपने काम से लगाव था। मैं अपने परिवार से भी प्यार करती थी। इसलिए मेरे हिसाब से काम और जीवन के बीच संतुलन समस्या को सुलझाने जैसा नहीं था। इसका मतलब था, अपने जीवन के दो समान रूप से महत्त्वपूर्ण पहलुओं को एक साथ लाना।"

उन्हें यह भी याद है कि कैसे कई साल पहले जब वे कस्टमर ऐसेट के लिए पहले कर्मचारी का इंटरव्यू कर रही थीं, तब उनकी गोद में उनका छह महीने का बेटा था! शायद मीना गणेश जो करती हैं, उसमें ही काम और जीवन के बीच संतुलन बिठाने का राज छिपा है—न केवल महिलाओं के लिए, बल्कि पुरुषों के लिए भी। वही कीजिए, जो आपका दिल कहता है कि सही है। आपको उसके लिए अफसोस करने की जरूरत नहीं है और इस बात की चिंता मत कीजिए कि लोग क्या सोचेंगे। यदि आप उभरती महिला उद्यमी हैं तो आपको जबरदस्त रूप से सफल और उसके बावजूद, जिनके पैर जमीन पर हैं, उस मीना गणेश के सिवाय कहीं और देखने की जरूरत नहीं। पूरी तरह से पेशेवर, सफल सीरियल उद्यमी एवं दो बच्चों की गर्व से भरी माँ और अब पोर्टिया मेडिकल की सी.ई.ओ., जो एक स्वास्थ्य सेवा मुहैया कराती हैं, जिनका उद्देश्य घर पर चिकित्सा सेवा देना है और जो भारत में स्वास्थ्य सेवा के क्षेत्र में क्रांति करना चाहती हैं।

उन्होंने सन् 1985 में आई.आई.एम., कलकत्ता से एम.बी.ए. किया और जब कॉरपोरेट जगत् में प्रवेश किया, तब दूर-दूर तक उद्यमी बनने की बात उनके दिमाग में नहीं थी। "उन दिनों स्टार्ट-अप न तो हमारी शब्दावली में हुआ करता था, न ही हमारे सोचने की प्रक्रिया में! अगर आपके पिता की कोई फैक्टरी हुआ करती थी तो शायद आप बिजनेस में चले जाते थे।" मीना कहती हैं, जिनके पिता रेलवे में नौकरी करते थे।

बी–स्कूल की पढ़ाई पूरी करते ही मीना ने दिल्ली में एन.आई.आई.टी. के साथ काम करना शुरू कर दिया, जो तब देश के उभरते आई.टी. क्षेत्र की एक चर्चित नई कंपनी थी। ऑफिस बरसाती में था, जो छत पर बना एक छोटा सा अपार्टमेंट था। वे शुरुआती दिन थे। किसी विशेष स्टार्ट–अप की तरह ही काफी कुछ करना था। काफी उम्मीद थी और सबके ऊपर काफी जिम्मेदारियाँ भी थीं और हाँ, दुनिया भर के अवसर भी थे। "एक ओपन कल्चर था और 'आओ, चलो, करते हैं' वाला रवैया भी था, जिसे सभी के बीच महसूस किया जा सकता था। राजेंद्र पवार जबरदस्त प्रेरणा देनेवाले लीडर थे और मुझे याद है कि कैंपस में प्लेसमेंट से पहले होनेवाली बातचीत में कैसे उन्होंने मुझे क्लीन बोल्ड कर दिया था। उन्होंने एक बेहद लोकतांत्रिक, परोपकारवादी, प्रदर्शनोन्मुख संस्कृति बनाई और यह एक ऐसी चीज थी, जिसे मैंने हर उस जगह पर फिर से पैदा करने की कोशिश की है, जहाँ मैंने काम किया है।" शुरुआती अनुभव, एक मार्गदर्शक की मौजूदगी और गलतियाँ करने की स्वतंत्रता तथा उन्हें स्वीकार करने के अवसर—सबकुछ हमारे व्यक्तित्व और कॅरियर को ढालने के महत्त्वपूर्ण तत्त्व होते हैं। "अगर मैं एक छोटे, तेजी से आगे बढ़ते स्टार्ट–अप की बजाय किसी बड़े कॉरपोरेट के साथ काम करती तो शायद जीवन एकदम से अलग ही मोड़ ले चुका होता!"

एन.आई.आई.टी. के साथ सात शानदार वर्षों तक काम करने के बाद वे पी.डब्ल्यू.सी. के साथ स्ट्रैटजी कंसल्टिंग रोल में चली गईं। "जहाँ करने से ज्यादा सोचने की भूमिका थी।" फिर उसके बाद माइक्रोसॉफ्ट के साथ काम किया, जहाँ पाँच वर्षों तक एकदम शुरुआत से व्यापार की इकाइयों को खड़ा करने में सफलता हासिल की और एक बड़े कॉरपोरेट के भीतर रहकर उद्यमी की भूमिका निभाई। वहाँ उन्हें एक और महत्त्वपूर्ण कौशल प्राप्त करने का अवसर मिला—प्रभावित करने का। उनके पास एक छोटी सी टीम थी, जो उन्हें रिपोर्ट करती थी; लेकिन एक बड़ी विस्तृत टीम भी थी, जिससे काम लेने के लिए उन्हें प्रभावित करना सीखना पड़ा।

माइक्रोसॉफ्ट में काम करने के दौरान मीना के पास एक बिजनेस शुरू करने का आइडिया था, जो नई, कुकुरमुत्ते की तरह फैलती इंटरनेट कंपनियों को सहयोग संबंधी सेवा दे सकता था और इस तरह कस्टमर ऐसेट का जन्म हुआ। आइडिया था डॉट कॉम्स को सेवा देना; लेकिन शुरुआत के कुछ ही समय बाद डॉट कॉम

गायब होने लगे। "हम इन डॉट कॉम्स से जाकर मिलते थे। हम जो सेवाएँ दे सकते थे, उन पर बात करते थे, जिससे ढेर सारा उत्साह पैदा होता था और एक हफ्ते बाद जब हम उन्हें इ-मेल भेजते, तब वह बाउंस हो जाता, क्योंकि वह डॉट कॉम बंद हो चुका होता था!" एक मुसकान के साथ वे याद करती हुई कहती हैं। उनके पास एक छोटी, लेकिन अच्छी टीम थी, निवेशकों का एक सहयोगी समूह तथा बैंक में नकदी, इसलिए डॉट कॉम्स के दम तोड़ देने के बाद भी उन पर ज्यादा असर नहीं पड़ा। वे जोश में रहे और नए अवसरों की तलाश करने लगे। उन्हें ब्रिक-एंड-मोर्टार कॉल सेंटर का आइडिया आया। यह भारत में अपनी तरह के पहले कुछ उद्यमों में से एक था। कॉल सेंटर के इस आइडिया का प्रचार करने तथा संभावित ग्राहकों को इसे बेचने के लिए आठ महीने की कोशिश के बाद आखिर में उन्हें अपना पहला ग्राहक मिला। कस्टमर ऐसेट ने उसके बाद तेजी से तरक्की की और वर्ष 2003 में आई.सी.आई.सी.आई. बैंक ने उसे खरीद लिया और फिर बाजार में 'फर्स्टसोर्स' के नाम से सूची किया गया। "हमने शुरू कुछ किया था और अंत आते-आते कुछ और ही हो गए।" मीना बताती हैं कि कैसे कस्टमर ऐसेट ने अपने बिजनेस मॉडल को बरसों पहले 'धुरी की तरह घुमाया', जबकि इस तरह की रणनीति अब जाकर चर्चा में आई है।

किसी उद्यमी के लिए एक विचार को छोड़ना और दूसरे पर चले जाना कितना मुश्किल होता है! क्या बहुत जल्दी हार मान लेने का डर होता है या किसी बुरी योजना में लंबे समय तक फँसे रहने का जोखिम रहता है। आखिर उद्यमी इस पर फैसला कैसे करते हैं?

"आपको दीवार पर लिखी इबारत को पढ़ना ही होगा। आप ढोंग नहीं कर सकते। एक ग्राहक ही सबसे अच्छी तरह आईना दिखाता है और आपको खुद से पूछना होगा कि क्या आपने कुछ ऐसा बनाया है, जिसके बिना ग्राहक का काम न चल सके? क्या ग्राहक आपके उत्पाद या सेवा में दिलचस्पी रखता है, चाहता है, चीखता है, उस पर जान छिड़कता है? अगर नहीं, तो आप गलत नाव पर सवार हैं। उद्यमियों के लिए जरूरी है कि वे अपने बिलों से बाहर निकलें, किसी आइडिया को छोड़ें और नए अवसरों पर टूट पड़ें। हमारे लिए यह काफी हद तक आसान था, क्योंकि यह एकदम साफ हो गया कि जब डॉट कॉम कंपनियाँ ही नहीं बचीं तो हमारा आइडिया कैसे काम करेगा। आपको भले ही उससे प्रेम हो, जिसे अपनी कंपनी ऑफर कर रही है, लेकिन ग्राहक को उसकी परवाह नहीं तो वह

फेल हो जाएगा।" धैर्य रखना अच्छी बात है, लेकिन उद्यमियों को यह भी सीखना पड़ता है कि कोशिश करना कब छोड़ दें।

कस्टमर ऐसेट की बिक्री के बाद मीना टेस्को की हेड बन गईं, जहाँ वे उनके इंडिया ऑपरेशंस की प्रमुख थीं और बंगलौर में उनके आई.टी. हब तथा बैक-ऑफिस को खड़ा किया। पाँच साल बाद उन्होंने ट्यूटरविस्टा को ज्वॉइन किया, जिस कंपनी को उनके पति ने शुरू किया और जिसमें वे सह-संस्थापक थीं और साल 2009 में उन्होंने पियर्सन एजुकेशन को ट्यूटरविस्ट को बेच दिया तथा इस बिजनेस से बाहर निकल गए। लेकिन उससे पहले 20 करोड़ डॉलर उनकी जेब में आ गए, जो उस समय किसी कारोबार से बाहर निकलने की सबसे बड़ी कीमतों में से एक थी।

ट्यूटरविस्टा से बाहर निकलने के बाद इस दंपती ने अपने अगले उपक्रम की तलाश शुरू कर दी। 'ग्राहक की सही में हल की जानेवाली समस्या' की उनकी तलाश ने उन्हें स्वास्थ्य सेवा के क्षेत्र का रास्ता दिखाया। वे चाहते तो एक और अस्पताल बनाने की बात सोच सकते थे या क्लीनिक्स की चेन शुरू कर सकते थे; लेकिन उन्हें यह आइडिया बेहद आकर्षक लगा कि किसी ग्राहक को उसके ही घर पर हॉस्पिटल की क्वालिटी वाली देखभाल की सुविधा दी जाए। उन्होंने दिल्ली स्थित उस स्टार्ट-अप को खरीदा, जिसकी शुरुआत वर्ष 2013 में हुई थी और मीना ने सी.ई.ओ. की जिम्मेदारी सँभाली। आज पोर्टिया की पहुँच 25 से भी ज्यादा शहरों में है और इसके साथ 5,000 से भी ज्यादा लोग काम करते हैं। यह देख पाना मुश्किल नहीं कि इसका फैलाव कितना ज्यादा है। इस कारण वे कैसे सुनिश्चित करती हैं कि सही लोग रखे जाएँ और उन्हें व्यस्त रखा जाए?

"हम ऐसे लोगों की तलाश करते हैं, जिनमें जोश व ऊर्जा हो और जो मेहनत करने, सोचने तथा अपनी जिम्मेदारी लेने के लिए तैयार रहते हों। कभी-कभी काम से संबंधित अनुभव उपयोगी होता है, लेकिन अकसर यह रोड़ा बन जाता है। मैं कुछ खास तरह के रवैए को देखती हूँ, जिसमें कई तरह के कौशल की बजाय हमारे मकसद से उसका तालमेल ज्यादा मायने रखता है। आइडिया ऐसे लोगों को बहाल करना है, जो न केवल आपके बताए रास्ते पर चलें, बल्कि खुद रास्ता बनाएँ।" एक बार किसी व्यक्ति को टीम में शामिल किया जाता है तो मीना सुनिश्चित करती हैं कि उससे लगातार संवाद होता रहे। वे इस बात को सुनिश्चित करती हैं कि वे अधिकांश कर्मचारियों की बहाली की प्रक्रिया में शामिल

रहें। फील्ड में किए जानेवाले हर दौरे पर वे सेल्स के काम भी करती चलती हैं और अपने स्टाफ के साथ ही अनिवार्य रूप से घरों में भी जाती हैं। इस प्रक्रिया के माध्यम से वे बातचीत करते हैं। वे सुनती हैं और उम्मीद करती हैं कि न केवल संवाद का एक माध्यम शुरू हो, बल्कि उससे भी अधिक यह महत्त्व रखता है कि टीम के अन्य लीडर भी इस बात को समझें और अपने व्यवहार में उसे शामिल करें तथा यह संस्कृति उनमें रच-बस जाए। मैसेज बड़ा सरल है। सिर्फ ज्ञान मत बघारो, जो कहो सो करो!

कुछ लोग होते हैं, जिनमें अपने जीवन के शुरुआती दिनों से ही कॅरियर का एक लक्ष्य या महत्त्वाकांक्षा होती है और फिर वे उस सपने को पूरा करने के लिए काम करते हैं और फिर कुछ दूसरे लोग होते हैं, जैसे मीना, जिनके पास जो होता है, उसका सबसे अच्छा लाभ उठाने में विश्वास रखते हैं, लगातार सीखते रहते हैं, नए अवसरों की तलाश करते हैं, 'अभी में जीते हैं'। उनके कॅरियर का हर मोड़ और हर परिवर्तन एक लंबी यात्रा, टीम बनाने, कारोबारों को बढ़ाने तथा मूल्य-निर्माण करने का हिस्सा रहा है और 'अभी में जीने' की यह भावना सुनिश्चित करती है कि जब किसी कारोबार को छोड़ने का वक्त आ जाता है, तब वे उसे छोड़ देती हैं। एक कारोबार, जिसे आपने खड़ा किया है, उसे छोड़ देना आसान नहीं होता, "लेकिन जब दिमाग और दिल मान जाता है कि उस कारोबार के लिए सबसे अच्छा यही है तो आप आगे बढ़ जाते हैं और पलटकर पीछे नहीं देखते।"

मीना गणेश की कहानी में कुछ बातें हैं, जो बार-बार देखने को मिलती हैं। पहली, ग्राहक से ही शुरुआत होती है। "यह पता लगाना बड़ा मुश्किल है कि ग्राहक क्या चाहता है! बाजार में फिट होनेवाले उत्पाद का पता लगाना मायने रखता है। यह जान लेना जरूरी होता है कि आप जो दे रहे हैं, क्या ग्राहक वही चाहता है।" फिर, उसे शानदार तरीके से लागू करना जबरदस्त रूप से महत्त्वपूर्ण होता है। जानकारियों पर ध्यान दीजिए। उद्यमियों के लिए जरूरी है कि वे कारोबार की बारीकियों को समझें तथा यह जानें कि क्या काम कर रहा है और क्या नहीं। शानदार तरीके से लागू करने को आप एक आदत कैसे बनाती हैं? "पूरी तसवीर को समझिए।" मीना कहती हैं, "गड़बड़ होनेवाली जगहों को जानिए। अनुमान लगा लीजिए कि कहाँ गड़बड़ी हो सकती है। असफलता के बिंदुओं को मन में ही सोच लीजिए और उनसे बचाव की तैयारी कर लीजिए, ताकि आप सफलता सुनिश्चित कर सकें। बड़ी तसवीर को दिमाग में रखिए, लेकिन छोटी-छोटी बातों पर भी गौर कीजिए। लीडर के तौर पर आपको लगातार बड़ी तसवीर और

बारीकियों के बीच सोच-विचार करते रहना चाहिए।"

किसी व्यक्ति के लिए, जो खुद एक उत्कृष्ट उदाहरण हैं, उनका रोल मॉडल कौन रहा है? "मैं एक स्पॉन्ज हूँ।" वे कहती हैं, "अपने आसपास के लोगों से लगातार सीखती रहती हूँ। ऐसा एक ही व्यक्ति नहीं हो सकता। जीवन में अलग-अलग समय पर मुझे अलग-अलग लोगों ने प्रेरित किया है।" उनमें से एक हैं सर टेरी लेही, जो टेस्को (TESCO) के पूर्व सी.ई.ओ. हैं। "उनमें बड़ी तसवीर को देखने की अद्‍भुत क्षमता थी और फिर वे उसे धरातल पर उतार दिया करते थे। वे किसी स्टोर में जाते और एक आइटम को दिखाते थे, जिसे गलत तरीके से रखा गया था और उसे उस स्टोर की परफॉर्मेंस से जोड़ते थे। वे कमाल के व्यक्ति थे और एक ऐसे व्यक्ति थे, जिनमें बहुत अधिक विनम्रता थी। कभी-कभी विचित्र, लेकिन अहंकारी कभी नहीं।"

उन पर जिन लोगों ने प्रभाव डाला और जो उनके रोल मॉडल हैं, उनमें सर टेरी जैसे सेलिब्रिटी सी.ई.ओ. ही शामिल नहीं हैं, ऐसे कई सहकर्मी भी हैं, जिनके बारे में मीना कहती हैं कि उन्होंने उन्हें कई मूल्यवान् सबक सिखाए। उस सूची में काफी ऊपर उस लड़की का नाम है, जो उनके साथ काम करती थी, जिसने कई साल पहले उनसे कहा था, "मीना, तुम मुझे माइक्रो-मैनेज कर रही हो।" वह सच्चाई का पल था। एक ऐसा बयान, जिसने मीना के दिमाग पर हथौड़े का काम किया। मीना को एहसास हो गया कि उसने छोटी तसवीर आसानी से देख ली, लेकिन बड़ी तसवीर नहीं देख पा रही है। अपने लोगों को मैनेज करने के संबंध में इस घटना ने उसकी सोच को पूरी तरह से बदल लिया। मीना को आज भी उस लड़की का चेहरा याद है और यह भी कि उसने क्या कहा था, "मैं बुरी तरह से उसके पीछे पड़ी थी।" वे आज भी जहाँ काम करने की छोटी-छोटी बातों से जुड़ी रहती हैं, वहीं उन्होंने अपनी टीम को जरूरी आजादी भी दी है और हर समय उनके पीछे नहीं पड़ी रहती हैं।

टीम में ऐसे सदस्यों का होना बेशकीमती होता है, जो आपको फीडबैक देते हैं। आपको ऐसे सहयोगियों, टीम के सदस्यों और अधीनस्थों की जरूरत होती है, जो बादशाह से यह कहने में न डरें कि उसने कपड़े नहीं पहने हैं। इससे भी कहीं अधिक महत्त्वपूर्ण—बादशाहों और उद्यमियों को सुनने के लिए तैयार रहना चाहिए।

मीना और उनके पति कृष्णन गणेश आई.आई.एम.-कलकत्ता में बैचमेट थे और कैंपस से बाहर निकलने के कुछ समय बाद ही दोनों ने शादी कर ली। वे 22

वर्ष की थीं और वे उनसे एक साल बड़े। साथ मिलकर उन्होंने 'ग्रोथ स्टोरी' की स्थापना की, जो उद्यमिता का ऐसा मंच है, जहाँ वे जोशीले पेशेवरों तथा (जोश-विहीन!) वेंचर कैपिटसूचीस के साथ ग्रीनफील्ड वेंचरों को बढ़ावा देने के लिए काम करते हैं। पति-पत्नी के जोड़े का साथ काम करना कितना कठिन होता है? "हमारे कौशल एकदम अलग-अलग हैं। बेशक, हम हमेशा सहमत नहीं होते, हम लड़ते हैं, हमारे बीच शीतयुद्ध भी होता है; लेकिन इन सबके बावजूद हम जानते हैं कि यह जोड़ी जानदार है। मुझे लगता है, वे अद्‍भुत चैंपियन हैं। उनके भीतर बड़ी तसवीर को देखने की और फिर सारे छोटे टुकड़ों को जोड़कर एक शानदार कहानी गढ़ने की क्षमता है।" कुछ बड़े निवेशों में बिगबास्केट, होमलेन तथा ब्लूस्टोन शामिल हैं। एक एंजल निवेशक के रूप में मीना किसी उद्यमी में क्या देखती हैं? चार गुण। पहला, वे इस बात का सबूत देखना चाहती हैं कि उस उद्यमी के दिमाग में ग्राहक है या नहीं और उनका उत्पाद ग्राहक के लिए मायने रखता है या फिर वे उसे बस, एक 'जबरदस्त' उत्पाद मान बैठे हैं। दो, बौद्धिक बैंडविड्थ देखती हैं—किसी समस्या को उसके तमाम पहलुओं के साथ देखना, अनेक पक्षों को एक साथ देखने की क्षमता। तीन, वे देखती हैं कि उस उद्यमी में अपने आइडिया को लेकर जुनून है या नहीं; वह कठिन परिश्रम करने और उसके लिए जो कुछ करना पड़े, उसे करने के लिए तैयार है या नहीं। क्या उसमें उसे संभव बनाने की भूख है? और आखिर में, क्या वे अपने आसपास एक टीम बनाने में दिलचस्पी और क्षमता रखते हैं, वह भी इस बात को समझते हुए कि यह अकेले तय किया जानेवाला सफर नहीं है। इसलिए यदि आप एक नए उद्यमी हैं, जिसे फंड की तलाश है तो आप मीना के चार प्वॉइंट से टेस्ट के आधार पर खुद अपना आकलन कर सकते हैं।

इस बीच मीना पोर्टिया को आगे बढ़ाने में व्यस्त हैं। उन्हें लगता है कि पोर्टिया के साथ वे जितना प्रभावी असर सकते हैं, वह अविश्वसनीय है। उन्हें बिजनेस खड़ा करने में आनंद आता है और जहाँ कुछ न हो, वहाँ कुछ करने की इच्छा एक जोश पैदा करती है। वे जानती हैं कि वे किसी वास्तविक ग्राहक समस्या को सुलझा रही हैं और इस बात के एहसास से उन्हें प्रेरणा मिलती है कि वे लोगों के जीवन को बदल रही हैं और ग्राहक इसके लिए उनके आभारी हैं। वे पोर्टिया के साथ इतना व्यस्त हैं कि उनका कहना है कि काश, वे इसके साथ हमेशा के लिए जुड़ी रहतीं।

यदि आप अपने काम को पसंद करते हैं तो शायद ऐसा ही महसूस करते

होंगे। आपको लगता होगा कि काश, आप वही करते रहते!

हमेशा के लिए? दोपहर 3.30 का समय होने ही वाला था। ओह, फोन करना था।

और लगभग 1,500 किलोमीटर दूर, लाल ईंट वाले जीवंत आई.आई.एम.-अहमदाबाद के कैंपस में एक लड़की अपनी माँ के फोन का इंतजार कर रही है।

सफलता के मंत्र

- काम और जीवन के बीच संतुलन कायम करने के लिए आपको सुपरवूमेन बनने की जरूरत नहीं है। बस, वही कीजिए, जिसे आपका दिल कहता है कि सही है और अपराध-बोध की भावना पर लगाम लगा दीजिए।
- भले ही आपकी कंपनी जो दे रही हो, वह आपको अच्छा लगता है; लेकिन अगर ग्राहक उसकी परवाह नहीं करता तो वह कारगर नहीं होगा। धैर्य रखना अच्छी बात है, लेकिन उद्यमियों को यह भी सीखना चाहिए कि कब कोशिश करनी बंद करनी है।
- ऐसे लोगों की तलाश कीजिए, जिनमें ऊर्जा व उत्साह हो और वे कड़ी मेहनत करने, सोचने तथा जिम्मेदारी लेने के लिए तैयार हों। कभी-कभी काम से संबंधित अनुभव मूल्यवान् होता है, लेकिन अकसर यह रोड़ा बन जाता है। ऐसे लोगों को बहाल कीजिए, जो न सिर्फ आपके बताए रास्ते पर चलें, बल्कि खुद रास्ता बनाएँ।
- बड़ी तसवीर को दिमाग में रखें, लेकिन छोटी-छोटी बातों पर भी ध्यान दें। गड़बड़ीवाली सारी जगहों को समझें, अनुमान लगाएँ कि चीजें गड़बड़ कहाँ हो सकती हैं। असफलता के बिंदुओं की कल्पना करें और सुरक्षा के उपाय कर लें, ताकि आप सफल हो सकें। एक लीडर के तौर पर आपको लगातार बड़ी तसवीर और बारीकियों के बीच अदला-बदली करते रहना पड़ेगा।
- टीम में ऐसे सदस्यों का होना बेशकीमती होता है, जो आपको फीडबैक दे सकें। आपको ऐसे सहयोगियों, टीम के साथियों और अधीनस्थों की जरूरत है, जो बादशाह से यह कहने में न डरें कि उसने कपड़े नहीं

पहने हैं। इससे भी कहीं अधिक महत्त्वपूर्ण—बादशाह और उद्यमी, जो सुनने को तैयार रहें।

- सफल उद्यमियों के चार लक्षण हैं—1. ग्राहक पर फोकस, 2. बौद्धिक बैंडविड्थ, 3. कारोबार के आइडिया को लेकर जुनून, 4. एक टीम के निर्माण की क्षमता।
- सिर्फ ज्ञान मत बघारो : जो कहो, वह करो!

❑

कोचिंग क्लास से सीखे गए सबक
राव आई.आई.टी. एकेडमी

क्या आपने कभी सोचा है कि कैसे राजस्थान का छोटा सा अलसाया शहर कोटा आई.आई.टी. प्रवेश परीक्षा के लिए कोचिंग क्लासेस का केंद्र-बिंदु बन गया? राव एकेडमी ऐसे अनेक आई.आई.टी.-जे.ई.ई. कोचिंग क्लासेस में से एक है, जो पूरे कोटा में खुल गए हैं और कोटा की यह कहानी पढ़ने में बड़ी दिलचस्प है।

जैसा कि अकसर होता है, महान् विचार एवं अवसर तथा कारोबार दुर्भाग्य और विपरीत परिस्थितियों में ही पैदा होते हैं; लेकिन एक कहावत भी है कि जब एक दरवाजा बंद होता है तो दूसरा खुल जाता है और कोटा के मामले में दो दरवाजे बंद हुए और दस लाख दरवाजे खुल गए!

दुर्भाग्य की पहली मार तब पड़ी, जब वी.के. बंसल नाम के एक युवा इंजीनियर को, जो जे.के. सिंथेटिक्स के लिए कोटा में काम करता था, सन् 1975 में जाँच के बाद मांसपेशीय दुर्विकास से ग्रस्त पाया गया। यह एक ऐसा रोग है, जो विरले ही होता है, जिसमें हाथ-पैर कमजोर पड़ जाते हैं। उसे बताया गया कि उसका जीवन कुछ वर्षों से अधिक का नहीं है और इस डर से कि उसकी बिगड़ती हालत के कारण वह अधिक दिनों तक नौकरी पर रखे जाने योग्य नहीं रह जाएगा, उसने पार्ट टाइम में पढ़ाने की शुरुआत की, ताकि अपने तीन छोटे-छोटे बच्चों का पेट भर सके। सन् 1983 में जे.के. सिंथेटिक्स फैक्टरी में हड़ताल हो गई और बंसल हर दिन वहाँ जाकर आठ घंटे बिताते थे, जबकि करने को कुछ नहीं होता था। इसलिए उन्होंने ऑफिस में बैठे-बैठे आई.आई.टी. प्रवेश परीक्षा के प्रश्नों को हल करना शुरू किया। बी.एच.यू.-आई.टी. में पढ़ाई करने और गणित के महारथी होने के कारण देखते-ही-देखते उन्होंने कोटा के युवकों के सपने को पूरा करना शुरू

कर दिया, जो आई.आई.टी. में प्रवेश पाना चाहते थे और जब उनका सपना पूरा होने लगा तो उन बच्चों की खुशी का ठिकाना नहीं रहा और व्हीलचेयर पर बैठे एक व्यक्ति को एक नया जीवन मिल गया! सन् 1991 में बंसल ने अपना ही कोचिंग इंस्टीट्यूट खोल लिया।

और फिर, सन् 1997 में दूसरा दरवाजा तब बंद हुआ, जब जे.के. सिंथेटिक्स, जो कोटा में सबसे ज्यादा लोगों को नौकरी देता था, में ताला लग गया। अनेक मजदूर और इंजीनियर तथा वरिष्ठ प्रबंधक अचानक बेरोजगार हो गए। उनमें से एक व्यक्ति थे बी.वी. राव, जो कंपनी के महाप्रबंधक थे। कोटा छोड़कर जाने तथा कहीं और अच्छी नौकरी की तलाश करने की बजाय राव ने वहीं रहने और अपने पुराने सहयोगी वी.के. बंसल के साथ काम करने का फैसला किया, जो उस समय तक अपनी क्लासेस की शुरुआत कर चुके थे। कुछ वर्षों तक साथ काम करने के बाद राव और उनके अलावा शिक्षकों के रूप में काम कर रहे कई अन्य लोगों ने, जो पहले जे.के. में भी साथ काम किया करते थे, धीरे-धीरे कोटा में अपने कोचिंग क्लासेस की शुरुआत की और इस तरह कोटा-आई.आई.टी. की अद्भुत घटना का जन्म हुआ।

जरा सोचिए, अगर जे.के. सिंथेटिक्स ने सन् 1997 में अपना शटर नहीं गिराया होता तो कोटा जिस प्रकार भारत की आई.आई.टी. फैक्टरी बन गया है, वह बनने की बजाय राजस्थान का एक छोटा सा औद्योगिक केंद्र बनकर रह गया होता!

यही नहीं, राव आई.आई.टी. भी सिर्फ कोटा भर की कहानी बनकर रह गई होती, अगर राव की उद्यमशील बेटी यामिनी न होती। वह राव आई.आई.टी. में केमिस्ट्री पढ़ाती थीं और देख पा रही थीं कि उनके पिता हर साल कोटा में एक हजार छात्रों से भी कम के एक बैच को शिक्षा देकर बेहद संतुष्ट थे। लेकिन उन्हें संतुष्टि नहीं थी।

यामिनी को तरक्की करने का एक अवसर दिखा—क्लासेस को भारत के दूसरे शहरों तक ले जाने का और इसे उन छात्रों तक पहुँचाने का, जो अपने घरों को छोड़ने की स्थिति में नहीं थे, न ही कोटा में दो साल तक रह सकते थे। उसने जब इस विचार को अपने पति के सामने रखा, जो नॉर्वे की एक शिपिंग फर्म के एक सफल अधिकारी थे तो वे दोनों ही इस बात पर सहमत हुए कि भारत में शिक्षा के क्षेत्र में अपार संभावनाएँ हैं और फिर दोनों ने तय किया कि वे इस अवसर का लाभ उठाने के लिए कुछ-न-कुछ करेंगे।

इस प्रकार, वर्ष 2008 में यामिनी के पति विनय कुमार ने अपनी नौकरी छोड़ी और पति-पत्नी की जोड़ी ने कोटा से बाहर मुंबई में अपना पहला सेंटर खोला। जल्दी ही उनके पदचिह्न मुंबई और उसके उपनगरों तक फैल गए। पुणे में भी अपनी मौजूदगी को सफलतापूर्वक दर्ज करा लेने के बाद वे अब राव आई.आई.टी. को एक अखिल भारतीय उद्यम बनाना चाहते हैं और वे महत्त्वाकांक्षी हैं। शिक्षा के क्षेत्र में इस अवसर को देखते हुए और अब तक की अपनी सफलता को ध्यान में रखते हुए उन्होंने अपने उपक्रम को अश्वमेध की तरह सफल बनाने के अपने सपने को पूरा करने का रोडमैप तैयार कर लिया है : एक ऐसा कारोबार खड़ा करने का, जिसका मूल्य 1 अरब डॉलर हो। अद्भुत है, है न?

ऐसा करते हुए उन्होंने न केवल अनेक युवकों को यह सिखाया कि कैसे आई.आई.टी. में प्रवेश पाएँ, बल्कि वे हम सभी को कुछ उपयोगी सबक भी सिखा सकते हैं कि एक सफल उपक्रम का निर्माण कैसे किया जा सकता है। ठीक उसी प्रकार से, जिस प्रकार ज्यादातर कोचिंग क्लासेस अपने टॉप रैंकिंग छात्रों, अपनी विजेता टीम का विज्ञापन बड़े जोर-शोर से करती हैं, उसी प्रकार यहाँ किसी कारोबार को खड़ा करने के ग्यारह सबक दिए जा रहे हैं, वह भी उन लोगों की ओर से, जो राव आई.आई.टी. की सफलता की कहानी लिख रहे हैं। तो बस, पढ़ते जाइए!

1. विपरीत परिस्थिति और दुर्भाग्य अकसर किसी सर्वाधिक बिकनेवाली कहानी के शुरुआती अध्याय होते हैं। बंसल के हाथ-पैर ने जब उनका साथ देना बंद कर दिया या जब जे.के. सिंथेटिक्स बंद हुआ और राव बेरोजगार हो गए, तब वे अपने दुर्भाग्य को कोस सकते थे, अपनी किस्मत पर रो सकते थे और अपने दुःख भरे दिनों में जीते रह सकते थे; लेकिन उन्होंने ऐसा नहीं किया। उन्हें एक दरवाजा खुलता दिखाई दिया और वे उसमें प्रवेश कर गए, जिसने एक ऐसी सफलता दिलाई, जो शायद कभी नहीं मिलती, अगर उनका जीवन सामान्य होता।
2. इसकी शुरुआत भूख से होती है और एक सपने से। राव कोटा में अपनी क्लासेस अच्छी तरह चला रहे थे। वे जानते थे कि उनका काम अच्छा चल रहा है और वे संतुष्ट थे। राव आई.आई.टी. किसी दूसरे कोटा स्कूल की तरह ही रह जाती, लेकिन इसे ऑल इंडिया प्लेयर (और एक ताकतवर भेड़) किसी ने बनाया तो वह थी युवा यामिनी की भूख। उसका एक सपना था, कुछ बड़ा करने का सपना। एक बार वह भूख बहुत बढ़ जाती है और

सपने बड़े होते जाते हैं, तब कारवाई होती है और फिर तरक्की होती है।

3. आपके मतभेद की वजह क्या है? एक ही चीज उबाऊ होती है। यामिनी और विनय को इसका एहसास तुरंत हो गया कि अपने ही पड़ोस में एक और कोचिंग क्लास खोलकर शायद ही सफलता मिले। वे जानते थे कि उन्हें बाजार में कुछ अलग लेकर आना है तो फिर वे कौन सी समस्या को हल कर सकते थे और क्या अंतर ला सकते थे? उन्होंने जब अपने चारों ओर देखा तो पाया कि छात्रों को नियमित कॉलेज एवं अतिरिक्त कोचिंग क्लास की जरूरतों के बीच तालमेल बिठाना मुश्किल हो रहा था। कोचिंग क्लासेस छोड़कर जानेवालों की दर 50 प्रतिशत तक बेहद ऊँची थी, क्योंकि छात्र उस परेशानी को झेल नहीं पा रहे थे और इस तरह एक एकीकृत प्रोग्राम की शुरुआत हुई, जिसने कॉलेज के कोर्स को आई.आई.टी. की तैयारी के साथ जोड़ दिया और इसने सबकुछ बदलकर रख दिया, एक प्रोग्राम ने। छात्रों की मुश्किलें अब कम हो गईं और कोचिंग छोड़ने की दर घटकर 5 प्रतिशत तक हो गई।

4. महान् टेस्ट खिलाड़ी आपको वनडे गेम नहीं जिता सकते। याद रखिए, कैसे पुराने समय में सफल टेस्ट क्रिकेटरों को वनडे टीम में शामिल किया जाता था? फिर टीम मैनेजमेंट को यह समझ आ गया कि दोनों फॉरमेट एकदम अलग हैं और उसके लिए अलग कौशल, अलग खिलाड़ियों की जरूरत है। राव आई.आई.टी. की जब शुरुआत हुई थी, तब उनके पास वही प्रोफेसर थे, जो कॉलेज के कोर्स और प्रतियोगी परीक्षाओं का पाठ्यक्रम भी पढ़ा रहे थे। उन्हें तुरंत समझ आ गया कि जरूरतें अलग हैं और उन्हीं प्रोफेसरों से काम नहीं बनेगा। आई.आई.टी.-टाइप कोचिंग में अलग तरह के कौशल की जरूरत पड़ती है, इसलिए उन्होंने उद्योग जगत् में काम कर रहे आई.आई.टी. स्नातकों की तलाश शुरू कर दी, जो आएँ और पढ़ाएँ। यह कारगर साबित हुआ—बेहतरीन ढंग से। बेशक, इसका मतलब यह भी था कि उन्हें इसके लिए उन लोगों को मोटी तनख्वाह देनी पड़ती थी। एक कॉलेज प्रोफेसर की तनख्वाह जहाँ मिसाल के तौर पर 7 से 10 लाख रुपए थी, वहीं आई.आई.टी. प्रवेश परीक्षा का शिक्षक 30 लाख रुपए तक कमा लेते थे। यह अंतर स्पष्ट दिख रहा था, वैसे ही जैसे नतीजों में अंतर दिखता था और जैसे-जैसे ज्यादा-से-ज्यादा बच्चों का आई.आई.टी. में दाखिला होने लगा, ज्यादा-

से-ज्यादा बच्चों ने राव आई.आई.टी. में एडमिशन कराना शुरू कर दिया। इसलिए, अब उनके पास कॉलेज के कोर्स की पढ़ाई के लिए अलग प्रोफेसर हैं, वहीं प्रवेश परीक्षा की कोचिंग में दूसरी तरह के प्रोफेसर पढ़ाते हैं।

5. कारोबार करना आसान है, मुनाफा कमाना मुश्किल। उनके छात्रों ने जब आई.आई.टी. प्रवेश परीक्षा में अच्छा करना शुरू किया और उनके यहाँ होनेवाले एडमिशन भी काफी बढ़ गए, तब राव आई.आई.टी. के लिए जीवन अच्छा दिखने लगा। लेकिन उन्हें इस बात का एहसास हुआ कि उनके पास एक बिजनेस प्लान होना चाहिए और उन्हें उसका पालन करना होगा और उन्होंने ऐसी प्रणालियाँ व प्रक्रियाएँ विकसित कीं, जिससे एक तरफ जहाँ राजस्व बढ़ने लगा, वहीं लागत पर निगरानी रखी जाने लगी, ताकि कारोबार मुनाफे में बना रहे। राजस्व बढ़ने से भुलावे में आना बड़ा आसान होता है। इसलिए लागत पर हमेशा नजर रखनी चाहिए और मुनाफे से ही सबकुछ तय होना चाहिए।

6. सफलता में जितना वक्त लगता है, उसे कम मत आँकिए। अगर आप सोचते हैं कि आप तीन वर्षों में सफल हो जाएँगे तो आपके लिए विनय की एक सलाह है कि इसमें चार साल और जोड़ दें तथा चार साल तक चलते रहने के लिए ईंधन जुटा लें। अपने प्लान में चार साल जोड़कर चलें, हमेशा। शिक्षा क्षेत्र के व्यवसाय में राव आई.आई.टी. ने यह जाना कि विश्वास और भरोसा कायम करने में वक्त लगता है। नतीजे दिखाने में समय लगता है। व्यवसाय इस कारण असफल नहीं होते कि उनके पास अच्छा आइडिया नहीं होता या इस कारण नहीं कि वे उन्हें अच्छी तरह लागू नहीं करते, बल्कि वे इस कारण असफल होते हैं, क्योंकि वे इस बात का अंदाजा सही तरीके से नहीं लगा पाते कि उन्हें सफल होने में कितना समय लगेगा। ज्यादातर मामलों में, अगर उनके पास रसद होती और ईंधन होता तथा चार साल और चलने भर नकदी होती तो वे सफल हो जाते। अपनी महत्त्वाकांक्षा को लेकर आशावान् रहें, लेकिन वास्तविकता को देखने के साथ ही जमे रहने की पर्याप्त क्षमता भी रखें। जैसा कि एक मशहूर फुटबॉल कोच ने अपनी टीम के हारने पर कहा था, 'वास्तव में हम हारे नहीं, हमारे पास वक्त नहीं रह गया था।'

7. कुकड़ू-कूँ या कहें तो विज्ञापन कारगर क्यों होता है? चर्चा से मिली लोकप्रियता अच्छी बात है। संपुष्टि भी कारगर होती है; लेकिन जब आप

छा जाना चाहते हैं, तब विज्ञापन वास्तव में प्रभावशाली होता है। "विज्ञापन धारणा बनाता है। यह अच्छे काम की जगह नहीं ले सकता; लेकिन जब आप अच्छा काम कर रहे हैं, तब विज्ञापन उसकी पुष्टि करता है और एक बड़े मंच पर आपके प्रदर्शन में आपकी मदद करता है। आज हम जहाँ हैं, वहाँ तक हमें पहुँचने में विज्ञापन की एक बड़ी भूमिका रही है और हम जहाँ जाना चाहते हैं, वहाँ तक ले जाने में हम इसकी और भी बड़ी भूमिका को देखते हैं।" यह कॉड फिश और मुरगी की कहानी की तरह है। कॉड फिश हजारों अंडे देती है, मुरगी सिर्फ एक; लेकिन हर कोई मुरगी के अंडे की ही बात करता है, क्योंकि कॉड फिश जहाँ अपना काम चुपचाप करती है, वहीं मुरगी चीख-चीखकर कहती है—'पक-पक-पक-पक!' साफ है कि विज्ञापन का लाभ मिलता है!

8. नई पहल करें या मिट जाएँ। आई.आई.टी. प्रवेश परीक्षा के लिए बरसों से कोचिंग क्लासेस चल रही हैं, लेकिन अतीत के कई बड़े नामों का अब अस्तित्व तक नहीं है। आखिर क्यों? राव आई.आई.टी. अतीत की गलतियों से सीखने के लिए प्रतिबद्ध है। पहले ही उन्होंने इस संस्थान को यह सुनिश्चित करने के लिए सुदृढ़ कर लिया है कि यह व्यक्ति (संस्थापक) से बड़ा हो। ऐसा न करने पर यह संगठन अपने विख्यात संस्थापक के बाद भी नहीं चल सकता था। राव आई.आई.टी. लगातार नई पहल भी करता रहता है। विनय कहते हैं, "डिजिटल कंटेंट, परीक्षा के तरीके, छात्रों के बीच बातचीत, प्रेरणा—हम लगातार छात्रों से जुड़ने, उनकी सहायता अच्छी तरह से करने के नए-नए तरीकों की तलाश करते रहते हैं।" वे आगे कहते हैं, "एक आंतरिक बेंचमार्क यह सुनिश्चित करना है कि हमारी 25 से 30 प्रतिशत प्रक्रिया तथा काम का प्रवाह हर साल बदल जाए। अगर हम ऐसा नहीं करेंगे तो निश्चित रूप से अपनी प्रासंगिकता को खो देंगे!"

9. स्थिर खड़े रहना विकल्प नहीं है। लक्ष्य को ऊँचा करते जाएँ। विनय पुणे के एक प्रोफेसर के बारे में बताते हैं, जो उनसे आकर मिले थे। प्रोफेसर साहब छह-सात साल से एक सफल कोचिंग क्लास चला रहे थे। हर साल लगभग 200 छात्र दाखिला लिया करते थे। कारोबार अच्छा चल रहा था, तब तक, जब तक कि पुणे में राव आई.आई.टी. नहीं खुल गया। उस प्रोफेसर ने विनय को बताया कि कैसे विज्ञापन की चकाचौंध ने उनके छात्र

छीन लिये और उनके पास उस साल 40 से भी कम छात्रों का दाखिला हुआ। वह मिट जाने के कगार पर थे। विनय फिर इसे हालात से जोड़कर बताते हैं, "हमने भी लगभग उसी समय शुरुआत की थी और हमें यह सुनकर अच्छा लगा कि हम तरक्की करने और जितने बड़े हैं, वह बनने के लिए कुछ सही कदम उठा रहे हैं और फिर, हमें याद आया कि फ्लिपकार्ट की शुरुआत भी उसी दौरान हुई थी और देखिए, वे कितने बड़े हो गए हैं। हमें तुरंत इस बात का एहसास हुआ कि हमें अभी बहुत दूर जाना है। हम वर्ष 2020 तक 1 अरब डॉलर के मूल्यवाला व्यवसाय बनना चाहते हैं तो फिर अपनी ख्याति को देखकर आराम करने की फुरसत नहीं है!"

10. जोखिम न उठाना अकसर सबसे बड़ा जोखिम होता है। यदि राव आई.आई. टी. ने जैसा था, उसे चलते रहने दिया होता और कोटा से बाहर निकलने का जोखिम नहीं उठाया होता तो वे आज जितने बड़े बन चुके हैं, उतने कभी नहीं हुए होते। "सोच-समझकर जोखिए उठाएँ। बहुत बड़ा जोखिम मोल न लें।" विनय सलाह देते हैं, "अगर आप कुछ चीजों को आजमाएँगे तो उनमें से कुछ सही होंगी, कुछ नहीं। आप जब छोटे होते हैं, तब खोने को कुछ नहीं होता तो साहसी बनिए और जब आप बड़े होते जाते हैं, तब चूक महँगी साबित हो सकती है। इसलिए सावधानी से आगे बढ़ें, लेकिन आगे जरूर बढ़ें।"

11. अनुशासन मूल मंत्र है। विनय और यामिनी तमाम युवाओं को हर साल आई.आई.टी. प्रवेश परीक्षा में शामिल होते देखते हैं और वे सफल छात्रों में एक सामान्य लक्षण देखते हैं—अनुशासन। "इससे हमें भी एक सबक मिला।" विनय कहते हैं। व्यक्तिगत जीवन में अनुशासन आपके व्यवसाय में भी आपकी सहायता करता है। मेरी पत्नी और मैं दोनों ही सरल लोग हैं। हमारा जीवन सादा है, विचार में सादगी है। हमने देखा है कि कैसे व्यवसाय में लोग कुछ करोड़ बना लेते हैं और शाहखर्ची भरा जीवन जीने लगते हैं और फिर तेजी से बरबादी की तरफ बढ़ जाते हैं। हमें लगता है कि अनुशासित रहने से आपको बेहतर फैसले, निष्पक्ष फैसले करने में मदद मिलती है। अपने आसपास देखिए और आप पाएँगे कि जितने भी सफल कारोबारी हैं, वे सभी आम तौर पर काफी आत्म-अनुशासित रहते हैं। आत्म-अनुशासन से ही फिर प्रतिबद्धता, ईमानदारी और कड़ी मेहनत का रास्ता निकलता है।

बस, इतनी सी बात है। एक सफल व्यवसाय का निर्माण अकसर ऐसा होता है, जैसे किसी मुश्किल प्रतियोगिता की प्रवेश परीक्षा में बैठ रहे हों। यह कठिन दिखता है, लेकिन आपकी तैयारी यदि अच्छी हो, आप में सफल होने की यदि भूख हो और आप उपलब्ध सहायता को अगर लेते हैं तो आप भी कर सकते हैं।

"व्यवसाय में सफल होने के लिए दो चीजों की जरूरत होती है, सिर्फ दो चीजों की।" विनय कहते हैं, "एक विजन और दूसरा धैर्य। विजन यह कि आप कहाँ जाना चाहते हैं और धैर्य इसलिए, ताकि जब तक आप वहाँ पहुँच न जाएँ, तब तक हौसला बना रहे।"

सफलता के मंत्र

- महान् विचार और अवसर तथा कारोबार दुर्भाग्य एवं विपरीत परिस्थिति में ही पैदा होते हैं। विपरीत परिस्थिति और दुर्भाग्य अकसर सर्वाधिक बिकनेवाली कहानी के शुरुआती अध्याय होते हैं।
- एक बार जब भूख बहुत बढ़ जाती है और सपने बड़े होने लगते हैं, तब काररवाई होती है और फिर तरक्की मिलती है।
- व्यवसाय करना आसान है, मुनाफा कमाना मुश्किल।
- विज्ञापन कारगर होता है, यह धारणा बनाता है; लेकिन कठिन परिश्रम का विकल्प नहीं होता।
- कारोबार इस कारण असफल नहीं होते, क्योंकि उनके पास अच्छा आइडिया नहीं होता या वे उसे अच्छी तरह लागू नहीं करते। वे असफल होते हैं, क्योंकि वे इसका सही अंदाजा नहीं लगाते कि सफल होने में कितना वक्त लगेगा।
- "आप जब छोटे होते हैं, तब आपके पास खोने को कुछ नहीं होता, इसलिए साहसी बनिए। जैसे-जैसे आप बड़े होने लगते हैं, चूक महँगी हो सकती है। इसलिए सावधानी से आगे बढ़ें, लेकिन आगे जरूर बढ़ें।"

❑

हेलो!
द मोबाइल स्टोर

वह साल 2006 था। क्रांति हो रही थी। ज्यादा-से-ज्यादा भारतीय अपने सेल फोन के जरिए 'हेलो' कह रहे थे। 7 करोड़ से भी ज्यादा भारतीय सेल फोन का इस्तेमाल कर रहे थे, जो पिछले साल के मुकाबले दोगुना था और एस्सार हाउस में बैठे अधिकारी देख रहे थे कि एक क्रांति अभी-अभी शुरू ही हुई है। भारत में वोडाफोन में शुरुआती निवेशक के रूप में वे जानते थे कि जो कुछ भी वे देख रहे हैं, वह सब उस ब्लॉकबस्टर का मात्र ट्रेलर है, जो भारत में मोबाइल इंडस्ट्री बनने जा रहा था।

उन्हें देश में तेजी से तरक्की करते दो उद्योगों के बीच अपने पैर जमाने का अवसर दिखा। ये दोनों उद्योग थे—मोबाइल टेलीफोनी एवं रिटेल और इस तरह 'द मोबाइल स्टोर' का जन्म हुआ। मोबाइल फोन आउटलेट्स की एक राष्ट्रीय चेन, जहाँ ग्राहकों को उस समय के मम्मी-पापावाली दुकानों से छुटकारा मिला और अब वे मोबाइल खरीदने का काम आनंद के साथ कर सकते थे। यह चेन तेजी से बढ़ने लगा और 20 महीने के भीतर पूरे देश में 1,200 स्टोर खुल गए। जरा जोड़-घटाव कीजिए और आप पाएँगे कि हर दिन दो नए स्टोर खुल रहे थे। क्या बात है!

लेकिन पैर फैलाने की जल्दी में गलतियाँ भी हुईं। इस कारोबार में पैसे का नुकसान हो रहा था। सारे स्टोर्स नहीं चल पा रहे थे और वर्ष 2010 आते-आते यह साफ हो गया कि इस बिजनेस मॉडल को इलाज की जरूरत है। लंबे समय में जो कारोबार जीत जाते हैं, वे ऐसे नहीं होते, जो कभी असफल न होते हों या जो कभी गलतियाँ न करते हों। सफल कारोबारी अपनी गलतियों से तुरंत सबक लेते हैं और सुधार के कदम उठाते हैं। वे अपनी रणनीति के साथ भावनात्मक संबंध नहीं बनाते। इसलिए, जब उन्हें लग जाता है कि यह कारगर नहीं रहा तो वे तुरंत उसे रद्दी की

टोकरी में डालते हैं और कुछ नया करते हैं।

और इसी समय बुक स्टोर से सबकुछ वाले स्टोर में बदले लैंडमार्क बुक स्टोर के तत्कालीन सी.ओ.ओ., हिमांशु चक्रवर्ती का 'द मोबाइल स्टोर' के सी.ई.ओ. के तौर पर प्रवेश हुआ। वे जान चुके थे कि पुस्तकी दुनिया से निकलने का और तेज रफ्तारवाले मोबाइल फोन बिजनेस को दुरुस्त करने के लिए कमर कसने का समय आ गया है। उन्होंने जब 'द मोबाइल स्टोर' की बेतहाशा रफ्तार को 1,200 स्टोर तक पहुँचते देखा और फिर उसके लड़खड़ाने पर नजर डाली तो उन्हें खरगोश और कछुए की पुरानी कहानी याद आ गई। वे ठान चुके थे कि खरगोश को यह सबक ठीक से सिखाना है और इस तरह 'द मोबाइल स्टोर' की दूसरी पारी शुरू हुई। भयंकर होड़वाले बाजार में जिंदा रहने के लिए कायाकल्प की कहानी है, जिसमें सभी के लिए अनमोल सबक छिपे हैं।

द मोबाइल स्टोर के सामने जो सबसे बड़ी और शुरुआती चुनौतियाँ थीं, उनमें से एक थी इन्वेंट्री मैनेजमेंट। यह शायद ऐसा चैलेंज हो, जो सभी खुदरा माल बेचनेवालों के सामने आता है। उन्होंने जरूरत से ज्यादा माल भर रखा था। इसके बावजूद उन्हें ग्राहक नहीं मिल रहे थे, क्योंकि अकसर फोन गलत स्टोर में रहता था, जबकि उन्हें ढूँढ़नेवाले ग्राहक खाली हाथ लौट जाते थे। इस कारण वस्तु सूची को सबसे फायदेमंद बनाना एक बड़ी चुनौती थी और हिमांशु को कॉलेज में हुई एक चर्चा से प्रेरणा मिली, जैसी चर्चा हम सभी ने कभी-न-कभी शायद जरूर की होगी।

याद है, कैसे हम सभी भारत में होनेवाली बारिश को लेकर दु:ख जताया करते थे? देश के कुछ हिस्सों में बाढ़ आ जाती है। वहीं, देश के दूसरे हिस्से सूखा से जूझते रहते हैं। हम तब सोचा करते थे कि काश, हम बाढ़ग्रस्त इलाके से पानी को उठाकर सूखे इलाकों तक पहुँचा पाते! कॉलेज के छात्र के रूप में हिमांशु सोचा करते थे कि कितना अच्छा होगा, अगर हम पानी को मान लीजिए, सतह से 100 मीटर ऊपर तक ले जाते और फिर उसे उन इलाकों तक पहुँचाते, जहाँ उनकी जरूरत थी! तब न बाढ़ आती, न ही सूखा पड़ता।

हिमांशु ने द मोबाइल स्टोर की पहेली को जब सुलझाना शुरू किया, तब उनके दिमाग में यह खयाल काम कर रहा था। अगर हम ढेर सारे फोन रिटेल स्टोर के करीब किसी गोदाम में रखें तो क्या यह आइडिया जबरदस्त नहीं होगा, जिससे कि पुराने पड़ चुके स्टॉक को दुकान में रखे रहने का जोखिम भी नहीं रहेगा और स्टॉक न होने से बिक्री का मौका भी हाथ से नहीं जाएगा।

बिंगो! इस प्लान को लागू कर दिया गया। अब सारे भौतिक स्टॉक को तुरंत स्टोर में ले जाने (शेल्फ को भरने के लिए!) की बजाय उस स्टॉक को जितने समय तक संभव हो, स्थानीय गोदाम में इस प्रावधान के साथ रखा जाने लगा कि जब भी जरूरत पड़ेगी, उन्हें तुरंत स्टोर पहुँचाया जाएगा। इसके नतीजे कमाल के थे। पुराना माल अब कम होने लगा। बिक्री का मौका हाथ से कम जाने लगा। कार्यशील पूँजी भी नकारात्मक हो गई और देखते-ही-देखते मोबाइल स्टोर के पास पूरी इंडस्ट्री का सबसे अच्छा और नया स्टॉक रहने लगा।

मैं नहीं कह सकता कि जिस दिन हिमांशु ने सी.ई.ओ. की जिम्मेदारी सँभाली, उस दिन बारिश हो रही थी या नहीं, लेकिन बारिश की तरह किए जानेवाले वितरण ने इन्वेंट्री की उनकी समस्या को हल कर दिया। साफतौर पर, प्रकृति अपने ही तरीके से हमें समाधान सुझा देती है। हमें बस, अपने आसपास देखना होता है।

स्मार्टफोन की लोकप्रियता जैसे-जैसे बढ़ने लगी, वैसे-वैसे 'द मोबाइल स्टोर' में स्मार्टफोन की इच्छा रखनेवालों की संख्या बढ़ने लगी; लेकिन उनकी बड़ी कीमत अब भी चुनौती बनी हुई थी। भले ही इसमें आश्चर्य नहीं कि भारत में स्मार्टफोन की कीमत दुनिया के ज्यादातर दूसरे देशों में रिटेल कीमत जितनी ही थी, लेकिन भारत में आमदनी उनके मुकाबले बहुत-बहुत कम थी। मोबाइल स्टोरवाले जानते थे कि अगर उन्होंने कीमत की बाधा को कम कर दिया तो बिक्री आसमान छूने लगेगी। उनके मन में सवाल उठा कि क्या हम ई.एम.आई. पर स्मार्टफोन दे सकते हैं? याद रखिए, भले ही आज यह बात बड़ी सामान्य-सी लग रही हो, लेकिन उस समय इसे किसी ने सुना तक नहीं था! एक झटके में 25,000 रुपए निकाल देना ज्यादातर ग्राहकों के वश की बात नहीं थी; लेकिन हर महीने 2,500 रुपए संभव लगता था।

लेकिन एक समस्या थी। उन दिनों क्रेडिट कार्ड पर ई.एम.आई. का ऑफर देना मुश्किल था। आपको क्रेडिट कार्ड को एक ई.डी.सी. (इलेक्ट्रॉनिक डाटा कैप्चर मशीन, जो कार्ड स्वाइप मशीन के नाम से ज्यादा लोकप्रिय है) पर स्वाइप करना पड़ता था। वह मशीन उस बैंक की होती थी, जिसने कार्ड जारी किया है। अब ऐसा कर पाना असंभव था, क्योंकि कोई भी स्टोर उन सारे बैंकों की ई.डी.सी. नहीं रख सकता था, जिन्होंने क्रेडिट कार्ड जारी किया। आपके पास दूसरा विकल्प यह था कि किसी कार्ड पर लेन-देन करें और फिर ग्राहक बाद में उसे ई.एम.आई. प्लान में बदलवाए। यह कारगर नहीं हुआ, क्योंकि ग्राहकों को खरीदते समय इस

बात की आशंका रहती थी कि वे इसे ई.एम.आई. में बदल पाएँगे या नहीं। इस तरह जहाँ सारे रिटेलर इस ई.एम.आई. की पहेली से जूझ रहे थे, वहीं मोबाइल स्टोर ने इसका इलाज ढूँढ़ने का फैसला किया। उन्होंने बंगलौर में 'इनोविटी' नाम की एक छोटी सी सॉफ्टवेयर कंपनी के साथ एक प्रयोग किया था, जिन्होंने एक वर्चुअल इंटरफेस बनाने में मदद की थी। इसका मतलब हुआ कि आपको अलग-अलग बैंकों की स्वाइप मशीन रखने की जरूरत नहीं थी। इस समाधान की मदद से आप किसी भी क्रेडिट कार्ड पर ई.एम.आई. ऑफर कर सकते थे। उन्होंने इसकी शुरुआत की और क्रेडिट कार्ड का ई.एम.आई. लेन-देन, जो कुल बिक्री के 1 प्रतिशत से भी कम था, वह 10 प्रतिशत पर पहुँच गया, वह भी एक झटके में। थोड़े-बहुत विज्ञापन ने इसे 15 प्रतिशत पर पहुँचा दिया।

आखिर कैसे जहाँ ज्यादातर रिटेलर नाकाम रहे, वहीं 'द मोबाइल स्टोर' ने एक हल निकाल लिया?

सबसे पहले, उन्होंने एक जरूरत को समझा। वे यह समझ सके कि क्रेडिट कार्ड पर ई.एम.आई. हो गई तो बिक्री में जबरदस्त इजाफा हो सकता है। उन्हें ई.एम.आई. का इलाज चाहिए था और वे इसके पीछे हाथ धोकर पड़ गए। आप जो चाहते हैं, उसकी सख्त जरूरत अकसर उसे हासिल करने की पहली सीढ़ी होती है।

इसके बाद, जब वे किसी रास्ते की तलाश कर रहे थे, तब वे उसे पाने के लिए सिर्फ नेतृत्व करनेवाली टीम या एक्सपर्ट के भरोसे नहीं थे। उन्होंने हर जगह उसकी तलाश की, यहाँ तक कि वहाँ भी, जहाँ उसकी संभावना नहीं के बराबर थी और उन्हें समाधान इस कारोबार के एक कोने में मिला। बंगलौर की एक छोटी सी फर्म के साथ साधारण सा प्रयोग किया गया था और जब उन्होंने उस पर गौर किया तो पाया कि इसमें कुछ उम्मीद है। उन्होंने इसे चुना (हर कोई हैरान था, यहाँ तक कि वह सॉफ्टवेयर कंपनी भी) और तेजी से लागू करने का फैसला किया और जल्दी ही उनके पास वह सॉफ्टवेयर सॉल्यूशन था, जिससे वे क्रेडिट कार्ड पर ई.एम.आई. दे सकते थे और इसके लिए उन्हें स्टोर में हर बैंक की स्वाइप मशीन रखने की भी जरूरत नहीं थी। अनोखा काम संगठन में किसी भी स्तर पर हो सकता है। हर तरफ आइडिया होते हैं। आपको बस, उन पर गौर करना है!

किसी सफल रिटेल कारोबार के रहस्यों में से एक है ग्राहक को केंद्र में रखनेवाली संस्कृति। अब इस बात की गारंटी कोई किस तरह दे सकता है कि स्टोर में मौजूद लड़की अच्छा काम करे, जिससे ग्राहक खुशी-खुशी घर जाए? हिमांशु

के मुताबिक, इसमें ट्रिक बस, इतनी है कि संगठन चाहे कितना ही बड़ा क्यों न हो जाए, आपको सुनिश्चित करना है कि यह किसी छोटे कारोबार की तरह सोचता व काम करता रहे और पहली पंक्ति के कर्मचारियों को सशक्त बनाकर आप पक्का कर सकते हैं कि उन्हें यह एहसास हो जाए कि उनके पास वह करने की ताकत है, जो ग्राहक के लिए सही है।

'द मोबाइल स्टोर' ने हर क्षेत्र के मैनेजर के लिए उसकी मरजी से खर्च किया जानेवाला बजट बनाया। उसे वह जैसे चाहे, अपनी मरजी से खर्च कर सकता था (या सकती थी)। उससे कोई सवाल नहीं पूछा जाएगा। वे इसके किसी फोन की मरम्मत करने या उसे बदलने के लिए खर्च कर सकते थे या किसी गुस्साए ग्राहक को शांत करने में उसका इस्तेमाल कर सकते थे। अकसर यह कोई छोटा सा कदम होता था, जो तुरंत उठाया जाता था, ताकि किसी को ग्राहक बनाए रखा जाए या उसे अपने साथ जोड़ा जाए। इसके लिए स्टोर को पहले हेड ऑफिस में किसी को फोन करने और फिर उससे 'स्वीकृति' लेने की जरूरत नहीं पड़ती थी। इसका जादुई असर हुआ। स्टोर स्टाफ को सशक्ति का एहसास हुआ। लगा कि उन पर भरोसा किया गया है। ग्राहक भी खुश होने लगा, जब गुस्से की बजाय अकसर झट से समझदारी आ जाती थी और उसका चेहरा खिल जाता था। सबसे बड़ी बात यह थी कि एरिया मैनेजर पर चूँकि इस बात का भरोसा किया जाता था कि वह पैसे को होशियारी से खर्च करेगा, इस वजह से वह काफी सतर्क रहता था!

इस बात को सुनिश्चित करने के लिए कि संगठन के भीतर ग्राहकों की बातों को सुना जाए, हिमांशु ने एक और आसान उपाय किया। हर सोमवार जब नेतृत्व कर रही टीम कारोबार की समीक्षा के लिए बैठक करती और कार्य योजना तैयार करती थी, तब वे रिटेल स्टोर की टीमों से तीन लोगों को बैठक में हिस्सा लेने के लिए बुलाते थे। इस तरह वे अपनी समझ को साझा करते थे कि क्या कारगर हो रहा है और क्या नहीं। उसके साथ ही जो फैसले लिये जाते थे, उनमें ग्राहकों का फ्लेवर भी शामिल हो जाता था। जल्दी ही सेल्स के तीन चुने हुए लोगों को एक महीने के दौरान होनेवाली सभी बैठकों के लिए बुलाया जाता, जिससे कि वे अपने योगदानों के प्रभाव को देख सकें और उसके साथ ही पहले दिन वाली घबराहट को दूर कर सकें और मुद्दों के साथ ही समस्याओं पर खुलकर बात कर सकें। निर्णय लेने की गुणवत्ता में आश्चर्यजनक सुधार आया और उसके साथ-साथ कर्मचारियों के मनोबल में भी।

हिमांशु ने इस पहल के साथ हॉटलाइन के अनोखे प्रयोग को जोड़ा, जिसे 'सी.ई.ओ.-डायरेक्ट' नाम दिया गया। स्टोर के स्टाफ को इस बात के लिए उत्साहित किया गया कि वे अपनी समस्याओं, आइडिया तथा मुद्दों को सीधे सी.ई.ओ. को लिखकर भेजें। "शुरुआत में आनेवाली मेल्स में ढेर सारी समस्याएँ, अनसुलझे मुद्दे और मदद का अभाव जैसी बातें होती थीं।" हिमांशु याद करते हुए कहते हैं, "लेकिन एक बार घर के मामले ठीक हो गए तो मैंने पाया कि कई सारी मेल्स आने लगीं, जिनमें शानदार आइडिया और बेशकीमती सुझाव हुआ करते थे कि हम अपने ग्राहकों की सेवा और अच्छी तरह कैसे कर सकते हैं तथा कैसे हम अपने बिजनेस को बढ़ा सकते हैं।"

रिटेल में कर्मचारियों का नौकरी छोड़कर जाना अकसर सबसे बड़ी चुनौती होती है और योग्य लोगों की तलाश एवं उनकी ट्रेनिंग एक बड़ा बोझ बन जाती है। 'द मोबाइल स्टोर' ने इसके प्रबंधन का एक दिलचस्प तरीका ढूँढ़ निकाला। लोगों की बहाली का पूरा काम बहाली के प्रबंधक, स्थानीय स्टोर मैनेजर के जिम्मे छोड़ दिया गया। वास्तविक काररवाईवाली जगह के सबसे करीब का व्यक्ति वही था और साफ तौर पर सबसे बड़ा स्वामित्व भी उसी का था। इसलिए एच.आर. ने जहाँ उसे संभव बनाने का काम किया और यह सुनिश्चित किया कि नौकरी का एक विवरण और बहाली की प्रक्रिया जैसी बातों का पालन किया जाए, वहीं आखिरी फैसला बहाली प्रबंधक पर छोड़ दिया जाता था। वह अपने बाजार को, अपने ग्राहक को, अपनी मुश्किलों को और जो नतीजे हासिल करना चाहता था, उन सभी को अच्छी तरह जानता था। इस तरह आदर्श रूप से वही अपनी टीम चुनने के उपयुक्त था। न केवल उन्हें वैसी योग्यता मिली, जो 'बाजार के लिए सही' थी, बल्कि उन्होंने ज्यादा जुड़ाव और बढ़ी हुई जवाबदेही आते भी देखी। बहाली का चक्र दिख रहा था कि कितना छोटा हो गया है और इससे भी अच्छा यह कि कोई भी बहाली में देरी की शिकायत नहीं कर रहा था!

हिमांशु ने बहाली के अपने तरीके पर एक और अंदर की बात बताई। वह जब अपने डगमगाते इ-कॉमर्स के कारोबार में नई जान डालने के लिए किसी व्यक्ति को बहाल करने की ताक में थे, तब उन्होंने इस काम के लिए 'द मोबाइल स्टोर' की एच.आर. टीम के ही एक युवक को चुना। उन्होंने देखा था कि उस युवक में सारी डिजिटल चीजों को लेकर एक जबरदस्त लगाव था और उन्होंने उसके अंदर अनुभव की कमी को एक फायदे के तौर पर देखा, "वह बेवकूफी भरे सवाल पूछने

से नहीं डरेगा और पुराने ढर्रे पर चल रही प्रक्रियाओं एवं सिस्टम को तहस-नहस करने में नहीं हिचकेगा! पुराने कारोबार के भीतर किसी स्टार्टअप को इसी की जरूरत होती है।"

ऑनलाइन अराजकता को काबू में करना 'द मोबाइल स्टोर' के लिए आज भी सबसे बड़ी चुनौती बना हुआ है। यह इसके लिए सबसे बड़ा अवसर भी है। हाल का एक आँकड़ा बताता है कि कुल मोबाइल बिक्री का 20 प्रतिशत से ज्यादा ऑनलाइन होता है और भारत में होनेवाली ऑनलाइन बिक्री में 35 प्रतिशत हिस्सा मोबाइल फोन का होता है! हिमांशु ने इस घटना को किस प्रकार देखा और कैसे 'द मोबाइल स्टोर' ने इस लहर के साथ तैरने और समय के साथ चलने की योजना बनाई?

हिमांशु ने इस ऑनलाइन घटना को किसी प्रोफेसर की तरह; तोड़-तोड़ कर समझाया। वे कहते हैं, "चार तरह के मोबाइल फोन ग्राहक होते हैं। पहला, सिर्फ ऑनलाइनवाला ग्राहक होता है। ये उस नस्ल के लोग होते हैं, जो अपनी सारी शॉपिंग और अपनी विंडो शॉपिंग भी ऑनलाइन करते हैं। अगली किस्म के खरीदार वे होते हैं, जो शोरूमों में जाते हैं, प्रोडक्ट को वहाँ देखते हैं और फिर उसे ऑनलाइन खरीदते हैं। (सुना-सुना-सा लग रहा है, है न?) खरीदारों का तीसरा समूह वह होता है, जिन्हें वह भरोसा और आश्वासन चाहिए, जैसा कि भौतिक स्टोर देते हैं। वे जानते हैं कि उन्हें थोड़ा ज्यादा पैसा देना पड़ेगा, लेकिन सोचते हैं कि ऐसा करना वाजिब है; और ग्राहकों का आखिरी समूह वह होता है, जो भौतिक स्टोर में जाते हैं और कीमत को नीचे लाने का प्रयास करते हैं, जिसके लिए वे ऑनलाइन कीमत का हवाला देते हैं। वे स्टोर में खरीदारी करना चाहते हैं और इस उम्मीद में रहते हैं कि सौदा पट जाए और जो कीमत स्टोर कह रहा है तथा जो ऑनलाइन है, उसके बीच की कीमत लग जाए।"

फिर वह उन कारणों को गिनाते हैं कि क्यों लोग ऑनलाइन खरीदने से कतराते हैं और क्यों वे भौतिक स्टोर में खरीदारी करना पसंद करते हैं। "लोग ऑनलाइन खरीदारी क्यों करते हैं, इसके पीछे की दो सबसे बड़ी वजह—कीमत और सुविधा।"

और दो सबसे बड़ी वजह कि वे स्टोर में जाकर खरीदते हैं? तत्काल खुशी, क्योंकि उन्हें अपना खरीदा हुआ सामान हाथ में तुरंत मिल जाता है और खरीदने से पहले उस सामान को छूने तथा महसूस करने का मौका मिलता है।

कारोबार का कुशल नेतृत्व करनेवालों में कारोबार की इन उलझी हुई चुनौतियों को आसानी से समझ आनेवाले मुद्दों के रूप में सुलझाने की अद्भुत क्षमता होती है। जटिलता से सरलता की ओर और इतनी बड़ी ऑनलाइन चुनौती को ग्राहकों की किस्म में बाँटकर आसानी से समझा कि वे क्यों खरीदारी करते हैं तथा इस सूझ-बूझ को काम में लागू करने से 'द मोबाइल स्टोर' को अपनी ही एक रणनीति बनाने में मदद मिली।

उन्होंने इस पर क्या किया, यह बताता हूँ। जब भी कोई ग्राहक किसी फोन की खरीदारी के लिए ऑनलाइन जाता तो उसे 'द मोबाइल स्टोर' का एक छोटा सा आइकॉन दिखता था, जो कहता था कि उसे यह फोन ठीक चार घंटे के भीतर मिल जाएगा; बस, थोड़ी सी कीमत ज्यादा होगी। इस तरह अब ग्राहक को ऑर्डर देने के बाद एक या दो या तीन दिन तक फोन के आने का इंतजार नहीं करना पड़ता था और उसे यह शोरूम की कीमत पर मिली छूट के साथ मिल सकता था। अगर शुरुआती प्रतिक्रिया की बात करें तो ग्राहकों को यह खूब पसंद आया! आखिर 'द मोबाइल स्टोर' ने ऐसा कैसे किया?

जैसे ही कोई ऑर्डर बटन पर क्लिक करता, ग्राहक को 'द मोबाइल स्टोर' के विशाल नेटवर्क (1,200 से भी अधिक स्टोर, जो बढ़ते जा रहे हैं) के नक्शे पर ले लिया जाता था। उस ग्राहक को सबसे करीबी स्टोर से टैग किया जाता था और सेल्समैन, नहीं कूरियर ब्वॉय नहीं, उस ग्राहक तक उस फोन (और क्रेडिट कार्ड स्वाइप मशीन तथा कुछ एसेसरीज के साथ) बिक्री को पूरा करने के लिए जाता था। वहाँ जाने पर वह फोन के फीचर्स भी दिखाता था और ग्राहक को पुराने फोन से डेटा ट्रांसफर करने में भी सहायता करता था और यही सबकुछ नहीं था। कई मामलों में वह एक प्रोटेक्टिव गिलास कवर भी बेच लेता था और एक केस भी और कार में चार्जिंग के लिए केबल भी। ये सारे अतिरिक्त उत्पाद थे और जैसा कि आपने अंदाजा लगा लिया होगा, बहुत ज्यादा मार्जिनवाले उत्पाद भी होते हैं! इस तरह 'द मोबाइल स्टोर' ने अपनी ताकत को रिटेल स्टोर्स की व्यापक मौजूदगी को ऑनलाइन युद्ध लड़ने में इस्तेमाल किया।

बेहद दिलचस्प है, है न? 'द मोबाइल स्टोर' ने एक ऐसी रणनीति को लागू किया, जिसने एक बड़ी कमजोरी (भौतिक स्टोर के भारी खर्च) को उसकी ताकत में बदल दिया। अचानक यह रिटेल नेटवर्क डगमगाते कारोबार की मुश्किल से उबर गया। यह अब दूसरों को आगे बढ़ाने लगा और प्रतिस्पर्धा की दृष्टि से फायदे

की बात करें तो 'द मोबाइल स्टोर' इस हाइब्रिड समाधान को देने की अनोखी स्थिति में था। हिमांशु की बात किसी महात्मा की सलाह जैसी लगती है, जब वे कहते हैं, "आपको खुद को आगे बढ़ाना होता है। ऐसा कुछ भी, जो किसी चुनौती की तरह दिखे। उसे देखकर खुद से पूछिए, क्या आपको कोई अवसर दिखता है? कारोबार में और जीवन में चुनौतियाँ अवसरों का रूप बदलकर आती हैं।" और कई बार समस्या 'या तो यह या वह' निर्णय जैसी दिखती है और समाधान असल में 'और' हो सकता है। 'द मोबाइल स्टोर' की बात करें तो इसने भौतिक स्टोर और ऑनलाइन के बीच एक विकल्प देखा होगा और जवाब था—इन दोनों का ही संगम!

और जब हिमांशु इस बारे में बात करते हैं, तब वे, जो उसके बाद पीई-समर्थित उपक्रम को चलाने निकल पड़े हैं, अपनी पसंदीदा कहानी सुनाते हैं, खरगोश और कछुए की कहानी। हम सब जानते हैं कि उस कहानी में खरगोश दौड़कर बहुत आगे निकल जाता है और कुछ देर आराम करने का फैसला करता है और फिर धीमी गति से लगातार चलनेवाले कछुए से हार जाता है; लेकिन हिमांशु इस कहानी में आज के जमाने का ट्विस्ट ले आते हैं, एक ऐसा मोड़, जिसे आपने पहले नहीं सुना तो जरूर सुनना चाहिए।

उस रेस को हार जाने के बाद होश में आया खरगोश कछुए से दोबारा रेस लगाने की बात करता है। वह मान लेता है कि उसने सबक सीख लिया है। कछुआ इसके लिए राजी हो जाता है, लेकिन होशियारी से इस बात पर जोर देता है कि रास्ते का चुनाव वह करेगा। खरगोश मान जाता है। कछुआ ऐसा रास्ता चुनता है, जिसके बीच में एक नदी पड़ती है। इसलिए खरगोश तेजी से आगे भागता है, लेकिन नदी के किनारे पहुँचते ही फँस जाता है। वह नदी पार नहीं कर पाता! कछुआ धीरे-धीरे आता है और नदी को पार करते हुए एक बार फिर से रेस जीत लेता है। हिमांशु कहते हैं, "यह एक अच्छा सबक है। युद्ध में जीत अकसर लड़ाई के मैदान को समझदारी से चुनने पर मिलती है!"

और फिर, सबसे धमाकेदार आइडिया आता है। रेस के बाद खरगोश और कछुआ एक-एक जाम पीने के लिए मिलते हैं और कुछ हद तक दार्शनिक हो जाते हैं। जीवन दूसरे व्यक्ति को हराने का नाम नहीं है, बल्कि वे मानते हैं कि हमें सबसे अच्छा बनना चाहिए। एक-दूसरे से होड़ लगाने की बजाय खरगोश और कछुए ने साथ आने का फैसला किया और यह प्रयास किया कि वे कितनी जल्दी अंतिम रेखा

तक पहुँचते हैं। खरगोश कछुए को पीठ पर बिठाकर नदी तट तक पहुँचता है। फिर नदी पार करने के लिए वह कूदकर कछुए की पीठ पर चढ़ जाता है और एक बार फिर खरगोश कछुए को पीठ पर बिठाता है और दोनों अंतिम रेखा तक उससे भी जल्दी पहुँच जाते हैं, जितना कि वे अकेले अपने दम पर पहुँचते। और जब हिमांशु मुसकराने लगते हैं, तब आप समझ सकते हैं कि 'द मोबाइल स्टोर' की कहानी साफ तौर पर खरगोश और कछुए की कहानी है, जहाँ ऑनलाइन और ऑफलाइन मॉडल एक-दूसरे के साथ आ जाते हैं।

ऐसे सारे कारोबार, जिन्होंने दुकानों में अपना पैसा लगा रखा है और ऑनलाइन सुनामी से जूझ रहे हैं, शायद 'द मोबाइल स्टोर' से कुछ बातों को अपना सकते हैं।

तो फिर खयाल बुरा नहीं है। फोन उठाइए और खरगोश को 'हेलो' बोलिए और कछुए को भी!

सफलता के मंत्र

- पहले जरूरत को समझिए। अकसर किसी चीज की सख्त जरूरत उसे हासिल करने की दिशा में पहला कदम होती है।
- अनोखी पहल संगठन में कहीं भी हो सकती है। आइडिया हर तरफ है। आपको बस, उस पर गौर करना है!
- ऐसा कुछ भी, जो आपको किसी चुनौती की तरह दिखता है, उसे देखकर खुद से पूछिए—क्या आपको कोई अवसर दिख रहा है? कारोबार में और जीवन में अवसर चुनौतियों के वेश में आते हैं।
- आगे चलकर जो कारोबार जीतते हैं, वे ऐसे नहीं होते, जिन्हें कभी असफलता नहीं मिलती; न ही वे होते हैं, जो कभी गलतियाँ नहीं करते। सफल कारोबारी अपनी गलतियों से तुरंत सीखते हैं और सुधार के कदम उठाते हैं।
- युद्ध में जीत अकसर लड़ाई के मैदान का चुनाव सूझ-बूझ कर करने से मिलती है! जीवन दूसरे व्यक्ति को हराने का नाम नहीं है, बल्कि अपना सबसे अच्छा होने का नाम है।

❑

बालों के साथ एक डॉक्टर का प्रेम
रिचफील

वह साल 2000 था। मुंबई के एक और गरम दिन की उमस भरी दोपहर। जब डॉ. अपूर्व शाह के फोन की घंटी बजी, फोन के दूसरी तरफ प्रदीप गुहा थे, जो उस समय बेनेट कोलमैन कंपनी के प्रेसिडेंट थे, जो परेशान व चिंतित लग रहे थे; लेकिन वह व्यक्ति, जो 'द टाइम्स ऑफ इंडिया' अखबार और 'फिल्मफेयर' व 'फेमिना' जैसी पत्रिकाएँ प्रकाशित कर रहा था, उसने बालों के एक गुमनाम से डॉक्टर को फोन क्यों किया था?

पता चला कि उनके सामने एक समस्या खड़ी हो गई थी। फेमिना मिस इंडिया प्रतियोगिता में सिर्फ 15 दिन बाकी रह गए थे और एक प्रतियोगी, जो सेना के किसी कर्नल की खूबसूरत-सी बेटी थी, उसने दो दिन पहले किसी स्थानीय सौंदर्य प्रतियोगिता के लिए तैयार होते समय अपने बाल जला लिये थे और प्रदीप चाहते थे कि डॉक्टर की मदद से उसके बालों की समस्या को सुलझाया जाए, ताकि वह सौंदर्य प्रतियोगिता में हिस्सा ले सके। डॉ. अपूर्व शाह एवं उनकी पत्नी डॉ. सोनल शाह ने इस चुनौती को स्वीकार किया और उसके बालों पर काम करते हुए उसे ठीक किया, वह भी उस बड़ी रात से पहले। कर्नल की बेटी और वह लड़की थी सेलिना जेटली, जिसने 'मिस इंडिया' का खिताब जीता!

प्रतियोगिता के बाद उस रात मुंबई के ताज लैंड्स में हुई पार्टी में वह अपने पिता के साथ आई थी, जहाँ सब उसकी तारीफों के पुल बाँध रहे थे। वह जब अपूर्व और सोनल की उस डॉक्टर जोड़ी से मिली, जिसने उसके बालों को ठीक करने में उसकी मदद की थी तो उसने आभार जताने के लिए उनके हाथों को थाम लिया तथा उन्हें कसकर दबाया और फिर उसने विनम्रता के साथ अपने पिता से कहा, "मेरा ताज इनकी बदौलत है।"

शाह दंपती के लिए यह स्वीकृति की ऐसी मुहर थी, जिसका उन्हें इंतजार था। उसके बाद उन्होंने पलटकर नहीं देखा। मिस इंडिया प्रतियोगिता के साथ उनकी भागीदारी लंबे समय तक चलती रही और आज भी, साल-दर-साल, जब इस देश की सबसे खूबसूरत महिलाएँ एक ऐसी प्रतियोगिता के लिए इकट्ठा होती हैं, जहाँ तय होता है कि उन सभी में सबसे खूबसूरत कौन है, वहाँ 'ऑफिशियल हेयर पार्टनर' डॉ. अपूर्व शाह और सोनल शाह ही हैं, जो भारत के पहले सर्टिफाइड ट्राइकोलॉजिस्ट हैं।

अपूर्व बालों के विशेषज्ञ डॉक्टर कैसे बने, इसके पीछे की कहानी भी बड़ी दिलचस्प है और शायद यह दिखाती है कि कैसे हम में से कई लोग अपने कॅरियर का चुनाव करते हैं! अपूर्व के पिता एक डॉक्टर थे, लेकिन उनके पिता के परिवार में बाकी सब कारोबार से जुड़े थे और उनके ननिहाल में सभी डॉक्टर थे। इसलिए अपूर्व ने जब कारोबार में दिलचस्पी दिखाई, तो उनकी माँ ने कहा, "बस, अपने नाम के आगे 'डॉक्टर' लगा ले और फिर जो मरजी कर!"

उनके पिता एकदम अलग ही तरह के डॉक्टर थे। वह महिलाओं के कान की लोलकी को सर्जरी के बिना ही ठीक किया करते थे। कई महिलाओं के कान की लोलकी लगातार भारी-भरकम बालियाँ पहनने के कारण लटक जाती हैं। सीनियर डॉक्टर शाह उसे ठीक करने के लिए मशहूर हो चुके थे और सिओन में उनका छोटा सा क्लीनिक दूर-दूर से आनेवाली, यहाँ तक कि लखनऊ एवं लुधियाना से आनेवाली महिलाओं से भरा रहता था और युवा अपूर्व जब मेडिकल कॉलेज में दाखिल हुए, तब उन्होंने तय कर लिया था कि वे भी कुछ ऐसी ही अनोखी चीज करेंगे। उद्यमी डॉक्टर का बीज बोया जा चुका था।

अपूर्व के जीवन में बाल घूम-फिरकर आते ही रहे हैं। वे जब अपने कॉलेज के पहले वर्ष में थे, तब अपूर्व और उनके दोस्त कैंपस में टहल रहे थे। तब उन्होंने खूबसूरत लंबे बालोंवाली लड़की को अपने आगे-आगे चलते देखा। अपूर्व पर उसके बालों ने ऐसा जादू किया कि वह अपने दोस्त आशीष वैद्य (जो खुद भी आज एक विख्यात डॉक्टर हैं) की ओर मुड़े और कहा, "यार, शादी करूँगा तो इससे ही करूँगा!" शायद जवानी में इस तरह का पागलपन अकसर देखने को मिलता है। जब आपको कुछ अच्छा लग जाता है तो उसे हासिल करने के पीछे पड़ जाते हैं और जिस पर आपकी नजर पड़ जाती है, उसके लिए कुछ भी करने को तैयार हो जाते हैं। उन्होंने उस लड़की को लुभाना शुरू किया और

मुंबई गार्डन में एक डेट पर। उनकी गर्लफ्रेंड ने अपनी सहेली के बारे में बताया, जिसके बाल झड़ रहे थे। आप कहेंगे, यह तो सामान्य सी बात है। हम सभी ऐसे लोगों को जानते हैं, जिनके साथ ऐसी समस्या है। बेंच पर बैठे-बैठे अपूर्व शाह जब मूँगफली खा रहे थे, तब उनके मन में यह बात जोर-शोर से उठी कि क्यों न उसकी मदद के लिए कुछ किया जाए? कॉलेज में वे होम्योपैथी के जो सबक सीख रहे थे, उनकी मदद से उन्होंने एक हेयर वाइटलाइजर तैयार किया। इसने उनकी गर्लफ्रेंड की सहेली पर जादू की तरह असर दिखाया। जब डॉ. शाह ने देखा कि उनका उत्पाद शानदार नतीजे दे रहा है तो उनके भीतर छिपे उद्यमी ने कमान सँभाल ली।

मुंबई के सांताक्रूज में उनके घर के सामने उमा ब्यूटी पार्लर नाम का एक ब्यूटी सैलून था। अपूर्व उसकी मालकिन उमा से मिले और उन्हें इस बात के लिए राजी किया कि वह अपने ग्राहकों को उनका उत्पाद बेचे। एक सैलून के बाद दूसरा सैलून और जल्दी ही मुंबई के तमाम ब्यूटी सैलूनों में 'डॉ. शाह हेयर टॉनिक' का स्टॉक किया जाने लगा और उसकी बिक्री होने लगी। मेडिकल कॉलेज में पढ़ाई के दौरान भी एक उद्यमी हलचल मचाने लगा था। जिस आइडिया की शुरुआत अपनी गर्लफ्रेंड को प्रभावित करने से हुई, वह पैसा बरसानेवाला ब्लॉकबस्टर उत्पाद बनता दिखा। लंबे बाल, जिस लड़की को वे लुभा रहे थे, वह सोनल थीं, जो अब उनकी पत्नी हैं और 'रिचफील' उपक्रम में उनकी पार्टनर हैं।

मेडिकल कॉलेज से निकलने के कुछ ही दिनों बाद अपूर्व और सोनल ने शादी कर ली तथा दोनों ने भाटिया हॉस्पिटल में इंटर्न के रूप में काम करना शुरू कर दिया। सोनल बर्न डिपार्टमेंट में थीं, जबकि अपूर्व ब्रेन सर्जरी यूनिट में। जिंदगी सुहानी थी या सारी दुनिया को ऐसी दिख रही थी। एक युवा डॉक्टर दंपती खुद को जीवन भर चलनेवाली डॉक्टरी प्रैक्टिस के लिए तैयार कर रहा था और एक सुखद जीवन को लेकर आश्वस्त था; लेकिन शाह दंपती की योजना कुछ और ही थी, एक अलग सपना। उन्हें जल्दी ही एहसास हुआ। वे जानते थे कि वे हॉस्पिटल में समय बरबाद कर रहे हैं और बेहतर होगा कि वे अपने हेयर टॉनिक तथा चुनिंदा हेयर ट्रीटमेंट पर फोकस करें। इस टॉनिक की बिक्री से बचाए गए पैसों का इस्तेमाल करते हुए यह दंपती लंदन के प्रतिष्ठित इंटरनेशनल इंस्टीट्यूट ऑफ नेचुरल थैरेपीज में बालों व त्वचा के इलाज की पढ़ाई के लिए विदेश रवाना हो गया। यह दो साल का प्रोग्राम था, लेकिन दोनों डॉक्टर जल्दी

में थे। वे अधिकारियों से मिले और उनसे कहा कि वे इस कोर्स को छह महीने में पूरा करना चाहते हैं। उन्होंने वादा किया कि वे दिन-रात मेहनत करेंगे—हफ्ते में सातों दिन और संस्थान के अधिकारियों ने उनकी निष्ठा से प्रभावित होकर उनके आग्रह को स्वीकार कर लिया और लंबे दिनों व छोटी रातों, रोजाना ट्रेन और ट्यूब की सवारी, कंजूसी से किए जानेवाले खर्च तथा गोभी की सब्जी एवं दही व चावल के देसी खाने के साथ बिताए गए छह महीने के बाद भारत के पहले ट्राइकोलॉजिस्ट योग्यता प्राप्त कर चुके थे और दुनिया को कुछ कर दिखाने के लिए तैयार थे।

वापस भारत लौटते हुए फ्लाइट पर वे सोच रहे थे कि अपनी प्रैक्टिस किस जगह पर शुरू करेंगे। अच्छी जगह पर अच्छा क्लीनिक कम पैसों में नहीं मिल पाएगा। यही नहीं, जानकारी फैलाने और मरीजों की संख्या बढ़ाने में वक्त लगेगा; और तभी उनके मन में एक खयाल आया, किसी ब्यूटी पार्लर के अंदर ही क्लीनिक क्यों न लगा लें? क्या कोई सैलून मालिक उन्हें ऐसा करने देगा? लैंड करने के कुछ ही समय बाद उन्होंने रुख किया और किसका, उसी उमा का, जो उमा ब्यूटी पार्लर चला रही थी। उन्होंने अपनी कमाई उसके साथ 50:50 साझा करने का ऑफर दिया। वह इसे आजमाने पर राजी हो गई। पहले हफ्ते के आखिर में ही उन्होंने 3,000 रुपए कमा लिये और जब उन्होंने आधी कमाई जेब में रखते हुए उमा के चेहरे पर मुसकान को देखा तो वे जान गए कि उनका धंधा चल निकला है। जल्दी ही वे बालों के डॉक्टर बन गए, जिनकी माँग बढ़ चुकी थी और मुंबई का हर ब्यूटी सैलून चाहता था कि वे उनके यहाँ आकर भी प्रैक्टिस करें। उसी समय, जब ब्यूटीशियन और फिजीशियन होते थे, तब शान पहले 'ब्यूटी फिजीशियन' बन गए और बाजार में एक नई श्रेणी को खड़ा कर दिया। बेशक, कई साल पहले अगर उमा उनके हेयर टॉनिक को बेचने पर सहमत नहीं हुई होती या अपने उमा ब्यूटी पार्लर के अंदर उन्हें अपना क्लीनिक नहीं लगाने देती तो यह सब नहीं हो पाता। अकसर जीवन में हमारी सफलता, हमारी उपलब्धियाँ सिर्फ हमारी बुद्धिमानी और कड़ी मेहनत करने के लिए हमारी इच्छा पर निर्भर नहीं करतीं, बल्कि हमारे भीतर अपने जीवन में एक 'उमा' की तलाश करने की भी क्षमता होनी चाहिए। कोई ऐसा, जो मदद करे, देवदूत अभिभावक का काम करे और अकसर आपको सोचने पर मजबूर कर दे। "वह चाहती तो मेरे लिए ऐसा नहीं भी करती, करती क्या?" हर किसी के जीवन में एक उमा

होती है, लेकिन अकसर हम अपने आप में ही इतने उलझे रहते हैं कि उसकी मौजूदगी पर गौर ही नहीं करते।

जीवन जब खुशगवार दिख रहा था, तभी डॉ. शाह के पास उमा का फोन आया। उसके पास अच्छी खबर थी और बुरी भी। उसे एक लड़का मिल गया था और वह उससे शादी करने के बाद अमेरिका जा रही थी। उसने कहा कि वह पार्लर बेच रही है और उसकी कीमत जहाँ उसने 21 लाख रुपए लगाई थी, वहीं वह शाह दंपती को उसे 18 लाख रुपए में दो शर्तों पर दे सकती है। उसे सात दिनों के भीतर कैश चाहिए था और शाह वादा करें कि वे उसके स्टाफ को निकालेंगे नहीं। इस समय तक शाह दंपती ने अपना सैलून चलाने के बारे में सोचा तक नहीं था; लेकिन वे अपने पहले सैलून को हाथ से जाने नहीं देना चाहते थे—वह, जिससे उन्हें पहचान और शोहरत मिली थी। पैसे जुटाना आसान नहीं था। कोई भी बैंक ज्यादा-से-ज्यादा उन्हें 5 लाख रुपए तक दे रहा था और उन्होंने वह ले लिया। इसके बाद अपूर्व ने अपने मुंबई के डिस्ट्रीब्यूटर हँसमुख भाई से बात की और उसे मुंबई के सी रॉक होटल में नाश्ते पर बुलाया। उस डिस्ट्रीब्यूटर की रिचफील के उत्पादों की सालाना बिक्री 18 लाख रुपए की थी। डॉ. शाह ने हँसमुख भाई से कहा कि उन्हें 18 लाख रुपए की पेमेंट अभी चाहिए और उसके बदले में वह उन्हें एक चमचमाती नई मारुति कार देंगे। हँसमुख भाई मान गए और सातवें दिन की शाम उन्होंने उनके पास 'निविया' के कार्टन (वह उस ब्रांड के भी डिस्ट्रीब्यूटर थे) भिजवाए, जो हर राशि के नोटों से भरे थे, यहाँ तक कि 1 रुपए व 2 रुपए के भी और इस तरह पहले रिचफील सैलून-क्लीनिक का जन्म हुआ।

आज, रिचफील के देश भर में 75 केंद्र हैं; लेकिन जैसा कि अकसर उद्यमियों के साथ ऐसा होता है, इन केंद्रों की स्थापना करना किसी बहुत बड़ी योजना का हिस्सा नहीं था। यह एक संयोग था। अगर उमा को अपना जीवनसाथी नहीं मिलता तो शाह दंपती कभी अपना सैलून खोलने की बात नहीं सोचते। उद्यमियों में 'संयोगों' को होने देने की यही खूबी होती है और वे उन अवसरों का पूरा लाभ उठाते हैं। वे खराब पत्ते मिलने की शिकायत नहीं करते। वे अपने पत्तों को देखते हैं, जो मिले हैं और सोचते हैं, मैं अपने पत्ते कितनी अच्छी तरह चल सकता हूँ और जीत सकता हूँ?

अपना पहला सेंटर खोलने के पाँच साल बाद कमाई लगातार बढ़ती जा

रही थी। वे मसाज, फेशियल, स्किन ट्रीटमेंट एवं बालों की देखभाल भी कर रहे थे और नए केंद्रों को खोलने के अलावा वे अपने विभिन्न प्रकार के उत्पादों का वितरण भी बढ़ाते जा रहे थे, जो अकेले मुंबई में 10,000 केमिस्ट्स के पास उपलब्ध थे। जैसे-जैसे बिक्री बढ़ती गई, कर्ज भी बढ़ने लगा। "हमें लगा, हम कहीं दब न जाएँ।" डॉ. शाह याद करते हैं। तभी उन्होंने फैसला किया कि अपने ध्यान को और पैना बनाएँ। उन्होंने त्वचा की देखभाल के कारोबार को बंद किया और सिर्फ बालों पर फोकस करने का फैसला किया। कुछ साल बाद 'फोकस' मुख्य शब्द था, जब उन्होंने अपने कारोबार के खुदरा हिस्से को तथा पड़ोस के केमिस्ट्स को सप्लाई बंद करने का फैसला किया। उन्होंने अपने स्टोर्स और बड़े-बड़े आधुनिक आउटलेट्स पर फोकस करने का फैसला किया। दिवंगत अतुल टंडन, जो एक सेल्स और मार्केटिंग गुरु थे (जिन्होंने आगे चलकर एम.आई.सी.ए. को चलाया), उन्होंने ही उन्हें रिटेल कारोबार को बंद करने और एक ऐसा कदम उठाने की सलाह दी, जिससे मुनाफा आश्चर्यजनक ढंग से बढ़ा और 'रिचफील' मुनाफे के साथ तरक्की के रास्ते पर बढ़ गया।

'रिचफील' की सफलता की प्रमुख बातें क्या रही हैं? डॉक्टर चार बातें बताते हैं—लोग, अनोखापन, आक्रामक मार्केटिंग एवं सही कीमत और इसमें कड़ी मेहनत को जोड़ दें। "हमारा तरीका 24×7 का नहीं है। हमारे काम करने की संस्कृति 36×7 की है। अपने कार्यकाल के पहले 23 साल के दौरान मैं हफ्ते में सात दिन काम करता था। हम जब लोगों का इंटरव्यू करते हैं तो उन्हें बता देते हैं कि उनसे हमारी क्या उम्मीदें हैं। मैं पागल हूँ और लोगों को पागल कर देता हूँ!" इस तरह यह दिलचस्प है कि जहाँ रिचफील के पास स्टाफ की संख्या बढ़कर 900 तक पहुँच गई है, वहीं पहले 70 लोग आज भी उनके साथ हैं, जब 30 साल पहले उन्होंने शुरुआत की थी। पारिवारिक माहौल, पाठशाला का तरीका, जिसमें कर्मचारी आते हैं, ट्रेनिंग लेते हैं और जिम्मेदारी की जगहों को सँभालते हैं तथा दिल खोलकर दिए जानेवाले पुरस्कारों समेत सारी बातों के चलते कर्मचारियों ने 'रिचफील' को अपना स्थायी घर बना लिया है। "हममें से कई के लिए सर और मैडम हमारे गॉडपैरेंट की तरह हैं।" एक कर्मचारी ने कहा, "हमारी पहली कार, हमारी पहली उड़ान, किसी बाहरी देश में हमारा पहला दौरा—सब उनकी बदौलत ही हुआ!"

और डॉ. शाह, बेशक, झट से कहते हैं कि 'रिचफील' ने जो कुछ हासिल

किया है, वह सब उनकी टीम के योगदान के बिना संभव नहीं होता। "आप किसी संगठन को अपने हाथों से बना सकते हैं; लेकिन उसे जिंदा रखने के लिए आपको सही लोग चाहिए।"

फिर वे एक अकाउंटेंट की कहानी सुनाते हैं, जो उनके साथ काम करता था और जिसने उन्हें धोखा दिया और कई लाख रुपए का गबन कर लिया। जब इसका पता चला, तब उसे पुलिस के हवाले किया जा सकता था; लेकिन डॉ. शाह ने उसे दूसरा मौका देने का फैसला किया। "वह आज भी हमारे साथ है और उसका प्रदर्शन शानदार है। आपको लोगों पर विश्वास करना पड़ता है। आपको उन्हें एक मौका देना पड़ता है। घर पर जब कोई गलती करता है तो आप उसे सुधारते हैं। आप उसे घर से नहीं निकालते, है न?" रिचफील के प्रति कर्मचारियों की जो स्वामीभक्ति है, उसे देखकर ही आपको यकीन होगा। यहाँ तक कि कुक और आया भी दो दशक से ज्यादा समय से उनके साथ हैं। आमतौर पर अच्छे इनसान अच्छे लीडर साबित होते हैं।

कई सालों की सफलता के बाद और एक बड़ा कारोबार खड़ा कर लेने के बाद भी क्या आप यकीन करेंगे कि वे आज भी सिओन के उसी 350 वर्ग फीट के मकान में रहते हैं, जहाँ इन सबकी शुरुआत तीन दशक पहले हुई थी? "मेरे अंदर कभी मर्सिडीज खरीदने की इच्छा पैदा नहीं हुई।" यह उस आदमी का कहना है, जो टाटा सफारी चलाता है और सिर्फ भारतीय कार खरीदता है। एक बार उन्होंने दीवाली पर अपने स्टाफ को छह नैनो कारें गिफ्ट कीं, जिससे रतन टाटा बेहद खुश हुए और आग्रह करने पर विशेष कीमत का ऑफर भी दिया।

"जीवन में मैं दो ही चीजों से प्यार करता हूँ—अपने परिवार से और रिचफील से।" परिवार में एक बेटी शामिल है, जो ऑस्ट्रेलिया में चर्म रोग में एम.डी. की पढ़ाई कर रही है और एक कॉलेज जानेवाला बेटा है, जो एक निम्न एकल-अंक बाधा वाला गोल्फ खिलाड़ी है और पेशेवर बनना चाहता है। "पूरा परिवार रिचफील को ही खाता, सोता, साँस लेता है। आप कभी थक नहीं सकते, अगर आपका काम सिर्फ काम नहीं, बल्कि आनंद जैसा होता है।"

और जब वे उस छोटे सी बैठक में आराम की मुद्रा में दिखते हैं, जिसमें एक सिरे पर किचन भी है, उस समय उनका परिवार उनके साथ है और उनका पालतू छोटा कुत्ता उनके पैरों के पास बैठा है। इस समय आपको लगता है कि आप उस आदमी को सुन रहे हैं, जिसने सच में अपने लिए उसे परिभाषित किया

और पाया, जो वास्तव में मायने रखता है—खुशी।

ऐसी कई चीजें हैं, जो डॉ. शाह को रिचफील के बढ़ते साम्राज्य की छोटी-बड़ी बातों के अलावा भी व्यस्त रखती हैं। उनकी पसंदीदा योजना देश भर में बकरीशालाओं, बकरियों के लिए घर की एक चेन शुरू करने की है। "हमारे पास गौशाला है, लेकिन बकरियों के लिए कुछ नहीं है।" उन्हें उस ट्राइकोलॉजी इंस्टीट्यूट पर भी गर्व है, जिसे मुंबई में एम.ई.टी. कॉलेज के साथ-साथ स्थापित किया गया है तथा वर्ल्ड मेडिकल ट्राइकोलॉजी एसोसिएशन पर भी उन्हें नाज है, साथ ही उस काम पर भी, जिसके तहत वे मुफ्त में गरीबों व जरूरतमंदों को तथा कैंसर के मरीजों को मुफ्त में या सब्सिडी पर बालों की देखभाल से जुड़े समाधान देते हैं। "आत्मसम्मान में बालों की एक बड़ी भूमिका होती है, चाहे कोई गरीब हो या अमीर। हम चाहते हैं कि लोग अपने बारे में थोड़ा और बेहतर महसूस कर सकें।" डॉ. शाह कहते हैं और हाँ, वे और उनकी पत्नी आज भी साल में 130 दिनों से भी ज्यादा सफर करते हैं, ताकि वे हर एक क्लीनिक तक जा सकें और ग्राहकों व मरीजों से मिल सकें। इसके लिए आप उन्हें चाहे जो पुकारना चाहें, पुकार सकते हैं और उन लोगों में जिसकी भी मुलाकात इस डॉक्टर दंपती से होती है, वह एक उम्मीद के साथ लौटता है। यह देखकर आश्चर्य होता है कि किसी व्यक्ति के जीवन में बालों का एक गुच्छा कितना परिवर्तन ले आता है।

फोन बज उठता है। कोई पूर्व ब्यूटी क्वीन बात कर रही है, जिसे डॉक्टर की मदद चाहिए। उसने अभी-अभी जुड़वाँ बच्चों को जन्म दिया है और जब वह अपने शरीर को सही आकार में लाने का प्रयास कर रही होती है, तब वह अपने बालों को पुराने दिनों के ऐश्वर्य में देखना चाहती है। कोई दिक्कत नहीं, डॉक्टर कहते हैं, जिनका तकिया कलाम है—'राइट येह'! जो उनकी सकारात्मकता और आशावादिता को दिखाता है। कॉल करनेवाली कौन थी, अगर आप अंदाजा नहीं लगा सके तो बता दें कि सेलिना जेटली थीं! पूर्व मिस इंडिया, जिनकी वजह से शाह दंपती के लिए यह सबकुछ संभव हो सका।

वह डॉक्टर, जो कभी थकता नहीं और जो अपनी सफलता का श्रेय अपनी टीम को देता है, वह पुराने हिंदी गाने की एक लाइन से सारी बातों का सार बता देता है—'एक अकेला थक जाएगा, मिलकर बोझ उठाना···साथी हाथ बढ़ाना!'

सफलता के मंत्र

- जीवन में हमारी सफलता, हमारी उपलब्धियाँ अकसर सिर्फ हमारी बुद्धिमानी तथा कड़ी मेहनत करने की हमारी इच्छा पर ही नहीं, बल्कि अपने जीवन में एक उमा की तलाश करने पर भी निर्भर करती है। कोई ऐसा, जो मदद करता है, देवदूत अभिभावक की भूमिका निभाता है और अकसर आपको सोचने पर मजबूर करता है। "उसे मेरे लिए करने की जरूरत नहीं थी, थी क्या?" हर किसी के जीवन में एक उमा होती है, लेकिन ज्यादातर समय हम अपने आप में इतना खोए रहते हैं कि उसकी मौजूदगी पर गौर ही नहीं करते!
- उद्यमियों में संयोगों को होने देने की एक खूबी होती है और वे इन अवसरों का सबसे अधिक लाभ उठाते हैं। वे खराब पत्ते मिलने की शिकायत नहीं करते। वे अपने पत्तों को देखते हैं और सोचते हैं, मैं अपने पत्ते कैसे खेलूँ और कैसे जीतूँ?
- उद्यमियों के काम करने का तरीका 24X7 का नहीं होता। वे इस काम को 36X7 का काम समझते हैं। कठिन परिश्रम तो करना ही पड़ता है।
- अपने लोगों पर भरोसा रखिए, उन्हें एक मौका दीजिए। घर पर जब कोई गलती करता है, तब आप उसे सुधारते हैं। आप उसे घर से नहीं निकालते। निकालते हैं क्या?
- आप अपने हाथों से किसी संगठन को खड़ा कर सकते हैं; लेकिन उसे जिंदा रखने के लिए आपको सही लोगों की जरूरत पड़ती है। एक अकेला थक जाएगा, मिलकर बोझ उठाना··· साथी हाथ बढ़ाना!
- कारोबार की सफलता के चार मंत्र हैं—लोग, अनोखापन, आक्रामक मार्केटिंग एवं सही कीमत और इसमें पाँचवाँ भी जोड़ लीजिए—कठिन परिश्रम।

❑

फूड ई-कॉमर्स में सफलता की डिलीवरी
आईशेफ

आज रात आप डिनर में क्या लेना पसंद करेंगे? कोव सुए या थाई करी? या आप रुमाली रोटी के साथ अजवायनी पनीर टिक्का खाना पसंद करेंगे? खैर, आप जो भी लेना चाहें, अगर आप मुंबई में हैं तो आपको बस, आईशेफ को फोन करना है। नहीं, यह कोई फूड डिलीवरी ऐप नहीं है। आईशेफ एक स्टार्टअप है, जो आपके लिए किराने का सामान चुनता है और उन सभी को आप तक भिजवाता है, जिनकी जरूरत आपको अपना खाना तैयार करने में पड़ती है। आपको बस, उन्हें फोन करना है और बताना है कि आप क्या खाना चाहेंगे और वे आपको एक भोजन किट के साथ वह सारा सामान भेज देंगे, जिनकी आपको जरूरत है—ताजा सब्जियाँ और उच्च गुणवत्तावाली सामग्री, सफाई से पैक की हुई, वह भी आपकी जरूरत की सटीक मात्रा में। इनके साथ वे आपको छह चरणोंवाला सरल रेसिपी कार्ड भिजवाएँगे, जिसकी मदद से आप रात के लिए अपना खाना खुद तैयार कर सकते हैं। क्या गजब की योजना है!

अगर ऐसा लग रहा है तो इसके लिए आपको जिस व्यक्ति का शुक्रिया अदा करना चाहिए, वे एक युवा हैं, जो अब भी उम्र के 20 से 30वें वर्ष के बीच हैं और वे हैं आईशेफ के संस्थापक चिराग आर्या। वे अपने रोल मॉडल स्टीव जॉब्स की तरह पोलो नेक वाली जर्सी नहीं पहनते, लेकिन आप जब उन्हें 'इस ब्रह्मांड में हलचल मचाने' और 'पीछे मुड़कर सिरों को जोड़ने' की बातें करते सुनेंगे और जब देखेंगे कि उन्होंने क्या किया है तो आप पाएँगे कि उन पर एप्पल के संस्थापक का बहुत गहरा प्रभाव है और इसमें भी शक नहीं कि आप अचानक चौंक जाएँगे कि आपको बिल्कुल भी हैरान होने की जरूरत नहीं है। क्या उन्होंने अपने कारोबार का नाम 'आईशेफ' नहीं रखा है!

अगर वर्ष 2011 में भारत–पाकिस्तान के बीच खेले गए मैच को देखने की जबरदस्त इच्छा नहीं होती तो चिराग हिंदुस्तान के एक और तकनीशियन के तौर पर अमेरिका की चार बड़ी कंसल्टिंग कंपनियों में से एक में काम कर रहे होते। जॉर्जिया टेक से इंजीनियरिंग में बैचलर डिग्री लेने के बाद चिराग ने डेलॉयट में काम करना शुरू कर दिया था। तेंडुलकर एंड कंपनी को उनके परंपरागत प्रतिद्वंद्वियों से भिड़ते देखने का लालच कुछ ऐसा था, जिससे बचना नामुमकिन था। चिराग जब भारत आए, तब गार्टनर की एक स्टडी उनके हाथ लगी, जिसमें बहुत बड़ी संख्या में गैर–संगठित क्षेत्रों के संगठित होने जाने की चर्चा थी और यह कहा गया था कि कैसे इससे अनेक नए अवसर पैदा होंगे। उन्होंने तय किया कि भारत की इस गाड़ी पर सवार होने का सही समय है और जिस समय तक धोनी ने जीत का छक्का लगाया, जिसके बाद भारत ने विश्व कप पर कब्जा जमा लिया, तब तक चिराग ने मन बना लिया था कि वे वापस नहीं लौटेंगे! अमेरिका में काम कर रहे ऐसे कई लोग हैं, जिनके पास कोई बिजनेस आइडिया होता है, जिसके साथ वे वापस आते हैं। चिराग के पास कोई आइडिया नहीं था।

"यह बात अनेक उद्यमियों पर लागू होती है। शुरुआत करने के लिए आपके पास किसी जबरदस्त बिजनेस आइडिया का होना जरूरी नहीं। आपको बस, शुरुआत करनी है। आइडिया आ जाएँगे, बिजनेस मॉडल भी खड़ा हो जाएगा; लेकिन जो भी उद्यमी बनना चाहता है, उसके लिए यह रोमांच होना बहुत जरूरी है। आपके अंदर जोश का वह सैलाब उमड़ना जरूरी है, जिससे कुछ अलग कर पाना संभव होता है।"

चिराग ने जो पहला कारोबार शुरू किया, वह 'एपी गुरु' नाम की एक बुटीक कोचिंग क्लास थी, जिसने छात्रों की मदद आगे की पढ़ाई के लिए विदेश जाने के लिए की, ताकि वे सैट, जीमैट और जी.आर.ई. जैसी परीक्षाओं की तैयारी कर सकें। उनका ध्यान बहुत अच्छी क्वालिटी की ट्रेनिंग देने पर था और जल्दी ही 'एपी गुरु' को मुंबई में टेस्ट की तैयारी के लिए सबसे अच्छे केंद्र के तौर पर देखा ज़ाने लगा। इसने साफतौर पर बहुत अच्छा प्रदर्शन किया। छात्रों का दाखिला पहले साल में 20 था, जो दो साल में 350 तक पहुँच गया। कुल मुनाफा 80 प्रतिशत से भी अधिक था और चिराग ने एक अच्छा काम किया कि छात्रों की संख्या को कम करने के लिए फीस को 25,000 रुपए से बढ़ाकर 85,000 रुपए कर दिया, ताकि उम्दा क्वालिटी की ट्रेनिंग सुनिश्चित की जा सके। उन्होंने एक और काम किया। छात्रों के अपनी

क्लास तक आने का इंतजार करने की बजाय उन्होंने स्कूलों तक जाने और वहाँ ट्रेनिंग देने का फैसला किया। इससे बँधे-बँधाए लोग मिल गए और संख्या बढ़ गई। जैसा कि दिख रहा था, यह ट्रेनिंग सेंटर नए उद्यमितों के लिए भी एक अच्छा ट्रेनिंग ग्राउंड बन गया और इससे उन्हें कई सबक भी मिले। अच्छी चीज देने पर फोकस, ऊँचा मुनाफा सुनिश्चित करना, ऊँची कीमत वसूलने की चिंता न करना और वहाँ जाना, जहाँ आपका ग्राहक है, उसके आप तक आने का इंतजार मत कीजिए।

इसी दौरान बॉम्बे स्कॉटिश स्कूल में एक छात्र के माता-पिता की तरफ से एक शिकायत मिली। वह मुंबई का एक बेहतरीन स्कूल था, जिसके साथ 'एपी गुरु' ने अनुबंध किया था। एपी गुरु से नाखुश होकर माता-पिता ने स्कूल की प्रिंसिपल से शिकायत की थी। चिराग प्रिंसिपल मिसेज चंद्रशेखर से मिलने पहुँचे। ऑफिस में दाखिल होते समय उनके चेहरे पर चिंता व थोड़ी घबराहट थी और प्रिंसिपल ने उनकी तरफ देखा और बोलीं, "चिराग, तुम मुझे अच्छे लगते हो। मैं तुम्हें जीवन की एक सच्चाई बताना चाहती हूँ। तुम सबको खुश नहीं कर सकते। इसकी कोशिश भी मत करना। अगर तुमने इसे समझ लिया तो तुम सफल हो जाओगे। यदि तुमने कोशिश की और सभी को खुश किया तो तुम चीजों को बहुत ज्यादा उलझा दोगे और अपने लिए मुसीबत खड़ी कर लोगे। जो सही है, उसके साथ खड़े रहो और अगर तुम्हारे पास तुम्हें पसंद करनेवाले पर्याप्त लोग हैं तो तुम सफल हो जाओगे।"

मिसेज चंद्रशेखर को अपने शब्द या फिर उस मुलाकात की याद नहीं होगी, लेकिन चिराग को याद है और यह बात सभी महान् शिक्षकों के लिए कही जा सकती है। उन्हें हमेशा इस बात का एहसास न होता हो, लेकिन अपने ही तरीके से वे उन सभी लोगों पर एक छाप छोड़ जाते हैं, जो उन्हें मिलते हैं—छात्रों पर और दूसरे लोगों पर भी।

और अगले बिजनेस की प्रेरणा मिली अपने ही एच.आर. कॉलेज, मुंबई की कैंटीन में, जहाँ अचानक जाना हुआ। उस कैंटीन में एक आदमी है, जो छोटा सा स्टॉल चलाता है। सब उसे 'राजू चाइनीज' के नाम से बुलाते थे। एच.आर. कॉलेज के छात्र उसके हाथों के बने खाने का गुणगान करते हैं और उन्हें लगता है कि शहर में उससे अच्छा चाइनीज खाना कोई बना नहीं सकता। दूसरे कॉलेज के स्टूडेंट भी किसी बहाने एच.आर. कॉलेज की कैंटीन में घुस आते थे, सिर्फ राजू चाइनीज खाने के लिए।

और चिराग जब वहाँ बैठकर मंचूरियन नूडल्स पर टूट पड़ रहे थे, तब मन में

खयाल आया कि राजू चाइनीज में ऐसी क्या खास बात है। चाइनीज फूड पूरे मुंबई में मिलता है, फिर चाहे सड़क किनारे के स्टॉल हों या फैंसी रेस्टोरेंट; लेकिन कोई भी उसे उस ढंग से भारतीय नहीं बना सका, जैसा राजू चाइनीज ने किया था। चिराग ने फैसला किया कि वह आउटलेट्स की एक चेन शुरू करेंगे, जहाँ भारतीयकृत चीनी खाना मिलेगा, जिसे साफ-सुथरे ढंग से एवं अलग स्वाद के साथ परोसा जाएगा और इस तरह 'द वोक इन द बॉक्स रेस्टोरेंट' चेन का जन्म इस आइडिया के साथ हुआ कि उनमें ताजा, सेहतमंद, स्वादिष्ट चीनी खाना तुरंत, बर्गर बनाने में लगनेवाले वक्त में परोसा जाएगा और वे चाहते थे कि उनकी कीमत कम हो, ताकि वे ज्यादा लोकप्रिय हों और एक बड़े बाजार की जरूरत को पूरा करें। "हमारे लिए यह भी महत्त्वपूर्ण था कि हम ब्रांड का निर्माण करें। हम चाहते थे कि लोग इसकी चर्चा करें और हम चाहते थे कि जब वे इस ब्रांड के बारे में सोचें तो उनके चेहरे पर मुसकान आ जाए।"

फूड में कोई बैकग्राउंड न होने पर किसी व्यक्ति के लिए रेस्टोरेंट के बिजनेस में आना कितना मुश्किल होता है? "फूड के बिजनेस का ज्यादातर लेना-देना खाने से कहीं अधिक उसके परिचालन और सप्लाई चेन से होता है। यहाँ शानदार खाना परोसना मायने नहीं रखता, बल्कि यह मायने रखता है कि हर बार आप अच्छा खाना परोसें और यहीं इंजीनियरिंग एवं प्रक्रियाएँ और प्रणाली काम करती हैं।" जैसे-जैसे 'मुझे भी' की माँग बढ़ने लगी, चिराग समझ गए कि वह कुछ अच्छा कर रहे हैं। उन्होंने तय किया कि वे ग्राहकों से जुड़े रहेंगे। वे उन्हें यह चुनते देखते थे कि उनके वोक बॉक्स में क्या डलता है। वे उनसे बातें करते थे और ग्राहकों के साथ होनेवाली ऐसी कई बातचीत के बाद खुश होकर ग्राहक बताते थे कि वे कभी-कभी खाना पकाने का कितना आनंद लेते हैं और जो कुछ बनाते हैं, उसकी तसवीर लेने में कितना आनंद आता है और वे तुरंत अपने फोन निकालते और खाने को लेकर किए गए फेसबुक पोस्ट तथा काम में जुटे मास्टरशेफ की सेल्फी एवं वीडियो दिखाते! इस तरह चिराग ने पता लगाया कि लोगों के भीतर अपना खाना तैयार करने को लेकर एक प्यार (और थोड़ा एहतियात) होता है।

और इसी दौरान वर्ष 2014 में चिराग की छोटी बहन स्नेहा अमेरिका से लौटीं और जब वह उत्साह के साथ वहाँ बिताए यादगार पलों की बातें बता रही थीं, तब उन्होंने यूँ ही यह भी बताया कि कैसे उसने अमेरिका में 'ब्लू एप्रन' की लोकप्रिय सेवा ली। वे राशन की चीजें ढूँढ़ते थे और उन्हें भोजन-किट के तौर पर पहुँचाते थे,

जिससे आप अपनी पसंद का खाना तैयार कर सकते थे। दोनों भाई-बहन ने सोचा कि यह आइडिया जबरदस्त रहेगा, कुछ ऐसा, जिसे भारतीय ग्राहक पसंद करेंगे और इस तरह 'आईशेफ' का जन्म हुआ।

"अमूमन, लोगों को अपना फ्रिज खोलकर देखने की आदत होती है कि अंदर क्या पड़ा है और फिर वे तय करते हैं कि क्या पकाएँगे। हमने कहा, सुनो, हम इसे उलट क्यों नहीं देते और पकानेवाली को तय करने देते हैं कि वह क्या पकाएगी और फिर हम उसके रेफ्रिजरेटर में सारी सामग्री को डाल देते हैं।" चिराग की इस बात में उद्यमिता की सोच का एक रहस्य छिपा है। यथास्थिति को बदल देने की बेजोड़ क्षमता, एकदम नई सोच के साथ परिचित चीजों को देखना और कहना कि अगर ऐसा हो तो या क्यों नहीं, वुजा दे!

जिसने भी इसे आजमाया, उसे घर पर भोजन-किट की डिलीवरी अच्छी लगी, लेकिन बिजनेस ने रफ्तार पकड़ने में वक्त लिया। ग्राहक रोमांचित थे। उन्हें खाना अच्छा लगा। ब्रांडिंग और मार्केटिंग कारगर होती लग रही थी। कुछ भी गलत नहीं था। फिर भी, उछाल उम्मीद के मुताबिक नहीं था। पहले छह महीने मुश्किल भरे थे। "ऐसा लग रहा था कि सब ठीक है, लेकिन कुछ भी ठीक नहीं हो रहा था।" चिराग याद करते हुए कहते हैं। उन्होंने उपलब्ध आँकड़ों को गहराई तक खँगाला और यह समझने के लिए खूब रिसर्च किया कि ग्राहक को क्या अच्छा लगता है, वे क्यों खरीद रहे हैं और इससे भी कहीं महत्त्वपूर्ण यह कि वे क्यों नहीं खरीद रहे हैं। उन्हें पता चला कि एक बड़ा बाजार है, जो 'उस खाने के लिए नहीं, जिसे आप बेचना चाहते हैं, बल्कि उस खाने के लिए है, जिसे ग्राहक खरीदना चाहते हैं।' 'ब्लू एप्रन' के मॉडल पर चलते हुए 'आईशेफ' काफी मिलता-जुलता मेन्यू दे रहा था। लेकिन उन्हें पता चला कि यह खाना जहाँ अमेरिकी पसंद का था, वहीं यहाँ यह विशिष्ट भोजन था। सुनने में तो अच्छा लगता है, लेकिन भारतीय ग्राहक इसे रोज नहीं खाना चाहता था। उन्होंने तुरंत बदलाव किया और ग्राहकों को वह दिया, जिसे वे खरीदना चाहते थे, न कि जो 'आईशेफ' बेचना चाहता था और फोन लाइन व्यस्त हो गई! आईशेफ अब हर दिन 500 ऑर्डर लेता है। उनके 20,000 से अधिक ग्राहक हैं। दोबारा खरीदारी की दर 65 प्रतिशत से ज्यादा है और औसत ऑर्डर 3-4 भोजन का है। "पेट बता देता है कि कोई आइडिया चलेगा या नहीं; लेकिन आप जब एक अच्छी, उत्साहजनक कहानी को ठोस रूप में, टिकाऊ कारोबार में बदलना चाहते हैं तो आपको आँकड़ों को देखना पड़ता है। लोग सोचते

हैं कि उनके पास जबरदस्त आइडिया है और एक बार वे उस पैमाने तक पहुँच गए तो उनकी सारी समस्याएँ खत्म हो जाएँगी। व्यापार का विस्तार हमेशा समस्या को हल नहीं करता। कभी-कभी यह समस्या बढ़ा देता है।"

फूड का बिजनेस जहाँ खासतौर पर बेहद लोकल होता है, वहीं चिराग और स्नेहा (तथा उनके निवेशकों) को फूड में एक सच्ची ई-कॉमर्स कंपनी के निर्माण करने का अवसर उत्साहित कर देता है। "हमारी भोजन-किट चार दिनों तक ताजा रहती है और चुनौती है एक बेस से या शायद दो बेस से खाने को पूरे देश के घर-घर तक पहुँचाना। हमारा फूड का बिजनेस नहीं है। फूड तो बस, एक थीम है। हम एक विशुद्ध रसद और सप्लाई चेन कंपनी चला रहे हैं।" चिराग कहते हैं, "हम बेहतर क्वालिटी का खाना ताजा सामग्रियों के साथ वैसी ही कीमतों पर पहुँचाना चाहते हैं, बरबादी खत्म करना चाहते हैं और लोगों के खाना पकाने को सुविधाजनक एवं मजेदार बनाना चाहते हैं।"

जैसा कि ज्यादातर उद्यमियों के साथ होता है, शुरुआती जीवन के अनुभवों का महत्त्वपूर्ण प्रभाव पड़ता है। चिराग याद करते हुए कुछ ज्यादा ही जीवंत रूप से बताते हैं कि माइकल डेल अमेरिका में उनके इंजीनियरिंग कॉलेज के छात्रों को संबोधित करने आए थे। उनकी बातों को सुनने के बाद इलेक्ट्रिकल इंजीनियरिंग के 25 प्रतिशत छात्रों ने अपना स्ट्रीम बदल लिया और सेकंड ईयर में कंप्यूटर इंजीनियरिंग में चले गए। क्यों? क्योंकि उन्होंने डेल में एक रोल मॉडल को देखा और तभी चिराग को एहसास हुआ कि जीवन में एक रोल मॉडल के होने से उसका कायापलट हो सकता है। यह प्रेरणा देनेवाली बहुत बड़ी शक्ति बन सकता है। उनके भी कुछ रोल मॉडल थे, जिनमें उनकी माँ भी शामिल थीं!

एक और कभी न भूलनेवाला अनुभव डेलॉयट के साथ कैंपस में प्लेसमेंट इंटरव्यू के दौरान हुआ। उन्होंने उनसे एक सवाल पूछा, सिर्फ एक। "अगर जापान के प्रधानमंत्री माउंट फूजी को किसी दूसरी जगह ले जाना चाहें तो कैसे करेंगे?" इस सवाल ने और उसके बाद होनेवाली चर्चा का युवा चिराग पर गहरा प्रभाव पड़ा। माइक्रोसॉफ्ट और गूगल जैसी कंपनियाँ अपने इंटरव्यू में अकसर इस तरह के सवाल करती हैं। संदेश स्पष्ट है। चीजों की जानकारी से कहीं ज्यादा महत्त्व रखती है आपकी सोचने की क्षमता। उस इंटरव्यू ने चिराग को इस बात का एहसास कराया कि बिजनेस में और जीवन में सफलता इस बात पर निर्भर नहीं करती कि आप कितना जानते हैं, बल्कि इस पर कि आप कितना अच्छी तरह सोच सकते हैं

और सोचने की शिक्षा देने का श्रेय चिराग अपनी इंजीनियरिंग की पढ़ाई को देते हैं। "इंजीनियरिंग का संबंध सिर्फ सिद्ध फॉर्मूले से नहीं है। इसका संबंध कलात्मकता से भी है। आप जिस तरीके से सोचते हैं, बड़ी समस्याओं को किस तरह छोटे-छोटे हिस्सों में बाँटते हैं, छोटी-छोटी बातों का ध्यान रखते हैं और अपने दिमाग को मुश्किल दिखनेवाली समस्याओं को सुलझाने के लिए तर्क के अनुसार इस्तेमाल करते हैं।"

किसी भी स्टार्टअप की तरह 'आईशेफ' ने कई चुनौतियों का सामना किया और चिराग एवं उनकी टीम में रुकावटों को पार करने तथा समस्याओं को सुलझाने का मौका जोश भरता है। मिसाल के तौर पर, ओलिव ऑयल की पैकेजिंग कैसे की जाए कि वह लीक न करे? वे इस बात का ध्यान कैसे रखते हैं कि दाल-बाटी वैसी ही बने, जैसी जयपुर में घर पर बनती है? यह सुनिश्चित कैसे करते हैं कि ऑर्डर हर बार सही समय पर पहुँचे? ऐसी कई बातें हैं, जिन्हें वे समय के साथ-साथ सीखते चले गए। चिराग ऐसे तीन सबक गिनाते हैं, जिनसे उनके मुताबिक हर उद्यमी को फायदा मिलता है। "एक, ग्राहक की आदतों को बदलना बेहद मुश्किल होता है। दो, आँकड़ों को देखिए। व्यापार का विस्तार भले ही मस्त लगता हो, लेकिन आपके लिए यही अच्छा होगा कि आप पुराने मारवाड़ी तरीके से हर दिन के नफा-नुकसान को देखें, ताकि यह जान सकें कि पैसा कहाँ जा रहा है और तीसरा, अपने ग्राहकों से जुड़ें, लेकिन रिसर्च पर जरूरत से ज्यादा आश्रित न हों। कभी-कभी ग्राहक नहीं जानते कि वे क्या चाहते हैं।"

चिराग को पुस्तकें पढ़ने का जबरदस्त शौक है और हर हफ्ते वे लगभग दो पुस्तकें पढ़ डालते हैं। वह ऑनलाइन वीडियो भी खूब देखते हैं। आपको उन लोगों से बहुत सारा ज्ञान और ढेर सारी प्रेरणा मिलेगी, जो वहाँ तक पहुँच चुके हैं, बहुत कुछ कर चुके हैं। हमें उन सारी चीजों को नए सिरे से खड़ा नहीं करना, हम दूसरों से ज्यादा तेजी से सीख सकते हैं। शायद यह ऐसी बात है, जिस पर सभी उद्यमी ध्यान दें तो उन्हें फायदा मिलेगा। इस संसार में ज्ञान की कमी नहीं, जिसे हासिल किए जाने का इंतजार है। चिराग एक के बाद एक जैपोज (जूते बेचनेवाला, जो कहता है कि वह जूते का विक्रेता नहीं, एक ग्राहक सेवा कंपनी है), अमेजन (दो पिज्जा का नियम—वहाँ कभी कोई मीटिंग न करो, जहाँ दो पिज्जा सारे शामिल लोगों का पेट न भर सके!) और, बिना शक एप्पल की कई कहानियाँ सुनाते हैं। एक ऐसी कहानी है, जो नौकरी के शुरुआती दिनों की है और जिसने उन्हें प्रेरित

किया, लेकिन इतनी लोकप्रिय नहीं है। शायद इस कहानी में एक सफल उद्यमी बनने का राज छिपा है।

चिराग पूरे उत्साह के साथ एक वीडियो के बारे में बताते हैं, जिसमें स्टीव जॉब्स एक अध्ययन के बारे में बताते हैं कि कैसे जब वे एक किशोर थे, तब उन्होंने इसके बारे में 'साइंटिफिक अमेरिकन' पत्रिका में पढ़ा था। उन्होंने एक टेस्ट किया, ताकि धरती के विभिन्न जीवों पर गति के प्रभाव को मापा जा सके। उन्होंने 180 प्रजातियों—पक्षियों, पशुओं, मनुष्यों को चुना, जो बिंदु ए से बिंदु बी तक गए और उन्होंने इस्तेमाल हुई ऊर्जा को यह देखने के लिए मापा कि कौन-कौन सी प्रजातियाँ सबसे कम ऊर्जा का इस्तेमाल करती हैं। कैंडर (गिद्ध जैसा पक्षी) पहले नंबर पर आया और मनुष्यों का प्रदर्शन कुछ ज्यादा ही लचर था, जो सूची के आखिरी तिहाई हिस्से में शामिल थे। बेशक, जिसे सबसे विकसित प्रजाति माना जाता है, उसके लिए यह प्रदर्शन अच्छा नहीं था! इसलिए, यह अच्छा नहीं लगा। तभी, 'साइंटिफिक अमेरिकन' में कोई था, जिसके दिमाग में आया कि साइकिल पर सवार मनुष्य की गति की दक्षता की जाँच की जाए। और साइकिल पर सवार मनुष्य ने, साइकिल दौड़ा रहे इनसान ने, कैंडर को बहुत पीछे छोड़ दिया तथा सूची पर अव्वल स्थान पर आ गया। तब जॉब्स ने कहा, "और मेरे लिए कंप्यूटर का मतलब यही है। मेरे लिए कंप्यूटर का मायने यह है कि यह सबसे जबरदस्त साधन है, जिसे हमने अब तक बनाया है और उस साइकिल के समान ही हमारे दिमाग के लिए इसका महत्त्व है।" और चिराग खुद को और अपने साथ के उद्यमियों को ऐसे लोगों की तरह देखते हैं, जो सारे मनुष्यों के जीवन को बेहतर बनाने के लिए साधनों को बनाते हैं। "हममें से कई लोगों की समस्या यह है कि हम मंजिल तक पहुँचने के लिए साइकिल हासिल करने की बात नहीं सोचते, बल्कि नंबर वन बनने के लिए तेज दौड़ने की बात सोचते हैं।" संदेश साफ है। ऐसे साधनों को ढूँढ़िए, जो आपकी मदद कर सकते हैं। मार्गदर्शक गुरु, पुस्तकें, वीडियो, पार्टनर—वे सभी हैं तो आपके इंतजार में।

एक चेल्सी फैन होने के नाते चिराग चेल्सी और इंटर मिलान के पिछले बॉस (और अब जिससे मैनचेस्टर यूनाइटेड का भाग्य बदलने की उम्मीद की जा रही है) जोस मॉरिन्हो से भी प्रेरणा लेते हैं। स्पष्ट रूप से वर्ष 2010 में जब इंटर मिलान ने चैंपियंस लीग में जीत दर्ज की, उसके बाद हर कोई देर रात तक जश्न मनाता रहा; लेकिन मॉरिन्हो सोच रहे थे, 'इसके बाद क्या?' और पिछले साल चैंपियंस लीग में

जब उनकी हार शुरुआत में ही हो गई थी, तब सभी की आँखों में आँसू थे। लेकिन मॉरिन्हो सोच रहे थे, 'इसके बाद क्या?' सफल उद्यमी ऐसे ही होते हैं। वे इस बात को समझते हैं कि सफलता और असफलता क्षणिक होती है। वे 'इसके बाद क्या?' पर फोकस करते हैं।

इसलिए 'आईशेफ' के लिए इसके बाद क्या है, आप भी सोच रहे होंगे। मुंबई में सफलता का स्वाद चखने के बाद आईशेफ अब अपने पंख पसारने और पूरे भारत के ग्राहकों को भोजन-किट पहुँचाने की तैयारी कर रहा है और चिराग जब अपने कारोबार को मुंबई से बाहर फैलाने की कोशिश कर रहे हैं, तब वे अच्छी तरह जानते हैं कि "जिसकी मदद से वे यहाँ आए, वह वहाँ उनके काम नहीं आएगा।" वे जानते हैं कि जो मेन्यू मुंबई में सफल है, वह मदुरै में सफल नहीं होगा। दिल्ली का आलू मुंबई से अलग होता है और हर जगह का स्टाफ अलग होगा। 'आईशेफ' को बदलने, बेहतर होने, अनुकूल बनने की कोशिश करनी होगी। उनकी माँ, जो गणित की शिक्षिका थीं और 'आईशेफ' की सह-संस्थापक हैं, उनसे उन्होंने एक सबक सीखा। "वे दो दशकों से भी अधिक समय से गणित पढ़ा रही हैं, लेकिन वे कहती हैं कि गणित की शिक्षिका के तौर पर उन्हें हमेशा बदलना पड़ता है। इस वजह से, क्योंकि गणित वही रहता है, छात्र हर साल बदल जाते हैं। इसलिए उन्हें वही गणित पढ़ाना था, लेकिन उसे अलग तरीके से पढ़ाना था। उन्होंने पढ़ाया भी।"

अब एक उपयोगी सबक मार्केटिंग करनेवालों और उद्यमियों के लिए है, जिसे याद रखना चाहिए। यह हम सभी के लिए भी है। हम जब अपने ही आइडिया और अपने उत्पादों व सेवाओं की माला जपते रहते हैं, तब कभी-कभी भूल जाते हैं कि गणित तो वही है, लेकिन छात्र बदल गए हैं।

सोचनेवाली बात है।

सफलता के मंत्र

- शुरुआत करने के लिए आपको किसी जबरदस्त कारोबारी आइडिया की जरूरत नहीं है। आपको बस, शुरुआत कर देनी है।
- प्रिंसिपल की सलाह को याद रखिए। "तुम सबको खुश नहीं कर सकते। इसकी कोशिश भी मत करना। अगर तुमने इसे समझ लिया तो तुम सफल हो जाओगे। यदि तुमने कोशिश की और सभी को खुश

किया तो तुम चीजों को बहुत ज्यादा उलझा दोगे और अपने लिए मुसीबत खड़ी कर लोगे। जो सही है, उसके साथ खड़े रहो और अगर तुम्हारे पास तुम्हें पसंद करनेवाले पर्याप्त लोग हैं तो तुम सफल हो जाओगे।"

- विस्तार से अकसर समस्या खत्म नहीं होती। कभी-कभी यह समस्या बढ़ा देता है।
- "आपको उन लोगों से बहुत सारा ज्ञान और ढेर सारी प्रेरणा मिलेगी, जो वहाँ तक पहुँच चुके हैं, बहुत कुछ कर चुके हैं। हमें उन सारी चीजों को नए सिरे से खड़ा नहीं करना। हम दूसरों से ज्यादा तेजी से सीख सकते हैं।"
- वहाँ जाइए, जहाँ आपके ग्राहक हैं। इसका इंतजार मत कीजिए कि वे आप तक आएँ।
- सफल उद्यमी जोस मॉरिन्हो की तरह सोचते हैं। वे इस पर ध्यान देते हैं, 'इसके बाद क्या'। वे इस बात को समझते हैं कि सफलता और असफलता क्षणिक होती हैं।
- गणित की शिक्षिका की ओर से उद्यमियों के लिए एक सीख— "शिक्षक के रूप में हर साल मुझे बदलना पड़ा, क्योंकि गणित भले ही वही था, लेकिन छात्र हर साल बदल जाते थे।"

❑

फूड बिजनेस के बारे में आप जो कुछ जानना चाहते थे और नहीं जानते थे, अब कोकोबेरी से जानिए!

कोकोबेरी

इतनी बड़ी दही की दुकान का तुम क्या करोगे?

यही वह सवाल था, जिसे लोग जी.एस. भल्ला से पूछा करते थे, जब उन्होंने भारत में किस्म-किस्म की फ्लेवर-युक्त जमी हुई दही बेचनेवाला पहला आउटलेट खोलने का फैसला किया। इसका आइडिया पहले किसी ने सुना तक नहीं था। लेकिन जी.एस. भल्ला समझ रहे थे कि भारत के शहरों में स्वास्थ्यवर्धक खाने के विकल्पों का चलन बढ़ रहा है। इसलिए उनसे जुड़े तमाम लोग जब इसे चुनौती के तौर पर देख रहे थे, तब उनके भीतर के उद्यमी को इसमें एक अवसर दिख रहा था। एक ऐसा अवसर, जो उनके दिमाग में पहली बार तब आया था, जब वे कैलिफोर्निया गए थे और पहली बार जमी हुई दही का स्वाद चखा था। उन्हें यह स्वाद पसंद आया था और जब उन्होंने सुना कि जिन आइसक्रीमों का यह विकल्प है, उनकी तुलना में स्वास्थ्य के लिए कितना फायदेमंद है तो उन्हें लगा कि इस आइडिया को आजमाना सही रहेगा। जमी हुई दही में जी.एस. भल्ला को भारत में जबरदस्त तरक्की कर रहे खाने-पीने के क्षेत्र में एक अनोखे नए उत्पाद को बाजार में उतारने तथा एक ब्रांड को जन्म देने का भी अवसर दिखा। और तो और, मुनाफे का भी!

सिलसिलेवार कई उद्यमों को शुरू करनेवाले जी.एस. ने अपना पहला बिजनेस (पेपर का कारोबार) कॉलेज से निकलते ही अपनी माँ से 10,000

रुपए का कर्ज लेकर शुरू कर दिया था। इंटरनेट ने जब कागज से बनी चीजों की आवश्यकता को समाप्त करना शुरू किया, तब उन्होंने अपना ध्यान ऑनलाइन क्षेत्र पर लगाया। उनका अगला वेंचर हेल्थकेयर के क्षेत्र में एक के.पी.ओ. (नॉलेज प्रोसेस आउटसोर्सिंग) बिजनेस था। यह आसान नहीं था और जी.एस. भल्ला याद करते हुए कहते हैं कि एक बार उन्हें कर्मचारियों को वेतन देने के लिए अपनी कार बेचनी पड़ी थी। उन्होंने धैर्य रखा और धीरे-धीरे उनका कारोबार अच्छी तरह फैलने लगा। और जैसा कि अब उन्होंने एक नए बिजनेस आइडिया जमी हुई दही के बारे में सोचना शुरू किया तो वे अपने साथ दो सीख लेकर आए थे—एक, किसी कारोबार को चलने में उससे कहीं ज्यादा समय लगता है, जितना आप सोचते हैं और दो, इसमें पैसा भी ज्यादा लगता है।

और ऐसा ही कोकोबेरी के साथ हुआ। उन्होंने अपने पहले कुछ आउटलेट्स खोले। उसके तुरंत बाद ही यह बात साफ हो गई कि जिन बच्चों ने कोकोबेरी का स्वाद चखा, उन्हें वह बेहद पसंद आया। और आता भी क्यों नहीं, उसका स्वाद बिल्कुल आइसक्रीम जैसा था। लेकिन कोकोबेरी का ध्यान उनकी मम्मियों को यह यकीन दिलाने की ओर नहीं गया कि यह जमी हुई दही असल में उनके बच्चों के लिए सेहतमंद है। मम्मियाँ ऐसा बिल्कुल भी नहीं सोच रही थीं। "हमें अपने बच्चों को जमी हुई दही बीच-बीच में खिलाते रहना चाहिए। उन्हें इसका स्वाद अच्छा लगता है और हम जानते हैं कि यह सेहतमंद है!" इसलिए जिन बच्चों ने इसे चखा, उन्हें तो यह पसंद आया, लेकिन घर आकर उसके बारे में बताने की जल्दी में नहीं रहते थे।

फूड सर्विस बिजनेस में जितना महत्त्व खाने का होता है, उतना ही महत्त्व वहाँ का माहौल भी रखता है और कोकोबेरी के आउटलेट्स निश्चित तौर पर इस मामले में कहीं पीछे नहीं थे। वे सभी बेहद आकर्षक दिखते थे, काफी लंबे-चौड़े और बड़े थे। उन्हें करीने से सजाया गया था, जहाँ सभी स्टोर्स में वाई-फाई था और सराउंड साउंड स्पीकर लैटेस्ट हिप-हॉप वेस्टर्न म्यूजिक बजाया करते थे।

जमी हुई दही का नयापन जैसे-जैसे कम हुआ, वैसे-वैसे बिक्री भी घट गई। कंपनी घाटे में जाने लगी। स्टोर पैसे का नुकसान उठा रहे थे और हर नए स्टोर के खुलने के साथ ही घाटा बढ़ने लगा। लागत ज्यादा थी, बिक्री कम और कोई समझ नहीं पा रहा था कि ऐसा क्यों हो रहा है। जो फ्रैंचाइजी ले चुके थे, वे हताश हुए और फिर छोड़कर जाने लगे। निवेशकों के सब्र का बाँध टूटने लगा और वैसे

लोग, जिनके पास पैसों की कमी नहीं थी और जो एक नई अवधारणा को स्थापित कर सकते थे, दुर्भाग्य से मौजूद नहीं थे।

और उस समय ही, साल 2012 में, जी.एस. भल्ला ने कोकोबेरी को चलाने के लिए एक पेशेवर सी.ई.ओ. को नौकरी पर रखने का फैसला किया। और इस तरह राहुल डीन्स आए, जिन्होंने आई.आई.एम.-ए से पढ़ाई की थी और जिन्हें यूनिलीवर में मार्केटिंग के क्षेत्र में अच्छा अनुभव हो चुका था तथा वे भारत, रूस, तुर्की और ब्रिटेन में काम कर चुके थे। उन्होंने कमर कस ली और तुरंत अपने काम में जुट गए।

सबसे पहले लागत कम करने पर जोर दिया गया। हर स्टोर को अपने दम पर मुनाफा कमाने के काबिल बनाने के मकसद से राहुल ने स्टोर के आकार पर फिर से नजर दौड़ाई और पाया कि सही लोकेशन पर छोटे और सुगठित स्टोर उतने ही पैसे एवं कम लागत आधार पर जुटा ले रहे थे, जितना कि बड़े स्टोर। इसलिए कोकोबेरी के स्टोर आकार के लिहाज से तेजी से सिकुड़ने लगे। राहुल बताते हैं, "लागत में कटौती का संबंध हमेशा कायापलट करनेवाले बड़े बदलावों से या हद से ज्यादा संगठनात्मक सख्ती से नहीं होता।" कुछ कदम ऐसे होते हैं, जैसे नीचे लटकते फल, जिन्हें आपको बस हाथ बढ़ाकर तोड़ना होता है और अकसर ऐसे छोटे-छोटे कदम ही हालात को बेहतर बनाते हैं और फिर मुनाफा दे जाते हैं। इसलिए, स्टोर्स से फ्री वाई-फाई की विदाई हो गई। "जमी हुई दही बहुत तेजी से पिघलती है, आठ मिनट से भी कम समय में, इसलिए ज्यादातर ग्राहक उसे बहुत तेजी से निपटा देते हैं। वे आते हैं, चुनते हैं, पैसे देते हैं, खाते हैं, चले जाते हैं। इसलिए वाई-फाई का उन स्टोर्स में होना अजीब था; क्योंकि वह ऐसी जगह थी ही नहीं, जहाँ लोग रुके रहते थे। भले ही इसकी लागत कम लग रही हो, लेकिन आपको यह भी देखना होता है कि यह आपके ग्राहकों के मतलब की है या नहीं। अगर नहीं है तो उसे वहाँ नहीं होना चाहिए!"

नए सी.ई.ओ. ने जो एक और बदलाव किया और जिसे लेकर उन्हें काफी खुशी है, वह था ऑपरेशंस हेड के तौर पर सेना के एक व्यक्ति को बहाल करना। नए ऑपरेशंस हेड विकास गोसाईं कारगिल युद्ध के हीरो थे, जिनके पास आइसक्रीम रिटेल का एक दिन का भी अनुभव नहीं था। "वे लीडरशिप को अच्छी तरह समझते थे। वे जानते थे कि सिस्टम व प्रोसेस क्या होता है और उन्हें मालूम था कि दुश्मन से कैसे निपटना है। हमने कहा कि आइसक्रीम के बारे में उन्हें

सबकुछ हम सिखा लेंगे! किसी रिटेल चेन को चलाना सेना को चलाने जैसा ही है। ज्यादा छेड़छाड़ नहीं, बहुत ज्यादा प्रयोग नहीं। बस, तय की गई बातों का पालन करो। फास्ट-फूड बिजनेस और खाने की दूसरी चीजें झटपट परोसनेवाले रेस्टोरेंट में तरीका महत्त्वपूर्ण होता है।" सही लोगों को काम पर रखना आपकी ओर से किया गया सबसे महत्त्वपूर्ण फैसला हो सकता है। ऐसा फैसला, जो आपने पहले कभी नहीं किया होगा।

रणनीति में किया गया एक और बड़ा बदलाव कोकोबेरी का 'मेक इन इंडिया' का फैसला था, जो प्रधानमंत्री नरेंद्र मोदी की ओर से इसे लोकप्रिय बनाए जाने के बहुत पहले की बात है। "जमी हुई दही के लिए घोल और उसकी मशीनें भी बाहर से मँगाई जा रही थीं। लेकिन कोकोबेरी ने देखा कि उसका कच्चा माल, यानी दही तो भारत में बनती ही है तो फिर वे इसे विदेश से क्यों मँगवा रहे हैं?" और फिर उन्होंने ढूँढ़ना शुरू किया और ऐसे लोगों को इकट्ठा किया, जो मशीनों को देश में ही बनाएँ, जिससे लागत काफी कम हो गई और मुनाफा भी काफी बढ़ गया।

इन बदलावों के लागू किए जाने और व्यवस्था को पेशेवर बनाने के साथ ही मुनाफे पर पूरा ध्यान लगा देने के बाद कोकोबेरी की स्थिति 'कार्य प्रगति पर है', वाली बनी हुई है और शायद यही कई नए उद्यमों की भी तकदीर है। सफलता में समय तो लगता ही है और उद्यमियों के पास हमेशा ज्यादा वक्त नहीं होता। क्या आपको इसे छोड़कर कुछ और करना चाहिए या आपको इसी पर चलते रहना चाहिए? आइडिया के असर दिखाने में वक्त लगता है और निवेशक अधीर होने के साथ ही थैली कसने लग जाते हैं। क्या आपको हार मान लेनी चाहिए या लड़ते रहना चाहिए? क्या आपके पास कोई विकल्प होता है? क्या सफलता बस, मिलने ही वाली है या किसी नए आइडिया के कारगर होने में लंबा समय लगता है? सारे ही सवाल अच्छे हैं। दुर्भाग्य से, इनके जवाब आसानी से नहीं मिलते।

राहुल जब जमी हुई दही का प्रचार-प्रसार नहीं कर रहे होते, तब बी-स्कूलों में पढ़ाते हैं और पेशेवर के रूप में अपनी यात्रा की सीख साझा करते हैं। कोकोबेरी की कहानी उतार-चढ़ाव भरी, सफलता और चूक से भरी रही है। बॉलीवुड की हस्तियाँ अपनी पसंदीदा फ्लेवर-युक्त जमी हुई दही का स्वाद मजे से चखती रहीं तो वहीं गुस्साए निवेशक अपने पैसे वापस माँग रहे थे। ग्राहकों की प्रतिक्रिया हद से ज्यादा अच्छी रही और कोकोबेरी ने जहाँ देश की कई सीमाओं को पार किया,

वहीं मुनाफे का अकाल पड़ा रहा। पहला स्टोर खुलने के सात साल बाद कोकोबेरी के पास पूरे देश में अब 34 आउटलेट्स हैं। यह फैलाव की कोई तीर मारनेवाली कहानी नहीं, जिसकी उम्मीद आप इस अद्‍भुत भारत में कर रहे होंगे।

किसी रेस्टोरेंट को या कैफे को खोलने का सपना हममें से शायद सभी ने अपने जीवन के किसी-न-किसी पड़ाव पर अकसर देखा होगा। आमदनी में बढ़ती बचत के साथ और शहरी भारत में नौकरियों में महिलाओं की बढ़ती संख्या के साथ आम तौर पर फूड बिजनेस और खास तौर पर रेस्टोरेंट का भविष्य अच्छा दिखता है। शायद ही कोई दिन ऐसा गुजरता है, जब आस-पड़ोस में कोई नया रेस्टोरेंट न खुलता हो और शायद हमारा ध्यान इस पर नहीं जाता कि खाने-पीने की कोई दुकान चुपचाप, बिना हो-हल्ले के अपने शटर गिरा देती है।

इसलिए, आप अगर किसी रेस्टोरेंट या कैफे या फूड फ्रैंचाइजी खोलने की बात सोच रहे हैं तो आपको कोकोबेरी की कहानी पर गौर करना चाहिए। आप जब नट्स और बेरी की ललचानेवाली टॉपिंग पर जीभ फिरा रहे हों और कुछ हद तक ठोस जमी हुई दही में चम्मच से खुदाई कर रहे हों, तब आपको पता चलेगा कि रेस्टोरेंट कारोबार के मजेदार और जबरदस्त दिखनेवाले छलावे की गहराई में चुनौतियाँ हैं, रुकावटें और समस्याएँ हैं, जिनका सामना खाने और पीने की चीजें बेचनेवाले आउटलेट्स को आएदिन करना पड़ता है और इस दौरान उम्मीद है कि आप कुछ अंदरूनी बातों को समझ जाएँगे, बुद्धिमानी की कुछ बातों और सबक से रूबरू होंगे कि भारत में रेस्टोरेंट या कैफे को चलाने के लिए क्या-क्या करना पड़ता है। तो तैयार हैं? ठीक है, तो फिर कोकोबेरी के सी.ई.ओ. से जानिए कि क्या सही हुआ, क्या गलत? उन्हें क्या कुछ दूसरे तरीके से करना चाहिए था और जब आप अपने खयालों में आए कैफे को लॉन्च करने निकलें तो किन बातों का ध्यान रखना चाहिए!

1. आप रेस्टोरेंट क्यों खोलना चाहते हैं? क्या आपने कहा, "क्योंकि मैं एक फूडी हूँ?"

सिर्फ इस वजह से रेस्टोरेंट खोलना कि आपको खाने से प्यार है या आप एक फूडी हैं, बहुत अच्छा सोच नहीं है। आपको पहले कारोबारी मानसिकता का होना चाहिए और आपको खाने के बारे में इस लिहाज से अच्छी जानकारी होनी चाहिए कि बाजार में क्या मिल रहा है और ग्राहक किसी चीज को ढूँढ़

रहा है। इसलिए रेस्टोरेंट के जंगल में दाखिल होने से पहले अपने आप से पूछिए कि आप इसे क्यों शुरू करना चाहते हैं? अगर आपको लगता है कि आप एक फूडी हैं तो जाइए, किसी रेस्टोरेंट में खा-पी आइए। आपको उसे खोलने की जरूरत नहीं है।

2. फर्स्ट-मूवर होने का फायदा मिलता है, सच में?

फर्स्ट-मूवर होने का फायदा सच में तभी मिलता है, जब आप फर्स्ट भी हों और मूवर भी। कोकोबेरी जमी हुई दही के साथ बाजार में सबसे पहले उतरनेवाली कंपनी थी, जो एक अनोखे और नए उत्पाद को लेकर आई थी। अच्छा होता कि वे उस जबरदस्त शुरुआत का लाभ उठाते। जमी हुई दही के फायदों के बारे में ग्राहकों के बीच जागरूकता पैदा करते, जोर-शोर से प्रचार करते, ताकि उसे अपनाया जाए और उसे खरीदनेवाले वर्ग पर अपना सिक्का जमाते। पहला होना शायद ही कभी पर्याप्त होता है। कोई दूसरा पहुँच जाता है, वह भी जल्दी ही।

3. मैं ही क्यों? आपके उत्पाद या आपकी सेवा में अलग क्या है?

अलग क्या है, आपको स्पेशल क्या बनाता है, इन पर फोकस कीजिए। आप जब बाजार में पहले उतरते हैं, तब पहले उतरना आपको स्पेशल लग सकता है; लेकिन वही समय होता है, जब आपको अपने अलग होने को मजबूत करना होता है, ताकि जब 19 और लोग आपकी नकल करें, तब भी आप स्पेशल लगें। अपने ब्रांड को बनाइए। अपनी कहानी दुनिया को सुनाइए। अपने ग्राहक के मन में घर कर जाइए, नहीं तो जैसा कोकोबेरी के साथ हुआ, उसी तरह लोग कोकोबेरी, ग्रीनबेरी और आस-पड़ोस की सारी दुकानों की मी-टू बेरी के बीच फर्क नहीं कर पाएँगे, जो कुकुरमुत्ते की तरह उगने लग जाएँगी।

4. 'उन्हें आपका खाना अच्छा लगता है!', लेकिन वे वापस आ रहे हैं, जल्दी-जल्दी?

लॉन्च के बाद शुरुआती दिनों में जी.एस. भल्ला कोकोबेरी के स्टोर्स में जाया करते थे, ग्राहकों से बात करते थे, बच्चों से पूछते थे कि उन्हें जमी हुई दही

खाकर आनंद आया या नहीं। सभी ने कहा कि उन्हें अच्छा लगा। इसका स्वाद बिल्कुल आइसक्रीम के जैसा था। लेकिन वे दोबारा कोकोबेरी में नहीं आते थे। वैसे भी, उनके लिए वह आइसक्रीम खाने जैसा ही था और उन्हें उसके लिए लौटकर कोकोबेरी में ही आने की जरूरत महसूस नहीं हुई। यही समस्या है। जब एक रेस्टोरेंट खुलता है तो ज्यादातर लोग आप से कहेंगे कि उन्हें वहाँ का खाना अच्छा लगा। चुनौती यह है कि आप कैसे उन्हें वापस लाते हैं। अगर आप पहली बार डोनट खाएँगे तो शायद आप कहेंगे कि यह अच्छा लगा; लेकिन डोनट है क्या? नाश्ता, स्नैक। क्या आप लौटकर आते रहेंगे? उफ! यही तो चुनौती है।

इससे मुझे उस जमाने की बात याद आती है, जब कई साल पहले लिप्टन ने बंगलौर में एक स्वादिष्ट चोको-स्प्रेड 'कोवो' लॉञ्च किया था। बच्चों ने उसे पसंद किया। लिप्टन ने अपने युवा ग्राहकों पर रिसर्च की और सभी ने कहा कि उन्हें वह अच्छा लगा। इसके बाद एक दमदार लॉञ्च किया गया, जिसके साथ-साथ एक जबरदस्त प्रचार अभियान छेड़ा गया। इसकी मदद के लिए व्यापक सैंपलिंग भी की गई। शुरुआत के छह महीने बाद रिटेलर्स ने कहना शुरू कर दिया कि अब कोई उसे पूछ ही नहीं रहा है। आखिर हुआ क्या? लोगों को उत्पाद की जानकारी हो चुकी थी। उसे चखनेवालों की संख्या भी अच्छी थी। लोगों के बीच पहुँच के लक्ष्य को भी पूरा कर लिया गया। ग्राहकों को उत्पाद पसंद आया था, लेकिन मुसीबत वही थी! चोको-स्प्रेड अब भी स्वादिष्ट था, लेकिन फ्रिज में पड़ा रहता था। बच्चों ने अब उसे खाना कम कर दिया था। यह समस्या पैक किए गए खाने के साथ हो सकती है और रेस्टोरेंट के साथ भी।

5. सड़क के किनारेवाली कीमत का चैलेंज!

आप भले ही लार टपकाकर अमेरिका में स्टारबक्स की कामयाबी को देख रहे हों, लेकिन आपको यह बात अच्छी तरह याद रखनी चाहिए कि 4.99 डॉलर में एक कैपुचिनो बेचनेवाले इस कैफे के बाहर सड़क पर एक भी वेंडर नहीं है, जो 50 सेंट में कॉफी बेच रहा हो। भारत में ऐसा ही होता है। वही पेय कीमत के पाँचवें हिस्से में या उससे भी कम में मिल जाता है। कोकोबेरी को सड़क पर जमी दही बेचनेवालों या कहें तो कोने-कोने पर

खड़े कुल्फीवालों से मुकाबला करना पड़ रहा है। वह भी स्वादिष्ट चीज बेचता है, जिसकी कीमत उस संगठित स्टोर की कीमत के मुकाबले बेहद मामूली होती है। ऊपर से, वह वैट या सर्विस टैक्स भी नहीं देता और बड़ी विडंबना यह भी है कि प्लास्टिक के कप और कागज के खोल तथा स्टिक चारों तरफ बिखरे रहते हैं तो भी वह 'स्वच्छ भारत' संदेश नहीं देता और स्वास्थ्य अधिकारी जहाँ संगठित चेनों पर छापेमारी करेंगे, जो सफाई और स्वच्छता पर हेडलाइन बन जाएगा, वहीं आज तक कभी किसी ने भी इस पर बात नहीं की है कि वह कुल्फी कैसे हालात में बनी है। यही भेदभाव इस दुनिया में होता है और इसलिए मैदान में छलाँग लगाने से पहले आपको जान लेना चाहिए।

6. अर्थशास्त्र ठीक कर लीजिए

अन्य कई कारोबारों के उलट, रेस्टोरेंट का बिजनेस बिल्कुल भी ऐसा नहीं, जहाँ फैलाव के साथ अंत में मुनाफा मिल ही जाएगा। इस बात को सुनिश्चित करें कि हर स्टोर पैसे कमाए या उसके पास पहले ही दिन से मुनाफा कमाने के रास्ते हों। लागत पर कड़ी नजर रखें। अगर आप स्टोर्स की चेन खोलने की योजना बना रहे हैं तो प्रयोग जल्दी-जल्दी करें। एक बड़े आकार का स्टोर खोलें और एक छोटा—एक मशहूर सड़क पर, दूसरा मॉल के अंदर। एक ऊँचे किराएवाले पॉश इलाके में और दूसरा किसी साधारण सी जगह पर। इन सारी चीजों से आप समझ जाएँगे कि क्या चलता है और क्या नहीं। नहीं तो आप शुरुआती सफलता के सैलाब में बह जाएँगे और पाएँगे कि आप अंदरूनी तौर पर दोषपूर्ण मॉडल को फैलाते चले जा रहे हैं, जिससे बिजनेस का अंत तेजी से होने लगेगा। और एक बात याद रखिए, आपका प्रतिद्वंद्वी भी उस अवसर पर नजर गड़ाए हुए है। आपने बड़ी सावधानी के साथ पूछ-परखकर महँगी जगह पर एक बड़ी कीमत देकर एक स्टोर खोला और वहाँ कारोबार अच्छा भी होगा। आपका प्रतिद्वंद्वी जब अगला स्टोर वहीं अगल-बगल में खोल देता है, तब क्या होता है? क्या होगा, जब ग्राहकों को बाँट देता है? तब भी बिजनेस चलेगा? यही 'क्या होगा', वाली जो तसवीर है, उसे आपको पूरी तरह से सोच-समझ लेना चाहिए।

7. नई जाति व्यवस्था : सेवक और स्वामी

भारत के खुदरा बाजार में एक ऐसी बात है, जो थोड़ी अनोखी है। आम तौर पर जो आदमी आपको उत्पाद बेच रहा होता है, वह खुद उसे खरीदने की स्थिति में नहीं होता है। यही बात कार सेल्समैन पर लागू होती है और मैकडॉनल्ड्स वाली लड़की पर भी और स्टारबक्स में कॉफी सर्व करनेवाले बरिस्ता पर भी। यह असमान लोगों के बीच एक संबंध बनाता है। इसलिए न्यूयॉर्क के कैफे का वह व्यक्ति, जहाँ आपसे खुश होकर पूछता है कि आपकी सुबह कैसी रही और आप जब पूछते हैं कि वहाँ की कौन सी चीज अच्छी है, तो वह बताएगा कि कारामेल मेचिआतो उसका फेवरिट है। वहीं भारत का बेचारा व्यक्ति आपको 'सर' या 'मैडम' बुलाएगा और कहेगा कि सारे पेय अच्छे हैं (और प्लीज, मुझसे मेचिआतो का उच्चारण मत करवाइए!)। यह अपने आप में ही एक समस्या खड़ी कर देता है—स्वामीभक्ति, ईमानदारी, अपने महत्त्व को समझने, गर्व करने और जोश को लेकर, जिनमें से सभी की कीमत भारत के खुदरा बाजार में बहुत ज्यादा है। कुछ लोकल चेन्स (उदाहरण के लिए, बंगलौर में एम.के. अहमद) ने इस मुश्किल को अपने गाँव के लोगों को लाकर आसान किया है। सही प्रतिभा को ढूँढ़ना और फिर उन्हें सही कीमत पर अपने साथ रखना ऐसी मुश्किल है, जिसका अंदाजा आप कभी सही तरीके से नहीं लगा सकते।

तो फिर ये सात सबक हैं, जिन्हें आपको अपने सपनों के कैफे/बार/रेस्टोरेंट की योजना बनाते समय ध्यान में रखना होगा। किसी चुनौती को समझना अकसर उससे निपटने की दिशा में पहले अच्छा कदम होता है।

और इस बीच, कोकोबेरी का धीरे-धीरे आगे बढ़ना जारी है। एक नई अवधारणा, नकदी की किल्लत, ऐसे ग्राहकों की कमी से जूझना जारी है, जो उत्पाद को पसंद तो करते हैं, लेकिन उसके लिए अकसर जल्दी-जल्दी वापस नहीं आते। उस पर से बढ़ता किराया, स्वास्थ्य विभाग और नगर निगम के टेढ़े अधिकारी, ऐसा निवेशक, जो हाथ खींचने की धमकी देता रहता है और न जाने कैसी-कैसी मुश्किलें हैं; लेकिन किसी ने कहा क्या कि उद्यमी का जीवन आसान होता है? किसी भी उद्यमी के लिए रात-रात भर जागना सामान्य-सी बात है। मुश्किलों में भी डटे रहना, मुश्किलों से लड़ना और उनसे उबरकर जीत हासिल करनेवाले ही चैंपियन बनते हैं। उम्मीद है

कि कोकोबेरी की कहानी इस बात को अच्छी तरह याद दिलाती है कि उद्यम के क्षेत्र का हर सफर सुहाना नहीं होता।

क्या कोकोबेरी को सफलता मिलेगी ? समय ही बताएगा। स्वादिष्ट कोकोबेरी चॉकलेट फ्रोजन योगर्ट तेजी से पिघल रहा है। समय, साफ तौर पर, कम होता जा रहा है।

सफलता के मंत्र

- सिर्फ इस कारण रेस्टोरेंट खोलना कि आपको खाना अच्छा लगता है या आप एक फूडी हैं, तो यह बहुत अच्छा आइडिया नहीं है। आपको पहले एक बिजनेसमैन बनने की जरूरत है।
- फर्स्ट मूवर का फायदा वास्तव में मिलता है, जब आप फर्स्ट भी हैं और मूवर भी।
- रिटेल चेन को चलाना किसी सेना को चलाने जैसा ही है। छेड़छाड़ मत कीजिए, ज्यादा प्रयोग मत कीजिए। बस, तय बातों का पालन कीजिए।
- देखिए कि यह आपके ग्राहकों के मतलब की है या नहीं। नहीं है तो इसे वहाँ नहीं होना चाहिए।
- अपने ब्रांड को बनाइए। अपनी कहानी दुनिया को सुनाइए। अपने ग्राहकों के मन में घर कर जाइए।
- सही प्रतिभा को ढूँढ़ना और सही कीमत पर उसे साथ रखना ऐसी मुश्किल है, जिसका अंदाजा आप कभी सही तरीके से नहीं लगा सकेंगे।
- किसी कारोबार को कारगर बनाने में आप जितना सोचते हैं, उससे कहीं ज्यादा वक्त चाहिए और पैसा भी ज्यादा लगता है।

❑

अंतर लाना

एच.सी.जी. इंटरप्राइजेज

पिता-पुत्र की बातचीत की अजय कुमार के जीवन में एक खास जगह रही है, हमेशा से ही।

बचपन में ही वे जान चुके थे कि उनके पिता का ध्यांन उनसे ज्यादा होनहार उनके बड़े भाई पर था। पूरे परिवार की उम्मीदें सबसे बड़े बेटे पर टिकी थीं। वह लड़का भी अपनी क्लास में टॉप कर रहा था, टीचर्स पर अपना प्रभाव जमा रहा था और मेडिकल कॉलेज में दाखिले की तैयारी कर रहा था। इसके उलट, अजय उसकी तुलना में एक औसत छात्र था, जिसे पढ़ने से ज्यादा आनंद क्रिकेट खेलने में आता था। जब उसकी माँ ने अपनी चिंता सबके सामने खुलकर जाहिर कर दी कि न जाने उनका छोटा बेटा बड़ा होकर क्या बनेगा! अत: सबकी यही राय थी कि वह क्रिकेटर बन सकता है और नहीं बन सका तो अपने दादाजी के ट्रेडिंग बिजनेस में हाथ बँटाएगा और मंडी कारोबारी बन जाएगा। मौज-मस्ती की चाहत रखनेवाले किसी ठीक-ठाक तेज बच्चे के भविष्य को लेकर इस तरह की बातें आप भी नहीं करना चाहेंगे; हालाँकि अजय ने इन बातों को दिल पर नहीं लिया। दिन भर खेलना और कोई काम न करना अजय को एक खुश बच्चा बनाए रखने के लिए काफी था। पिछलग्गू बनना, कमजोर बने रहना और किसी दूसरे को श्रेय लेने देना अजय के शुरुआती जीवन की आदत-सी बन गई और तब एक बड़ा मोड़ आया।

बोर्ड की परीक्षा बड़ी तेजी से करीब आती जा रही थी और अजय अपने कमरे में पढ़ाई कर रहे थे। उनके बड़े भाई, जो अब मेडिकल कॉलेज में आ चुके थे, अंदर आए और अजय से कहा कि अभी-अभी उनकी मुलाकात उनके स्कूल के शिक्षक श्री शामराओ से हुई थी, जो कह रहे थे कि वह अजय के प्रदर्शन से कितने निराश हैं। शिक्षक ने कहा था, "वह बेहद औसत छात्र है और मुझे तो शक है कि

उसे फर्स्ट क्लास मिलेगा भी या नहीं।" और बड़े भाई ने कहा कि इन सारी बातों को सुनकर वे कितने शर्मिंदा हुए। "मुझे तुम पर शर्म आती है!" उन्होंने कहा और कमरे से बाहर चले गए।

इन छह शब्दों ने अजय को ऐसी चोट पहुँचाई, जिसे वे कभी भूल नहीं सके। अजय ने सोचा, 'मेरा बड़ा भाई कह रहा है कि वह मुझसे शर्मिंदा है। मैंने ऐसा होने कैसे दिया ? शायद मैं यह नहीं दिखा रहा हूँ कि मैं कौन हूँ, मेरी क्षमता क्या है।' वह हताश हो सकते थे, यहाँ तक कि गुस्सा भी; लेकिन अजय ने बस इतना तय किया, वह भी उसी समय कि वह कड़ी मेहनत करेंगे और अच्छे नंबर लाने के लिए कितने ही घंटे क्यों न पढ़ना पड़े, वे पढ़ेंगे। और उन्होंने अपने लिए एक लक्ष्य तय किया। पढ़ने में तेज बड़े भाई ने 79.9 प्रतिशत अंक हासिल किए किए थे। वह उन्हें पीछे छोड़ने का संकल्प कर चुके थे।

अपने भाई की उस डाँट ने उन्हें जगा दिया, जिसकी उन्हें जरूरत थी। अजय अब अपनी पढ़ाई को लेकर गंभीर हो गए। जब तक जागते, ज्यादातर समय पढ़ते रहते और केमिस्ट्री के इक्वेशन एवं मैथ्स के सवाल हल करते रहते। क्रिकेट का बल्ला कुछ महीने तक अलमारी में ही बंद रहा, इस हसरत के साथ कि कब उसका मालिक उसे उठाएगा और घुमाने ले जाएगा। कुछ महीने बाद जब रिजल्ट आया तो एक नया सितारा जन्म ले चुका था। अजय कुमार ने 83 फीसदी नंबर हासिल कर लिये थे। वाह, क्या बात है! शायद एक नया सितारा उसी दिन सबके सामने आया था; लेकिन सच तो यह है कि उनका जन्म उसी दिन हो गया था, जिस दिन उनके भाई ने नींद से जगानेवाली फटकार लगाई थी। अपने प्रदर्शन से उन्होंने सबको चौंका दिया था। हाँ, खुद को हैरान नहीं किया था।

अजय की कहानी आपकी हो सकती है या मेरी। हम अपना जीवन बिना किसी उद्‌देश्य या महत्त्वाकांक्षा के जीते रहते हैं। हम कम हासिल करनेवाले, औसत प्रदर्शन करनेवाले बने रहते हैं। हमें लगता है, ठीक ही तो है। तब तक, जब तक कि हमें झटका नहीं लगता, पीछे लात नहीं पड़ती, जो हमें अपने जीवन, अपनी प्राथमिकताओं, अपने उद्‌देश्यों के बारे में सोचने पर मजबूर न कर दे और अचानक सबकुछ बदलने लगता है। ऐसा कहा जाता है कि रोजर फेडरर ने एक लाइन कही थी, जो सभी युवाओं के लिए एक मंत्र बन जानी चाहिए। साफ तौर पर, जब-जब उन्हें किसी मैच में हार का मुँह देखना पड़ता (और ऐसा अकसर नहीं होता था) था, तब फेडरर खुद से कहते थे, "मैं इस वजह से नहीं हारा कि मैं

एक बुरा खिलाड़ी हूँ, बल्कि जितना अच्छा खेल सकता हूँ, उतना नहीं खेला!" हमें यह स्वीकार करना ही होगा कि यह बात हम सब पर भी लागू होती है। हम औसत इस कारण नहीं बने रहे कि हम बहुत अच्छे नहीं हैं, बल्कि 'हम उतना अच्छा नहीं खेलते, जितना खेल सकते हैं।' सफलता इस कारण नहीं मिलती, क्योंकि हमारे अंदर प्रतिभा नहीं है, बल्कि इस कारण, क्योंकि हम उसके लिए पर्याप्त कड़ी मेहनत नहीं कर रहे।

जैसा कि अनुमान लगाया जा सकता है, अजय कुमार ने मेडिकल कॉलेज में भी दाखिला हासिल कर लिया और कड़ी मेहनत को लेकर मिली सीख उनके साथ रही तथा यह सुनिश्चित किया कि वे आगे भी अच्छा करते रहें। उन्हें यह एहसास भी हुआ कि वे थोड़ा वामपंथ की ओर झुकाव रखते हैं। उन्होंने उस समय पश्चिम बंगाल और आंध्र प्रदेश में वामपंथी गतिविधियों में गहरी दिलचस्पी ली और उनमें कमजोर लोगों के लिए लड़ने, वंचितों का हक दिलाने के लिए न्याय की लड़ाई लड़ने की एक आग पैदा हुई। शायद इसका संबंध स्वाभाविक रूप से उस परिस्थिति से था, जिसमें एक नन्हे बालक के रूप में उन्होंने खुद को एक ऐसे परिवार में पाया था, जहाँ एक होनहार बड़ा भाई था। उनमें कमजोर लोगों को समझने की एक भावना थी!

अजय कुमार ने जब तक मेडिकल कॉलेज से ग्रेजुएट की डिग्री हासिल की, तब तक उनके भाई अमेरिका जा चुके थे और शिकागो के एक सफल डॉक्टर बन गए थे। हालाँकि अजय भारत में ही रहना चाहते थे और इसके पीछे अपनी तीन बहनों के करीब रहने की इच्छा थी, जिनके वे बेहद करीब थे। इसके साथ-साथ 'वामपंथ की ओर झुकाव' की इच्छा भी थी कि भारत में जरूरतमंदों की मदद की जाए। ग्रामीण कर्नाटक के एक अस्पताल में नौकरी पाने की उनकी कोशिश जब लालफीताशाही, नौकरशाही और लापरवाह चिकित्सा-प्रणाली के मिले-जुले कारणों से असफल रही, तब उन्होंने अपने पिता की जिद के आगे हथियार डाल दिए और सन् 1975 में अपने भाई की तरह ही अमेरिका चले गए और फिर शुरू हुआ कैंसर, रेडिएशन एवं कैंसर रोग की चिकित्सा के साथ उनका लव अफेयर।

उन्होंने जब भारत और अमेरिका के अस्पतालों को तुलना की नजर से देखा तो उन्हें कैंसर के इलाज को लेकर बेचैनी महसूस हुई। एक डॉक्टर के तौर पर वह किसी चुनौतीपूर्ण काम को करना चाहते थे—कुछ ऐसा, जहाँ करने को बहुत कुछ हो। उन्हें लगा कि कैंसर के मरीजों का इलाज न्यायपूर्ण ढंग से नहीं किया जा रहा है

और अनेक सवाल उनके मन में उठ रहे थे, जिनमें से सभी की शुरुआत 'क्यों' से होती थी। हम उन्हें टर्मिनल केस या अंतिम समयवाले रोगी क्यों कहते हैं? मॉर्फीन क्यों देते हैं? उन्हें अलग वार्ड में क्यों रखते हैं? उन्हें बच जानेवाले और शिकार क्यों कहते हैं? क्यों'''क्यों'''क्यों?

फिर शुरू हुई बरसों तक चली स्टडी, रिसर्च और कैंसर के इलाज के क्षेत्र में काम; पहले शेर्लट्सविले स्थित वर्जीनिया यूनिवर्सिटी में और फिर टेक्सास के प्रतिष्ठित एम.डी. एंडरसन कैंसर सेंटर में। रेडिएशन के इलाज के अपने पहले सेशन के बाद उन्हें लगा कि वे पूरी तसवीर को ठीक से समझ नहीं पा रहे हैं। दो साल बाद जब उन्होंने मेडिकल ऑनकोलॉजी में फेलोशिप करने का फैसला किया, तब लोगों को लगा कि वे सनक गए हैं। लेकिन डॉ. अजय कुमार कैंसर के इलाज से जुड़ी एक-एक बात को जान लेना चाहते थे—जिस समय एक मरीज आता है, वहाँ से लेकर एडवांस चिकित्सा और रिसर्च तक। जैसे-जैसे कैंसर रोग विज्ञान की उनकी जानकारी बढ़ती गई और वे ज्यादा-से-ज्यादा मरीजों का इलाज करने लगे, चिंतित मरीजों और गंभीर हालतवाले मरीजों तथा बोन मैरो ट्रांसप्लांट वाले मरीजों की देखभाल करनेवालों के फोन का जवाब देने से लेकर सारे काम खुद करने लगे, वैसे-वैसे उनका आत्मविश्वास बढ़ने लगा और उद्यमी बनने का कीड़ा भी काटने लगा। शिकागो के पश्चिम में स्थित बर्लिंगटन में उनकी प्रैक्टिस जबरदस्त तरीके से चल रही थी; लेकिन नए-नए आत्मविश्वास का मतलब था कि वे जान चुके थे कि कैसे टिके रहना है और कुछ अलग कर दिखाना है—कहीं भी।

अमेरिका के अधिकांश सफल एन.आर.आई. की तरह ही वह साल में एक बार अपने परिवार से मिलने, संबंधों को फिर से मजबूत करने और अवसरों की तलाश में भारत आते थे और हाँ, शादी के सिलसिले में भी, जो उन्होंने सन् 1982 में की! कुछ वर्षों बाद डॉ. अजय कुमार और उनकी पत्नी ने पूरे भारत का भ्रमण करने के लिए छह महीने की छुट्टी ली। वे हिमालय की पहाड़ियों में घूमे, देश भर में कैंसर का इलाज करनेवाले स्थानों पर गए और भारत में कैंसर के इलाज तथा देखभाल को अपनी आँखों से देखा। मध्य प्रदेश के एक छोटे से शहर में उन्होंने देखा कि आधी रात के समय एक बच्चे को कोबाल्ट थैरेपी के लिए दस घंटे तक इंतजार करवाया गया। मैसूर के एक अस्पताल में उन्हें एक महिला मिली, जिसे मदर टेरेसा इंस्टीट्यूट से लाकर वहाँ छोड़ दिया गया था; जबकि उसकी नीले किनारेवाली सफेद साड़ी खून से लाल हो गई थी। वह बेसहारा थी और उन्होंने

उस अस्पताल से कहा कि उसका इलाज मुफ्त में करें, क्योंकि उसका खर्च वे खुद उठाएँगे। क्या वह बच पाएगी? उन्हें निश्चित तौर पर कुछ कह नहीं सकते थे।

दो हफ्ते बाद वे जब अस्पताल के गेट से बाहर निकल रहे थे, तब उन्होंने एक कमजोर महिला को अपने चेहरे पर चौड़ी मुसकान के साथ हाथ हिलाते देखा। उसने नीले किनारेवाली सफेद साड़ी नहीं पहनी थी, लेकिन उन्होंने पहचान लिया था कि वह वही महिला है। "इस वजह से ही मुझे लौटना है।" उन्होंने सोचा। "लोगों के जीवन को बदलने के एक अवसर के लिए, अंतर लाने के लिए।" उसके चेहरे की उस चौड़ी मुसकान ने उन्हें ताकत दी, जिससे वे सोच सके कि भारत में लोगों के जीवन को बदलने के लिए वह क्या कर सकते हैं। कभी-कभी किसी अनजान के चेहरे की मुसकान में किसी के जीवन को बदल देने की ताकत होती है। उस रात डॉ. अजय कुमार ने अपनी पत्नी से कहा कि वे भारत में कैंसर के इलाज के क्षेत्र में जाना चाहते हैं।

उधर अमेरिका में बर्लिंगटन का वह शानदार केंद्र बेहतरीन ट्रेनिंग ग्राउंड था, जहाँ उन्हें उद्यमिता की बारीकियों को समझने का मौका मिला; हालाँकि उनके पिता उम्मीद कर रहे थे कि जितने पैसे वह वहाँ कमा रहे थे और जितना अच्छा जीवन जी रहे थे, वह उनके लिए वहीं टिके रहने की एक बड़ी वजह बना रहेगा! वैसे भी, उन्हें इस बात पर गर्व था कि उनके बेटे के लिए इतने सारे अमेरिकी लोग उनके सेंटर में काम कर रहे थे। लेकिन डॉक्टर के दिमाग में भारत में ऐसे केंद्रों की चेन खोलने का सपना पलने लगा, जहाँ देश भर के कैंसर मरीजों का इलाज किया जा सके। कैंसर के इलाज को लेकर उनका सोच, कैंसर रोग विज्ञान के दर्शन में उनकी आस्था अब आकार लेने लगी थी। इसका श्रेय फिलिस नाम की एक महिला को जाता है।

"फिलिस एक कैंसर रोगी थीं, जिनसे मैं सन् 1979 में मिला।" डॉक्टर बताते हैं, "उन्हें मेरे बारे में बताया गया था और मैं जब उनके हॉस्पिटल रूम में दाखिल हुआ और बातचीत करने लगा तो उनका पहला प्रश्न था, 'डॉक्टर, क्या मैं अंतिम अवस्था में हूँ? क्या मैं मरने वाली हूँ?' मैंने उनसे कहा कि वह कई वर्षों तक जी सकती हैं और वे ठीक हो जाएँगी। मैंने उन्हें बताया कि कैसे उनकी बीमारी डायबिटीज की तरह है, जिसका कोई इलाज नहीं, लेकिन हम उसे सँभाले रख सकते हैं। वह अपने बिस्तर से नीचे कूद पड़ीं और वादा किया कि मैं जो कहूँगा, उन सारी बातों को वे मानेंगी। उसके बाद वे आठ वर्षों तक सफर करती रहीं। हमने उनकी कीमोथैरेपी को एडजस्ट किया, यहाँ तक कि जब वे आयरलैंड गईं, तब भी

एक पंप उनके साथ लगा था। आठ साल बाद उनकी तबीयत बिगड़ी और मैं उन्हें देखने उनके घर पहुँचा। उन्होंने कहा कि वे बस, मेरा शुक्रिया अदा करना चाहती हैं। बीते आठ वर्षों में उन्होंने वह सबकुछ किया, जो वे चाहती थीं। उस रात उनकी मौत हो गई और उसने मुझे सोचने पर मजबूर कर दिया। आप किसी को चंगा करने को कैसे परिभाषित करेंगे? अगर आपने अपने लक्ष्यों को पूरा करने का समय हासिल कर लिया तो क्या उसे चंगा करना नहीं कहेंगे? अगर आप अपनी नातिन या पोती को देखना चाहते हैं या अपने बेटे को ग्रेजुएट होते देखना चाहते हैं और आप ऐसा कर सके तो क्या इसे जीत नहीं कहेंगे? एक बार आपने अमरत्व की अपनी परिभाषा फिर से गढ़ ली तो आपका डर दूर हो जाएगा। एक प्रकार से आप किसी उद्यमी की तरह सोचने लगते हैं। आप एक ऐसा व्यक्ति बन जाते हैं, जो जोखिम लेने के लिए तैयार हो जाता है, जीवन के खेल को खेलने की इच्छा रखता है और जो भी अवसर मिलता है, उसका भरपूर लाभ उठाता है।"

कैंसर का इलाज कम खर्च में करनेवाले और जहाँ सभी लोग आ सकें, ऐसे क्लीनिकों की चेन शुरू करने का सपना अब एक बिजनेस प्लान बन चुका था। इसके बाद उन्होंने भारत लौटने का फैसला किया। उनकी आर्टिस्ट पत्नी तुरंत राजी हो गईं। उनका एक बेटा था, जिसे एक बीमारी थी—डचेन। उसे मस्कुलर डिस्ट्रॉफी या डी.एम.डी. कहते हैं। वह महज चार साल का था, जब सन् 1994 में उसकी बीमारी का पता चला। आमतौर पर जिन बच्चों को यह बीमारी होती है, वे अपना 15वाँ जन्मदिन देखने के लिए जीवित नहीं रह पाते हैं। लेकिन डॉ. अजय कुमार ठान चुके थे कि जीवन के बाकी बचे उन वर्षों को अधिकतम सुखद और कम कष्टदायी बनाने के लिए जो कुछ करना पड़ेगा, वे करेंगे। भले ही वह एक व्हीलचेयर पर सिमटकर रह गया था, लेकिन अपने नन्हे से बेटे में जीवन को लेकर खुशी और उत्साह को देखने की उनकी इच्छा ने उन्हें ऐसी-ऐसी बातें सिखाईं, जिन्हें वह मेडिकल कॉलेज में बिताए वर्षों के दौरान भी नहीं सीख सके थे। "माई रियल हीरो!" डॉ. अजय कुमार अपने बेटे को लेकर आवाज में भावुकता के साथ कहते हैं।

एच.सी.जी. इंटरप्राइजेज, पूरे भारत में कैंसर केयर केंद्रों का एक नेटवर्क है, जिसकी स्थापना वर्ष 2003 में की गई थी। डॉक्टर के साथ इस वेंचर में उनके पार्टनर हैं गन्स गणपति, जो एक रईस परिवार से आए ऐसे भरोसेमंद पेशेवर व्यक्ति हैं (उन्होंने दून स्कूल, आई.आई.टी. मद्रास, आई.आई.एम.-अहमदाबाद तथा

व्हार्टन स्कूल से पढ़ाई की, गजब!), जिनका सानी नहीं। यह जोड़ी जबरदस्त थी। एक डॉक्टर के सोच का संगम कारोबारी क्षमता से भरपूर पेशेवर व्यक्ति के साथ 'डॉक्टर के उपक्रम' को साकार करने के लिए हुआ। अकसर किसी सफल उपक्रम की नींव इसी तरह पड़ती है, जहाँ समान समझवाला सह-संस्थापक होता है, जो आपके मूल्यों एवं आपके सोच को साझा करता है और अपने साथ रही-सही कमी को पूरा करनेवाला कौशल लेकर आता है।

एच.सी.जी. का गेम प्लान दूसरे डॉक्टरों के साथ साझेदारी करने, उन्हें शेयर होल्डर बनाने और देश में कैंसर के इलाज को बदल देने का है। आज एच.सी.जी. के 27 केंद्र तथा 250 से भी अधिक कैंसर रोग विशेषज्ञ हैं और यह हर साल 37,000 नए मरीजों का इलाज करता है। जल्दी ही 12 नए केंद्रों के खुल जाने से उन्हें उम्मीद है कि वे हर साल 80,000 नए मरीजों का इलाज कर सकेंगे; लेकिन यही सबकुछ नहीं है। हर मंगलवार एच.सी.जी. की टीम गंभीर मरीजों को देखती है, जो उम्मीद छोड़ चुके होते हैं और अपनी मिली-जुली दक्षता के साथ उन व्यक्तियों की सहायता उस बड़े C यानी कैंसर से लड़ने में करते हैं। एच.सी.जी. हार्वर्ड बिजनेस स्कूल के लिए एक केस स्टडी भी है, क्योंकि इसने कैंसर के इलाज की विश्व स्तरीय सुविधा दुनिया भर में इसी तरह के इलाज पर आनेवाले खर्च के आठवें हिस्से में उपलब्ध कराने की क्षमता पैदा की है। यह कंपनी वर्ष 2016 की शुरुआत में सार्वजनिक हो गई।

एच.सी.जी. का मूल मंत्र सरल है। भारत भर के छोटे शहरों में कैंसर के इलाज को उपलब्ध कराना, जहाँ मरीज है, वहाँ जाना, ताकि उनका खर्च मरीजों तथा उनकी देखभाल करनेवालों पर आनेवाले खर्च से और न बढ़ जाए। एच.सी.जी. हब और स्पोक मॉडल पर काम करता है, जिससे छोटे शहरों में स्थित केंद्रों को भी बड़े शहरों में बैठे अधिक अनुभवी डॉक्टरों की दक्षता का लाभ मिल पाता है और उनकी ओर से तकनीक का व्यापक उपयोग यह सुनिश्चित करता है कि सारे मामलों की निगरानी केंद्रीयकृत रूप से की जाए और सीखी गई बातों को सभी स्थानों के साथ साझा किया जा सके, जिससे कि कैंसर की देखभाल से जुड़ी जानकारियों के एक भंडार का निर्माण हो सके।

"आपके पास जानकारी, तकनीक और सोच हो सकती है; लेकिन धन की जरूरत तो पड़ेगी ही।" डॉक्टर अपने स्टार्टअप के सफर को याद करते हुए कहते हैं, "पूँजी जुटाने का मतलब था—तब तक दरवाजों को खटखटाना, जब तक कि

आपकी उँगलियाँ दुखने न लग जाएँ और किसी ऐसे व्यक्ति को ढूँढ़ना, जो आपके सोच और आपके सपने के बारे में सुनने की परवाह करे। हेल्थकेयर के लिए धन देना असाधारण सी बात थी, इसलिए सफर लंबा और मुश्किलों भरा था। हेल्थकेयर में आप अच्छी कमाई कर सकते हैं; लेकिन इसकी तुलना दूसरे क्षेत्रों की कमाई से नहीं की जा सकती है। मैं जहाँ धन को लेकर अधीर हो रहा था, वहीं मैं केवल वैसे निवेशकों को लाना चाहता था, जो मेरी सोच को समझें और उस पर यकीन करें। एक दिन न्यूयॉर्क में मुझे एक निवेशक मिला, जिसने कहा कि वह मुझे धन देगा; लेकिन मुझे भरोसा देना होगा कि उसे 25 प्रतिशत का मुनाफा मिलेगा। मैंने कहा—नाश्ते के लिए शुक्रिया, मुझसे नहीं हो पाएगा।"

लुईस मिरांडा, जो उस समय आई.डी.एफ.सी. प्राइवेट इक्विटी की प्रमुख थीं, उन्हें डॉक्टर का सपना जँच गया और उन्होंने सबसे पहला निवेश 1 करोड़ डॉलर का किया, जिससे उन्होंने शुरुआत की। बाद में कुछ बड़े नाम इससे जुड़े। उनमें से एक है टेमासेक, जो अजीम प्रेमजी की निवेश एजेंसी है। आज डॉ. अजय कुमार के उत्साह की वजह यह है कि एच.सी.जी. के पास दूसरे डॉक्टरों को उद्यमी बनाने, उन्हें सशक्त करने और उन्हें स्वामित्व देने की क्षमता है। वे कहते हैं, यह आसानी से अंदाजा लगाया जा सकता है कि किसी डॉक्टर में उद्यमशीलता का जीन है या नहीं। "यदि कोई डॉक्टर थोड़े-बहुत पैसे के लिए असुरक्षित व चिंतित है और बड़ी तसवीर को नहीं देखता तो उद्यमी बनना उसके वश की बात नहीं। मैं ऐसे डॉक्टरों की तलाश करता हूँ, जिनमें भूख है, जो बड़े सपने देखते हैं और जो लेक्चर देने, पढ़ाने, नई-नई चीजें करने में व्यस्त हैं।"

डॉक्टर से उद्यमी बनना आसान नहीं था। "मरीजों की भलाई के काम करने के अलावा आपको अपने निवेशकों को भी संतुष्ट करना पड़ता है और मुनाफे तथा ROCE—'रिटर्न ऑफ कैपिटल एंप्लॉएड', यानी लगाई गई पूँजी पर लाभ की चिंता भी करनी पड़ती है।" साफ तौर पर डॉक्टर ने सफलता का आनंद उठाया है और इस दौरान नई-नई बातों को सीखने का आनंद भी लिया है। वे किसी केंद्र से आए डॉक्टर से बात करते समय जितना सहज रहते हैं, उतना ही किसी निवेशक से मुनाफे और निवेश, लाभ और अनुपात के बारे में चर्चा करते हुए भी। वे सुकरात की एक कहानी बड़े चाव से सुनाते हैं। "लोगों ने जब उनसे पूछा कि डेल्फी के ओरेकल ने उन्हें ही सबसे बुद्धिमान व्यक्ति क्यों चुना, तो कथित तौर पर सुकरात ने कहा था, 'ओरेकल जानता है कि मुझे इस बात का एहसास हो चुका है कि मैं सारी

बातों के बारे में कितना कम जानता हूँ!' मैं अकसर अपने डॉक्टरों को यही कहानी सुनाता हूँ। इससे मैं भी हर दिन सीखता रहता हूँ।"

डॉक्टर भले ही अब भी प्रॉफिट-लॉस और कार्यशील पूँजी के बारे में सीख रहे होंगे, लेकिन कुछ चीजें ऐसी हैं, जो बदली नहीं हैं। वह बच्चा, जिसने अपने भाई के साथ हुई बातचीत में कड़ी मेहनत के फायदे को सीखा था, वह आज भी दिन-रात जुटा हुआ है। डॉक्टर नियमित रूप से 12 से 14 घंटे काम करते हैं। हालाँकि, जब वे बंगलौर में होते हैं, तब परिवार के साथ डिनर के लिए समय से आना नहीं भूलते। अगर वे रात के 8.30 बजे तक अपने दफ्तर में रहते हैं तो जुड़वाँ बेटियों में से किसी एक का मैसेज उनके फोन पर आ जाता है, जो उन्हें याद दिलाता है कि कोई उनका इंतजार कर रहा है। डॉक्टर जानते हैं कि बिजनेस में सफल होने का मतलब यह नहीं कि जीवन में जिन बातों को आप चाहते हैं और महत्त्व देते हैं, उन्हें छोड़ दें।

और हाँ, पिता-पुत्र की बातचीत आज भी उनके जीवन का अहम हिस्सा है। घर पर मोटराइज्ड स्कूटर पर बैठे 26 साल के नौजवान से बातचीत करना उन्हें बेहद अच्छा लगता है, उनका बेटा। हाँ, वही लड़का, जिसके बारे में डॉक्टरों ने सोचा था कि वह 15 साल से ज्यादा जीवित नहीं रहेगा। "उसने मुझे बहुत कुछ सिखाया है! वह अपनी बीमारी, अपनी समस्या को समझता है और यह भी जानता है कि डॉक्टरों ने कहा था कि 15 साल की उम्र तक उसकी मौत हो जाएगी। वह इस बारे में हँसता है और मजाक करता है। भले ही वह मोटराइज्ड व्हीलचेयर पर बैठा रहता है, लेकिन उसका सोच कमाल का है। वह क्रिस यूनिवर्सिटी से मनोविज्ञान की पढ़ाई कर रहा है। वह एक शानदार बच्चा है। कभी उदास नहीं होता। एक बार जब दूसरे बच्चे उसके चारों ओर दौड़ रहे थे, तब किसी ने उससे पूछा कि उसे दौड़ न पाने की कमी नहीं खलती और उसने मुसकराते हुए कहा था, "बिल्कुल भी नहीं। मैं अपने स्कूटर पर दौड़ता हूँ!" और जब भी वे अपने बेटे को देखते हैं, वे समझते हैं कि वह 12 वर्ष के बोनस का आनंद उठा रहा है। किसी ने भी, एक ने भी नहीं सोचा था कि वह 15 साल की उम्र से ज्यादा जी सकेगा।

"मैं अकसर अपनी पत्नी और परिवार से कहता हूँ कि कैसे सड़क के व्यस्त चौराहों पर कभी-कभी आप किसी ऐसे व्यक्ति को देखते हैं, जिसके पैर नहीं हैं, जो चल नहीं सकता, लेकिन पहिएवाले फट्टे पर बैठकर आगे बढ़ता रहता है। क्या आपने कभी उसे गौर से देखा है? गौर कीजिएगा कि वह कितने खुश हैं। उसके

चेहरे पर मुसकान रहती है। अकसर उसके आसपास से एयरकंडीशंड कार में गुजरनेवाले लोग कहीं ज्यादा दु:खी रहते हैं, उससे जिसके पास पैर नहीं हैं और जो उस रोलर पर बैठा है।" उन्हें लगता है कि इसका संदेश बड़ा सरल है। खुशी वह रहस्य है, जिसे हम आसानी से समझ नहीं पाते।

अपने बेटे से, अपने हीरो से उन्होंने एक और सबक सीखा है। इस सबक के मुताबिक, आपको किसी व्यक्ति को इस नजर से नहीं देखना चाहिए कि उसने कितने साल जिंदगी जी ली है, बल्कि इस नजर से देखिए कि उन वर्षों में जिंदगी कितनी रही है।

और आप जब उनके दरवाजे पर लगी नेमप्लेट को देखते हैं, जिस पर लिखा है—अजय कुमार एम.डी. तो आप सोचते हैं, शायद एम.डी. का मतलब हमेशा वही नहीं होता, जिसे आप सोचा करते थे। कम-से-कम डॉ. अजय कुमार के मामले में, इसका मतलब शायद 'मेकिंग ए डिफरेंस' है।

अच्छे डॉक्टर साहब ने यही किया है।

सफलता के मंत्र

- हम सभी को नींद से जगाए जाने की जरूरत होती है। हम अपना जीवन बिना किसी उद्देश्य या महत्त्वाकांक्षा के जीते रहते हैं। हम कम हासिल करनेवाले, औसत प्रदर्शन करनेवाले बने रहते हैं। हमें लगता है, ठीक ही तो है। तब तक, जब तक कि हमें झटका नहीं लगता, पीछे लात नहीं पड़ती, जो हमें अपने जीवन, अपनी प्राथमिकताओं, अपने उद्देश्यों के बारे में सोचने पर मजबूर न कर दे।
- सफलता इस कारण नहीं मिलती, क्योंकि हमारे अंदर प्रतिभा नहीं है, बल्कि इस कारण, क्योंकि हम उसके लिए पर्याप्त कड़ी मेहनत नहीं कर रहे।
- लोगों ने जब सुकरात से पूछा कि डेल्फी के ओरेकल ने उन्हें ही सबसे बुद्धिमान व्यक्ति क्यों चुना, तो कथित तौर पर सुकरात ने कहा था, "ओरेकल जानता है कि मुझे इस बात का एहसास हो चुका है कि मैं सारी बातों के बारे में कितना कम जानता हूँ!" उद्यमी ऐसे ही होते हैं, हमेशा सीखते हैं।

- बिजनेस में सफल होने का मतलब यह नहीं कि जीवन में जिन बातों को आप चाहते हैं और महत्त्व देते हैं, उन्हें छोड़ दें। घर लौटकर परिवार के साथ डिनर करने को अपनी आदत बना लीजिए।
- एक बार आपने अमरत्व पर अपने विचार को फिर से परिभाषित कर लिया तो आपका डर दूर हो जाता है। एक तरीके से, आप किसी उद्यमी की तरह सोचने लगते हैं। आप एक ऐसे व्यक्ति बन जाते हैं, जो जोखिम उठाने को तैयार रहता है, जीवन के खेल को खेलने के लिए तैयार हो जाता है और जो मिलता है, उसका भरपूर लाभ उठाने का प्रयास करता है।

❑

विरासत का निर्माण

प्रेस्टीज कंस्ट्रक्शंस

आप जब बंगलौर स्थित इरफान रजाक के शानदार ऑफिस में दाखिल होते हैं तो यही उम्मीद करते हैं कि आपको पिछले तीन दशक से भी अधिक समय के दौरान कंपनी की ओर से बनाई गई सभी महत्त्वपूर्ण इमारतों की तसवीर नजर आएगी। वैसे भी, यह शख्स भारत की दूसरी सबसे बड़ी कंस्ट्रक्शन कंपनी प्रेस्टीज कंस्ट्रक्शंस का चेयरमैन और मैनेजिंग डायरेक्टर जो है। पर यह क्या, दीवारों पर और पूरे ऑफिस में यहाँ-वहाँ आप तरह-तरह के रोमांचक खेलों की तसवीरें और स्मृतियाँ देखते हैं। आप भी जोश के उबाल का एहसास करने लगते हैं और जल्दी ही आपको एहसास होने लगता है कि आप एक ऐसे इनसान से आमना-सामना कर रहे हैं, जिसे जोखिम उठाने और ऐसे काम करने से रोमांच मिलता है, जिसकी कोशिश भर करने से भी दूसरों को डर लगता है। इरफान रजाक भले ही एक ऐसा नाम हो, जो नियमित रूप से भारतीय अरबपतियों की सूची में शुमार रहता है, लेकिन वह मिलनसार और बन-ठनकर तैयार अंकल जैसे कहीं ज्यादा दिखते हैं, जिन्होंने एक बड़ी कामयाबी हासिल की है; लेकिन उसे बड़ी आसानी से छिपा लेते हैं।

अगर आप बंगलौर के सबसे लोकप्रिय पुरुषों के स्टोर प्रेस्टीज में '70 और '80 के दशक में शॉपिंग कर चुके हैं तो शायद आपको एक लंबा, चिर-परिचित व्यक्ति याद हो, जो सही ब्लेजर चुनने में आपकी मदद करता था या आपको शायद यह भी याद हो कि उसके चेहरे पर कितनी चौड़ी मुसकान थी और उसका मोहक अंदाज, जिसके चलते स्टोर में दाखिल होते समय आपकी जो योजना थी, उससे आगे जाकर आपने एक और शर्ट खरीद ली हो। हाँ, वह व्यक्ति इरफान रजाक था। अच्छा, तो फिर एक युवा मध्यम वर्गीय कपड़े बेचनेवाला रियल

एस्टेट का ऐसा बादशाह कैसे बन गया, जिसे बंगलौर के क्षितिज को बदल देने का श्रेय दिया जाता है? यह मन मोह लेनेवाली कहानी है।

तो फिर वर्ष 1956 में लौटते हैं। यही समय था, जब रजाक सत्तार ने बंगलौर के कमर्शियल स्ट्रीट पर मेन्स फैशन का स्टोर खोला था। उसका नाम था 'प्रेस्टीज मैन' और जल्दी ही वह भारत के उद्यानों के शहर में कपड़ों के शौकीन लोगों का पसंदीदा ठिकाना बन गया, जहाँ वे अपनी अलमारी में नए कपड़ों की ताजगी भरने पहुँचते थे और जैसी उम्मीद आपको होगी, रजाक के बेटों—इरफान, रिजवान और नोमान जब कॉलेज में दाखिल हुए, तब वे सभी कॉलेज के क्लासरूम से कहीं ज्यादा समय अपने पिता के स्टोर में बिताने लगे।

कॉलेज की पढ़ाई पूरी करने के बाद सबसे बड़े भाई इरफान ने चार्टर्ड एकाउंटेंट बनने में थोड़ी दिलचस्पी दिखाई। उनके पिता ने अपने एक दोस्त, जो उनके एक ग्राहक भी थे, से उनकी जान-पहचान करवाई, जो एक प्रतिष्ठित सी.ए. फर्म में सीनियर पार्टनर थे। उस दोस्त ने इरफान से बात की और जब दोनों ने उस युवक के भविष्य के संभावित विकल्पों पर विचार किया तो किसी सी.ए. फर्म में बरसों-बरस तक डेस्क पर घिसते रहने के बाद एक पार्टनर बनने का विकल्प पहले ही दिन से रिटेल कारोबार में पार्टनर बनने की तुलना में कम आकर्षक लगा! इरफान ने सी.ए. बनने की अपनी योजना को वहीं छोड़ दिया और रिटेल स्टोर में काम करने लगे। स्टोर में काम करने के दौरान इरफान ने न केवल बेचने और ग्राहक सेवा के मूल्यवान् सबक सीखे, बल्कि इससे उनके संबंध अमीर और मशहूर लोगों से भी बने, जो अकसर स्टोर में आते-जाते रहते थे।

जैसा कि आपने गौर किया होगा, कंस्ट्रक्शन और रियल एस्टेट कहीं भी उनमें से किसी के दिमाग में नहीं था। वह तो बस, हो गया। और यही बात कई उद्यमियों के लिए भी कही जा सकती है। वे जिन कारोबारों को खड़ा करते हैं, जरूरी नहीं कि कई वर्षों तक किसी एक विचार के सपने देखने और उन्हें आगे बढ़ाने का नतीजा हों। यह बस, हो जाता है। बस, इतना होता है कि अवसर जब भी उनके पास आता है, तब वे इस बात को सुनिश्चित करते हैं कि उनके दरवाजे पर 'डू नॉट डिस्टर्ब' की तख्ती न लगी हो।

और इन सबकी शुरुआत तब हुई, जब युवा इरफान को एक पारिवारिक घर बेचने की जिम्मेदारी सौंपी गई। वे मुंबई के एक बिल्डर से बिक्री का सौदा कर रहे थे, तब उन्हें प्रॉपर्टी बेचने की पूरी प्रक्रिया की जानकारी मिली, जिसमें

वकीलों से बातचीत और आखिर में पैसे हासिल करना शामिल था। यह सीखने का एक जबरदस्त मौका था और चूँकि उन्हें पूँजीगत लाभ से बचने के लिए अपने पिता के शेयर का फिर से निवेश करना था, इसलिए भाइयों ने शहर में कुछ और जायदाद खरीद ली।

उनके छोटे भाई रिजवान को उनका खरीदा एक प्लॉट पसंद नहीं आया और उसने तुरंत ही उसे बेचने का फैसला कर लिया और जब उन्हें सौदे में भारी मुनाफा हुआ तो वे दंग रह गए। "हमने उस सौदे में 50,000 या शायद 1 लाख रुपए कमा लिये और रिटेल स्टोर में कभी हमने उतने पैसे नहीं कमाए थे।" आज भी इरफान को सारी बातें याद हैं। इस तरह अपने पिता के स्टोर में काम करते हुए भी रजाक के भाइयों ने जमीन-जायदाद के व्यापार में मुनाफा कमाना शुरू कर दिया था। इस कारोबार के पाँच साल बाद उन्होंने निर्माण के काम में हाथ आजमाने का फैसला किया और तब सन् 1985 में उनके रिटेल स्टोर के साथ की बिल्डिंग में 'प्रेस्टीज एस्टेट्स' का जन्म हुआ।

असल में, उनकी पहली कुछ इमारतों में से सबसे पहली इमारत एक ऐसे प्लॉट पर खड़ी की गई, जिसके मालिक इरफान के ससुरजी थे। वे उस जमीन को बेचना चाहते थे। लेकिन इरफान उन्हें उस पर निर्माण के लिए राजी करने में कामयाब रहे, जिससे कि उन्हें नियमित आमदनी होती रहे और एक बोझ बनी संपत्ति फायदेमंद बन गई। 'प्रेस्टीज कॉपर आर्च' नाम की वह इमारत आज भी बंगलौर के बेहतरीन निर्माणों में से एक है! गद्गद हुए ससुर की तरफ से मिली तारीफ ने इरफान को भरोसा दिला दिया कि शायद वह सही दिशा में चल पड़े हैं।

पिछले कई वर्षों से जारी सफर के बाद प्रेस्टीज एक भरोसेमंद नाम बन चुका है, एक ऐसा नाम, जिस पर उसके साझीदारों और ग्राहकों को भरोसा है। "पहले दिन से ही हम जानते थे कि हम जो भी करेंगे, अच्छी तरह करेंगे।" इरफान का कहना है, "हम बेसिक चीजों—क्वालिटी, डिजाइन, समय पर डिलीवरी, रख-रखाव और ग्राहक सेवा पर पूरा जोर देते हैं।

"किसी ब्रांड और किसी कारोबार को खड़ा करने में दूरगामी परिणामों की सोच रखना बेहद जरूरी होता है। प्रेस्टीज वह प्रेस्टीज नहीं, जिसके लिए हम अभी काम कर रहे हैं। इसका संबंध उन सारी छोटी-छोटी बातों से है, जिन्हें हमने अतीत में किया, जिनकी बदौलत आज हम यहाँ तक पहुँचे हैं। आपके पुराने पाप आपको छोड़ते नहीं हैं। अगर आपने अच्छा काम किया है तो वह

भी आपके साथ जुड़ जाएगा। एक समय पर पैसे का महत्त्व कम हो जाता है और किसी चीज को बनाना, संरचनाओं का निर्माण करना मायने रखता है, जो पीढ़ियों तक मौजूद रहेंगे।"

ऐसी कई चीजें हैं, जिन्हें सबसे पहले करने का श्रेय प्रेस्टीज को जाता है। दक्षिण भारत का पहला मॉल, पहली गेट लगी रिहाइश, पहली संगठित टाउनशिप और यह सूची लंबी होती जाती है। अकसर शुभचिंतक इरफान को सलाह दिया करते थे कि वे जोखिम न उठाएँ, सुरक्षित रास्ते पर चलें; लेकिन उन्होंने नए-नए प्रयोग करने और नए रास्तों पर चलने को ही चुना। वे उन रास्तों पर चले, जहाँ शायद ही कोई चलता है और इस वजह से ही सारा फर्क नजर आता है। क्या कभी असफल होने का डर नहीं लगा और यह खयाल कि 'कहीं ऐसा हुआ तो'?

"विफलता का डर तो हमेशा ही लगता है।" इरफान बताते हैं, "लेकिन आपको अपनी इच्छा का साथ, अपने अंदर की आवाज का साथ देना पड़ता है। मैं अकसर अपनी टीम को मेढक की रेस की कहानी सुनाता हूँ। मेढकों का एक समूह था, जिसने एक बेहद ऊँचे टावर तक रेस लगाने का फैसला किया। उस समूह के बूढ़े मेढकों ने कहा कि ऐसा करना संभव नहीं और उन्हें लगा कि यह समय की बरबादी है, क्योंकि उस टावर पर चढ़ना असंभव था; हालाँकि कुछ दिलेरों ने उस रेस में हिस्सा लिया और जब भीड़ से आवाज आ रही थी कि ऐसा नामुमकिन है, तब एक छोटा मेढक सबकुछ अनसुना करते हुए बढ़ता गया और चोटी पर पहुँच गया। उसकी जय-जयकार होने लगी और रेस के बाद ही सबको यह पता चला कि जीतनेवाला मेढक असल में बधिर था। वह सुन नहीं सकता था। उसे न तो शोर सुनाई पड़ा, न ही 'नहीं हो सकता' की गूँज और न ही नकारात्मक बातें उसके कान में पड़ीं। उसने बस, अपने हौसले पर भरोसा किया, टावर पर चढ़ा और रेस को जीत लिया। अगर उसने सारे समुदाय की बात सुनी होती तो शायद रेस में शामिल तक नहीं होता। मैं अपने इंजीनियर्स और अपनी टीम से कहता हूँ कि ईयर प्लग लगा लो और अपना काम अच्छी तरह करो। सिर्फ अपनी अंतरात्मा की आवाज सुनो।"

'इरफान के तरीके' की एक जबरदस्त मिसाल है बंगलौर में बना फोरम मॉल। इसका खयाल उन्हें तब आया था, जब वे दक्षिण अफ्रीका गए थे और केप टाउन तथा डरबन में उन्होंने मझोले आकार के मॉल देखे। वे जानते थे कि हद से बड़े अमेरिकी मॉल की तर्ज पर भारत में मॉल बनाना कारगर नहीं होगा;

लेकिन दक्षिण अफ्रीकी मॉडल उन्हें ठीक लगा। उन्होंने जब इस तरह के मॉल का डिजाइन एक विख्यात भारतीय आर्किटेक्ट से तैयार करवाया तो यह देखकर उनके होश उड़ गए कि उसने सिनेमा के लिए ग्राउंड फ्लोर को चुना है, जो मॉल में रिटेल शॉपिंग के लिए सबसे बेहतरीन जगह होती है। इरफान ने जब उससे इसे बदलने को कहा और कहा कि इसे ऊपर की मंजिल पर डाले तो आर्किटेक्ट ने बताया कि राज्य का सिनेमाटोग्राफी कानून यह कहता है कि सिनेमा केवल ग्राउंड फ्लोर पर बनाया जा सकता है या किसी अलग इमारत में होना चाहिए, ताकि आग से सुरक्षा को सुनिश्चित किया जा सके। इरफान ने आर्किटेक्ट से डिजाइन बदलवाया और कुल मिलाकर 11 ऑडिटोरियम्स का प्रावधान किया, जिनमें से सभी तीसरी मंजिल पर थे और फिर सरकार से पुराने जमाने के कानून को बदलने की अपील की। उन्होंने अपनी दलील को आधुनिक विश्व के चलन की मिसाल देकर पुख्ता किया और उसके साथ ही स्पष्ट रूप से बताया कि आग से सुरक्षा के सारे बंदोबस्त किए जाएँगे। उस समय की सरकार ने, जिसके मुखिया एस.एम. कृष्णा थे, जरूरी बदलाव कर दिए और प्रेस्टीज के बाद मॉल बनानेवालों को भी बदले गए कानून का फायदा मिला। उस कानून को लेकर इरफान के रुख ने उनके भीतर के उद्यमी की पहचान कराई। अगर आप किसी चीज पर यकीन करते हैं तो हार मत मानिए, न सुनकर चुप बैठ जाइए। उसे कर दिखाने के लिए रास्तों की तलाश कीजिए।

उस समय ही पी.वी.आर. के चेयरमैन और मैनेजिंग डायरेक्टर अजय बिजली अपने मल्टीप्लेक्स के सफर की शुरुआत करने जा रहे थे। उन्होंने जब फोरम के बारे में सुना तो वह इरफान से मिलने पहुँचे और सिनेमा के लिए जगह लीज पर लेने की इच्छा जताई। ऐसा लगा कि दोनों की जोड़ी जम गई और जल्दी ही अजय के साथ इरफान एवं उनकी टीम ने ऑस्ट्रेलिया, बैंकॉक और सिंगापुर का दौरा किया, जहाँ अजय ने उन्हें दिखाया कि उनके पार्टनर (विलेज रोडशो) क्या कर रहे हैं, जहाँ उन्होंने मल्टीप्लेक्स में नई अवधारणाओं और आइडिया को देखा। वे जब लौटे तो इरफान ने दिल्ली जाकर अजय का मल्टीप्लेक्स देखने का फैसला किया। लेकिन पाया कि अजय के पास केवल एक सिनेमा था—'प्रिया' और वे मल्टीप्लेक्स बनाने की सोच रहे थे! "मुझे अजय का जोश, निडरता से भरी महत्त्वाकांक्षा और उसमें जो भोलापन दिखा, वह अच्छा लगा।" इरफान बताते हैं। वह मॉल और मल्टीप्लेक्स जब बनकर तैयार होने के करीब पहुँचा,

तब इरफान इंतजार कर रहे थे कि अजय सिनेमा के थिएटर शुरू करेंगे।

एक दिन अजय आए और कहा कि उन्होंने जो कुछ एक मार्केट रिसर्च करवाए थे, उनके आधार पर उन्हें नहीं लग रहा था कि गोल्ड क्लास का आइडिया काम करेगा, इसलिए वे केवल आधी जगह लेना चाहते थे। इरफान के पैरों तले की जमीन खिसक गई और वे अच्छी तरह जानते थे कि उन्होंने कई दमदार मल्टीप्लेक्स साझीदारों को इस वजह से लौटा दिया था कि उनकी डील पी.वी.आर. के साथ हो चुकी है। उन्होंने अजय को समझाया कि उनका दिल कहता है कि वह कारगर होगा और अजय को मार्केट रिसर्च पर ज्यादा यकीन करने की जरूरत नहीं है।

"बस, कर डालो! हमें फर्स्ट मूवर होने का फायदा मिलेगा और अगर हालात बहुत ज्यादा बिगड़े तो मैं तुम्हारे साथ हूँ।" इरफान ने कहा।

अजय हिचकिचा रहे थे और फिर से कहा कि उन्हें सिर्फ आधी जगह चाहिए।

"या तो पूरा लो या कुछ भी नहीं।" इरफान ने कहा।

"ऐसा है क्या?" अजय ने पूछा।

"हाँ।"

टेबल की दूसरी ओर बैठे अजय बिजली ने एक पल के लिए सोचा, इरफान की आँखों में झाँका और कहा, "ठीक है। चलो, कर ही डालते हैं।"

और इस तरह प्रेस्टीज-पी.वी.आर. की पार्टनरशिप शुरू हुई। इरफान कहते हैं कि अनेक नए-नए मल्टीप्लेक्स बनने के बाद भी फोरम मॉल का पी.वी.आर. आज भी पी.वी.आर. के लिए सबसे अच्छा कारोबार कर रहा है। अजय-इरफान का एक-दूसरे की तारीफ करने का सिलसिला आगे बढ़ता जा रहा है और यह उद्यमशीलता की एक और विशेषता है—समान सोचवाले सहयोगी ढूँढ़ो और मजबूत साझेदारी का निर्माण करो।

अपने किराएदारों के साथ मजबूत संबंध होने के कारण इरफान की साझेदारी दोनों पक्षों के लिए फायदेमंद साबित हुई है। मॉल के मुनाफे पर जब सर्विस टैक्स लागू हो जाने का दबाव बढ़ा तो इरफान ने अपने किराएदारों, जिनमें अजय बिजली और नोएल टाटा शामिल थे, से बात की और उनकी मदद के साथ-साथ यह भी समझाया कि इस बोझ को मिलकर उठाना होगा और सोचिए, क्या हुआ होगा। भले ही करार के अनुसार वे ज्यादा पैसा चुकाने के लिए बाध्य नहीं थे,

फिर भी वे सहमत हो गए। "अगर लोगों से आपका व्यवहार अच्छा है तो वे आपकी मदद करेंगे।" इरफान कहते हैं, जो काफी हद तक सही भी है।

फोरम मॉल ने उन्हें एक और महत्त्वपूर्ण सबक भी सिखाया—आपके पास हर काम के लिए सही लोग होने चाहिए। बीते समय की सफलता हमेशा भविष्य के परिणामों की गारंटी नहीं होती। "रिटेल के लिए जगह को लीज पर देना ऑफिस की जगह लीज पर देने से बिल्कुल अलग होता है।" वे बताते हैं, "हमने लीज पर देनेवाली पुरानी टीम को फोरम मॉल में काम पर नहीं लगाया। हमने जरूरी योग्यता वाले नए लोगों को काम पर रखा। यही मूल मंत्र है।"

अच्छा, तो फिर वे किसी युवा उद्यमी को क्या सलाह देंगे? बस, अपने उद्यमी बनने के सफर पर निकल जाओ? "अपने बिजनेस को ठोस नैतिकता पर खड़ा करो।" इरफान कहते हैं, "मैंने यह बात 30 साल पहले कही थी। अगर तुम अपना काम अच्छी तरह करोगे और बेहतरीन प्रदर्शन की कोशिश करोगे तो मुनाफा और पैसों की आमद आगे चलकर तुम्हारा पीछा करेगी। अपनी प्रतिष्ठा बनाओ और शोहरत फैल जाएगी, तुम्हारी विश्वसनीयता को बढ़ाएगी। अगर तुमने शॉर्टकट लिया और अपने वादों को नहीं निभाया तो यह बदनामी भी फैल जाएगी। बाद में शायद तुम खुद ही कहोगे, 'मैं एक बुरा लड़का था। लेकिन यकीन मानिए, मैं अब बदल गया हूँ!' लेकिन इस पर ज्यादातर लोग यकीन नहीं करेंगे।"

वे कुछ साल पहले की बात करते हैं, जब रियल एस्टेट का बाजार मंदा हो गया था। ग्राहक घबराए गए थे और अपना पैसा खींच लेना चाहते थे। कुछ तो कहते थे कि उन्हें अस्पताल के खर्चों के लिए पैसे चाहिए, कुछ ने कहा कि वे अपने बच्चे को विदेश में पढ़ाने के लिए पैसा माँग रहे हैं। उन्हें यह सब कहने की जरूरत नहीं थी, फिर भी उन्होंने उनके पैसे लौटा दिए, जिसका असर निश्चित तौर पर उनकी अपनी आमदनी पर पड़ा। "मुझे बस, यही लगा कि वे मेरे ग्राहक हैं और मुझे उनका खयाल रखना है। कभी-न-कभी वे लौटकर आएँगे। वैसे भी, वे प्रेस्टीज ब्रांड का नाम फैलाने का काम करेंगे और शायद उसके बारे में अच्छी-अच्छी बातें बताएँगे।" यही 'सबसे पहले ग्राहक' का दर्शन इस संगठन का दूसरा स्वभाव बन गया है, जिसका श्रेय इसके लीडर के स्पष्ट व्यवहार को जाता है। हर कोई जानता है कि घटिया चीज कोई स्वीकार नहीं करता। आधे-अधूरे हल का कोई मतलब नहीं होता। अगर किसी ग्राहक की माँग कुछ हद तक गैर वाजिब भी है, तब भी यह टीम उसका खयाल रखने की

कोशिश करती है, क्योंकि वे जानते हैं कि इसकी जानकारी बॉस तक पहुँची तो भी उन्हें इसे सँभालना होगा।

एक युवा कर्मचारी इरफान के नेतृत्व की शैली पर उपयोगी अंदरूनी बात बताती है। वह उस समय की बात करती है, जब वह इस ग्रुप की किसी नई परियोजना में एक अपार्टमेंट खरीदना चाहती थी। सोचिए, उसने क्या किया होगा? उसने सलाह के लिए चेयरमैन और मैनेजिंग डायरेक्टर से मिलने का समय माँगा और यह उम्मीद भी लगाई कि अच्छा सौदा भी पट जाएगा। इरफान चाहते तो उस प्रोजेक्ट से जुड़े किसी इंचार्ज से बात करने को कह देते और उस व्यक्ति से कहते कि उसकी मदद कर दे; लेकिन उन्होंने ऐसा नहीं किया। उन्होंने उसे बुलाया, धैर्य से उसके सारे सपनों और उसकी चिंताओं को सुना तथा प्रेस्टीज के एक प्रोजेक्ट में घर बुक करने में उसकी मदद की। "वे चाहते तो मेरी मदद नहीं भी कर सकते थे, लेकिन उन्होंने की।" खुश होते हुए उस महिलाकर्मी ने बताया। इरफान ऐसे ही हैं—प्रोफेशनल, लेकिन पर्सनल टच के साथ।

बंगलौर शहर उनके दिल के बेहद करीब है। उनसे पूछिए कि वे किस तरह याद किया जाना पसंद करेंगे और जवाब हाजिर है—"किसी ऐसे व्यक्ति के तौर पर, जिसने इस शहर के विकास में योगदान दिया।" वे जानते हैं कि बुनियादी ढाँचे के लिहाज से ट्रैफिक बंदोबस्त और लोगों की भलाई के लिए अभी बहुत कुछ किया जाना बाकी है और इस बात का भी उन्हें अफसोस है कि सरकार ज्यादा कुछ नहीं कर रही है, न ही उनके जैसे लोगों का सहयोग ले रही है, ताकि कुछ मदद मिल सके। प्रेस्टीज ने शहर में कई नामी-गिरामी इमारतें बनाई हैं और अपने ही तरीके से इस शहर को भारत की आई.टी. राजधानी का नाम दिलाने में महत्त्वपूर्ण भूमिका अदा की है। प्रेस्टीज के बनाए दफ्तरों में अनेक बड़ी-बड़ी आई.टी. कंपनियाँ काम कर रही हैं। लेकिन उनसे पूछें कि कौन सी एक ऐसी चीज है, जो उन्होंने बंगलौर में की है और जिस पर उन्हें सबसे ज्यादा गर्व है, तो वे 500 मीटर लंबी उस सड़क के बारे में बताते हैं, जिसका निर्माण यू.बी. सिटी के बाहर किया गया है। "यह वर्ल्ड क्लास है। सारी वायरिंग सड़क के दोनों किनारे पर बने फुटपाथ के नीचे की गई है। इसलिए किसी भी तरह की मरम्मत के लिए उन्हें सड़क पर खुदाई करने की जरूरत नहीं पड़ती है और यहाँ एक बात दिलचस्प है। हमने इस सड़क को बंगलौर के आम ठेकेदारों और यहीं के मजदूरों की मदद से बनाया। हम यह दिखाना चाहते थे कि इस काम को

यहीं के लोग कर सकते हैं। हमारे भीतर इच्छा होनी चाहिए।" भले ही यह 500 मीटर लंबी सड़क है, लेकिन इरफान रजाक के लिए यह इस बात का प्रतीक है कि बंगलौर में क्या कुछ हासिल किया जा सकता है।

यह छोटी सी सड़क मंजिलें खड़ी करने इस बिल्डर को कहानी सुनाने के अंदाज में ले आती है। "किसी समुद्र-तट पर एक युवक खड़ा था, जो बार-बार समंदर में कुछ फेंकने में व्यस्त था। वहाँ से गुजर रहे एक बुजुर्ग ने उससे पूछा कि आखिर क्या है, जिसे वह समंदर में फेंक रहा है? उसने कहा कि वह स्टारफिश को वापस समंदर में फेंक रहा है, क्योंकि सूरज के निकलते ही वे मर जाएँगी। बुजुर्ग ने उसे समंदर के किनारे पड़ी कई स्टारफिश दिखाईं और कहा कि एक स्टारफिश को वापस फेंक देने से फर्क नहीं पड़ेगा। उस युवक ने एक और स्टारफिश को पानी में फेंका और कहा—अच्छा, मुझे तो फर्क पड़ता है, है न!

"500 मीटर की वह सड़क मेरी स्टारफिश है। शायद मैं पूरे शहर को न बदल सकूँ, लेकिन मैं छोटा सा फर्क लाकर खुश हूँ।"

और भी एक चीज है, जिसे लेकर इरफान रजाक अब बेहद भावुक रहते हैं—दान करना। "सोच एकदम सीधी है। हमारे भीतर देने की क्षमता होनी चाहिए। जब ईश्वर ने आपको इतना कुछ दिया है तो आपके भीतर देने का दिल होना चाहिए। दीजिए और इसका कई गुना आपके पास वापस आएगा। अगर आप नहीं देंगे और किसी चीज को पकड़कर बैठे रहेंगे तो यह आप से दूर भाग जाएगी।" एक सक्रिय रोटेरियन होने के नाते उन्होंने साथी रोटेरियनों को हाल ही में एक कहानी सुनाई। "मैंने उनसे पूछा कि उनमें से कितने लोग डेड सी जा चुके हैं? कई हाथ खड़े हो गए और फिर मैंने उन्हें बताया कि कैसे डेड सी में कोई भी जीवन नहीं है, लेकिन डेड सी के बेहद करीब सी और गैलिली है, जो जीवंत है और जहाँ समुद्री जीव-जंतुओं की भरमार है। जॉर्डन नदी का पानी ही दोनों समंदरों में जाता है, लेकिन दोनों में इतना अंतर क्यों है? डेड सी में सारा पानी आता है और इकट्ठा हो जाता है। उस पानी के बाहर जाने का रास्ता नहीं है, जबकि सी ऑफ गैलिली में पानी आता है और बाहर निकल जाता है। निकास न होने के कारण डेड सी में जीवन संभव नहीं है। यही बात हमारे जीवन पर भी लागू होती है। आपको निकास की जरूरत होती है। आप जब किसी की मदद शिक्षा के लिए या किसी अच्छे आइडिया को देकर करते हैं या बस, कुछ दे देते हैं तो आपका पैसा, आपका समय, यहाँ तक कि आपका ज्ञान भी आपको एक अच्छा आदमी बनाता है।"

साफतौर पर, इरफान कहानियों की ताकत में विश्वास करते हैं। "आप तकनीकी बातों और सिद्धांतों तथा आँकड़ों पर बोलते हैं, लेकिन कोई याद नहीं रखता। उन्हें एक कहानी सुनाइए और वे समझ जाते हैं। आपने जो कहा है, उसे याद रखते हैं।" शायद सभी नेताओं व उद्यमियों को इरफान से कुछ सीख लेनी चाहिए और कहानी सुनाने की ताकत का अंदाजा लगाना चाहिए।

इरफान जब सार्थक रूप से बिताए जीवन की ओर पलटकर देखते हैं तो उनके पास संतुष्ट होने के कारण हैं। "मुझ में कोई मोह-माया नहीं है और जब आप में कोई मोह-माया नहीं होती, तब आपके भीतर जोखिम उठाने का साहस होता है। मुझे अपने नाम पर एक भी संपत्ति नहीं चाहिए। हम सबकुछ एक ट्रस्ट में डालने के लिए काम कर रहे हैं।" फिर एक चुप्पी छा जाती है। "वैसे भी, मुझे कितने पैसे चाहिए? यहाँ तक कि मुझे जो वेतन मिलता है, उसे खर्च करने का समय भी मेरे पास नहीं है। मैंने जानते हुए कुछ भी गलत नहीं किया है, इसलिए मुझे विश्वास है कि बुरा वक्त भी आया तो कोई-न-कोई मेरी मदद कर देगा।"

इसलिए अब उन्हें किससे प्रेरणा मिलती है? "नई चुनौतियाँ। हर दिन नई चुनौतियाँ लेकर आता है। अगर कोई चुनौती नहीं तो कोई रोमांच नहीं और कोई काम नहीं।" उनकी ऊर्जा और उनका उत्साह आप पर जादू कर देता है और आप सोचने पर मजबूर हो जाते हैं कि वे अब इरफान का मुकाबला नहीं कर सकते और मानो उन्होंने आपके मन को पढ़ लिया है। वे अपनी पसंदीदा कहानी के साथ विदा लेते हैं। "मैं बस, एक बधिर मेढक हूँ!"

ओह, एक बधिर मेढक, जो बेशक एक और मिशन पर निकलने के लिए तैयार है, जिसे सब असंभव कह रहे हैं! क्योंकि एडवेंचर स्पोर्ट्स के इस प्रेमी के लिए जोखिम बिना शक तीन अक्षरोंवाला बस, एक और शब्द ही तो है।

सफलता के मंत्र

- जब अवसर उद्यमियों के दरवाजे पर दस्तक देते हैं, तब वे सुनिश्चित करते हैं कि उनके दरवाजे पर 'डू नॉट डिस्टर्ब' की तख्ती न लगी हो।
- अगर आप किसी चीज पर यकीन करते हैं तो हार मत मानिए। न सुनकर बैठिए मत। उसे कारगर बनाने की राह ढूँढ़िए।
- स्टारफिश की कहानी याद रखिए। कुछ अलग कर दिखाइए, भले ही वह छोटा सा ही क्यों न हो।

- युवा उद्यमी के लिए कोई सलाह ? अपने कारोबार को ठोस नैतिकता पर खड़ा करो। अपनी प्रतिष्ठा बनाओ और शोहरत फैल जाएगी, जो तुम्हारी विश्वसनीयता को बढ़ाएगी। अगर तुमने शॉर्टकट लिया और वादों को नहीं निभाया तो बदनामी भी फैल जाएगी। आगे चलकर तुम्हें कहना पड़ेगा, “मैं एक बुरा लड़का था; लेकिन यकीन करो, मैं अब बदल गया हूँ!” लेकिन इस पर ज्यादा लोग यकीन नहीं करेंगे।
- उद्यमी कहानी सुनानेवाले होते हैं। आप तकनीकी बातों व सिद्धांतों तथा आँकड़ों पर बोल सकते हैं और किसी को याद नहीं रहता। लोगों को एक कहानी सुनाइए और वे समझ जाएँगे। आपने जो कहा, वे उसे याद रखेंगे।

❑

उपसंहार

भारत इस समय स्टार्टअप और उद्यमिता की अभूतपूर्व क्रांति का गवाह बन रहा है। भारत में नए-नए आविष्कार और वाणिज्य नया इतिहास रचेंगे। हम सभी जब इस सफर पर निकल रहे हैं, तब प्रकाश अय्यर लिखित यह पुस्तक आनंद का अनुभव करानेवाला अध्ययन सिद्ध होगा, जो भिन्न-भिन्न क्षेत्रों में सफल भारतीय उद्यमियों की यात्राओं की पड़ताल करता है। इसकी कहानियाँ पाठकों को उन कठिनाइयों को लेकर मंत्रमुग्ध, आकर्षित और अवगत कराती हैं, जिनसे होकर एक भारतीय उद्यमी सफलता के पथ पर आगे बढ़ता है। इस पुस्तक के लिए अच्छा शोध किया गया है, जो सराहनीय है। इसमें जिन उद्यमियों की चर्चा है, उनके संबंध में अब तक अज्ञात तथ्यों को पढ़कर मैं चकित रह गया, भले ही मैं उन लोगों को लंबे समय से जानता हूँ और उनकी प्रशंसा करता रहा हूँ।

इस पुस्तक का प्रत्येक अध्याय उद्यमशीलता की एक अनोखी यात्रा है। प्रकाश ने न केवल सफलताओं या अंत में मिले परिणामों के विषय में लिखा है, बल्कि इन कमाल के लोगों की शुरुआत, उनके संघर्षों और उनके मूल्यों के बारे में पता लगाया है। इस पुस्तक में मेरा सबसे पसंदीदा हिस्सा 'सफलता के मंत्र' का रहा है, जो प्रत्येक अध्याय के आखिर में है और जो संबंधित कहानी से सीखे गए प्रमुख सबक को संक्षेप में प्रस्तुत करता है।

मुझे विश्वास है कि भारत के सामाजिक-आर्थिक परिवर्तन की अगली लहर उद्यमियों की ओर से पैदा की जाएगी। स्टार्टअप आविष्कारों को बढ़ावा देंगे, तरक्की को तेज करेंगे, रोजगार के सृजन के प्रमुख तत्त्व बनेंगे, परिवर्तन करनेवाले और ऐसे एजेंट की भूमिका निभाएँगे, जिनसे भारतीयों का जीवन बेहतर बनेगा। सरकार को इन सभी प्रयासों को सफल बनानेवाले की मुख्य भूमिका अदा करनी पड़ेगी, क्योंकि सरकार के सहयोग और इच्छा के बिना कुछ भी संभव नहीं होगा।

फलते-फूलते स्टार्टअप का माहौल किसी देश के दीर्घकालिक विकास के लिए अत्यंत महत्त्वपूर्ण होता है।

भारत में उद्यमियों तथा नए उद्यम की शुरुआत के प्रति रुख में आया बदलाव देश में उद्यमिता को आगे बढ़ानेवाला एक महत्त्वपूर्ण कारण बन गया है। हाल के दिनों तक लड़खड़ा रहे या असफल उद्यमियों को हेय दृष्टि से देखा जाता है। अब उन्हें पूँजी माना जाता है। आज का भारतीय युवा स्टार्टअप के साथ आगे बढ़ने और उद्यमिता के क्षेत्र में किस्मत आजमाने से नहीं डरता। असफल होने या किसी सुरक्षित नौकरी को गँवा देने की परवाह वह नहीं करता। इस पुस्तक में उद्यमियों की सफलता की कहानियाँ उनका और भी मार्गदर्शन और उत्साहवर्धन करेंगी। ऐसे समय में, जब उभरते उद्यमी तथा पेशेवर अपने जीवन और कॅरियर के दोराहे पर खड़े हैं, तब मुझे पूरा विश्वास है कि प्रकाश अय्यर की ओर से इस पुस्तक में शामिल की गई कहानियों से उनका अच्छा-खासा मार्गदर्शन होगा और मदद भी मिलेगी।

व्यक्तिगत रूप से मैं प्रकाश की रचनाओं का प्रशंसक हूँ और उनकी पिछली दोनों पुस्तकें मुझे अच्छी लगीं। दो सर्वाधिक बिकनेवाली पुस्तकों की सफलता के बाद मुझे विश्वास है कि पाठकों और उद्यमी बनने की चाह रखनेवालों को इन प्रमुख भारतीय उद्यमियों के जीवन की कहानियों में छिपी अनेक मूल्यवान् बातों को सीखने-समझने का अवसर मिलेगा।

मुझे उम्मीद है कि इस पुस्तक को पढ़कर जितना आनंद मुझे मिला, उतना ही आपको भी मिला होगा। उद्यमिता के अपने सफर पर निकलने के लिए आपको मेरी ओर से शुभकामनाएँ!

—कुणाल बहल

संस्थापक एवं सी.ई.ओ., स्नैपडील

□□□